南无袈裟理科佛 著

金蚕往事

②

上海社会科学院出版社
SHANGHAI ACADEMY OF SOCIAL SCIENCES PRESS

本故事纯属虚构。

目录

第六卷　南洋降头师

第一章　额头上的鬼脸

说实话，这些年我也经历过一些不为常人所知的东西和事情，但是，却一直不知道怎么解释鬼魂一说。

同样的，所谓蛊、所谓灵异、所谓降头，所谓僵尸，所谓风水堪舆，所谓阴宅阳宅……所有的这一切，我都无法从原理上去跟你们解释说明。

但是，我也无法说服自己，它们不存在。

有人说鬼魂是有记忆的磁场，鬼魂和身体的关系，就像是电磁波和对讲机的关系，相依相存，人死之后，对讲机没有了，但是电磁波仍在，或许会在别的对讲机上面体现出一些信息来，这就是鬼魂。这个说法很有趣，好像似乎也有一些科学的根据。我个人的看法，是赞同《镇压山峦十二法门》里面的部分论言的，即人生而有魂，死后灵魂自会归于该去的地方。

这个地方，叫做幽都(各地的叫法不一，这里不一一赘述)。

鲜有人知道幽都里面的情况，知道的人，已然没有任何痕迹留在这个世界上了。有假死的人回到人世，说在一个黑暗的房间里转圈圈，一个大门，光芒万丈，踏进去便是幽都，一个小门，黑乎乎，返回去便是人间。当然，这些我都没有经历过，但我可以肯定地说，至少不会像佛教里面的地狱一样，是个大监牢，要受尽苦难和刑罚。

在我认为，佛教这一套，宣扬的是消灭个人欲望、忍耐顺从、放弃反抗，这很符合统治阶级的需求，关于地狱的论述，大概齐也是为了吓唬在人世间饱受折磨的生灵——看看吧，相比地狱的生活，现在你们已经勉强不错了，该满足了。虽然我很认同佛教的大部分言论，比如劝人向善、比如因果循环、比如安静心灵……十二法门里也有很多佛家的摘抄，我大部分的手段也是佛教的真言，但是，我对“灭人欲”这一点，一直不敢苟同。

历史证明，欲望是人类文明进步的最大动力。

后来我读到刘欣慈先生的科幻作品《三体》系列，在惊叹于其作品描绘的宇宙之宏大的同时，联系我的经历，我在想，是否鬼魂之类的灵物，跟我们现实的世界，并不处于同一维度，但是又互有交集的地方，所以才会留下这么多历史上悬而未解之谜，才会有诸多宗教宣传的神迹，才会有……我所见到的一切？

当然，我不是一个道学理论家，也不是宗教传播者，我做的只是旁门左道，并不为世人所知，也基本都是些具体而微的苦力活儿。扬名立万、著书立作、解读宇宙万物本源之类的事情，还轮不到我来操心。

我只是一个，来自苗疆、一路跌跌撞撞地前行的小小养蛊人。

当然，后面我又养起了鬼来。

一路周折，我来到吴刚的病房外面时，已经是夜间十一点多钟。

他父亲知道我要来，特意派人去车站接我。他住的是一间独立病房，这显然得益于他有一个处于领导岗位上的父亲。楼道里灯光有些暗，我隔着房门往病床上看了一眼，然后问陪着我的吴刚父亲，说现在还做噩梦吗？他父亲说做，不定时，基本上是三两天一次吧。怎么样，能看出些什么来没有？

我点点头，问医生怎么说这病情的？

吴刚他弟，一个二十四五岁戴眼镜的年轻人，说医生判定是病毒性非典型性肺炎，现在在隔离，准备转院治疗呢。非典——这个名字听得我触目惊心，2003年的时候，这个词可是代表了死神的邀请。我笑了笑，跟吴刚父亲说我可以跟吴刚单独聊聊吗？他说这个要问医生的意见，说有可能会传染的。

我笑，没说话。

吴刚他弟去找来医生，是一个脸色浮白的中年男医生，金鱼眼，眯着眼睛看我，说可以，但是要穿上防护服和口罩。我说别扯淡了，穿上这些玩意儿，还怎么交流？说完我也不理他们，直接把病房的门推开，走了进去，留下门外一堆人惊慌失措——我长得年轻，若是要确定自己的权威，肯定是要亮一些本事的。

比如胆敢不穿防护服。

吴刚没有睡，斜躺在床上看着我，苦笑，说来了啊。

我搬了个凳子过来，坐在他面前，给他掖了掖被子，问他怎么样了？他说还好，就是最近老做梦，而且还高烧，说胡话。我说听老马讲你梦到胡油然了吧？他仰头盯着天花板，没有说话了，陷入了沉默。我摸了摸鼻子，笑着说这个小胡，还真的是执著，这能怪谁？怪我们？还是怪矮骡子……吴刚开口了，他说后悔了，当初应该把小胡的尸体带出洞子的，这样子也不会让他身首分离啦。

他说我当时出来后在医院昏迷，根本就不知道后来回去见到小胡的惨状，肚子几乎被掏空了，内脏里面全部是虫，是白花花的蛆虫，也有黑色甲壳的尸鳖，一拎起来尸骨四散，百多米外的脑壳，里面脑浆子都流干净了，收殓的乡民都吐了好几个。

我沉默了一会儿，说军人嘛，不就是这样子吗？

吴刚嘴唇颤抖着，说小胡还是个孩子呢。

我们两个都不说话了，确实，像死去的胡油然这样的战士，十九岁，同龄人大多还是孩子，享受着父母翼下的温暖。但是，既然入了伍当了兵，肩头就有了沉重的责任。我没当过兵，但是也能够理解这样的感情。这样的气氛大概持续了十多分钟，我才问，确定是小胡的鬼魂在纠缠吗？要是，我找找，把它送走吧，免得游荡人间，不小心就灰飞烟灭了。

吴刚点了点头，说送走吧。

这里讲一点，世人都云：降妖除魔捉鬼。前两者这里先不论，单说鬼。关于鬼的定义，众说纷纭，我前文也提过一些，暂先不表，单提如何消除纠缠活人的鬼魂法子。为何说捉鬼呢？首先鬼是一种飘忽不定的东西，确定不了它的存在，只能防，断不了根。所以说要捉，就像破案，循蛛丝马迹，最后找到事情的关键所在，破之，则一切安宁。消鬼的法子很多，但是总结而言，大致分为三种：劝退、送走和镇压。

劝退很好理解，通常没有本事的凡人都会，就是当感到鬼魂缠身的时候，或骂，或唠叨，或威胁，言明利害，讲明道理，让鬼魂不要纠缠。稍微老一辈的人都做过这种事情，比如我母亲在我幼年时生病，就唠叨，说不要来缠着我家崽，赶紧滚开去，要不然我叫我妈来捉你……大部分鬼都是胆小的，也有善良的，听劝，说多了自然就不会缠身，另外找地方去。

这种方法很大众，通用试行，但是如果碰到了厉鬼，就不行了，它缠你，缠定了咬死了，那就没法子，只好找专业人士来。

专业人士一般就会选择后两种，第一就是做法念咒，将鬼魂超度，送它到该去的地方，人有人路、鬼有鬼道，各有不同，最好不要混居；第二种就比较极端了，适用于那种又凶又恶，而且怨气还极为浓重的鬼魂邪物，直接将他的残魂支魄，一下弄散，烟消云散，再也不存于任何地方。

我说你睡吧，我自有准备，当小胡来找你的时候，我把他弄出来，劝上一劝，好送走他。

吴刚咳嗽着闭合上了眼睛，我看见他眼睛上有泪痕，脸色苍白枯瘦，印堂上有着青黑色的雾气。我听马海波说过，胡油然是吴刚带的兵，基层连队，讲究的是官兵一家亲，两年战友兄弟情，想必他面对胡油然鬼魂的折磨，既是内疚，也是无奈得很。我走出病房门口，看着对我如临大敌的医生护士和吴刚的家人，吩咐吴刚他爸，准备些祭品和纸钱来。

他问什么是祭品？我说整鸡整鱼、半坨肥猪肉，还有杯茶。

吴刚父亲立刻叫他二儿子去办，然后问我怎么回事？

我让围着的医生和护士都散了，只留下吴刚父亲、母亲还有他弟妹，然后说起年前的事情。这些事他们也是知道的，就讲那个小战士因为死得比较惨，所以就有些怨恨，认为吴刚没有把他带出洞子，甚至连尸体都给虫子糟蹋了，于是就缠了上来，莫得事，我送一送他就好了。还有，吴刚回家来，有没有带什么东西，血衣服或者其他的……

他父亲摇头说没有，倒是他母亲记忆起来，说小刚经常对着一张合影叹气。

我说回去把它烧了吧，活人不要老是活在过去的记忆里，念头起得越多，鬼魂越是不得安宁。

大概过了五十多分钟，吴刚他弟回来了，气喘吁吁，说太晚了，东西也都没有备齐，没有整鱼，求爷爷告奶奶弄了四只整螃蟹，是阳澄湖大闸蟹，其他的都还好。我说将就吧，这大闸蟹就不要了，甲壳类的食物鬼怵，不喜欢，还是留给我当宵夜吧。

赶了一天路，我是饿坏了。

借了个台子，我把祭品摆放上去，然后从随身背包里面拿出常备的檀香、红蜡烛，点燃，烟雾袅袅，有静谧的薰香。我也不急，先把那一盘大闸蟹给消灭干净，拿开去，放到角落里，把手擦干净后开始念招魂咒。我一边念，一边沟通金蚕蛊。我初学，能力并不显，时灵时不灵，真正要给力，最终还是要依托金蚕蛊这个灵力增幅器。

这咒语，其实是十二法门中“坛蘸”一节的基本功，用家乡话诵读，我念得熟悉。

稽首社令阳雷君，分形五方土孛神，驱马神鼓响皆应，降下真气入吾身，凡居召处立感应，百里感声无不闻。

病房的灯是关闭着的，门外的人都退开了十几米，黄色的烛火闪耀，青烟袅袅，我念了一阵子咒语，感觉到阴风一阵刮，转身看吴刚扭曲痛苦的脸，我取出红线，快速地捆住他的手腕、脚踝骨，然后点燃了一张黄符，轻叹道：“胡油然兄弟，你终于来了……”

金蚕蛊忽地一下出现，在半空中萦绕着。

在吴刚额头连着发际的位置，浮现出一块黑色的斑痕，这斑痕慢慢凝聚变化，最后形成了一个指甲盖一般大小的脸。有鼻子有眼睛，是人脸，惟妙惟肖。眼睛是一粒针眼大小的洞，无言地看着我。

子时，阴风恻恻，含恨而生。

第二章　东窗事发，小道身陷囹圄

与在飞机上遇到的那个叫小哲的男孩不同，我并没有天生跟鬼魂对话的体质。

我前面也说过，鬼魂一般不能说话。这里的对话，我不知道怎么来解释，勉强地说，叫做神交，是意识的、灵魂层面的直接交流。缠着吴刚的胡油然，跟朵朵这样的小鬼，是两种概念，天差地别。

或许真如之前解释的一般，仅仅只是一道磁场、一丝怨念和意识。

与鬼魂交流，天生的体质、机缘或者经过特殊的锻炼，其实还是有人可以做到的，这类人，就是我们通常说过的灵验的法师。甚至有人还可以在有道行的法师（神婆）的指引下，与鬼魂对话。传说中，有人十分想念自己逝去的亲人，请人帮忙走阴，或者被托梦，都是一种交流的方式。

而我的方式，则是通过金蚕蛊这个交流平台来完成的。

就某种程度而言，金蚕蛊等同于中转器。

胡油然来了，悄无声息，他的情绪十分的混乱——不安、愤怒、惊诧、害怕、暴戾……一开始都是负面情绪，把我的心神都给扰乱不宁，闷得我胸中难受。我闭上了眼睛。待他稍微平静下来后，我问他到现在还留恋在人间，到底还有什么心愿未了？他说他不想死。我跟他讲，既然都已经死了，就要像小董一样，到该去的地方去，安息。他很不甘愿，说他不同，他从小就怕虫子，结果死的时候，不但被老鼠啃、虫子咬，连头都被我给砍断了，实在憋屈。

我说那你找吴队长干吗，他可是最护着你的，咬死你的是尸鱴，害死你的是矮骡子，连砍下你头颅的，都是我，这些你都不找，找吴刚，这是为毛啊？他说那些都不怕他，连我，也是有道行的高人，近都近不了身，还是弄吴队长好一些——鬼魂其实普遍都很胆小，特别是被杀之人，连凶手都不敢报复（除非是心有执拗的厉鬼）。

我听到他说这话，就知道他的意识有一些偏执了，想害人了。于是跟他讲了一通吴刚的好话，说不要再来找他了。

他不理，就是想要让吴刚下去陪他，下面太冷，要找个人做做伴。

我说这次被我抓住了，只有两条路可走，要么我把你送走，要么就烟消云散，化成飞灰。没有第三种选择。道理是讲给肯听的人的，讲太多道理给鬼听，反而嫌啰嗦。他听到了我的威胁，很害怕，委屈地说都是一起的战友，怎么忍心灭了他？我厉喝他，说既然你都知道这情谊，还要来害吴刚？快点讲，还有什么心愿未了，迟了，就来不及了。

他颤颤抖抖好一会儿，然后说让我转告他母亲，下面太冷了，让她把他的骨灰盒放在向阳的地方，但是不要见着阳光。让他母亲没事多去看看他，烧烧香。我说好，把备好的纸钱烧上，然后念送魂安宁咒。

过了一会，我仿佛听到空中有一声若有若无的叹息声，吴刚额头的人脸印记慢慢变淡，最后消失不见，所有的雾气都烟消云散，不复存在了。

胡油然走了，没有在这个世界上留下任何的痕迹。

这是生者的世界，亡者留念迟迟不走，只会留下杀身之祸，化为灰烬而已。一炷香点完，我把吴刚拍醒，问他好一点没有？他长舒了一口气，居然还伸了一个懒腰，说感觉浑身好像轻了十几斤，周身仿佛都活络了许多。他看着我，思维还没有反应过来，僵了，过了好几秒才想起来，说他刚刚又梦到小胡了。

我说还是噩梦吗？

他说不是的，小胡说他要走了，要离开这里了，他很怕，但是没办法，这些天，对不起了。小胡说自己很依赖吴刚的，所以想着让吴刚陪着他一起走……他看着我，说你把小胡超度了？我点头，说就在刚刚，还给他带了一些上路钱。

吴刚看到火盆里燃烧的纸钱，问死人真的需要这些？

我摇摇头，说不知道，也许用，也许就是活人给自己的一些慰藉，谁知道呢，他要走，我总得把礼数做到位了，这样子他也安心些。谈完这些，我站起来伸了个懒腰，说今天就这样吧，小胡走了，如无大变，病情就基本稳定下来了，我赶了一天路，又困又乏，得找个地方歇息了。

在吴刚满口的感谢中，我出了病房的房门，门口一圈人在等着我。那个金鱼眼的医生，非要让我去做一个血液检查，不然不放我走。折腾一番，确定无事之后，吴刚他父亲给我订了一个酒店，让他弟送我过去歇息。

洗完澡，反而睡不着了。我坐在酒店房间临窗的椅子上，看着这个以矿产和森林资源闻名的城市，入夜了，繁华不再，大片大片的钢筋混凝土建筑蔓延至视线尽头，黑黢黢的让人看着心中压抑。我在想，鬼魂灵物喜阴，喜静，怕阳气，就如同这大自然的生灵一般，生存空间逐渐被人类挤压，越来越多的人类占领了地球的每一个角落，是否会在不久的将来，这些鬼怪东西都消失了呢？

转念一想，我又笑——鬼魂和人类，本就是相依相存的正反两物，人类在繁衍，鬼魂便永恒存在，等到彻底湮灭，谈何容易？

也许，无数的孤魂野鬼，现在也未必游走于荒郊野岭、乱坟岗子，或许就在我们身边停留，某栋古宅、某个潮湿的楼道、某个久未住人的房子、学校、下水道以及一个幽暗的厕所中……它默默地注视着忙忙碌碌的人类，无处不在，正如上帝无所不知——如果有上帝、有唯一的神的话。

我一觉醒来，已是中午时分。

我是被手机铃声吵醒的，接通，是吴刚父亲激动的声音，说吴刚的病情已经有了明显的好转，医生说修养两天，即可出院了。天啊，真的是奇迹！他声音有些抽噎，说多亏了我，他以前是一个纯正的无产阶级无神论者，现在倒是被我彻底转变了。我笑了笑，说那可恭喜了。他说昨天可忙坏我了，问我什么时候起床，他请我吃饭，表示感谢。我说我起床了，先去医院看看吴刚吧。

在医院再一次看到吴刚，脸色红润了许多，人也精神了，紧紧握着我的手，说我这次算是救他一命，以前或有得罪的地方，求原谅；以后有什么用得着的事情，只管招呼一声，能办则办，不能办的，豁出去也办了……他父亲、弟弟都是异口同声，感激不尽。

我心忧杂毛小道，见吴刚病情业已好转，便告辞。

他们留我在此地玩玩，莽山、苏仙岭、东江湖……这些地方都好玩，还说我这么灵验，有好几个朋友也都遇到奇怪的事情，要不帮忙去看看？我摆手，说我又不是做这门生意的，若是，自然高兴你们介绍，但是我真的有事情，也不叨扰了，回去买张火车票，还要赶路呢。

见我坚持，他们也不好相留，吴刚父亲说何必坐火车这么累？他打了电话派来一司机，送我直达南方市。临走前，他父亲给我封了一个红包，说辛苦陆先生，区区心意，敬请收下。我推辞，但是哪里是这个久在官场混迹的老油条的对手，一番言语周旋之后，只有收下。

在高速路上我看了一下，吓了一跳，居然有三沓红彤彤的老人头。

这当官的，果真是有钱，出手忒大方了点儿。

看来我和杂毛小道去他老家的路费，是不用担心了。然而让我担心的是，我与杂毛小道失去联络了——重要的是，我们失去联络已经有一个多星期了。他像消失在空气中一般，悄无声息，这种诡异的事情让我有不好的预感，好事多磨，我很头疼。朵朵的情况越来越恶劣了，她起初一天还是会清醒一段时间，与我交谈，这两天，都没有出现过了。时间拖越久，妖气就越渗入。

对于杂毛小道，我唯一知道的事情，是他现在在江城段叔手下混迹生活。

我唯有跑一趟江城，找到他，才知道答案。

到达了南方市，我谢绝了司机的好意，自己打车前往东官。我要先去那边，把市区的房子挂到中介所出租出去，然后收一下城郊的房租，以及见几个朋友，把车提了，耽搁一天之后再前往江城一探究竟。

路上，我接到一个电话，一个有一些古怪口音的男人在电话那头威严地问起："你就是陆左？"

我莫名其妙，看这来电号码是江城的，说我是，你是谁？

他淡淡地在电话那头说："陆左，好名字。萧克明是你的朋友吧？他马上就要死了，要救他，带上修罗彼岸花的果实来换吧，三天之内，不管你在哪里，必须赶到江城，和我联系。不然，茫茫大海之下，又多了一朵水泥荷花……"他说完，不待我解释，果断霸气地挂掉了电话。

我头皮发麻，当初自以为得计，如今终于东窗事发了。

第三章　抽丝剥茧，南洋降头师现

难怪一直联系不上杂毛小道，原来这哥们陷进去了。

谁下的手？

我脑海里一下子就想到了一个声音洪亮、一脸伪善的中年人，这个据说在江城黑白两道通吃的男人，若论嫌疑，他最大。为何？首先他有动机，杂毛小道说过，关注这颗所谓的修罗彼岸花果实的江城大佬中，他便是最上心的一个；其次，能够想到果子被我和杂毛小道做了手脚的人里面，最有可能的就是他——因为我们的不在场证据，就是请东方星夜总会的杨经理和刘哥做的伪证；最后，我对他的印象极其差，这一点也许十分唐突荒谬，但是，我的直觉却一向很准。

这个男人，就是东方星夜总会幕后的老板，段天德，一个和武侠书《射雕英雄传》中反派同名的家伙。

若是他，精明的杂毛小道算得上是小绵羊睡进老狼窝，乌骨鸡遇见了黄鼠狼，真真是自投罗网了。

段叔的实力如何我不得而知，但是一想起那个叫做朴志贤的安全助理、贴身保镖，想起他那冰凉如同冰镇矿泉水的眼神，就觉得悬。我是什么人？一个在温饱线上苦苦挣扎的小老百姓，他们呢，是刀口喋血、杀场争雄的职业人士，单看这些人身上散发的那淡淡血腥气，都不知道有几条人命在手。

我瞬间想起了挑战风车巨人的堂吉诃德同志，何其悲壮，何其傻“波依”？

我多想告诉电话那头的那个语调怪异的男人，那个剧毒的果实，已经被某个贪吃的肥虫子囫囵吞枣地吃掉了，就剩下一层皮，还给我冲到卫生间的下水道里了。没有了，为毛还要弄这么一出？然而他果断地撂了电话，却让我有苦说不出。

我能够不去管杂毛小道吗？

不能够！不管是为了朵朵，还是为了这个相识不到几个月的损友，我都不能够置身事外，当做没事人一般逃避。我若是当了一回酱油党纯路过，那么我的良心，定然也原谅不了自己。人与人之间的关系，往往都是相互的，人以诚待我，我必掏心掏肺以待之。

好吧，我不洒脱，我就是这么一个人，这辈子，估计是改不了了。

其他的先不想，先赶到江城再说，我跟出租车司机说，改道，前往江城吧。司机有些不乐意，说怎么一个电话就改道了啊？说了两句，我同意加钱，他才作罢。

江城是一个我比较熟悉的城市，因为我前后加起来，在这里待过不下于两年的时间，当然，和许多与我一样经历的人一样，我大部分都是混迹在郊区的工业园、城中村里面，对于这个都市的繁华一面，体会得并不多。这个世界是他们的，也是我们的，但是归根结底，还是有钱人的——这句话不好听，但是现实。

到了江城，我在稍微远离市区的一个地段找了家酒店住下，然后又上网查到一家租车公司的电话，预定了一辆小车，比亚迪，价格还比较便宜。我想来想去，几乎没有线索，最终还是决定从东方星夜总会入手。

我基本没有太多相关的专业知识，但是没吃过猪肉也见过猪跑，地下党和警匪片看多了，多少也能够搞一搞。于是换了一身普通装束，我买来黑框眼镜、假发和一些化妆品，把自己侍弄成一个标准的宅男形象。

去租车公司提了车，我一路驾车，来到了口岸处，把车停在夜总会斜对面的一个地方，然后静静地看着夜幕下的迷乱之夜。江城属于亚热带气候，若不刮风，其实还是不太冷的。当然，即使冷，也抵不住迷离的夜里，寻找刺激的男人女人如苍蝇般地聚过来，在这个销金窟里，挥霍青春、金钱和权力。

我告诫自己，越是困难，越是危险，越要让自己冷静下来。

我静静想着其他的事情，让自己的心契合在一个宁静的境地里，不再烦乱。

夜黑了，人来人往的街道开始变得冷清，而夜总会，已然是灯光闪耀，金碧辉煌。晚上十一点半，我推门下车，然后走了进去。门口有一排礼仪小姐，宝蓝色旗袍开衩到了腿根处，热情洋溢地行礼。我跟迎上来的服务生说跟朋友约好了，自己去，然后径直来到了二楼。我不知道这里的保安主管刘明在不在上次闹鬼的办公室，但是没办法，只有赌了，避开几个送酒的服务生，然后走过去，推门而入。

刘明不在，但是有一个大胖子正在电脑前面，用一指禅在键盘上有一下没一下地敲击着，好像在忙着什么。如此魁梧肥硕的人，我见得不多，所以印象很深刻，一下子就想起来了。

他叫做魏浾浾。

大胖子魏浾浾一副做了亏心事的样子，见有人进来，手忙脚乱地鼠标键盘一阵操作，然后才抬起头来。看到我，他很惊讶，说你、你怎么进这里来了？我不动声色地把门关上，然后笑着说你还认识我啊？魏浾浾嘿嘿地笑，抓全是肥褶子的后脑皮，说咋能不记得呢，你可是捉鬼的钟馗、抓妖的燕赤霞，听我老大说敏香这死女子养鬼，差点害死我们呢，多亏了你，还有萧大师，才化解了这一遭劫难。

我搬了个板凳坐到他前面，看到他脸色不自然，问刚刚干吗呢？

他嘿嘿地笑，一脸肉拓油，说没什么，没什么。见我似笑非笑，他才诚实地说在跟一个软妹子网聊视频，那妹子叫泡泡，夸他长得结实魁梧，想跟他交往呢。我笑，跟他扯了两句，又问起他有多久没见到萧大师了？他这时反应过来，很警戒地看着我，嘴巴张开又闭上。我平静地看着他，说有什么不能说的吗？

他挠挠头，说也不是不能说，萧大师这个人呢，为人很随和的，对待他们也爽利，不拿架子，夜总会的几个兄弟都很喜欢他。但是上个星期大老板身边来了一个泰国人，这老家伙阴森森的，看着发冷，结果第二天就没见萧大师来这里找乌什尼娜她们两姐妹了，有人问起，被刘老大吊了一顿，下了封口令，也就不敢再提了。

泰国人？——我很敏感地从魏洙洙口中得到这么一个词眼。

泰国又名暹罗，很多人一想到这个国度，第一感觉莫过于“人妖”“泰拳”“旅游”“佛教之国”等字眼，但是我，却第一时间想到了一个久违了的词眼——“降头术”。这个东西，随着泰国恐怖片在中国的流行，已经逐渐进入大部分人的视野，甚至比蛊毒还要出名。在东南亚等地，几乎是闻降头色变。

究其原理，其实降头术跟蛊毒一样，都属于黑巫术的一部分，是运用特制的蠹虫或蛊药做引子，或者用灵界的力量（如鬼魂），通过对个体被施法者的八字姓名及相关物品而构建信息，害人性命。

降头术的原理在于药理的运用、精神的运用和宏观联系的运用，跟蛊毒几乎一样。

但是，东南亚热带雨林密布，气候湿热，容易滋生蠹虫蛇蚁，而且人民的受教育程度不高，普遍愚昧，所以这东西十分盛行。邪术这东西，讲传承，但是也讲实践，实践出真知，也出大师，所以一般来讲，东南亚这个地方出来的高手比较多。

来这么一个人，应该就是对付杂毛小道的。

也是来对付我的。

一想到这里，我就更加担心了。若杂毛小道是直接被枪指着束手就擒的，那也就罢了，顶多就在小黑屋里面待几天，受点折磨而已。倘若真有这么一个泰国人出手，而那家伙又偏偏是我所猜测的降头师身份的话，杂毛小道少不得遭受一些人体实验之类的严刑拷打——一想到以前看过一个泰国电影《恶魔的艺术》里面的刑罚，我心中就不寒而栗。

从根本上来讲，练习降头术，基本上要灭绝人性。这跟日本731部队的细菌实验，几乎是一个道理。

正说着，办公室的门被人从外边推开，走进一个人来。

是安保主管刘明。

他见到我一愣，并没有久别重逢的高兴，而是一脸戒备。他走上来，肌肉紧绷，假模假式地与我打招呼，侧头过去的时候，我能够看见他的眼睑在动。显然，大胖子保安不清楚，但是我口中一直亲热称呼的刘哥，确是知道一些底细的。他紧张，是因为在琢磨怎么把我捉住，好向他的主子领赏。

我终于确认了，擒萧克明者，段叔也。

说了一两句话，刘明突然爆起，使出军队惯用的一招制敌术，朝我扑来。我早有准备，一个纵身闪开，先是把门关上，隔绝了外边嘈杂的音乐DJ声，然后一个鞭腿，把突击上来的刘明给压制回去。

“啪”的一声响，刘明揉揉手，有些意外地看着我，显然想不到我会有如此身手。

要知道，他可是骄傲的特种兵出身，受过了虽然不合理、但是最严酷的军事训练，虽然灯红酒绿消磨了他的锐利、增长了小腹的肚腩，但是出现如此结果，他还是有些不敢相信——我竟然有这么大的力道和敏捷度。他眼睛凝聚起来，像破碎的玻璃渣子，说：“想不到陆左大师还有这种身手。”

我沉默了十秒钟，而后口中默念了几句蛊咒。

我笑着跟他说道：“知道上次萧克明在这里欠钱了，为什么会叫我过来展示一下本事不？知道我这是什么本事吗？”他摇头，疑惑不解。我笑了笑，说我武力值并不高，但是旁门左道，确实懂一点儿的，沫沫，捂住你老大的嘴，我怕他一会儿痛起来，会把舌头咬断……

说完，我扬起右手，打了一个响指。

最开始我中金蚕蛊时所遭受到的疼痛，就是那种被我形容为断了十根肋骨的疼痛，潮水一般地席卷了我面前这个曾经在军队大熔炉中锻造过的男子。

第四章　观澜山庄，肥虫再次出击

一波疼痛消退之后，刘明仿佛被抽去了骨头的带鱼，软趴趴地躺在地上，身体不时地抽搐一番，抖动不已。

大胖子魏沫沫一脸惊恐地看着我，裸露出来的肥肉上一层油汗。他身子庞大，却拥有着一颗敏感而胆小的少女一般的心，被我凶狠地瞪着，不敢与我打斗，也不敢跑出门去叫人，反而是乖乖地照我吩咐，蹲下来捂住他老大的嘴，不让这杀猪一般的嚎叫传出去。

事情简直顺利得让我不敢相信，当刘明缓过劲来的时候，居然二话不说，倒头就拜，说知无不言、言无不尽。

酒是蚀心药，色是刮骨刀，几年灯红酒绿、迎来送往的安逸舒适生活，已经把当初那铁打的汉子，消磨成了如此模样，真的让人嘘唏不已。不过忠诚这回事，如果只是用金钱来衡量的话，想来也总是高不过性命的。刘明一五一十，给我讲起了这边的变故来。

萧克明留在江城，其实事情并不多，说是顾问，但是大部分时间都消磨在了这夜总会里女子的温柔怀抱中，反而并没有真正融入到段叔的决策层中去。这夜总会虽然在段叔名下，但却并不是段叔的主要业务，仅仅只是用来收拢人脉和收买人心，几乎等同于“红楼”，别说是他这个新来的家伙，便是刘明这种多年的忠心小马仔，平日里，见段叔的机会其实也并不多。

段叔是个神秘的人，行走于这个城市的阴影里。因为神秘，所以才显得恐怖。

具体情况刘明并不知晓，他也就见过那个巴颂大师两次，而且都是杨经理接待的。那是个黑瘦的中年男子，五十岁的年纪，像个黄皮猴子，头发稀疏，耳朵上戴着至少十个以上的耳环，脖子文有花纹，不敢细看，但是好像是人脸，两侧的眼睛尤其得传神，看一眼都心惊胆战，仿佛能够看透人心。

萧大师跟巴颂大师天生不合，第一次就闹翻了，第二次就没见到萧大师了，而是由老板的安保主任奥涅金负责陪同，天大的面子呢。

那已经是三天前的事情了，后来就再也没有见过这些人，杨经理通知刘明，说萧克明和我这两人，偷了一件对大老板十分重要的东西，要对萧克明执行家法，而且，这边也要多加留意，如果看到我的踪影，立刻禀报那个俄国佬。

我已经是第二次听到有人提起奥涅金这个名字，问这个人是谁？

刘明说这个家伙是段叔找来的私人安全顾问，据说曾经供职于苏联的克格勃，后来苏联解体，辗转于中欧各地，不知怎么地，就投入了段叔麾下，是大老板最信任的人，没有之一。

我心中默然，虽然已经猜想到段叔的势力会很大，但是强大到能够招揽普京大神的同事，这种厉害程度，真的让人胆寒。我问他们会把萧克明藏在哪里，刘明摇头说不知道，他们这里跟段叔手下做黑业务的人，不是一伙的。段叔手下势力很大，各管一摊，他这级别，只能算是小喽啰。

我仔细看着刘明的眼睛，他没有一丝回避，很真诚，他说他也希望我能够救出萧克明来，这个假道士是个好人，但是段叔的手下很黑的，只怕是抗不住了。

我考虑了一下，问："段叔住在哪里？"

他说是观澜山庄。

第二天早上，我出现在观澜山庄的门外。

这是一个江城比较出名的别墅群，顶级的富人区。至于有多么奢华我就不赘述，我只是知道，里面有一只大老虎在。射人先射马，擒贼先擒王，若想要把杂毛小道救出来，打听到他被关闭的地方，然后只身潜入营救，这种法子，自然好，但我并不是把内裤往外面一穿，战斗力就可以乘以一百倍的超人。

我能打，但也只能对付一两个人，还达不到《黑客帝国》中捉子弹的尼奥的境界。

一颗子弹进肚子，我就会死，死状甚惨。

我决定利用我的长处，下蛊，然后威胁之。这样最简单、效率也最高，但是，操作性需要好好研究一番。金蚕蛊能够给人下蛊毒，但它不是毒药制造机，是有限的，所以我要把握时机，抓紧下蛊的机会。谈到下蛊的方法，其实无外乎两种，药蛊和灵蛊。药蛊很好解释，将蛊毒下到段叔的日常饮食、生活起居处，让他通过饮食接触、身体接触而中蛊；灵蛊则比较复杂，我曾经下过一次，就是给我那便宜师叔。

其实那一次算起来并不算是真正意义上的灵蛊，因为事先我在 MP4 上面下了蛊毒。

用属于段叔的毛发、衣物等东西，结合他的生辰八字、生理潮汐和阳宅方位进行宏观联系，诅咒式下灵蛊降，这种本事，目前我还没有。我可以做的，就是驱使金蚕蛊潜入段叔的住宅，然后直接给他来一下子，让他中毒，之后再商谈交还杂毛小道的事情——金蚕蛊之所以被称为蛊中之王，就是因为它拥有着自我的意识，可以依照主人的用意，实行飞蛊。

我需要操心的只有两件事情：一，确定段叔是否真的住在这观澜山庄的第九栋别墅中；二，要提防有高人镇守，看破金蚕蛊的攻击，甚至把这肥虫子给收了！若是如此，我不但人没救着，反而把自己视为性命的金蚕蛊弄丢了，那可真就傻眼了。

说实话，我真的没有跟段叔这样的人物打过什么交道，所以并不怎么明白他们这种人的想法。以前看香岛的警匪片，个个凶悍得跟佛经里面的阿修罗一样，剽悍的人生不需要理由；而后看美国好莱坞的《教父》，马兰白兰度饰演的教父风度翩翩，简直就是一个圣徒；而在我眼中，段叔什么都不像，而是跟大部分南方商人一样，精明能干，有着充沛的精力，和善……如此而已。

但是我知道有一个普遍的道理，那就是人的财富越多，年纪越老，越怕死。

他之所以想要寻求修罗彼岸花的果实，不就是贪图那传说中能够延年益寿、重返青春的功效吗？即使知道未成熟的果子其实就是个氰化物浓缩物，但是仍然按捺不下心中的欲望，心怀希望，想要找寻，探究一番？

壁立千仞，无欲则刚。

我最怕心中无所惧的人，但是段叔显然不是如此的人。我倒也能够找到方向。

我来得早，在门口蹲守了一会儿，便见到一行两辆汽车从门口行驶而出，第二辆黑色大奔，车牌号码正好就是刘明告诉我的段叔座驾。刘明被我下了蛊，魏沫沫没有，但是被我吓唬了，两人都表示不会外传，我不是个冷血杀手，对于这些人，也下不去死手，怨有头债有主，我若是放肆作恶，心无忌惮，必然会牵扯到人命官司，逃不出“孤、贫、夭”这千年的宿命。

所以我只是警告，也不多说。

既然确定了段叔的住处，我在白天就没有必要跟踪他。一来我本就是个菜鸟，尾随这种高技术含量的事情，我真的做不来，这样子打草惊蛇不说，我还会百分百的暴露自己；其二，守株待兔总是比辗转奔波要来得轻松许多。我对自己一向都有着清醒的认识，扬长避短，做自己擅长的事情，这样子行事的效率和成功率，才会尽可能提高。

目送着车子走远，我转回头来望着别墅群的方向。

我现在所需要做的，是对段叔的住处进行一次火力侦察，查看布置是次要，看一看那个叫做巴颂的泰国人，有没有在这里，是不是真正的高手才是重点。我等了许久，然后默念着咒语，金蚕蛊出现了，附在方向盘上赖着不动。我跟它讲了方向，催它去瞧瞧。它不肯，拿黑豆子眼睛看着我，可怜巴巴地流露出饥饿的意思来。

赖皮玩意儿。

我无奈，从随身小包里掏出了一小瓶二锅头，打开，酒香四溢。吱吱吱……它欢呼着，一下子就从瓶口挤进去，泡在里面，伏着肚皮，游弋了一会儿，这瓶二锅头便以肉眼可见的速度，少了三分之一。

酒足饭饱，我打开车窗的一个缝隙，肥虫子嗖的一下飞起来，做了个回味的猥琐动作之后，晃晃悠悠地飞出车子，然后飞过铁栅栏，往里面行去。我目送着它飞远，以普通人的视角，仿佛就是一道快速的金线，若不留神，几乎都是幻觉。

我闭上了眼睛，开始用念头沟通这个家伙。

第五章　段二公子，高富帅中恶蛊

吃了众人追寻的修罗彼岸花妖果，金蚕蛊蛰伏了许久，重新复苏之后，从外表看，仅仅只是肥硕了一下，头顶还长了一个红色的疙瘩，像青春痘；但是这么多天来，我却发觉到真的有一些不同来。

首先是活动范围。

以前我和它离开八百尺之内，便仅仅只在冥冥中有一丝联系，知道存在，知道安好，但是不知其具体所为，这类似于通讯信号的信息衰弱，而现在，两千米之内，我若能有足够的精力集中维持，甚至能够冥想、共享到它部分的视野；其次，它变得厉害了，这里指的厉害，是指它的天敌减少，以前害怕的对手渐渐变得稀松平凡了，一物降一物这种道理，已经不适合它了，简单来说，现在再弄一头矮骡子摆在他面前，它都不会如当初那般恐惧了；再有，作用于我的所有附加属性，也更加强烈了——比如我在凤凰王家，既中了尸毒，又受了轻伤，但是几乎没怎么处理，没几天就自动痊愈了……

别的我暂时没有发现，但是，我只想说，有了金蚕蛊，生活更美好。

闭上双眼，世界就是一片黑暗。

然后有轻微的晃荡，冥冥中，一个别样的世界开始出现在我的“眼前”——放大了无数倍的景物、震动的视线跳跃、还有人眼所不能看到的波痕……各种信号传导到身体中来，“炁”在四周，如同投入水中的石子，波纹经过了所有的物体，每一物都有着自己的磁场，反射回来，然后出现了具体的形象：一栋北欧田园风格的高大别墅出现在眼前，四周的大理石围墙上，覆着一圈青铜古币，在庭院四柱中，或放干枯艾蒿草，或放青铜琉璃镜，或束桃木符文棒，或绑脉络中国结，红线缠绕，层层叠叠，分镇四方，与这建筑融为一体。

所有的一切，都有强烈的排斥感袭来，场域太强，难以进入。

段叔有请高人布置，金蚕蛊束手无策，阳宅玄学点缀高明，天生的威压。我早该想到，常在河边走，哪能不湿鞋，居住之地，段叔自然会无比的上心，所以防范严格，是很自然之事——已有高人在此，他怎么会留下什么空子给我钻呢？

我纠结不已，正要让金蚕蛊返回时，只感觉视野中出现一个长相古怪、浑身刺青的男人，正抬头，朝这边看来。

这眼神，冰彻透骨，仿佛医院透视的镭射光机，仿佛能够看进人心。

我凝神，与这个形容古怪的男人对上。

就好像电影里，两个惺惺相惜的敌人相互凝视，彼此都为对方的厉害手段所震惊。我能够看到他脸上流露出了一丝惊讶，转而又笑了，是那种高高在上的、掌握一切主动权的笑容，残忍的笑。他张开嘴巴，舌头就像蛇一般，舔着自己的鼻尖，然后伸出手指，弯曲食指，朝金蚕蛊，或者我，做了一个勾引挑衅的动作。

我知道，他很期待与我的交锋。

他兴奋，然而我的心却往下沉去。被发现了，那么我也就暴露了。我不知道以段叔为首的这一伙人，到底掌握了我多少信息——是否知道金蚕蛊的存在，杂毛小道被一番毒刑伺候之后，是否会把我卖得裤子都不剩？但是，段叔既然知晓了有人要暗害于他，防范只会更加严格，再要想找机会下手，几乎都没有可能了。

为何？世上奇人何其多也，我再怎么狂妄，也不敢说用一个金蚕蛊包打天下。

人要有敬畏之心，要有自知之明，才能够在这个世界上好好生活下去。光段叔家中这布置，就能让金蚕蛊难以近身，便知晓段叔身上，自然也是有一些门道的。常言说得好，魔高一尺，道高一丈，一山总比一山高，即使是站在珠穆朗玛顶峰看风景，尽览无余的也仅仅只是这个星球的景物而已。

害人这件事情，讲究的就是个出其不意。

我失去了先机。

金蚕蛊飞了回来，趴在我头发上，爬来爬去。我望着远处的保安和景物，心乱如麻，想着应该怎么办。正犹豫着，一辆红色的奔驰小跑从我的视线中出现，然后朝东边的方向行驶而去。只一眼，我就看见了里面有一个长相英俊的男子。

我心中一动，驱车跟了上去。

是啦是啦，段叔是大老虎，虎威赫赫，周围的防卫自然森严，但是，未必他关心的每一个人都如他这般，出行都是有什么安全顾问的——比如我跟的这一位。通过刘明这个内线，我得知我跟着的这个男子（或者说少年），是段叔的二儿子段玉川，一个典型的小花花公子。他具体有什么劣迹，我不得而知，但是看着他在市区里就把车速飙得这么快，搞得我很难跟上，就知道不是什么好鸟。

段叔抓我的好友萧克明威胁我，那么我就来一次“以彼之道，还施彼身”的慕容表哥的做法。

对于高富帅，我既是羡慕，又是嫉妒，但是总归而言，嫉妒似乎多一些。

所以我并没有太大的心理压力。

一路跟上，他在商业圈附近的街头接了一个长相清纯的女孩子，然后又行，一直到了一家叫做勒万太兰岸的西餐厅，红色小跑才开始停了下来。段二公子殷勤地帮这个女孩子打开车门，然后两人挽着手，走进了这家富有浓郁法国风情的餐厅里。我看着，不一会，二楼临窗处出现了他们的身影。

我想说的是，根据我目测的结果，段二公子和这个清纯小妞应该都只是高中生。

毕竟，两人的样子都还没有长开，我只是远远一瞥，便能看个大概模样。然而两人这副架势，却实在颠覆了我对这个年纪的认知，看看……手都已经攀上大腿深处了！看看，两人居然肆无忌惮地……我闭上眼睛，好吧我错了，那个女孩子应该叫做貌似清纯吧。

我突然想起来，我十六七岁的时候在干吗呢？

我仔细回想，却发现那个时候的自己，正在跟生存做斗争，每日在工地上搬砖头。这样的对比让我尤为眼红，同人不同命，是谁说的，人生而平等？为毛我要搬砖头睡工棚，他就在这如花如雾的年纪里，开着奔驰小跑，已经纯熟地泡起妞来？而且，他还偏偏长得跟偶像剧里的男主角一般模样？

刹那间，我阴暗了——反派就反派吧，生活，永远不是偶像剧。

我下了车，然后走进餐厅。

在侍者的带领下，我来到了二楼，坐在了距离这对小情侣不远的位置。对于血淋淋的牛排我几乎没什么兴致，而点七成熟以上的又容易被人笑话，我点了一份沙富罗鸡和一盘蔬菜沙拉，慢慢地吃了起来。

段二公子逗女孩子的功夫一流，那个眉目间有着绝色的小美女，总是捂着嘴忍不住笑，花枝乱颤。

我不知道泰国佬巴颂，会不会即时通知段叔注意防范，也不知道段叔何时会反应过来，要照顾好自己的家人。时不我待，一分钟都拖延不得，趁人不注意，我立刻放出了金蚕蛊，跟这小祖宗商量，让它给段二公子下一个有点儿潜伏期的蛊毒。它答应了，妥妥的，这让我很感动，自从朵朵被我封印进了槐木牌中，它似乎知道我一直在为朵朵苏醒的事情奔波着，也不怎么闹了，懂事很多。

当然，对于吃虫子一事，它仍然有着本能的执着，死不悔改；而我也有本能的厌恶，这是我们俩不可妥协的分歧。

金蚕蛊鬼鬼祟祟地消失在我的视线中，而我则一边舞弄着刀叉，一边用余光打量着段二公子的反应。

电话响了，是昨天那个陌生来电。

第六章　魔鬼交易，火器现反被擒

我接通，依然是那个男人低低的声音："陆左，你到江城了！"

他用的是肯定句，而非疑问的语气，我第一时间就确定他与巴颂已经联系上了，不然不会这样。于是我说是的，亲爱的亚历山大·谢尔盖耶维奇·奥涅金先生，有何见教？见我直接叫出了他的真名，他愣了一下神，然后说："我们内部出了叛徒，对吗？是谁，陆左先生，我希望你告诉我……当然，我知道这也是白搭，那么，我们换一个问题吧，比如，阁下是否不打算把彼岸花果实交出，而打算用别的代价，来一场筹码和底牌的交易呢？"

我说那果子早就已经被吃掉了，你即使想要，我拉不出来的。

他嘿嘿冷笑，普通话字正腔圆："这怎么可能，未成熟的彼岸花果，剧毒，要是你吃了，早就已经没有资格和我说话了。我知道你是苗蛊一脉，会放蛊，但是相对于技术变革日新月异的东南亚，你们，落后了，在他们面前，你们注定都只是雕虫小技。你，不要丢了脸面，也不要做无谓的垂死挣扎，更不要想着骚扰我的老板，否则你会死得很惨的！好吧，把东西交出来吧……"

我说东西真没了，你爱信不信。

他问我，真的不在乎萧克明的生死？我哈哈大笑，说替我问候一下段叔，顺便帮我带一个问题，难道他真的不在乎他家老二的生死？说着这话，金蚕蛊已经返回来。我没有停留，第一时间结账离开，离开的时候，我看到段二公子正捂着屁股，一脸不舒服。当我启动汽车离开餐厅的时候，一辆高速行驶的汽车猛地拐进了停车场，车停，好几个肌肉膀子发达的男人一下子就蹿了出来，朝餐厅里面走去。

为首的，就是那个让我一见就胆寒、身上直起鸡皮疙瘩的朝鲜人朴志贤。他是一个那么耀眼的家伙，光让人看一眼都会感受到莫名危险的男人，锐利的气势，如若从地狱归来的刀锋战士。

我挂掉电话，看着昏沉沉的天，启动汽车离开了此地。

虽然答应了交易，但是我提出了两个条件。

第一，地点由我选择；第二，只能有一个人带着萧克明和段玉川前往交易现场，而且这个人不能是朴志贤这样的高手，也不能带枪——否则，等着段老二肚肠腐烂生疮吧！这样的条件自然十分的苛刻，但是段玉川是段叔的宝贝儿子，萧克明却只是我的一个朋友，在他们的眼里，轻重高下自然一清二楚，主动权握在了我的手上，于是对方答应了。

交易地点的选择，我费尽了心思。之前有好几个选择，比如闹市，比如公园，比如警局门口……但是我最终还是把这些都给否决了。其中的原因太多了，牵扯到的东西也多，这里也不好讲。反正我知道一点，得罪了段叔，在江城几乎就寸步难行。

我把交易地点定在了上高速的某一个路口，当然，这是在最后绕圈子的时候，才跟他们确定的。

按照《镇压山峦十二法门》中的记载，我一天都在采购某些急需之物，在晚上十一点多的时候，我已经到达了那个路口，指挥着那个可怜的交易人，在整个江城绕了几圈了。

有一次，我还特意让他的车子从我眼皮之下走去，然后看后面有没有车辆跟着。

然而没有，这伙人非常的谨慎，不敢出现任何差池。

这就好，我最怕的就是无所顾忌的人，如果碰到那种连亲生儿子都威胁不到他的奸雄，我只能打碎了牙齿往下咽，举双手投降了。然而，所幸没有。第四次的时候，当这车路过我前面的时候，我打电话让他停住了，然后驱车缓缓地开到他的前面。打开窗子，只见这六厢车里，杂毛小道和段玉川都躺在车上，司机是一个四十多岁的男子，带着茶色眼镜，长得黑，脸上有刀疤，蜈蚣一样的狰狞。

他冷冷地看着我，说奉了段叔的吩咐，把人送过来了。这个萧克明，我可以带走，但是二公子，一定要解了药才能离开。为了表示诚意，他下了车，还是举起双手，表示没有带武器。然而，他的手一举起来，我就能够看到手肚子处，有着厚厚的老茧——这是玩枪的老手。

不过没事，只要不是朴志贤，我就不怕这厮能够闹出什么花样。

我指着车里面昏睡的萧克明，问怎么回事？

他耸了耸肩膀，然后说怕捣乱，打了一点氯羟苯恶唑（一种肌肉松弛剂），过一会儿就好了。我说我要检查一下，他打开车门，我翻了一下杂毛小道的眼睑，然后又查了脉搏，很平缓，显然只是在昏睡，说可以，把他扶到我车里。他拦住了我，说还没给二公子解毒呢？

我瞧过去，这风流倜傥、面如冠玉的段二公子，正在座位上瑟瑟发抖呢。

我给他下的蛊，和刘明的一样，是用金蚕蛊的排泄物为引子下的，叫做二十四日断肠蛊。在这二十四日里，每隔三个时辰发作一次，胸腹间的内脏如被绞肉机绞动一般，翻腾不已，每一次阵痛神经都扯动灵魂，难受得不行，解法也很简单，一念即消，而后泡发的黑木耳与银耳合水服用，持续三日即可消除。

我摸摸他鼓胀的肚子，把蛊毒全部集中到大肠区域来，然后对着这疤脸大汉说道可以了，排完便后，神清气爽，生龙活虎，又是一个泡妞厉害的小白脸。

他不信我，问我怎么证明？

我背起萧克明，说爱信不信，不然要怎么样？要我留在这里伺候这小祖宗，直到痊愈？这想法太奇葩了吧？说完我把老萧塞到了副驾驶座上去，准备离开。刀疤脸一把就抓住了我，我转过头，只见一把黑星顶住了我的脑门。他笑，说好天真啊，说不带枪，还真的以为不会带吗？他老疤混迹江湖几十年，还真的没有见过我这种天真的货色。

被这么一个沉重的铁疙瘩指着，我都能够闻到枪口处那淡淡的硝烟的味道，心里面一下子就懵住了。

心神虽然惊悸，但是我脸面上却没有表现出来，凝神看着他，说敢杀我，就不怕死得很惨吗？刀疤脸哈哈大笑，说他是走白货的，跑的就是滇缅线，什么奇怪的事情没有见过？知道你有本事，但是未必快得过子弹？不要动，动一下，小命就不保。说完这话，他掏出一种塑料捆带，把我的手紧紧地扎起来，反绑住，然后用枪指着我蹲在地上，我照做，却被一大脚给踹翻在地上。

他蹲在地上，问我果子到底在哪里？

我盯着他，仍然在为这家伙掏枪的举动而愤慨。他哈哈大笑，一巴掌扇得我半边耳朵嗡嗡响，然后直接把手枪塞进我的嘴里，捣着我的牙齿，残忍地笑着："这个世界傻子太多，总是认为别人跟你一样的思维——成王败寇啊！小兄弟，你既然敢跟段叔叫板，就没有想过会有今天的下场？再不说，这荒郊野岭，青山处处埋忠骨，你就准备准备？"

他是个左撇子，拿着枪往我嘴里直塞，空着的右手，说得兴起，一个劲地扇我耳刮子，啪、啪、啪！又重又狠，嘴里还骂骂咧咧，他对段叔崇拜不已，对我胆敢触这位爷虎须之事，十分的愤怒。我手被反绑着，用不上劲儿，一阵耳刮子抽得我双颊火辣辣地疼，顿时就肿了一大片。好汉不吃眼前亏，我大叫说有，在车的后备箱里，里面有一个小行旅箱，就在里面。

他停下了手，戏谑地看着我，嘿嘿笑，说早说不就结了么，费这么多功夫。

站起来，他又重重踹了我肚子一脚，然后起身走向车后去。

第七章　道士反目，兄弟相搏控魂

二月的天气冷，寒风吹不散我心中的怒火。

我想他一定没有见到我眼中掩饰不住的恨意，也看不到我身下正在噬咬塑料捆带的金蚕蛊。当他发现车后厢里面什么都没有的时候，回过头来，地上却已经什么都没有了。我在哪儿？我躲到了车子的另一边，指挥着金蚕蛊，朝刀疤脸拿枪的手腕狠狠地咬去。

见我受辱，肥虫子也是十分的气愤，只一咬，刀疤脸手腕立刻肿了起来，被蜇疼了，手中的手枪像烫手的山芋一样，往前面扔掉了。他嗷嗷大叫，看着自己肿大的手发愣。好机会，我全身的细胞都兴奋得要命，一下就蹿了出来，一招经典的黑虎掏心窝，狠狠地擂在了刀疤脸的小腹处。

砰……我的拳头轰中了他的小腹，触感并没有想象中那么柔软，硬邦邦的，好像有六块腹肌的存在。不过柔软处终究是抗不住太大力的伤害，我的含恨一击，把刀疤脸一下子就掼翻在地上。我气愤得很——大家都是刀疤脸，干吗连这点面子都不讲，直接把枪口塞进了我的嘴巴里？

当时我害怕得魂都差点丢了，“有没有？”

刀疤脸果然是反应一流的红棍打手，一个鲤鱼打挺，翻身就站起来了，双手护住胸口位置，仔细盯着我。

这是标准的美式拳击开路。也是军队一击必杀擒拿的起式。

只可惜，他左手手腕上的咬痕肿胀越来越大，又红又青。他不管，一个侧步滑身，直接冲到我面前，然后抬腿蹬来。我往后跳开，然而他的进攻如附骨之疽，连绵而至。我这个半吊子虽然有些气力，也算敏捷，但是跟这种刀口舔血的强人打架，简直是孔夫子门前卖书、鲁班门前耍大斧，所以也不纠缠，一边狼狈躲闪，一边跟他讲，你手腕这一下，中毒了，大毒，若不能及时医治，截肢是必须的，再不行，直接挂掉。

他不理，一路抢攻，我躲闪不及，大腿被挂了一脚，火辣辣地疼。

我这时也不顾忌了，大喊一声金蚕蛊，一道金光砸中了刀疤脸的脚踝，他立刻失去重心，我见机行事，一个大鞭腿，狠狠地踢中了他猛然前扑的身子。这一脚我提了个正着，反馈过来的结实感让我大爽了一把，郁闷的心情一下子消散，我近身过去，一把揪住他唯一好的手，摁着，然后朝他后颈狠狠砍去。

第一下，太轻了，他奋力挣扎。

我接着补了一击，终于，补刀成功，他疼晕了过去，我高兴极了，扬扬得意地抬起头来，才发现肥虫子悬在上空，一双诡异的黑豆眼直勾勾地盯着刀疤脸，不时有一道亮光掠过。人是我打晕的，还是它催的眠？我一阵无语——唉，我本人其实是最不赞同暴力解决问题的，然而这一次，确实跟人拳头对拳头，肉搏了一回。看来，我似乎应该找个靠谱点儿的老师，学习一下拳脚才行。

混江湖的，哪里都需要一门好手艺啊。

见这刀疤脸晕了，我也不敢停留，用随身的小刀给他手腕处划开一个口子，叫金蚕蛊把毒吸一下，这帮人敢玩命，但是我可不敢背着人命官司。我跑回车子里，收拾好东西，把昏睡的杂毛小道用安全带捆好之后，招回金蚕蛊，油门一踩，我就开上了高速，往江城相反的方向逃去。

行了二十几分钟，我紧张的心情才舒缓了下来。

今天的事情实在是太惊险了，我并不害怕大多数的鬼物，但是对于段叔这样的坐地虎，确实畏惧得很。在这个城市里，他说不上一手遮天，但是却能够让我永远说不出话来。关键所在，还是人类太脆弱了，脆弱到一颗子弹，就能够失去生命。他们盘根错节，势力很大，我能够做的，只能远远逃离，跑开。

一个人的力量，终究还是太薄弱了。

或许，我可以带着杂毛小道去报警试一试？只要，对于那夜植物园的偷盗事件，抵死不承认就行。

想到这里，我从看了一眼副驾驶座上的杂毛小道，只见他已然醒来，脸上僵直，面无表情地看着前方，我正想跟他打招呼，哪知他的眼睛变得血丝密布，像一个红色的玻璃球，然后突然扭过头来，一脸怨毒地看着我。

突然之间，杂毛小道脸上青筋浮现出来，眼球红色收敛，翻起了白眼。

他神色狰狞，突然伸出手来，紧紧地拉住了我的右手，死命拉扯。我被他生生地拽了半边身子过来，只有用左手稳住方向盘。杂毛小道又伸手来拽我头发，我躲开，他就侧过身来，两只手来掐我脖子。车厢里空间十分小，我哪里能够躲闪得急？一下就被摁住了头。我连忙踩了刹车，车子骤然停住了，却感觉脖子上的一双手力气骤然增大，竟然有想掐死我的趋势。

我脑子里还在迷糊着，然而求生的本能却立刻反应过来，抓住杂毛小道的手，就往外面扯。

我们两个的手，在我脖子处较起劲儿来。

一个是身佩本命血玉、天生就有一牛之力的杂毛小道。

一个是来自苗疆边陲、身受金蚕本命蛊之力洗涤的我。

我的呼吸渐渐不畅，但是力量却源源不断地从身体里涌现出来，生存的本能是意义之塔存在的最高所在，人死了，一切也就没有了。同时，我发觉杂毛小道的气力只是一时的爆发，然后就有些后力不济了。他是一个江湖老油子，这样的用力技巧不会不知，现在如此，其实很好解释——他被控制了。

杂毛小道可是一个厉害角色，意志比我见过的大多数人都要坚定，怎么可能被人控制？

不对！我第一时间就想到了那个神情狂妄的泰国人巴颂，想起了他脖子上那花纹密布的文身，以及两侧的空洞的眼睛纹型。

这个家伙，是个高手啊……

我的优势越来越大，死命地往外掰开，不让他一双铁钳合拢。

最后，我浑身骨骼一阵炸响，喀喀喀，一鼓作气，我终于将杂毛小道狠狠地制住，反剪起他的双手，然后我咬破舌尖，一口鲜血吐在了他的额头上，急念“金刚萨埵普贤法身咒”三遍，然后把左手五指合拢卷成筒形，中留空，结成外缚印法，用力拍在他脑门上，大喝一声“解”！

这是棒喝，让走火入魔者、梦魇者、以及身体被他人操控者醒悟过来，拥有自身身体的操控力。

我拍得毫不留情，“啪”的一声响，杂毛小道大叫声啊，双手乱挥一下，闭上眼睛。但他再次睁开的时候，瞳孔已恢复为黑色，里面能够映照着我的倒影。“小毒物……”杂毛小道不敢相信地伸手擦了一下眼睛，看着我，然后长呼了一口气，说终于逃出那个鬼地方了……咦，怎么脑门这么疼？

我说我拍的，他刚刚被人下了控魂降，攻击我，两人差一点儿就翻车了。

他又是长叹一口气，说他真的是瞎了眼，这一次是够教训的了。本来以为段天德这老王八是看中了他的真才实学、文韬武略，还准备帮他绸缪一番，改一改四年之后的气运呢，结果没想到这害人的心算计到他身上来了。一颗毒果子，有那么吸引人吗？唉，他能够算尽天机，却把握不了自己的命运。

我笑了笑，说你还年轻，不理解他这种事业有成、但是又害怕衰老的人的心理，其实想一想也是，年轻时什么也没有，现在老了，山珍海味也没胃口吃了，绫罗绸缎也没心情穿了，大把的漂亮姑娘也没能力睡了，广厦三千，躺下不过一铺床……更何况，死去了，什么也没有了，他能不着急吗？

杂毛小道哈哈大笑，指着车顶说道，就他这么个着急法，四年之后，这混蛋定然身死，偌大的家业帝国，分崩离析，子孙断绝！

我当时直以为他这是气话，没想到今年八月，杂毛小道一语成谶，当然，这是后话。

第八章　小道昏迷，车窗惊现美人

杂毛小道说得激动，我自然也不好扫了他的性子，只是由他说起。

待他气消了些，又问他是怎么落入的段叔之手？杂毛小道叹气，无外乎一不小心，喝了一杯气力全消的苍蝇水，结果英明神武的他就着了道。醒来的时候，是一个地下室，四处黑暗无光，然后不断被审问，翻来覆去地折磨，他意志坚定，并不容易被忽悠，然后就被用刑，刚开始还能够凭着胸中的浩然正气死扛着，后来那个黑瘦的泰国佬把他的本命玉摘了，就不行了，于是说出了那晚夜盗植物园的事。

我倒是奇怪了，说既然他们知道了这事，也知道那妖果子给我的金蚕蛊吃了，那还再要什么？

他抬起头来，一脸的虚弱无力，问我的金蚕蛊苏醒了没有？

我说醒了，说起来还得"谢谢"你帮忙推荐的那地翻天一家人，居然放出了十二头僵尸来咬我，当时的那情况……哼，要没有金蚕蛊在，我早就被啃得连个零碎肉块都没有了。他不好意思地笑，这时金蚕蛊飞了出来，围着驾驶台转圈圈，突然停住，黑豆眼狠狠地瞪着杂毛小道，显然是对他刚才袭击我的行为十分的不满。

他不介意，接过肥虫子到手上，亲热地亲了一口，然后严肃地说道："那个巴颂鼓吹炼化了修罗彼岸花果实的金蚕蛊，也是至宝，由他经过秘法炮制，便可有起死回生之功效，所以段叔十分心动，于是便吩咐下来，奥涅金等人找你要妖果，是'项庄舞剑，意在沛公'，让你降低防范呢……"

我气愤得很，什么狗屁"起死回生"的功效，金蚕蛊这个肥虫子，若不控制，一身都是毒，想死倒是可以尽管用。我看着他变瘦得厉害的脸颊，问他还是有些道行的，怎么跟普通人一样，给控魂术控制了？太丢脸了吧？

杂毛小道长长地打了一个呵欠，无精打采地，听到我说这话，脸色瞬间忧郁和怨愤起来。我以为说错话，伤他自尊了，连忙道歉。他摇了摇头，盯着前面的道路，一字一句地说："这天杀的泰国佬，我只要活着，我就要弄死他！"

这是我第一次从杂毛小道嘴里面听到这么决绝的话语。

在我心中，小道士一向都是口花花、济颠和尚一般的风流人物，没脸没皮的，也不怎么跟人计较得失，比如和我交往，虽然经常坑我钱财，但是我一旦有事，他必定会照拂一番，随叫随到，即使在千里之外，也惦记着我和朵朵。而若有人嘲讽于他，他只会淡然处之，并不急，也不睚眦必报。这性格对于普通人来说，是懦弱，但是对于他这么一个有着一定能力的奇人异士来说，却难能可贵。

心有猛虎，轻嗅蔷薇，真性格高洁之士也。

我看着他不住地打呵欠，脸色蜡黄，很奇怪地问为什么。杂毛小道摸着鼻子，眼睛湿润了，他说这一次真的亏大了，除了本命玉被巴颂拿走了之外，这几天，还被他逼着吸食鸦片膏。我心中一跳，失声说道："鸦片膏？"他点头说是，这种鸦片膏是巴颂特制，药膏其实是药引，让人的精神陷入迷惑，减低防备，然后借机控制他的心神。他算是有些道行，意志坚定，能够抵御一些邪法，但人总归是人，终究抵御不住这霸道药物的侵蚀，所以最后还是着了道……唉！无量天尊啊……

说着说着，他双手抱着头大叫"啊"，全身肌肉抽搐，脸部扭曲，我吓了一大跳，问怎么了？

杂毛小道用一种异样的口气说道："他来了……他来了……"他这声音似泣似咽，并不是刚才正常的嗓音，仿佛遭受到了很大的痛苦和折磨。接着他的眼球开始泛白，规律性地从左向右转去。突然有风从后面阵阵吹来，令人毛骨悚然，我猛打喷嚏，一连七八个。一句幽幽的话语，仿佛从我们的心中冒起来："不用找我了，我来了……"

霎时间我立刻反应过来，泰国人巴颂追上来了。

我不知道他是一个人还是几个人，反正他此刻正在做法迷惑杂毛小道，想让萧克明直接把我制住。或许，刚刚萧克明苏醒过来的时候，那个家伙，就已经赶到。

我将面对的是一个强大的对手。

杂毛小道此刻已然是帮不上什么忙了，我只指望他不捣乱就好了。所幸有了准备，拿出一张黄符纸，按十二法门"符箓"一节中提及的御外物符画，蘸血做成，然后贴僵尸一般，贴在杂毛小道额头上。脑门这么一贴，这厮立刻变得有七分像僵尸，不再动弹，脸上也不再扭曲。

我拍拍手，让身体里面的气感流动，去感受周遭的邪异，小心提防着，然后发动汽车，准备逃离此地。

在敌人不明确的情况下，我第一反应还是远远逃开最好。

然而发动了好几下，没打着火，怎么都启动不了。我心中有不好的预感，感觉左边有异，猛地一扭头，只见一个黑色的物体在我的车外一闪而过，又一圈之后停留，是一团红色的血雾，翻滚着、流动着，里面有一对黑黝黝的眼睛，晶晶亮，直愣愣地看着我。

我仔细一看，心中大惊，这、这居然是女人的头颅。

对，这就是一个女人的头颅，头发如同飞舞的游蛇，张扬开来如柳絮、如丝织，脸上呈现出娇艳的魅力色彩，包裹在红色的血雾中，她的嘴唇是抿着的，猩红色的唇形美丽妖艳，不时发出娇笑声，呵呵呵呵……在我耳朵边回响着，分不出是我内心中的呼应、是幻觉，还是真实存在的音波。

当然，这些并不恐怖，真正让我头皮发麻的事情在于，这颗美人头颅下面，挂着一长串的内脏、肠子和血肉，像是一只悬空的章鱼，又像是一大串挂在藤架上的葡萄，不断有血流下来，滴滴答答，然后地上又有红色雾气蒸腾上来。

这个恐怖的美人头颅一下子出现在我的窗外，一下子，又出现在前面的车窗前，红色血雾翻腾。

整个空间都萦绕在血腥味浓重的气氛中。

我狠狠地揪了一下自己的胳膊，疼，这就不是幻觉。一种冰冷的寒意从尾椎骨冒起来。这，这就是传说中的飞头降吧？

飞头降又被称为飞降，是所有降头术里面，最为神秘莫测，也最为恐怖诡异的首席降头。其实所有的黑巫术、白巫术，都是人类在探寻自身、宇宙的秘密，谋求生命的永恒存在。几乎所有的顶级巫术，都涉及长生不老的境界。而飞头降，则是东南亚降头术中最厉害的一种，总共七个阶段，真正能够撑到最后一个阶段的人，便可长生不老。

飞头降靠什么长生不老？靠吸血，猪血、牛血、鸡鸭鹅禽类之血，乃至最后，血之精元，人之血。

所以，一个地方如果出现有练飞头降的降头师，便会出现各种家畜离奇死亡事件，若是出现了高阶段的降头师，那么，方圆几百里，频繁死人——特别是孕妇，飞头降修炼者最喜欢食用胎儿的精血。这是一种建立在累累白骨、千人万人的死亡之上的恐怖巫术，是邪法，最容易引起仇怨，被人剿灭。

所以，纵观飞头降诞生无数年的历史，炼制大成的一个没有。

没有，但是不代表它不厉害。

我的心脏被神经紧紧地抓着，一动也不动。那头颅围着车子绕了两圈，突然不见了。没等我气息缓下来，突然，车前面发出一声令人牙酸的钢铁折断声，接着，整个车头，都被缓缓地抬了起来。

乖乖，这么大的力道？

第九章　美人头颅，悬空拖肠走地

眼见这车子就要翻转过来，我连忙解开安全带，然后把旁边杂毛小道的安全带也解开，打开门，在车子三十度倾斜的时候，拉着杂毛小道一起跳下了小车。

脚一着地，那咬着车头保险杠的美人头颅立刻放弃了翻车的举动，飞临空中顿了一顿，然后红色的眼睛瞅准了我，拖着血淋淋的肠子内脏朝我这边飞来。它张开牙齿，白森森，密密麻麻，好像是虫子的口器，上下四颗尖锐的牙齿，足足有成年人的一指长。

我要是被这一嘴咬个结实，明天之后，必然是干尸一具，直挺挺地躺着等着太阳照。

随着这头颅的离开，车子重重落下，轰然作响。

经历了这么多风雨，我哪里会认命、坐以待毙，我先把手中的累赘杂毛小道往路边一扔，一个铁板桥，躲过这风速一般达来的撕咬，没成想避得开上头，避不开下头，下面那累累的肠子重重地击打在我的身上，像鞭子一般抽打。我倒地，往旁边使劲一滚，往身上一抹，尽是让人欲呕的血浆，黏黏嗒嗒的，腥臭得很。

顾不上这些，我从随身的袋子里拿出了一袋液体，把封口拉开之后，对着再次奔临而来的头颅猛地砸去。

一击……即中！

这一袋子液体一撞到空中的头颅立刻四溅炸开，细细洒洒如雨一样散开来。

借着远处的路灯，我看见那诡异的美人头颅一沾染上这许多红色的液体，白净的脸上立即出现了滚滚的黑烟，一股灼热的焦肉味四散飘逸。“啊……”它立刻发出了一声尖锐到了极致的痛苦惨叫，我的耳朵一瞬间好像被细针刺入一样，忍不住地捂住了耳朵，抱头蹲地，张着嘴巴抵御这恐怖的音波攻击。

啊——

这声音，任何一个内心强大、淡定的人听到一声，都会连宿的做噩梦。

我捂着耳朵，愣愣地看着这美丽与恐怖结合的美人头颅在空中，像无头苍蝇一样乱晃，心中一阵得意。这液体，便是我之前按照十二法门上准备的几样物品之一：黑狗血。黑狗血可破降头邪术，但凡是降头之术，都受这一物克制，便如同糯米之于僵尸与矮骡子，生生相克，便是这道理。为这东西，我摸黑跑了好几个菜市场才找到的，捂在怀里好几袋，都有着我的体温。

三军未动，粮草先行。

既然已经做好跟这个降头师比斗的心理，我便已经尽力布置好一切。没想到果然有奇效。

而且我这一下，也确实把刚才吓得仓皇的心给稳定下来。

我看出了一点儿门道了，这不是飞头降。或者说，这不是真正意义上的飞头降。

为何？十二法门中有提到，所谓的飞头降，就是降头师利用符咒，给自身下降，让自己的头颅能离身飞行，达到提升自己功力的降头术。这个巫术是和之前提过的猿尸降一个道理，均作用于降头师本身。这是一门极其邪恶和凶险的法门，稍不留神便身销神陨，灰飞烟灭，然而大冒险自有大收获，也惟有如此，以七七四十九天为一个阶段，每过一个阶段，法力倍级增长。

这个美丽的女子头颅，所有的表象都符合飞头降的特征，但是问题在于，据我所知，施降的是一个五十多岁的丑陋泰国人，而不是一个长相清丽脱俗的美少女。那么这个，依然是控魂降中的一个分支，名为控尸降。是一种操纵尸体而改良的飞头降。十二法门中对此有过记载，据说是洛十八的一个徒弟研究出此降法，因太过恶毒，最后被赶出了门墙，后来他著述时，便寥寥几笔提起。

控尸降有一个特点，便是施降者不会为此冒太多风险，只需要找到一个生辰八字、命理都合乎准则的人体，用相应的方法将其炮制死亡，然后用特殊手法炼制，最后成型。此法练到极致，便能附念头到它身上，等于多了一道强力的攻击手段、身外化身。然而由于违反自然规则，它也同样有许多缺点，比如操作不灵活，施术者必须在百步之内，法力最强者也不能超过两百步。

两百步啊！

我心中一阵兴奋，这个拿走杂毛小道本命血玉、害得他染上毒瘾的泰国人巴颂，定然猫在不远的地方，用上帝视角在看着我。在哪里呢？我念头刚及，只见那在空中翻滚的美人头颅终于停顿了下来，转过头来看我，精致光洁的脸孔上面全部都是焦黑猩红的伤疤和血肉，仿佛我泼的不是黑狗血，而是一包硫酸，而它顷刻间成了重度烧伤的病人。

不对……身上感觉怎么这么冷？

我发现它的眼睛死死地锁住了我，这里面的怨毒，罄尽三江之水都洗涤不了里面的仇恨。我腿肚子一阵发抖，光凭借着目光锁定，就能够让我心中不寒而栗，这个山寨飞头降果然也是厉害角色。我也盯着它，手伸进了随身的包中，里面还有三包黑狗血，两个黑驴蹄子和一些零碎玩意儿，时刻准备着。

沉默，山雨欲来风满楼，压抑得越久，爆发得越重。

我凝神呼气，和缓，静静地去感知“炁”在空气中、身体里和周围环境中的无所不在。

停顿看似漫长，实则仅仅屈指可数的三秒钟，某一个节点，一声厉号响起，飘浮于我前方七八米的美人头颅拖着肠子内脏，裹着翻滚的血色雾气，朝我猛扑而来。我早有准备，往旁边就是一扑，错身躲过，翻滚中，我看向了这颗略显累赘的头颅，只一眼，我胸口的心脏就要跳了出来。

这头颅居然直奔安静在地上挺尸的杂毛小道而去。

是啦是啦，它受了重创，目前最需要的不是跟我以命搏命，而是迫切需要补充新鲜的血液，然后用血液中的精华回复创伤。此地只有两个猎物，我、杂毛小道，相比起犹如硬核桃一般难啃的我，躺在地上、脑门贴一张符箓的老萧，犹如软柿子，捏也好捏，吃也好吃，这控尸降的本物原也如同僵尸一般，保留了一些生前的智慧，自然懂得取舍。

不过，果真让它得了口，哥哥我这“千里走单骑”的豪侠戏份，唱给谁人听？

我顿时手快得跟经年的惯偷一样，连续两次投掷相隔不超过半秒钟，两大坨包裹着体温的温热黑狗血立刻新鲜出笼，在我这个人肉掷弹筒的作用下，一包袭击空中的美人头颅，一包袭击地上的杂毛小道。当我抽出兜里面的瑞士军刀冲向杂毛小道卧身的路口时，这美人头颅已经趴在了老萧身上，竟然不顾浓郁黑狗血的灼烧，誓死要将他的血液吸食干净。

看着它血淋淋、黑烟升腾的头颅和下面累累的内脏，我心中生寒。

如此取舍，果然悍勇。

我一个箭步，在老萧的脖子被啃个对穿之前，一大脚踹向了这颗变得相当恐怖的头颅。咚——这硬度，我几乎以为我踢到了一棵两人环抱的大树上面。虽然把它稍微踢开一些，但是我穿的是普通运动鞋，这一脚让我的脚趾很受伤，疼痛感一直蔓延到了菊花去。没等我高兴，它拖在地上的肠子一绞，滑腻腻，湿漉漉，立刻把我绊倒在地，后背重重地磕在了高速路的沥青路面上。

我眼前一黑，感到身子一翻，周身被紧紧黏住、绞死，那种来自于地狱的腐烂内脏的臭味一下子就萦绕在我的整个脑海里，挥散不去。我胃部一阵翻腾，抽搐，伸手去拨那一堆内脏，又睁开眼睛，只见那一串肠子蠕动着，美人头颅俯下来，恐怖的脸上全是癞疤，血肉模糊，张着嘴，森森白牙暴露，朝我啃下来。

相比杂毛小道，我显然更加可口一些。

也解恨。

我肚子中的醪糟，化作一口水箭，“嗖”的一声直喷向冲来的头颅。显然这一招呕吐大法一点儿攻击力都没有，反而被兜头盖脸地反溅回来，一回炉，更加馊臭。这一咬，大嘴张大得能够放进一颗榴莲，当然，也能够放进我小半颗头颅。倏然间，这飞头降已然飞至我的眼前。

千钧一发之际，我腾出了双手，撑着它的双颊，死死抵住了这一颗头颅。

巨大的力道源源而来，我简直不敢相信这仅仅只是一颗头颅，几乎如同奔马一般的撞击力，而且后劲悠长。巨大的怪嘴在我眼前的十公分处剧烈开合，里面不断有血浆溅出来，掉落到我的脸上。抓着被烧蚀许多的乱发和脸颊碎肉，我苦撑，体内的金蚕蛊源源不断地把力量传导至双臂之上，勉力将其抵挡。被我抓住，又吸食不了血，这颗变得无比丑陋的美人头颅无比暴躁，上下左右剧烈摇晃。

我感觉自己像一个骑上了烈马的孩子，天地都在颤抖。

拼力道、拼物理攻击我是没戏了，为今之计，只有把希望寄托于灵力上来。我在极度紧张之余，开始高声念起了“金刚萨埵法身咒”。这咒文因为我的惊悸和呼吸不畅，磕磕巴巴，然而许是我体内有了气感，有了所谓“法力”的缘故，竟然能够让其动作迟缓下来。“金刚萨埵法身咒”念祷的是勇猛果敢，遭遇困难反涌出斗志的自我催眠和激励，一轮念完，我集尽肺中的所有气息，口吐真言曰：“统……”

第十章　幕后黑手，师叔又见师叔

这一声“统”字如平地惊雷，连我自己都被震惊到。

这一刻我感觉到有万丈光芒。

这美人头颅如遭雷轰，五官各处都迸出许多黑色的液体来。它发出了比第一次更加凄厉的叫声，这声音简直已经超出了人类耳朵所能承受的音域，我脑袋顿时感到一阵如针刺一般的剧烈疼痛，这疼痛似乎已经满载，连我的头颅都要爆炸了。不仅如此，一直在我体内的金蚕蛊终于开始暴躁不安起来。

据我所知，类似于金蚕蛊这种半灵体，最忌讳的也是高频超声波。

美人头颅不再来咬我，往上飞去，而我则感到耳朵都在流血，忍不住用全是血浆肉沫的双手，捂住耳朵。

它浮空之后，像一团水母，拖着累累的内脏和肠子就朝前路跌跌撞撞飞去。

打蛇不死，必遭其祸，而且还后患无穷。我岂是姑息养奸之人，挣扎着爬起来，一个百米冲刺，往前方跑去。2008 年的冬天特别寒冷，风在耳边咆哮着，反而将刚才噬人心骨的疼痛减少了一些，我的耳朵一直在耳鸣，此刻也减缓了，变得轻微。三包黑狗血泼下，再被我真言共鸣巨震，美人头颅周身的红雾已然淡薄得几近于无，此刻飞行，也如同刚开始尝试飞翔的笨鸭子，一路跌跌撞撞，摇摇欲坠。

我大跨步追赶着，手已经伸进了袋子里。

里面还有两包黑狗血，最后的两包。我调整呼吸，让脚步随着心跳的节奏在奔跑着，想象自己是探花郎小李飞刀，想象着自己是射日的后羿，想象着自己是狙击手之王、丹麦的“白色死神”西莫海亚……一时间各种大神在我脑海中旋绕，嗖——我出手了，正中其间。

大片血花四溅，美人头颅终于无力跌落了下来，在地上，远远看去像一摊的烂肉。

我立马跑到，抬起脚，神经质般狠狠地踩中了这头颅脖子下面的一串内脏，吧唧一下，居然出乎我意料地断了许多。一为激动，二为紧张惊悸，我发疯似地乱踩，将这团受了重创的腐臭血肉，全部踩成了碎肉沫子，然后抓住这厮的头发，像舞弄流星锤，几圈圆周运动之后，猛地往地上砸去。

这头颅如同篮球，高高弹起来。

寒风吹来，惊悸似潮水一般退去，我浑身上下都是血浆，冰冷，忍不住地打哆嗦。这时从江城方向行来了一辆大货车，明亮的前灯耀眼，还打了一个长鸣车喇叭。

我倒拎着这烧焦的头颅，往路边让了让。那货车又按了按喇叭，显然对我出现在高速路上的行为，十分不满，然后可能是看清楚我这副可怜的模样，我感觉那喇叭的尾声都在颤抖，一点停顿都没有，嗖的一下，往前面没命地跑去。

我感受着地面一阵颤抖，那是重型卡车的轮子在压路。我手中这个飞头降，嘴巴还在开合，吐着泡泡。

它红色的眼睛，看着左边的方向。

我循着它的视线看过去，只见在高速公路护栏外边的平地上面，有一团趴在地上的黑影。显然，被我注意到，黑影缓缓地站了起来，身体僵直，抬起头看我。我在黑暗中的视力已然有了很大的提升，一眼，便认出了这张丑陋中略带一些诡异的脸，以及裸露在外边的脖子上，那恐怖的文身。

巴颂，来自泰国的降头师，一个莫名其妙出现、又莫名其妙和我作对的男人。

他盯着我，黑暗中眼睛泛着亮光，我敏感地发现，他嘴角和前襟上有血迹，显然，在我发现他之前，这个老男人已经吐了一场了。"赫赫赫……"夜枭一般的啼笑声从黑暗中响起来，他居然裹着披风，黑色的大麾包裹着他单薄的身体，一团黑往我这边移动。

我问他：巴颂？

他点头，说是。

手中的美人头颅居然又动了，究竟是"蠢蠢欲动"的动，还是"垂死挣扎"的动？我不得而知，然而作为一个惊弓之鸟，我唯有将手中的这玩意儿，往高速路的护栏上砸去，狠狠地砸，每一次击中石栏，都是鲜血四溅。我是如此的用力，以至于我砸第四次的时候，丝麻一般的头发终于脱离了头皮，这头像一颗炮弹，"嗖"的一下，飞往高速公路的路中间，落地，像球一样，咕噜咕噜地滚。

巴颂冷冷地看着我发疯，既没有阻止，也没有叫骂，仿佛一个局外人。

然而，从他不断颤抖的身体，能够看到他内心蕴含的愤怒。

我丢掉手中的尸发，然后找了块干净的地面抹了抹，一手灰，然后跟眼前这个外国友人亲切问候，说晚上好啊。他对我说想不到，陆左阁下居然是个这么厉害的人物。

我居高临下地看着他，说哪里，控魂降、控尸降……巴颂先生真的是奇术迭出。不过呢，有句话不知道当讲不当讲，降头一术，逆天而为，讲究的就是一个凶险与机遇并行，你能够习得控尸降，必然也拥有飞头降这门奇术。若你敢咬牙一搏，有条件上飞头降，没有条件也上飞头降，如今恐怕已经成为一方大拿了，哪里还会怕这种凡间的黑狗之血，遭遇反噬？

他摇头，说若是以前，自然也就咬牙练了，如今这世道，通讯发达，交通方便，所以危险太多。他遇到的修飞头降的同门，不出十指，能过两个阶段的只有四个，能到达可吸人血的只有一个，而后这人在那阶段第四夜，就被人用喷火器活活烧死。修术为何？只为长生，到达彼岸，若此刻便魂归地府，何不如苟且于世？

我一个翻身跳下高速公路的防护栏，站在他八米之外的地方，不跟他扯淡，直接问为何害我？

谁知道他居然问了我一个我怎么也想不到的问题。

他问我见过王洛和没有？

在我诧异的询问下，我终于知道了一切的由来。

居然是王洛和之事未了。

我这一脉苗蛊，上溯到洛十八这一代，名曰敦寨苗蛊。敦寨位于大敦子镇的西北处，遍布高山野岭，是穷山恶水之地，古时瘴气丛生，常人不能过。然而离寨子四十里远的大敦子镇，却是沟通湘西至黔地乃至川南的交通枢纽之地，自古以来便是物流沟通之所在。货物流动，人员也流通，苗、侗、汉、土家各民族交汇杂居，倒也相安无事。

当时便有一个汉家叫花子，辗转流落到了那个深山中的苗家寨子，之后也不知什么缘故，便跟着上一辈祖师开始了苗蛊的传承。这人便是洛十八，其间秘辛已然不足为外人道，若详细探究阐述，必然又是一出"杨露禅学艺陈家沟"的剧目。不知经历了多少风雨磨难，洛十八于某年崛起，杀山贼、斗土匪、镇军阀，与湘黔桂几省同道中人，论坐于凤凰山下，无一人可夺其风头，竟然闯出了偌大的名声。

那已经是民国之事，汉蛊王洛十八之名，便是远至湘西桂东，也是有人知晓的，便是沈从文先生的文中也有隐晦笔锋提及，端的是好大的名头。后来洛十八摒弃了门户之见，没有如前辈神婆一般一个带一个，血脉相传，而是广收门徒，共计收有六徒。正当这一脉显兴旺之态时，洛十八与三徒前往湘中洞庭湖探路，莫名便死于一湖底龙洞之中，四人死了仨，只余一徒得返。

时值乱世之秋，军阀四起，天下大乱，人命如草芥，那徒弟支支吾吾不语当日发生之事，大旗既倒，余人便化作鸟兽散，各奔前程。

死里逃生的那个徒弟，便留在这个苗寨子，安心守着列祖列宗，祭祀庆典。

他，便是我那惨死在山沟沟里，肠子被野狗拔满一地的师公。王洛和的师傅，一时热血，参加了国军，尔后乱世飘零，流落到了缅甸。巴颂的师傅，是洛十八第七个弟子，一个被逐出门墙的弃徒，当年也是一天资卓绝之辈，不忿于师傅的保守不通达，便南下寻求证道之法，尔后落根泰国，开枝散叶。这两徒因同处一域，相互之间也有往来，小辈也熟，王洛和与巴颂更是生死之交，他上次来华，便将自己的一缕残魂用琥珀绳交于巴颂之手。

尔后之事，天道苍冥，巴颂都已知晓一二。

这些秘闻我倒是头次知晓，对陈芝麻烂谷子之事，也没有兴趣。于是我面不改色，只是问说了这么多，关我何事？你这番前来，可是为了给王洛和报仇？

巴颂笑了，他说旁门凶险，左道难行，一脚踏入，这命就不属于自己，而看天意。天老爷让你多活，你便多活。天老爷让你死，你便死去，怨不得别人。况且，报仇一事，还轮不到他管，王洛和家中也自有传承，高明之辈也多，自有其子侄来做。不过他来，倒是有一件事情要找我。

“什么事？”

“降头术中，以飞头降最为神秘莫测，也最为恐怖诡异，位列首席；蛊毒之术，以金蚕蛊最能通灵界，融洽于本身。两者皆为至道，然而道与道，终究有不同，同一名字，法门却有万千。本命金蚕蛊，除了毁于战乱的苗疆五毒教之外，苗侗三十六峒，只有汉蛊王洛十八有传承。而洛十八一脉，只有你这一支有知晓。”

“那又怎样？”

“许邦贵这龟儿子就是个弑师的逆徒，他的余脉，何德何能，能够安享本命金蚕蛊的培育之法？”巴颂突然大声喊道：“你这福薄的臭小子，有何能耐，安享这金蚕蛊？我不服啊……”

他说着，抢前一步，一把黑沙朝我洒来，腥臭难当，雨打如瀑。

第十一章　奇招迭出，英雄只有一个

在此之前，我和这巴颂算是交了三回手：第一次是隔空对视，目光摄魂；第二次是杂毛小道，中控魂降；第三次，是美人头颅，狗血喷淋。三次了，特别是第三次，巴颂损失颇大，不但费心炼制的控尸降本物毁于一旦，而且还被反噬其身。这便是莫大的仇恨，这便是杀人的理由。

都已经是刀兵相见了，却摆起古、攀附起渊源来，这里没有古怪，哪里有古怪？

我年岁不大，但是所经历之事不少，故不会跟久在象牙塔中的他人一般，懵懵懂懂，见这巴颂啰啰嗦嗦半天，大概也知道，他一来是为了等待援兵，二来却是为了降低我心防，然后想着能够一举偷袭，让我含恨而死——他这如意算盘打得噼里啪啦响，却未免太过于想当然了，只把我当成那二傻子，面团子，任意揉捏。

我是谁？

想当年我在做保险推销的时候，一个新人，在经过第一个月的培训期后，奇迹般地拿到过组内第二的好成绩，成为一匹黑马，呼啸而过。这还是在高手如云的业务员群落中，能够脱颖而出者。

我哪里是那么容易被忽悠的？

听着他扯着民国年间的故事，细数掩藏在历史烟云背后的师门渊源，我的下盘，却时刻紧绷着，这黑沙“呼啦”一撒出，我便向后方窜去，犹如一只受惊的兔子。

黑沙形成的雨幕足有七八米，稀稀拉拉落下来。

空气中有难闻的腐败垃圾的臭味，我屏住呼吸，不敢闻这味儿，只知晓，这家伙倒是富有，也舍得，这一把尸精散怕不得有好几两，居然一下子就全部泼出。什么是尸精散？这东西据说是在经年日久的埋尸之地刨出来的黑色晶状矿物，是灵魂沉积的寄托体，一颗一颗圆滚滚，像蟑螂屎一般，浑然天成，此物与无垢泥、毒蛇囊、蜈蚣腿等物混合炒制之后，再加以一些秘制手法，变成了最好的黑巫术、邪法等的增幅佐料。

比金蚕蛊这种半吊子增幅器，要好用十倍以上。

世间的埋尸之地不多，大多都是些战乱、瘟疫留下来的乱坟岗子、万人坑，而且被有道之士（比如道士、僧侣）超度过后的地方还不会产生，几百年间，少之又少。尸精散求之不易，只有那些有着悠久历史渊源的邪术家族才会有这种东西，拿出来，就是身份的象征，识货的人见了立刻就会躲得远远的。

然而，我没有立即跑开，而是返身过来，死死地盯着这个受了内伤的降头师，看看他还有什么压箱的手艺。

我们四目相对，他脸上浮现出诡异的笑容，张开手，披着的大麾无风自动，而在我们面前的空地上，一个接着一个的小黑影翻出来，蠕动。我定睛看，居然又是蜈蚣，密密麻麻一大片，长条节指硬壳，第一对脚呈钩状，锐利，其余牙爪毒肢摇动，一时间，黑色的、红色的、黑绿色的……每一只都有十几公分长，全部纠结在一起，抱滚成团，没一会儿，四五个篮球大小的蜈蚣团就出现在我眼前。

蜈蚣降！

我摇头笑，东南亚气候湿热，山水丛林众多，虫子也多，所以药蛊降也十分常见，几乎是每个降头师的必备技能。但是正如巴颂所说，山在那里，大道千条，寻常的药蛊降更多的是见于病毒交叉感染，然后用毒虫的排泄物、尸体粉末等物混合降头原理，以其毒性来害人。但是也有厉害者，以怨咒集百虫，利用许多材料的辅助，制造出一个千虫噬体的降头术来。

这是实战之术，又与驱虫驭兽的法子在原理上有着天壤之别，但也正因为经过加工调制，这蜈蚣口爪中的毒性，强过寻常的同类百倍千倍，只一口，便能让一头成年大象倒地抽搐，中毒而死，霸道非常。

行家一出手，果然不简单，厉害得很。

不过这一招对于我来说，未免有些药不对症了。见过了矮骡子那百十米的蠹虫阵，这四五团窝成一团的蜈蚣，我倒还真的不怯。这样的蜈蚣来再多，都抵不过升级版金蚕蛊那生物等级上的天然威压，遑论数量多少，都只是给这肥虫子，多备了几道夜宵而已。

我是这么想的，然而巴颂却是诡异一笑，又跳又叫，开始了最原始的跳大神。

随着他肢体的摆动，我感觉旷野中流动的风开始变得阴柔了许多，绕着圈子，在我身边萦绕着，丝滑的凉意像猛兽的舌头，森然舔舐着我的后脊梁骨。突然耳后传来一道风声，厉喝，我本能地低头避过，集中精神看去，只见四头幽暗的生物拿着长长的锋刃镰刀朝我袭来，最前头的一头，持镰刀与我错身而过，猛一龇牙咧嘴，有腥臭的气息扑鼻而来。

这四个东西身高八十公分到一米左右不等，长得像人又像猴子，臂膀处是黑色的毛，全身黏嗒嗒的，通体暗绿色，有着鱼虾水草一般的腥臭味道。它们都背着个乌龟壳，脸长鸟嘴，上下四颗犬牙，披头散发，头部中央有一个圆盘状的凹陷处，两颗眼睛暗红色，嗜血、残忍。

与此同时，我前方的蜈蚣降，弹地而起，倏然朝我扑来，未临体，便如天女散花一般，铺开来。

我心中一惊，没想到这混蛋不但有无视等级威慑的蜈蚣降，而且还招募了四个水草鬼。

什么是水草鬼？这鬼东西跟矮骡子一样，长期活跃在民间故事传说中，它还有其他的名字，比如水虎、河童、虫童或者水精……特别是河童，几乎充斥在岛国日本的历史文化当中。简单而言，这是一种狡猾而神奇的生物，据说如果在脑门的凹陷处盛满水，便力量无穷，可撕牛裂马。

这才是巴颂真正敢来华寻仇，又敢只身一人来此阻击我的倚仗吧？

不仅如此，天空中黑影飘散，倏然间又出现了三个红眼睛的鬼娃娃，飘荡着，呜咽出声，偶一露出利齿，便是如同螃蟹一般的十字口器，里面有森森的交错尖牙——是啦，出身东南亚地区的降头师，出门不带几个恶鬼古曼童，简直都不好意思跟人打招呼。

我猛地避开这四个水草鬼，放出金蚕蛊对付这恶心的蜈蚣降，然后奋力朝高速公路上奔跑，心中无限地诅咒这个世界：日，这哪里是什么降头师，这分明就是一职业的召唤术士。

我快，那水草鬼却也不慢，倒提着镰刀，像四个侏儒族的死神，迈着小短腿，像兔子一般蹦来。

翻过高速路的护栏，一个水草鬼横空跳跃而来，我一个戳腿，就踹中它的心窝子，它哀鸣着掉下去。我气都还没有喘匀，那三个空中飘浮的恶鬼古曼童就张着森森白牙朝我扑来。对于已为实体的水草鬼，我惟有暂避锋芒，然而这区区灵体古曼童，我岂能害怕？

它咬便咬，我只管双掌拍出，重重地打在它那张可爱混合着恐怖的脸上。

冲在第一个的恶鬼古曼童被我那受诅咒的双手拍中，厉嚎，然后被一击而飞，往道边斜斜跌去。可惜我的速度只能拍中一个，另外两个恶鬼古曼童瞅准空隙，一个咬在我的胳膊上，一个咬在我大腿上，奋力摇头撕咬，像两条三天没有吃饭的饿狗。

疼！这疼痛融合到了神经里，立刻传到我的中枢，我一看，本应是虚无灵体的古曼童，竟然生生用灵力咬出了血淋淋的伤口，黑红色的鲜血瞬间就流了下来。

如此厉害，可想而知死前定是遭受过了非人的折磨，才会有如此的怨毒。

因为怨毒，所以厉害。

这便是鬼。

横里斜出，又递来一把锋利的镰刀，朝我的头颅处割来，以这力道，若是一挥击实，只怕我大好的头颅就脱离了脖子，咕噜咕噜地滚出去。我就地一滚，躲过这一刀，然后伸出手把附在我身上的这两个恶鬼古曼童拍开，望着不远处停着的车子和在道边伏尸一般的杂毛小道，心中胆寒。

巴颂准备充分，先是以控魂术迫使我紧急刹车，停在此处，然后又用控尸降将我逼出车子，欲将我生擒；虽然我将这山寨飞头降用黑狗血给破了，但是又弄出蜈蚣降把金蚕蛊缠住，恶鬼古曼童与水草鬼派出，来索我命……如此奇招迭出，可算是下了大本钱了。

王洛和与他相比，简直就是乡下的穷亲戚与在魔都有好几套房的坐地户。

我心中郁闷，洛十八为毛要收这么多徒弟？自从我被外婆下了蛊，她身死之后，怎么会冒出如此多的索命讨债的亲戚来？

不行，我不能坐以待毙，我必须将这一切的源头，也就是巴颂这老家伙给拿下，不然，即使我能够逃脱此劫，家人朋友也定会被这个无下限的家伙盯上，受我连累。打定了主意，我也不逃了，一个纵身又翻下了护栏，大脚迈步，朝正在念念有词的巴颂跑去。

见我杀来，巴颂的黑色大麾朝天空飞起，整个人“喀喀喀”一阵乱响，居然瞬间变成了一个身高一米九的魁梧巨汉——这是变形金刚吗？

不，这是瑜伽术！

两虎相争，英雄只有一个。

第十二章　小妖朵朵出手，敌我不明

瑜伽，最早起源于印度，是一个身心修炼的通泛名词。

现代瑜伽，主要是运用古老而易于掌握的技巧，达到身体、心灵与精神和谐统一的运动方式。而最早的瑜伽，则据说是为了撰写大法和献身神圣之舞，用来祭祀蛇神的舞蹈。这种类型的舞蹈，能够通神，与神打、请神、禹步以及跳大神等之类的，有着异曲同工之妙。

印度锡克族的“拙火瑜伽”，练习至高深者，便能够重新塑造身体部位、产生缩骨变形的奇异功效，这是真实的，是有史实和视频资料作为证据的。只是我实在想不到，身在泰国的巴颂，便是这么一个瑜伽高手，而且还是修的拙火瑜伽。

然而更让我想不到的是，巴颂居然是个一米九的高大汉子，他平日里伪装成一个不到一米七的猥琐中年老男人——说句实话，就他平时的身高，在泰国也算是高大了。这里就奇葩了，这一缩一张之间，究竟蕴含着多大的力道啊？

这个问题我马上就体会到了——刚冲到巴颂前方三米处，他便敏捷地抢先一步，欺身上来，双手一柔一缠，便将我死死捉住，不得动弹。

这混蛋居然还是搏击高手？太不科学了，太没天理了！一个整日里和邪术、和尸体、和虫子打交道的南洋降头师，居然还是个瑜伽搏击的高手！这简直比出现一个文理两科都精通的博士还要让我惊讶。自投罗网的我，世界观瞬间崩溃，身体重心偏移，一个照面便被撂倒在地，巴颂狠狠地压了下来，他的四肢就像煮熟了的手擀面条，软绵绵，但是筋道十足，紧紧地将我压倒在下面，一动也不能动——即使我用尽了全部的气力挣扎。

贴着他裹尸布一般的身体，我闻到了非常浓重的狐臭味，以及……死人的味道。这个味道混合在一起是如此独特，以至于我现在回想起来，都会不由得捏起鼻子。

当然，我身上也尽是刚才捣烂美人头颅弄出来的腐烂血腥味，如此说来，今夜最让我受苦的，除了被折磨过无数次的痛觉神经外，莫过于我那可怜的鼻子。

寻常人等闻这么一回，三天都吃不好饭，闻一晚上，估计都要得厌食症。

嗖嗖几道风声想起，四头水草鬼已然返回了巴颂的身边，四把锋利的镰刀，全部比在了我的脖子之上，只要一落地，不难想象，身首分离是必然现象。我终于理解了奥涅金所言的话语，就邪术而言，东南亚各国虽是后学末进，但是环境适宜、天才辈出，心狠手辣者众，就如牛市，突飞猛进，狂涨直飙，就其实战而言，远远将源远流长的中国，给抛在了身后。

巴颂松开我了，站起来，揉揉关节，将大麾重新披上，不屑地看着被四个水草鬼镰刀制住的我。

他居高临下地看着我，说："萤火岂敢与日月争辉，就你这两下子，就你们这一脉的传承……哼哼，莫说你，便是你那师傅、许邦贵的徒儿，我也是不放在心上的。王洛和这个倒霉蛋，原本以为他在丛林中和摩罗上师习得些厉害，却没成想竟然私自逃脱了，而且还死在你的手下，真是个蠢货。小子，你破了我的控魂术，又毁了我的控尸降本物，难免一死，不过，你若是能够将金蚕蛊献出，我自然不会打扰你的灵魂，留你全尸。不然，哼哼……"

他笑得阴冷，脖子上的刺青狰狞，眼睛里白的比黑的多，显得格外的恐怖。

我躺在地上，浑身冰冷，脖子上那四把镰刀末端的手在颤抖，水草鬼们面无表情，眼睛红，外翻的鼻孔上全是褶皱，喷出腥臭的气息，全是冷凉阴湿的寒意。三头恶鬼古曼童趴在我身上，吐着猩红的舌头，这舌头像蛇，在我裸露的肌肤上游来游去，几秒钟之后，我就忍不住全身鸡皮疙瘩冒出，膀胱胀痛。

我终于知道"吓尿了"是个什么感觉！

巴颂从怀里面掏出一把锃亮的刀，这刀成流线型，又长又细，刀刃被打磨成一袭明亮的秋水。他盯着一动也不敢动的我，说："我刚刚有的主意，你小子灵骨不错，既然毁了我的美人控尸降本物，那么，就把你炼制成第二具，补偿一下我的损失吧……我数三声，你的金蚕蛊再不降服，你便死！一、……"

我无奈，浸入心神，想去呼唤金蚕蛊，没成想一入定，却接到了一个久违的信息——是朵朵。朵朵急切地告诉我，给她解开封印。我哪里敢，眼前巴颂把普通的小鬼，都养成了能够直接伤人体魄的恶鬼古曼童，用屁股思考都知道是个玩鬼的大行家，我死便死了，何必拉上朵朵？

可是，既是行家，我身死，他又怎么会放过朵朵？

朵朵在闹，要出去，要出去……

我的心情已经紧张到了极点，见朵朵一副笃定的语气，非要出这槐木牌，也听不出什么异常来，心想着若她能够逃出去，也是好的。不管了，顾不上对朵朵出来的考量，我快速默念着解封咒。"……三！看来你是真的不想活了。"巴颂摇了摇头，手劈下，四把镰刀高高举起，大力砍向我的脖子处，而我却被三个恶鬼古曼童死死抱住，动弹不得。

我要死了吗？

我没有闭上眼睛，直视这死亡一刻的来临。

就在刀身临体的一刹那，我胸口处突然出现了一股宏大荒凉的气息，红光乍现。

一个美艳娇美、小巧玲珑的女子出现在我的胸口，一双玉臂似藕，只是一绞，竟然把这四把不同角度、气力颇大的镰刀全部给甩飞出去。她便是我之前看到的那个妖化的朵朵，丰乳肥臀，身材火爆，脸孔集清纯妖艳为一体，一颦一笑，都给人以莫大的吸引力。这是妖，被妖化的十年还魂草所感染的地魂之妖，朵朵沉眠这么多天的罪魁祸首。

虽然，她也是朵朵，小妖朵朵，一个被以真人比例缩小几倍的苏妲己一般的存在。

甫一出现，四个水草鬼便被她的花拳绣腿给轮番踹飞，忒大的劲道，而那三只古曼童，则像遇见猫的小老鼠，竟然顾不得巴颂的控制，倏然飘到了空中，瑟瑟发抖。巴颂的嘴巴张大得可以让我看见他的扁桃体，他惊讶失声："这是……这是鬼妖？天啊，佛祖在上，这是鬼妖吗？"

小妖朵朵踢完人，长长伸了一个懒腰，用魅惑众生的妩媚丹凤眼瞅了一眼巴颂，不屑地骂了一声"化外之人"，然后又自顾自地吟起诗来："大梦谁先觉？平生我自知。草堂春睡足，窗外日迟迟。忽如一夜去，千年已过了！"

她唱完，伸出粉红色的舌头舔了舔蜜色嘴唇，又说好久没有吃人肉了，好想啊……

这渴求的眼神，不住地在我和巴颂的脖子上来回溜达。

巴颂已经往后退了几步，四个水草鬼拥在他身后，呼哧呼哧地喘着粗气，三个恶鬼古曼童，在空中吱吱地叫唤着，这声音就像在斗蛐蛐。我身体一被放开，立刻就往后连滚带爬地站起来，小心翼翼地看着巴颂和妖化了的朵朵。巴颂看向小妖朵朵的眼神，赤裸裸地全部都是贪欲，就像当年日本军部的少壮派军官，看着广阔的中国地图。

他舔了舔嘴唇，头一次向我投来了敬佩眼神："想不到，你这小子，福缘深厚啊，居然还有个妖化鬼童！"说完，他的大麾又是无风而动，长笑道："困了给个枕头，饿了，这不是给我送菜了吗？这次来中国，真的是不虚此行啊，哈哈……"他笑完，口中高念着晦涩难懂的咒语，是泰语，我电视里看过。

他念着，四个水草鬼又提着镰刀冲向了我，而三个恶鬼古曼童，虽不愿，但是却不得以被驱使上来，与朵朵纠缠到了一起。

我看着悬空浮立的妖化朵朵，心中剧震，这个狐媚子在，那么我那个可爱懂事的小娃娃朵朵呢？

我做错了什么？或者说，朵朵的灵魂已经被这个妖物所炼化了？

巴颂念咒，而悬空独立的这芭比娃娃也念起咒来，她一挥手，地上的杂草便是疯长，一下子就把矮个子水草鬼给缠住不动，寸步难行。镰刀长，冲在最前面的那个水草鬼将其一下子就伸到我面前来，但是它的精力却还是放在缠着自己的野草上，我猛然出手，轻松地夺了过来，反手一割，竟然把这头被困住的水草鬼头颅割了下来。

蓝色的鲜血四溅，形成了一个小型的喷泉——我愣了，什么时候咱也变得如此厉害。

一股热流从我的手心，一直流动到了心脏处。

这时，远处飞来了数十只大蜈蚣，似雨箭，似飞蝗，全部都直取巴颂的后心处。我余光看去，是肥虫子，这小家伙终于制服了地上近百千条蜈蚣降灵，然后指挥着朝这边支援过来。情况似乎朝好的方向靠拢，然而，巴颂要是如此简单，怎么会把我和杂毛小道整得如此狼狈呢？

关键时刻，巴颂的咒语终于完成了。

第十三章　本已事了，平原又响枪声

巴颂的咒语已然念完，然而余音袅袅，依然在半空中飘荡。

平地里突然出现了回旋的风，冷热交替，凭空多出许多缥缈虚无的哭声，数道的黑雾从刚才洒下尸精散的空地上，升腾而出，在这无月亦无星子的黑夜中，旋转着，用最柔和的力道，将激射而来的蜈蚣镖给卸到一旁去。那蜈蚣甫一落地，便摇头晃尾、鼓动肢节地四下散开，往地下钻去，并不愿意再来这里凑热闹。

一缕、两缕、三四缕……十来缕黑雾进体，巴颂的眼神越发的闪亮了，黑得发亮，红得吓人，面目越加的狰狞恐怖。特别是他身体上的文身，最开始只是在脖子上，如今随着黑雾的蔓延，居然像活过来一样，像游蛇、像蚯蚓、像蜈蚣，左右游窜，将他黝黑的脸孔全部都染成了青黑色，像是从阿修罗道中蹦出来的鬼怪，而这图案，则是大师的画作。

这画作，是一个毗湿奴座下的恶鬼形象，恐怖的眼睛居然有十对，从小及大，只只都仿佛能够直视人心。

画作之下，有许多青筋像小虫子一样蠕动，生机勃勃，孕育着澎湃的力量。

以降头师的肉身为容器，请神为降，以头祭之。

这是一门不计入正史的恐怖降头术，只在少数降头师圈子中做流传，十分隐秘，据说在仪式中能够与所请的神灵（也许是魔鬼）做交易，以自己数年的生命为代价，获得力量，杀死对手——“请神降”。这门降法与其他降头术不同的是，他并不是运用药力、精神和宏观联系的方法，来达成杀死对方的目的；而是，用契约与神（或者说魔鬼）做交易，作用于自身。

从本质上来说，它并不属于降头术，而属于白巫术的范畴。通常来讲，所有的法门没有正道与邪恶之分，只有“运用之道，存乎一心”，但是基本上用尸体、虫子之类来实现目的的，却都让人感觉到不舒服，所以便划入降头术中。

它与猿尸降这种厉害降法一样，最开始都是原始宗教为显示神迹，而度身打造的。

这种法子其实已经消失于世间许多年了。

他们是怎么获得这些法子的？

所有的一切疑问我都先将其塞进了肚子里，目前最重要的，是将这该死的巴颂给弄死！没错，就是弄死，时至如今，事情已经发展到了不可收拾的地步，不是他死，就是我亡。我拿起手中这个精钢打造的镰刀，顾不得上面湿漉漉的还有着水草鬼的黏液和血气，朝正在异变的巴颂砍去。

这一挥舞，似疾电闪耀。

然而……镰刀停止了，巴颂伸出手，轻轻接住，不费一点儿劲。他浑身烟雾缭绕，像魔王出世，双目红晃晃，在夜里像是两盏油灯，里面闪耀的火苗，跳跃着欲望和残忍。我用手抽动镰刀，没动，巴颂的力气变得出奇的大，让人心中莫名就生出了无法反抗的颓废感。半空中，小妖朵朵正在跟三个厉鬼古曼童交手，她似乎漫不经心，更多的是玩闹；而地面上剩余的三个水草鬼，则被赶来增援的肥虫子缠住，它方法不多，主要是掌控了地上那些蜈蚣的操控权，然后以蜈蚣的身子当飞镖，嗖嗖地飞射过来。

它知道攻击巴颂无效，便将海拔不高的水草鬼当作目标。一时间箭矢如飞蝗，只把这矮个儿水草鬼当那三国赤壁的草船。

它贪吃，紧要时刻了，居然一边指挥蜈蚣当作武器射来，一边抓住几只，蛇吞象地胡吃海嚼，像个喂不饱的狼崽子，。

我和巴颂依然在僵持，或者说，他在戏谑地看着我，似乎想看看我到底还有什么底牌。

我的人生第一次这么无力，我与巴颂之间的距离，几乎能用自行车和小轿车来做比喻——虽然都是车，但是两者对撞，我是必死的那个，这个概率是百分之百。我面前的是一个足足有两米高，浑身黑烟的猛男，一身源源不断的怪力以烟雾的形式浮现，而且还是一个邪门歪道中有着一定造诣的家伙。他出身名门，师傅据自己说是个天才人物，而他，自然也不会弱上多少，一大把年纪了，经验也足。而我，我是什么？和他比起来，我只是一个半路出家的小和尚，而且连讨饭念经的本事，都没有学会。

之前被那么多人喊着大师，让我飘飘然，自以为很牛，现如今……唉，小觑天下英豪啊！

无数念头从我脑海中飘过——玄学八卦，生门何在？只有跑，对手实在太牛“波伊”，我不能敌，唯有“风紧扯乎”。我也不需要去秋收割草，便不再与他纠缠加长镰刀的归属问题，脚底一滑，头也不回地就往左边跑去，没跑几步，我便急停转向，朝另外一个方向跑去，心中还联络金蚕蛊，和空中那不知道听不听我话的小妖朵朵快跑。

一把铁镰刀从我身侧呼啸而过，我心中的那种惊悸感让我全身的毛孔都收紧。

我已经跑到了高速路的护栏边，听到后面有一重物落地，没回头，就地一滚，然后听到刚才立足的地方，“轰”的一声响，我抬头一看，只见异化之后的巴颂出现在我刚刚的地方，一个大力金刚脚，竟将石子路面砸出一个坑来。我一下子就泪奔了——不带这么玩儿的，这哪里是降头师？这完全就是泰国版的漫画钢铁侠！

我躺在地上，连滚带爬地站起来，只见这家伙大喝一声“去死吧”，然后挥着沙包大的拳头朝我砸来。

我腿抽筋了，这一拳避无可避，眼看就要被这拳头击中，全身骨骼寸断了。

拳头的风压都能够吹起我的头发来。

突然天空飘下来一张湿漉漉的黄色符箓，准确无比地落在了巴颂的脑袋上面，黏住了。

如同魔神再世的巴颂突然像一个失去动力的机器，如木偶一般停止了下来，拳头伸出一半，离我的眉间只有十公分。我心中警兆顿起，不问缘由，也不敢停留，三两个箭步就跑远开去，只听到高速路上传来一个虚弱无力的嘶吼声："三清祖师在上，三茅师祖返世，神符命汝，常川听从。敢有违者，雷斧不容。急急如律令，敕！"

敕！

随着这一声"敕"令号出，平静的天空上突然翻滚起乌云来。

几乎一瞬间，一道肉眼可见的蓝色闪电从不知名的云头劈下，径直朝巴颂射来。

"轰！"……当巴颂浑身冒起火光青烟之时，整个空间才响起一声炸雷，这威势庞然如若天地变色，金蚕蛊、朵朵以及水草鬼，全部都齐声惨呼，水草鬼吐出好几斗血，然后从黑暗中奔走而去，而那三只与朵朵纠缠的厉鬼古曼童最惨，竟然在雷声回旋的当口，烟消云散而去。

空气中游离着静电，我身上的寒毛根根竖起来，就像冬天里某些干燥的时候穿毛衣一样。

杂毛小道扶着路边的栏杆朝我大喊："小毒物，赶紧把金蚕蛊和朵朵收起来……"我这才反应过来，这道雷，是至阳至刚至烈之物，而肥虫子和朵朵则为阴体，被这一震，自然是元气大伤。我连忙跑转回去，金蚕蛊也怕极这余音震荡，嗖地飞过来朝我裤子里钻去，我举着怀木牌，朝妖化后的朵朵喊道："朵朵，进来，进来……"

浮在空中的这个小美女看着我，精致的五官都在流血，表情复杂地看着我，没说话，倏地进来。

我一摸沉了一些的槐木牌，转过头来，看不远处被劈成了烟雾发生器的泰国降头师巴颂，浑身酸软，一屁股坐在地上。周围依然还有好多蜈蚣在窸窸窣窣地爬行着，然而金蚕蛊在我体内，它们也不敢靠近，都绕着道走开。

终于结束了，我长叹，这一夜可真够长的，我的小命，算是捡回来了。

一切都像是在做梦，这个巴颂强大到如此地步，一身业艺精湛，在我眼中简直是隐藏版超级大BOSS的存在，居然就被萧克明这个杂毛小道用一道黄色纸符给报销了？这个杂毛，真是深藏不露啊！

我累得几乎要立刻昏睡而去。

那一边，杂毛小道艰难地走到了燃烧的巴颂面前，把他的血衣扯了一块，撕下来，然后又从里面翻了翻，估计是在找他的血玉。找到了，他高兴地一起塞在兜里，朝我喊，坐个毛啊？还不赶快走，留在这里准备拿他烤火取暖不成？我一听也是，此地危险，不宜久留，我忙不迭地站起来，跑过去，扶着踉跄的杂毛小道，问还好吧？

他说好，就是耽搁了半条命，快走，这里危险。

我们爬上高速路，相互搀扶着往车子那里走，打开车门，我让杂毛小道坐进副驾驶座，绕过车头，正想开门，突然心脏急剧收缩，没怎么反应过来，就感到后心被重重地一击，心肺都在抽搐。巨大的作用力出现，把我一下子推到了驾驶座上，前扑式的，磕得额头都起了包。我第一反应是，居然还埋伏有枪手？

与此同时，宁静的夜空里，响起了一声清脆的枪响……

第十四章　此事既了，雷符藏身何处

我第一反应是，我中枪了。

剧痛在背部延续着，我的神经都几乎麻木了，无奈地传导着痛入骨髓的刺激感，后背处有液体留下来，一直滑到了腰间，量大，且足。眼前的黑暗一阵又一阵，这是自我意识的保护，不让我脆弱的神经再饱受折磨，想让我昏迷过去。可是我哪里敢昏，现在这一闭眼，再次睁开眼睛，就不知道是哪辈子的事情了。

中枪是什么概念？我心中自有一把秤砣。我可不是抗战片中身中几十枪还能够扛着轻机枪扫射的"高大全"，也不是香岛警匪片中被射几枪还能够儿女情长的"怪咖"，普通人，一旦子弹咬到肉，便是一个巨大的创口，血汩汩流出。我仔细体会后背的疼痛，却没有感到弹头在肉中的火辣滚烫。

怎么回事？

没来得及检查，就听到两个人一边往这里跑，一边喊："萧克明，下车、下车！不下车就开枪打死你。"脚步渐渐近了，我不敢动，乖乖装死，生怕被他们发现我依然还活着，再往我脑壳门子上习惯性"补刀"。

萧克明看着我，我没动，朝他眨眼睛，他一脸不可思议，推开车门下来，举起手大喊不要开枪，不要开枪，我手上没武器，莫要开枪啊……

这声音，惊恐中又蕴含着些许悲愤，悲愤中又夹杂了难过，真心的演技派，生活奥斯卡影帝的参选人。

我撅着屁股，趴在主驾驶座上，车门半开着，冷风灌入，不敢动。我听到有人叱喝着萧克明蹲下，然后朝他猛踢了几脚，萧克明在地上滚，哀号着别打了、别打了，我身上有伤啊兄弟。有个粗声音的男人制止了另外一个人的踢打，问人死了没？去检查一下！

我感到自己被人硬生生地拽了下来，然后一只大手顺着我的背，一直摸到了我的口鼻处。这只手的主人摸到了我的嘴，没有血，他吃惊地把我翻转过来，我睁着眼睛，起身就给了他一拳，狠狠地砸在这大饼脸上，他的脸颊骨硌得我的拳骨生疼。我并没有给他任何反抗的机会，三下两下，全部攻击下阴、脑壳等要害位置，最后一下，中了男人的痛感最强烈的部位，他捂着蛋蛋栽倒下去。

时间才过了两秒多钟，我连忙返回过来寻找粗声音男人，只见杂毛小道已然扶着车头在喘气，手中还拿着一把黑星手枪。

我踉跄地走过去，发现地上已经躺着一个光头男子，一动也不动。

举起大拇指，我由衷地赞叹杂毛小道好身手，他坦然接受，并且长叹，告诉我他从小便练站桩、禹步和五禽戏，早已打通了任督二脉……行走江湖多年，从来没有闪失过。我给他一个白眼，若他真没闪失，今天老子未必会这么累了——任督二脉是什么玩意儿？

我全身火辣辣地疼，让他帮我检查背上的枪口，他把我的血衣揭开来看，然后说了声“咦”，他笑了，是羡慕嫉妒恨的笑容，还不住地拍着我的肩膀。

我奇怪，问怎么了？

他说我好福气，弹头进入肉内几公分，就被弹出来了。谁弹的？你家的金蚕蛊呗！羡慕啊，别人都说好兄弟是可以相互挡子弹的，你倒好，你家的小肥肥居然在这关键时刻出现在那里，帮你挡了一击火力！好凶险啊，我算看出来了，这一枪，如果击穿到肚子里，基本你小命就没有了。

感谢吧少年，以后对你家虫子好点，别总让它吃些内脏拌酒，你养着也不亏心？你不养给我养，别的不说，天天蜈蚣蝎子、好吃好喝地伺候着。

我白了他一眼，小心脏一下子被幸福给填得满满的——这肥崽，皮是皮了点儿，但总是能够让我感动。

不知道生生承受了这么大的火药动能，它有没有事？

我赶紧思念它，开始是沉默，后来它吱吱了两声，有气无力，不过也传导来一个信息：无事，爷需休息。无量天尊，没事就好。虽然金蚕蛊帮我抵御了大部分的伤害，但是巨大的震动仍然把我腑脏震痛，气息散乱，我咳嗽着，全身都感觉难受。回头看着地上的两个人，问怎么办？要不要灭口？

说实话，我真没有经历过这样的事情，心中很慌。

在我二十多年的人生观念中，欠债就要还钱，杀人就要偿命，无可非议。但是我有些懵了，我现在是正当防卫，但是如果贸然下黑手，便是蓄意杀人，而且这跟弄死王洛和还不一样，蛛丝马迹太多，杀了人，是不是就要亡命天涯了？不逃，那么是不是需要报警？我可以相信报警之后，我们会得到公正的对待吗？

会得到公正的判决吗？

法律，是一个严苛的准绳，还是有权有势的人手中的工具？到底应该怎么做？

逃出生天的喜悦一旦碰到这个问题，心中就生出巨大的阴影。

段叔一个人不可怕，可怕的是他身后的巨大黑影。一个人，不管他是谁，都不可能跟整个社会体系做斗争，哪怕他是内裤外穿的超人——强中自有强中手，总会有人能够遏制你的！

我看向了杂毛小道。

他沉默了一会儿，眉头紧紧地皱起来，形成了一个很深的川字。他露出了前所未有的凝重神情，这表情我哪怕只看一眼，心中都会有着莫名的压抑和惴惴不安。大概过了五分钟，他的全身都松弛了下来，仿佛做完了思想斗争，跟我沙哑地说有没有带手机。我说带了，他点头，伸手问我要。

拿过电话，他手在按键上犹豫了好久，下定决心，输入了一串号码，然后按了拨通键。

他并没有避着我，虚弱地靠在车头，然后把手中的手枪递给我拿着，电话通了，我见到他的脊梁骨瞬间绷直，然后低声地问道："大师兄……我是小萧，诶，萧克明！不好意思，还没睡吧？打扰了……"他对电话那头的"大师兄"十分客气，但是客气中又带着很明显的距离感，一番寒暄之后，他把事情的详细过程，一五一十地对电话那头谈起，没有一丝细节的隐瞒。

显然"大师兄"是一个可靠之人，所以他和盘托出。

这场对话一直持续了二十分钟。

我在旁边听着，听到几个关键词："压箱底的雷光疾电符""地方上的事情""师父他老人家"……

谈话到了最后，杂毛小道有些激动，说泰国降头师虽死了，但是却浪费了他压箱底、唯一的一张符，所以，他一定要弄一弄那个段天德，不弄他个身败名裂、家破人亡，他算是白遭了这一场劫难。我离得近，听到电话那头在叹息，说这个世界上太多的事情，都是身不由己的。真实的人生从来不是电影，快意恩仇虽然畅快，但是最后的影响，谁来收拾？人在做，天在看，总会有人收拾他的，这事情，你就不要插手了……

两人又说了一下，我扶着腰，去检查那个蛋碎的汉子，并且把他身上的武器给收了起来。回来时，杂毛小道结束了通话，紧紧攥着手机，看着昏暗的天空。我拍了拍他，托着两把黑星，沉重地问地上这两人怎么办？

他叹息，看着我，说陆左，你说为什么这个世界上会有这么多不公，而且还要让我们安静忍耐，若有去铲除不公者，反而要被视为异类，生活无落，饱受唾弃呢？

我沉默，不知道怎么说才好。电影里说得好，能力越大，责任越大，侠以武犯禁，所以越是乱世，越出豪雄，但是和平年代，却需要和谐平稳。我大概知道了电话那头的"大师兄"，并不是很赞同我们去报复段叔的举动。具体为了什么考量，我不得而知，也许是为了维护世界和平吧——以我这种脑子，实在不能够理解这种高级的政治智慧，也不知道怎么劝杂毛小道，憋了很久，只是说："想来，最'坏'的和平，总好过最'好'的战争吧？"

我们没有说话，静静看着前方，远处又有一辆车子过来，车前的大灯打到了我们身上，不知道是看到了地上的两个人，还是看到了我手中的枪，一丝停留都没有，加速往前方飞奔而去。

我突然想起一件事来，杂毛小道被俘，连血玉都被夺了，定然是被剥得光溜溜，哪里还会有什么"雷光疾电符"这湿漉漉的符箓从哪里冒出来？——这个家伙也是十分奇怪，平时看着废柴得很，然而关键时刻，仿佛圣斗士星矢一般小宇宙爆发起来，威力简直不敢让人直视——泰国降头师巴颂厉害吧，奇术迭出，在我面前简直跟终结者一样，然而杂毛小道一张符箓，一声雷咒，轻松灭之——就是如此简单。

我把心中的疑问提出来，符箓哪里来的？

杂毛小道含笑不语，死都不肯提及。

我们上了车，杂毛小道说他有一个师兄，现在在有关部门工作，可以帮我们把这件事情摆平，而且，段叔那里，他也会找人去说和，尽量和解，让我们忍耐一下脾气，尽量不要冲动行事。这个世界上的事情，太复杂，不是说快意恩仇就能够解决的。有时候，成熟的男人便是在不断的妥协中不断成长的。先回去找个地方住下吧，明天等通知。

我点了点头，没有多问，启动了汽车，往江城方向折转回去。

这时候，月亮竟然出来了，掩着半张脸，看着这安静的大地和芸芸众生。它明亮、皎洁，而且，仿佛如神一般，高高在上。

第十五章　和解离去，道蛊双双下咒

当晚我们返回江城，找了个酒店住下。

第二天，我便接到了奥涅金的电话，他首先对我昨天的遭遇表示了抱歉，说他们都是被那个死泰国佬给迷惑的，现在回想起来，觉得真的是太对不起我们了。他老板也很后悔被蛊惑，说今天晚上如果方便的话，给他们一个机会，到林泉会所，老板给我们摆一桌压惊酒，再当面赔礼道歉。

我望着杂毛小道，他点头，我便说好，晚上一定来。

挂完电话，我忍不住问杂毛小道，他那大师兄到底是何方人物，居然有这种本事？一夜之间，奥涅金背后的段叔立刻变了脸，热情得跟我们是他多年的朋友一般，让人心中好不适应——这得有多大的能量啊？

我很好奇，不过杂毛小道显然不愿意提及，只是说这位师兄，现在居于某个领导岗位上，从上面打了招呼下来，段天德自然听话。段天德这人，对于没背景的，他是无所不在的神，有背景的，他便是最真诚的朋友——人生就像许多猴子在爬树，从下往上，看到的都是红彤彤的猴子屁股；从上往下，看到的都是真挚的笑脸。

我无语，这句话虽然粗俗，但是似乎道尽了人生的许多道理。

不过既然如此，便不担心在路上又被人追杀了，我们下去吃了些肠粉，然后去还车。昨天闹了一番，这辆比亚迪有些惨不忍睹，我也懒得去找保险公司，提供什么证据赔付，在与租车公司的报价员核对完赔偿款项之后，付了钱，离开。

白天的时间里，我们也没有再去别的地方，返回酒店的房间。

萧克明身体硬朗，被上刑倒是没有遭受多大的表面伤害，但是被巴颂强灌了控魂降的引子，其中的罂粟鸦片膏，是依赖性强的毒品，而且量大，方法神秘，让他上了瘾。他找时间把巴颂的血衣烧了，合水服下，算是解了控魂降，然而毒瘾却无法消除。中午的时候，他就莫名的焦躁不安起来，流泪、流汗、流鼻水、寒战、抽筋……

各种症状都浮现出来，不过他却是一个意志坚定的人，不理身体的各种不良反应，盘腿打坐，不一会儿，居然入定了。

好神奇的家伙。

虽然我没有这种经历，但无论是电视上、书本上还是生活中，都见过这类的瘾君子，无论多么铁骨铮铮的汉子，也会被这鬼东西折磨得颓废，甚至连一点儿尊严都不会有。但是杂毛小道这般表现，却令我刮目相看。

真男人！纯爷们！

我跟马海波通了电话，把这件事情告诉了他，问问他的意见，虽然他远在千里之外，也仅仅只是一个小小县城的刑警队副队长，但毕竟是体制内的人，多少也知道些。马海波沉吟了一会儿，说他也没有什么好法子，既然我那道士朋友的朋友已经出面解决，那么最好不过——毕竟在国内，很多事情都比较复杂，不要冲动，要克制。

挂了电话之后我又跟黄菲通了电话，腻了一会儿，心情舒缓了不少。

拉上窗帘，我开始召唤金蚕蛊，没出来，在养伤中——给我挡子弹时，它也被震到了，需要在我体内温养几天。然后我取下槐木牌，把它举起来。这个牌子陪着我有小半年了，已经被我佩戴得油光发亮，我抚摸着上面的纹路，开始尝试着沟通里面的朵朵。事实上我昨天回来，洗完澡就开始一直呼唤她，可是却一直没有反应，太累了，居然就睡着了。

这一次依然没有成功，我心中又多了一丝担忧，不知道乖乖的朵朵是否依然还在？

虽然心里冥冥中依稀有些牵挂，知晓无事，但是没见到她，联络不上，我就有这许多的忧愁。唉，这两个让我牵肠挂肚的小家伙，居然在同一时间悄无声息了，这怎么能够让我不难过。心中难过，就越发地痛恨起那个叫做段天德的家伙来……可惜，便如同杂毛小道说的那样，人生要想让自己过得好一些，总是需要妥协的，我不能为逞一时之勇，图一时之快，就把承担朵朵、肥虫子和父母、黄菲的责任，给轻易撂下。

但是我越想越不舒服，闲着无事，我想到了十二法门中的禁咒一节。

禁咒的定义是以真气、符咒等治病邪、克异物、禳灾害的一种法术，相同手段的还有诅咒。实际上，这是一种怨气的宏观联系，关乎于神秘的气运一说，普通人诅咒别人，只图一个心里爽快，然而那些能够掌握“炁”或者其他相同说法东西的巫师，如果有着当事人生存于世的某些信息（譬如头发、指甲、生辰八字等），便能够将其联系起来，让其疾病、霉运缠身，直至死亡。

厉害的巫师，甚至不用借助蛊毒，便能诅咒成功——这也是灵降的部分手段。

明的不成，我还不能来暗的？

当天晚上我们在上次见日本人加藤的那家高档私人会所，参加了段叔邀请的压惊宴。参加宴席的段叔一方有三个人，段叔、朴志贤和一个满头银发、体型肥胖的外国老人。这个老外就是一直和我联系的奥涅金，传说中的克格勃。杂毛小道是个久蹚江湖的人士，呵呵地与段叔、奥涅金虚与委蛇，相谈甚欢，竟然好得跟这件事情没有发生一样，风轻云淡，简直把我佩服得要死。

我依旧是大吃大喝，不理会这些人的应酬，只是在“相逢一笑泯恩仇”的干杯中，才说几句应景的话语，嘿嘿地笑。

席间段叔道完歉后，便一直埋怨杂毛小道，试图探寻他背后到底是什么人物，杂毛小道只是顾左右而言他，不说话，故作高深。

那个叫做朴志贤的私人保镖，依然是一脸冰冷，好像是个面瘫。

这一顿气氛僵硬得让人难以下咽的宴席，我居然吃得有些撑，走的时候，我还特意松了一下裤腰带，多宽了一颗扣子。段叔封了个大红包给杂毛小道，他也不看，直接收到袍子中，一副理所当然的样子，离别的时候，杂毛小道还提出，他有些想夜总会那两个乌克兰大洋马了，段叔哈哈大笑，立刻打电话给杨经理，让他安排那两个妞给萧大师陪寝的事宜。

离开了会所，自有安排了的车子送我们直奔位于口岸的夜总会。

车里面有司机，我也没说话，此刻却想起来，我给夜总会的安保主管刘明下了二十四日断肠蛊，却忘记了给他解开，我也是昨夜昏了头，若不是杂毛小道提出来到夜总会一游，我手上只怕是又多了一条性命。

虽执利刃，但是却不能妄下杀伐之心，不然，瓦罐终将井边碎，将军难免马上死，争斗之心、暴戾之心太多了，自然会死于非命。养蛊一道，终究不是正途，下场悲惨。

我不问，杂毛小道却在进夜总会之前告诉了我，佛有欢喜，道有双修，他自成年后练有一功法，需要和异性一起练习，反复操练方能成事，如今他中了毒，这毒并不是普通的毒药，而是依赖性的毒瘾，直接作用于精神，他怕自己忍不住诱惑，投降了，需要找到另外一种手段来转移注意力……

他说得天花乱坠，但是我有理由相信，这哥们，纯属好色。

进了夜店，自有杨经理接待，杂毛小道如同鱼入了大海，鸟翔了天空，欢畅无比，给人看着真是个没心没肺的家伙。而我，则偷偷跑出来，给可怜巴巴看着我的刘明解了蛊。刘明告诉我，他既然泄露了段叔的信息，便不能再待在这儿了。他这些年，也存了一些钱，要回老家了。他是云省怒江傈僳族自治州的人，那里三江横立，密林迭出，是个好玩的去处，但是穷。他回家，看看能不能改变些家乡的面貌。

他还邀我有空了，去他家玩。

在他们那里，也有巫师神婆，很灵验的那种，也有好多稀奇的传说，神奇无比。

大胖子魏洙洙在旁边守着，看我，一脸的憧憬，说他老娘就是个神婆，早先以为是迷信，这回他信了，准备回家去，找他娘学艺，只是，他们那儿这职业，传女不传男，不知道成不成……其实，他更想跟我一起闯荡江湖。我很遗憾地告诉他，现在没有江湖了，鱼儿都上了岸。如若有缘，以后自当相见。

当夜，我们依依惜别，洒下不知道多少“英雄虎泪”。

次日，我和杂毛小道到下关汽车站乘车，先返回东官。路上他一直在闭目养神，快过虎门大桥的时候，我看着漫长的桥面，回过头来，突然看到他睁着眼睛瞪眼看我。我奇怪，问怎么了？他枯黄的脸上多了一丝红润，问我昨天晚上吃饭的时候，是不是动了什么手脚？

我说我是好孩子，听不懂他讲的是什么意思。

他盯着我，问昨天见到段叔的时候，我为什么没有鞠躬、没有握手，反而是大尺度亲热地相拥在一起？是久违的亲人重逢么，还是基佬心中对于中老年成功男士的钦慕之情？

那么做，其实是为了拿段叔的头发。我不解释，嘿嘿笑，说你懂的。

他也嘿嘿笑，说他昨天已经给段叔下了一个“驱运咒”，诸事不顺，兄弟离心，问我又是弄哪样？我羞涩一笑，说我是个没经验的人，这个是我的处女咒，书上说能够使体内酸碱平衡紊乱、内分泌功能失调，导致两块猪腰子出状况……具体的，我也不是很清楚，反正都是下雨天打孩子，管杀不管埋。

我们两人惺惺相惜地对望，彼此从对方眼中看到一丝英雄情怀。

无论这世间如何混浊，我们自守着心中的一片洁净天地。

回到了东官，我特别想念阿根，也没有回两个住处，直接带着杂毛小道，跑到饰品店去找阿根。因为路上已经联系好，所以他在店子里，一见到我，便兴冲冲，拉着我，说带上春节留守的店员们，一起去撮一顿，吃大餐，他请客。而再次见到阿根的我，却没有如他一般的兴奋，而是和杂毛小道对上了一眼，彼此眼中都有深深的担忧。

第七卷　小道家族

第一章　饰品店老板娘

位于南方市南部的浪都东官，是一个人员流动量很大的城市，街上熙熙攘攘，热闹非凡。但是春节前后，大部分打工一族都返家过年了，所以饰品店的生意并不是很好，人也不多。我跟几个相熟的店员打了招呼后，拉着阿根来到店子里面的小房间，问他最近是不是遇见了什么事情，特别是比较离奇、邪门的事情？

阿根很奇怪，见杂毛小道也挤了进来，看着我们两个一脸严肃的表情，笑，说这怎么个意思这是？好久没回来，这刚刚见一面，就说这种稀奇古怪的话，真让人摸不着头脑。杂毛小道嘿嘿笑，说阿根兄弟你莫不是走了桃花运，我观你面带桃花、印堂发亮、眼角含煞，而这双腿，腿肚子都在打颤，显然是近日以来，室内运动操持过多，劳心劳力所致。

他说得隐晦，但大家同是男人，自然都听懂了，阿根也是。他嘿嘿笑，说确实，最近是有些不节制，他会注意的。

一听这话儿，杂毛小道来劲了，撸起长袖子，左手的拇指掐在中指第一节上，念念有词地嘟噜着，作算命状，然后头一偏又问："阿根兄弟，你这是多久一次？"阿根有些不好意思，但是都相熟，也不忌讳，吭吭哧哧地老实回答："两次，一天两次……"杂毛小道眼睛都在发亮，嘴巴哆嗦着，说一次多久？

他这是在耍阿根呢！

阿根还待回答，我打断了，说不要闹了，阿根，我看你头上有淡淡薄雾缠绕，是黑色，定是撞了邪，给我说一说，最近遇到什么邪门的事？

阿根摇着头，说哪里哪里，绝对没有的事。

他说的坚决，一副抵死不从的架势，我也不好相逼问，只是暗暗留了心，这次走之前，一定要将事情查个明白——阿根是我的朋友，别的我也就算了，这邪魔之物缠身，我便管定了，是人就捉人，是鬼就消鬼，哪怕是来一妖物，我也要斗上它一斗，不然，哪里能显出我一身的本事来？

此事暂且搁下，我又关心起他的个人问题来，说到底是哪家妹子，能够让你阿根摆脱光棍的行列。

他不好意思地笑，说晚上吧，晚上吃饭的时候，给我隆重介绍。

见他如此不爽利，我心中多少都有一些疙瘩——上次回家跟他通话，他就说有了个女朋友，等我回来再说，此刻又要拖到晚上，如此推三阻四，肯定是有蹊跷的。不过阿根这个人我很了解，他不肯说，用撬棍撬开他嘴，都说不出半个字。时辰是中午了，快餐店把定好的午餐送上门来，阿根说不吃了，出去吃，便带着我和杂毛小道出了店子，跑到附近一家小肥羊去吃涮羊肉。

席间，我抽空说上厕所，打电话给一个相熟的店员，问起阿根女朋友到底是谁？

那个店员就是我经常提及的老油条二人组中的一位，他接了电话，也不绕圈子，直接说我也认识，就是以前我们店的最佳员工，业绩最好的那个，王姗情，长得蛮漂亮、有点小风骚的，噢，就是去年九月份辞工了的那个……记得不？

搞毛啊！我心中一急，忍不住就暴了粗口。

王姗情是谁我能够不认识吗？她就是我2007年外婆去世回家时辞工下海的那个柜台小妹，她为了自己那个混子男友下海，一开始当楼凤，租了个房子让她男友揽客，七十块钱一次。阿根为了她伤心欲绝了好久，我还曾摔出两百块钱，让他去三次，彻底断了念想，而后我又在江城的夜总会里看见过她，只不过没有打招呼而已。

没想到，没想到……没想到她居然又找上了阿根，而且还成为阿根的正式女友！

不是我不明白，是这世界变化快。

那老油条还吹着口哨，叫那小妹做老板娘。

他向来跟我亲近，也不掩饰什么了，说阿根这个老板，为人虽然很面，不会管理，也不懂得交际，但是老实善良，待他们是极好的，所以他们也很担心。上回还听说阿根给这个女人在市区买了一套房，手头也紧得很——值得吗？不值得！那女人“一双玉臂千人枕，半点朱唇万人尝”，别人不说，连他都跟那女人困过觉，左看右看，也就值七十块钱的价格！

他说不但他，店子里还有两个伙计都尝过那女人的滋味，她也彪悍，来者不拒，生熟也都不忌讳，给钱就扒裤子。这下可好了，去年桃花春风面，今日小店老板娘，这几次来饰品店，选择性遗忘症，一副颐指气使的模样，真当自己是宜妃娘娘了。

我越听越心惊，阿根这人怎么就鬼迷了心窍，不但赔了钱财，还把人给丢大发了。为何？现代的失足妇女，和古时候的青楼女子不一样，古代的文人墨客赎娶有才艺的青楼女子为妾，总能赢得“有情郎”的美名；而如今，娶一个当小姐的老婆，这头上不得绿油油的，还怎么见人？

当然，我不是说对这个人群歧视，若是真爱，那也罢了，我们这些旁人终究只是打一壶酱油围观而已，总不能越俎代庖替阿根决定。但是，王姗情这女子，我却是了解的，真真的是个不靠谱的主儿。

上一次闲谈，阿根不是想开了吗？为毛又去啃了这一把生霉的野草？

王姗情不是在心中深深地爱着她那个小白脸男友，甚至愿意为他下海翻云覆雨，为什么突然就上了岸，跑来勾引心智淳朴的阿根？

阿根头上的淡淡黑气，是否跟王姗情这个女子有关系？

……

几乎一瞬间，我的心头便浮现出若干念头来，搅得我心神不安。

出了卫生间，我返回座位，阿根招呼我坐下，问我就放下水，怎么去这么久？我伸筷子夹了块烫熟的羊肉，蘸着酱汁吃下，又将杯中的啤酒一饮而尽，然后问阿根，跟那个王姗情到底是怎么回事？是洗头的时候，脑壳子不小心进了水？

阿根脸色立刻僵硬起来，由黄色转成白色，白色转成青色，青色又变成酱紫色……他喘着粗气，问我是谁又跟我乱嚼舌头了？这堆长舌妇，三天不打，上房揭瓦，哼，真当他阿根是打盹的病猫了。我见他一副不耐烦的样子，心烦意乱，问他真的想跟那王姗情过一辈子啊？

他说是啊，怎么了？有问题？

杂毛小道荤素不忌，一双公筷在锅中搅动不停，捞出许多烫熟的羊肉来，美美地吃了，然后插话说你真的不忌讳她下海做过小姐？阿根梗着脖子说小姐怎么了，小姐怎么了？杜十娘不是、红拂女不是、李师师不是？这些个顶个都是名垂千古的风流人物，小情未必比不了她们呢。

他说他不在意，谁在意，谁就是龟孙。

我和杂毛小道两个龟孙都不说话了，埋着头吃肉喝酒，被心中的郁闷之气憋得眼睛通红。

阿根看到我不说话，说明白我这个做兄弟的情谊，但是他和小情是真感情，日子一天一天熬出来的，这世上找对一个伴侣不容易，他不想因为以前的事情影响他和小情之间真挚的感情。此事以后都不要再说，特别是当着小情面前，更是一个字都不要提，不然……不然兄弟都没得做。

他说得如此决绝，我们能说什么？只说喝酒、喝酒。

吃完饭，阿根说我那车子停在他的小区里，自己去拿吧，付完账回店子里去了。杂毛小道扯着我的衣袖，说你这朋友若不是得失心疯，便是中了邪物，迷惑了心神，一叶障目，看也看不清楚，对不对？陆左你怎么看？我摸了摸鼻子，沉吟，说不定这就是真正的、不离不弃的爱情呢！

杂毛小道的眼神瞬间变得忧郁沧桑起来，他颤抖着嘴唇，说："咱家已经不相信爱情了……"他似乎有着一肚子的故事想要找我倾诉，然而我却一抬屁股，懒得听他编排青春故事。杂毛小道屁颠屁颠地跟着我出来，连连抱怨，说我这人没耐心，一点儿照顾朋友心情的义气都没有。

提了车，我和杂毛小道先回了我在市区的房子歇了脚，商量着去江省的日程。

他说也没有通知家里面，不急这一两天，看他干女儿朵朵这情况，暂时无妨，先把阿根之事了结了再说。这房子住不了几天，我又跑了趟中介所，把房子挂在那里，看看能不能租出去，补贴一点儿房贷。见时间不早，我也懒得去郊区看一下，反正那两口子都稳定往我账户里打钱。

到了晚上六点钟，我和杂毛小道出了门，然后前往说好的吃饭地点。

到了饭店，阿根并没有来，我们等了一会儿，店子里几个店员都过来了，一问，才知道阿根去接他女朋友了。我们等到了七点钟，所有人都到齐了，包厢里面热闹得很。这时门被推开，阿根跟穿一身雪白皮草、挎着LV包包的王姗情走了进来，气氛顿时一凝。不算江城那一次，我跟王姗情有小半年没见，她以前对我很信服，我觉得也没有必要站起来，便坐着招呼他们来我旁边坐下。

落好坐，王姗情很亲热地跟我打招呼，说陆哥好久没见了，不在这小庙里待着，最近在哪里发财呢？

她说得客气，但是我却能够听出淡淡的优越感来，只是点点头，没多说什么。这时候点菜了，一窝人闹哄哄的，我乘机打量王姗情：这是一个颇有姿色的女孩子，柳叶眉丹凤眼，瓜子脸，化了妆，格外艳丽。她年轻，好像比我还小两岁，浑身透着生气。不过许是大半年的职业放荡生涯，脖子两侧的肌肉有些松弛，满是皱纹，显然是刺激之事过多，娇嫩的脖子扩张了。

这些都是小事情，美丑均与我无关，但是，她周身的黑气，却让我淡淡心惊。

这个模样的，显然也是走了旁门左道，而且还是很恶毒的那种。如此看来，阿根头上的黑气，显然并不是他撞倒了什么邪物，而是被这王姗情所感染的；而且，阿根中午的那一番死心塌地的自白，更多的并不是出自于自己的本心。

我和杂毛小道对视一眼，均感觉：此事定有蹊跷！

第二章　尾随

好友聚餐，人多眼杂，我俩也不好发作，只是跟着众人吃菜喝酒。

我和他们好久不见了，又是年节不久后，几个闹腾的老油条一番张罗，气氛顿时也热闹很多，好多人来找我喝酒，叫嚣着要把我灌趴下，连几个平时并不善饮酒的女孩子也推开了橙汁，端起了大杯小杯的啤酒白酒，拉着我，缠着要我喝下。

我有金蚕蛊防身，自然来者不拒，豪迈地饮酒，大口地喝。

杂毛小道倒也没有闲着，不到半个小时的时间，就跟一个新来的小妹聊得火热，拉着人家洁白细嫩的右手，观起掌纹来，最后，还把人家的手机号码和QQ号给弄到了手里。

他倒是一点儿都没有变。

一番痛喝，本来还有下半场K歌环节，但是几个主力队员都相继被我灌趴下，溜到了桌子底下去。到了晚上九点多钟的时候，我肚子胀得难受，跑去厕所放水，出来的时候，正好看见王姗情靠着光洁的墙砖，一脸兴致地打量我。她今晚并没有喝酒，只饮橙汁，但是小脸儿却绯红，鼻翼张合着，红唇抿着，似乎在期待着什么事情的发生。

她的眼睛像一汪潋滟的秋水，含情脉脉地看着从卫生间出来的我。

我看着她，等待她说话。

她沉默了一会儿，突然跟我表白道："陆哥你知道吗？其实我喜欢的是你，我一直都很喜欢你，为什么你连一眼都不看我呢？小美那个骚货天天缠着你，你又不理我，所以我就选择了明宣。可没想到，明宣是这么一个狠心的小白脸，居然让我出去做小姐养他？好吧，我养他，没想他居然拿着我赚的钱，又去泡了一个少妇！现在我解脱了，陆哥，我跟你好吧。嗯……好不好？"

说完，她朝我扑过来，居然想要来抱住我。

我万没有想到她会对我说出这么一番话来，听到耳朵里，我第一感觉当然不会是雀跃，反而很刺耳，有一种阴谋的感觉，她这一扑来，我连忙闪开去，躲进了男厕所，隔着门缝，我冷冷地对她说这是干吗？耍骚吗？要记住，你现在是阿根的女朋友了，不再是以前的那个小姐了，我也不是客人，请自重！

她一抱未得手，眼泪便垂了下来，堵着门，花容惨淡地抽泣，说她喜欢的就是我，阿根只是被他追得感动了，才答应他的。她说陆哥你要是也喜欢我，今天晚上我们就在一起吧？

她说话，还呼着气，朝我吹来一股甜香的味道，很熏，这味道我不熟悉，但是肚子里的某个小东西立刻兴奋起来，本打算长睡的它吱吱叫唤，居然想要破体而出。

我当然不敢让金蚕蛊贸然出现啦，只是把门关上，叫她快走开。

我知道，这一幕要是让阿根看到，那可就真是兄弟都没得做了。

关着门，我在里面待了五分钟，这时候有人来开门，被堵住了，开不开，便猛敲门，使劲地擂，骂骂咧咧，我听声音是中午跟我通电话的那个老油条，把他放进来，问外面有人没？他奇怪，说没有啊？哪里有人？憋得难受，他解开裤子放水，一边问我在躲谁吗？我摇头，说不是，洗完手跟他一起返回了包厢。

进来后，我特意看了一眼王姗情，只见她补了妆，若无其事地正在跟阿根咬耳朵，正眼都不看我一下，让我心中生疑。

我坐下来，见几个人都喝高了，便提议今天的场子就到这里了，大家都散了吧。

听了我的话，除了几个醉汉，所有人都纷纷呼应，说今天喝得够畅快的，特别是陆哥，来者不拒，喝了不下三斤白酒，居然头不晕眼不花，精神抖擞，何止是厉害，简直是相当厉害。我和阿根去柜台结账，有王姗情管着，加上大家的主要火力都集中在我身上，他喝得也倒比较少，我正想拉着他说刚才那回事，王姗情跟了出来，形影不离。

没有机会单聊，我说不出口，只有作罢。

喝酒了不能开车，我叫来几辆出租车把店员们送回去，又叫了一个代驾公司的师傅帮我们开车。阿根也有车，自然由王姗情负责把他送回去。大家纷纷挥手告别，看着这些熟悉的人钻入车中，然后滑入璀璨迷离的夜色中，杂毛小道问我怎么搞？我盯着阿根那车子缓缓向东行驶去，说一万年太久，只争今朝，今天要不把这为祸人间的小骚蹄子给蹶翻了，阿根只怕要被骗得卖屁股了。

杂毛小道哈哈大笑，说他不是还有一个有钱的大表哥吗？

他这么说，我倒是好久没见顾老板了。

见车走远，我和他赶紧上车，然后跟匆匆赶来的代驾师傅说跟上那辆黑色的别克凯越。这师傅一看就是个沉稳之人，也很有职业操守，不问缘由，打着方向盘，朝着远去的阿根他们跟踪而去。看样子王姗情是新手，开得比较慢，所以倒也不至于跟丢，一路行，绕了小半个城区，来到一处居民区，车子停在楼下，我看着他们停好车进去，便把钱结给那个师傅，把车停在路边，拜托他打车回去。

代驾师傅离开之后，我和杂毛小道讨论起所知道的邪门法术中，到底是什么，可以让阿根有这种改变？

杂毛小道说阿根这家伙，平日里正正常常、神清气爽的一个人，操持这么两家店子，劳心劳力，多少也是个精明的人，看眼神，不呆滞，显然不是中了迷魂术，也不是药，排除大部分黑巫术，那还有什么？果真是那小妹儿“媚”力过人，床技突出，将你这兄弟迷得头脑发昏？

我们都很疑惑，很多神奇的东西，说穿了其实并没有那么厉害，比如十二法门中记载的“手入油锅”“静室听灵”“召唤活物”等，当时或者很神秘，现在看也就是一些偷梁换柱的魔术。比如布道、占卜、圆梦之类的，也不能说全部，但是至少只要能够运用现代心理学的内容，都是可以抽丝剥茧地分析透彻的。

如何让一个人对自己产生兴趣、好感并且最终爱上自己，深爱、唯命是从，在这一领域，我个人认为，杂毛小道比我的经验要丰富很多，这多多少少都涉及了心理学的范畴。

凭着自身的魅力和对心理行为学研究的节奏把握，是很容易闯入一个异性的心房的——这一点，杂毛小道做得十分不错，要不然以他那副全真道第六代掌教宗师“尹志平”的猥琐长相，也定然不会大杀四方，祸害了许多纯情少女（也许有少妇）——当然，更多的时候，这位仁兄还是习惯用钱来解决问题，简单、粗暴，且高效率。

我们讨论了一番，没有结果，萧克明的毒瘾又发作了。

他筛糠一样地抖，脑门子冒冷汗，肌肉抽搐，十分恐怖。他哆嗦地说让我自行其是，然后双手捧在下腹处，做瓮状，开始练起静功来。

我看着他不断颤抖的发白嘴唇，叹气，这世界上有毒瘾的人多如牛毛，但是能够像他这么淡定的，我想应该屈指可数吧？我印象最深的是1999年热播的电视剧《永不瞑目》里的肖童，第一次对毒品有着深深的恐惧。而阿根，他这个样子，却是中了精神毒药……

杂毛小道睡了，我怎么办？

这里是阿根新买的房子，给王姗情的，店子里没有一个人来过，我如果不是跟踪他们而来，连住哪里都不知道，更别说住几楼几号。单身潜入，不现实，楼下有物业保安，有监控录像，而我又不是超人；要么，直接打电话告诉阿根，进去跟他谈谈——这显然更不现实，告诉他他女朋友把我堵在厕所门口求爱？还是告诉阿根他是被王姗情做了手脚，昏了头？

正因为是被动了手脚，所以一旦涉及王姗情，阿根听谁的，这个用屁股想，都能够知晓答案。

到时候，恐怕真是像阿根说的那样，兄弟都没得做。

我头疼了一阵子，没有办法了，只有合十双掌，轻声念叨道：“请金蚕蛊现身，请金蚕蛊现身……”胸口处传来一阵冰凉，肥虫子探头探脑地露出来，一副睡意未消的样子，我拿出刚才吃饭时带出来的半瓶白酒，它毫不客气地钻了进去，一阵鲸吞海喝，出来时似乎还打了一个饱嗝。

我把事情跟它讲，它没理，反而是爬到了闭目打坐的杂毛小道脸上，肥肥的身子蠕动着。

一眨眼，这厮居然顺着杂毛小道的鼻孔爬了进去。

我大吃一惊，这是什么情况？这小肥虫子是准备另投门庭，搬新家了吗？当金蚕蛊的尾巴在老萧的鼻孔中消失的时候，他才有感觉，睁开眼睛，看着我，一脸惊恐，问怎么回事？我说我不知道唉，他大怒，说你家的虫子，你不知道？这东西你也不管管？

我一脸的汗，问那狗东西爬到哪里了？

他手在胸口上指，一会儿指胃，一会儿指肺，过一会儿指到脑子上。

我俩惊恐了半天，像一对酒醉之后醒来发现彼此都赤身裸体躺在床上的狗男男，有一种超出思维范围的惊恐。肥虫子不肯听召唤，我也沟通不上，偶尔连接，信息都是“好吃、好吃……”之类的，我们都很茫然地对望，大约五分钟，杂毛小道大叫一声“啊”，这一声颤抖着，孕育着恐怖、惊悚、别扭、难过……以及一丝小小的兴奋，很难想象出人类的语言能够包含这么多感情，我着急了，问怎么回事？

杂毛小道脸发黑，抿着嘴巴不说话。

这是他少有的沉默。过一会儿，金蚕蛊从座位下面溜了出来，摇晃着，从车子的缝隙中挤了出去，先是嗅了嗅阿根的车子，然后往上升，消失在我的视线中。我拍了拍杂毛小道，问他没事吧，他回过神来，说没事，话说你的金蚕蛊，平时也喜欢这样？

我不知道他说什么，问哪样？

他没问了，直接打开车门，跑到路边去吐了起来，那声音，何其之悲壮。

我不理他，闭上眼睛，集中精神，用念头去联系飞往阿根和王姗情住处的肥虫，去探寻那个王姗情，到底使了什么手段，让阿根鬼迷心窍，心甘情愿地付出一切。

第三章　有一种蛊叫做至死不渝

黑暗中，呼吸平缓，入定，将自己的心神放到一个空想假定的区域。

玄之又玄，众妙之门。

渐渐的，有物体的轮廓在脑海中浮现，像素描、简笔画，三三两两地勾勒，东一笔、西一笔，越来越生动，越来越明朗，最后，我看见了一个卧室，一张大床，上面有一对男女在……（好吧，介于男主角是我的朋友，在此便马赛克一下。）

这里提一点："神游物外"这件事，是绝对真实的。高明者甚至可以用念头去寄托算命、知晓真相，比如走阴；连最普通的人都有经历过——你是否会觉得在一个陌生的地方，自己却曾来过？是否会觉得今天发生的事情，好像经历过？是否会觉得某个亲近的人说的话语，自己其实已然知晓？这便是。差别只在于有意识、无意识两种情况而已！

好在肥虫子对这种事情并没有多大的兴趣，它绕了一圈，从厨房的换气扇中进入。

很显然，它对于我给的命令，一向都看心情。虽然刚才已酒足饭饱，但是在它进入杂毛小道身体里的时候，我吼了它，它不爽，便飞啊飞，并不理我，自顾自地在房间里面游窜起来。我与它虽是共享视野，但是角色转变却极不适应，感觉一下子掉进了巨人国，所有的东西都变大了无数倍，它飞得也快，我却是个从来就没有坐过过山车的人，这一下，头晕脑涨，几乎也想吐了。

我总算是知道以前高考时报考飞行员时各种变态的检查，是为什么了。好在这家伙也懒，没飞多久，就停留在客厅的一个台子上，趴在一个红苹果上，不再动弹。

它待的地方，叫做神龛。而这苹果，显然是一个祭品。

我心中的怀疑更重了，神龛这东西，若出现在老家或者此地的一些中老年居民家里，也许正常，但是现在的年轻人，家里装修哪里会弄一个神龛？还摆上香炉、供奉香烛、祭品……那可真的是驴唇不对马嘴了，这种破坏装修风格的事情，倒是真让人感觉古怪了。卧室内依然大战正酣，我也没有偷听别人房事的习惯，就让金蚕蛊留在那里待命，自己收回心思来。

杂毛小道吐完回来，意犹未尽地抹着嘴，见我睁开眼睛，问怎么样？

我说在做少儿不宜的事情呢，他两只眼睛发亮，瞬间就从刚才的心理阴影中走了出来，忙问战况如何？我说滚球吧，这种事情谁喜欢看？杂毛小道一脸羡慕，说我养了一只宝贝虫子，别的不说，光这一个"偷窥"功能，就足以羡煞旁人，有了它，往后闲着无聊的时候……嘿嘿嘿，其乐无穷！

他脸上露出难以掩饰的猥琐笑容，就像刚刚偷到鸡的黄鼠狼。

我汗颜，果真是“一样米养百样人”，也只有萧克明这猥琐道士，才能够挖掘出这种功能来。开着玩笑，又谈起刚才金蚕蛊为什么失控钻入他体内。杂毛小道说他被小肥肥钻了这么一圈，感觉浑身都得劲，舒服极了，好像蒸了桑拿一样，毛孔舒张，刚才还特别难受，后来吐了一番，神清气爽，一点儿毒瘾发作的症状都没有了！

我说莫非这金蚕蛊把你老萧体内的毒瘾，当成了美味，所以才弄的刚才一出？

萧克明吃惊，说这怎么可能？毒瘾毒瘾，这可是一种精神式依赖症状，又不是解毒解蛊，怎么可以？

他想了一想，又说：“说不定可以哦？金蚕蛊属于半灵体，能够迷幻人的心志，作用于精神，说不定也能将这毒瘾给戒呢？那个该死的巴颂，不但浪费了我唯一的雷符——那可是我师叔公留给我的最宝贵的一张啊！还给我种下了这毒瘾，你看我这几天难受得，有时候直想死去。也好，每天钻一钻，生活更健康。只是……嗯，嗯，能跟你家虫子商量一下，能不能不要走错路？”

半小时过后，金蚕蛊传来了消息，有情况，我立即入定，将心神沟通过去。

景物由朦胧变得清晰，只见王姗情穿着蓝色的丝绸睡衣，跪坐在神龛前面，三炷香点燃，青烟袅袅，红鸡蛋、苹果和黄色的柚子摆整齐，然后她嘴唇在蠕动，似乎在念叨着些什么。她不断地叩拜，样子像一个虔诚的信徒，而她，则是在朝圣的路上，一路荆棘、风雨无阻的前行者。

她这凝重的叩拜有些让我吃惊，因为她每一次叩首，身上的黑雾便浓上了一分。

神龛上祭拜的是什么？是一尊黑色金边的小雕像，木质的，三头六臂，三面青黑色，口中吐火，愤怒裸体相，座下有莲花，观音大士的那种，但是是黑莲，共计十二瓣。花开，趺坐其间。一面“喜”，一面“怒”，一面“痴”，栩栩如生。见多了神像，都是些菩萨、天尊，如此恶鬼像，倒是少见，也不知道是在哪里请的，看着就有些邪门。

我听不到王姗情念什么，好像是一种经文，也好像在说着什么平常的话语，只是祈祷。

香烧一半，她站起身来，折回了卧室里，肥虫子跟在后面。

卧室里阿根已经酣睡，他本来便喝了些酒，刚才也是辛劳了，眼睛紧紧闭着，嘴巴半张，想必呼噜声也震天响。房间里大半的区域是黑色的，床头灯开着，照着暖暖的黄色光芒，王姗情坐在床边，仔细地看着阿根。她眼里并没有丝毫爱意，冰冷得彻骨，仿佛在看一个毫不相关、甚至痛恨的人。过了一会，她猩红的嘴唇张合，不知道说些什么话语。

突然间，从王姗情敞开的真丝睡衣领里，溜出一条鼻涕虫一样的生物来。

这东西身子扁长，黑褐色，浑身滑腻，有黏稠的血渍附在表皮上，有两对触角，像去了壳的蜗牛。它一出现，金蚕蛊就莫名其妙地冲动，要不是我死命拦着，这饿死鬼早就冲上去开吃了。这鼻涕虫从王姗情前倾的乳沟处出现之后，便一直爬，爬到了她的眉心处，开始叫唤——我听不到声音，但是能够感受到金蚕蛊接收的频率。

令人恐怖的事情发生了，随着这鼻涕虫的叫唤，阿根闭合的双眼莫名就睁开了来，双瞳无神，呈现出白色的迷离，直挺挺地就像一个僵尸。接着，从他血红色的眼外肌中，突然挤出了一对粉红色的肉芽来。这肉芽就像医学透镜里面的鼻息肉，一小坨，长长的，最顶尖是圆头，左右摇晃，上面有一个淡色的小泡泡，好像蕴含着空气。

阿根的双眼之下，居然凭空长出了一对肉芽来，如同山坡上的向日葵，以垂直的方向，紧紧朝向了王姗情额头上的鼻涕虫。那虫子动，这肉芽便动，缓缓地移着方向，仿佛有生命一般。

这种奇怪而恐怖的景象，让我一下子就想到了被排斥在十一类蛊毒之外的另外一种蛊。

情蛊。

十万群山的深处，神秘的昆虫繁衍生息，苗女多情，采之放于玄牝门中温养，每月鲜血浸蚀，于初夜种“子蛊”于男方身上，这一手法，便是情蛊。情蛊之所以没有排在十一类蛊毒之中，这也是有原因的。为何？蛊毒蛊毒，一般来讲，蛊毒不分家，但凡被称为蛊的，都是有一定的毒性。然而情蛊的重心却并不在于害人，而是用迷惑力来维持一段情感的契约。这一点，几乎完胜大部分蛊毒。

“蛊惑人心”，说的就是情蛊，可见其名气之大。

但是它的缺点在于，以身体养蛊的人，长期受情蛊本能的感染和侵蚀，眼睛会发红，内分泌失调，雄性激素增长，易怒、暴躁不安，而且容颜会衰老得快——虽说养蛊者最终都不免会加速衰老（金蚕蛊不会），但是给自己种情蛊者，尤其快速。情蛊的名气是如此之大，以至于很多人都以为养蛊的都是女人，在西南苗疆，经常会把养蛊女称为“草鬼婆”，传女不传男，所依据的，大部分都是针对情蛊而言。

这是一个神秘的东西，连我都不知道如何解、如何放、如何破……

毕竟，在我们那一带，并没有这种蛊的存在。

哪里有？湘西四县，云省大理、黔西耶朗故地以及川蜀大巴山一脉，均有传闻，甚嚣尘上，路人皆闻。

王姗情俯下身子，伸出舌头舔了一舔阿根的鼻尖，额头中的鼻涕虫（情蛊）便顺着这张狐媚的脸儿爬下，游过挺秀的琼鼻、猩红的红唇、粉嫩的舌尖，然后蠕动到了阿根的脸上，一路留下清亮的分泌物，最后，停在了阿根的眼睛下面，舞动着柔软的触角部位，轻轻舔食着阿根眼睛的小肉芽。

这小肉芽就像被灌溉了有机粪肥，兴奋地舞动着，不时地轻轻战栗。

这肉芽便是子蛊吗？

随着这子母情蛊的舔舐，阿根头上的黑气愈加浓重，在敏感的金蚕蛊视角，几如墨汁。我心中狂跳不已，不，这并非是情蛊那么简单而已！这不是！联想到了晚上厕所里王姗情堵住我说的一番话，前面的真假未知，但是显然后面的所谓“她不喜欢阿根”，这是必然的。情蛊只有情根深种的女子才能够施展，不然，便是……是啦，这个女人，是在吸食阿根的生命力！

谋财……害命！——她倒是打得好算盘。

这死女子到底是去哪里学的邪法？竟然害到了我朋友的头上来，我再也忍耐不住了，睁开眼睛，推开车门就往下冲去——今天，看我不弄死她！

第四章　云淡风轻的情蛊事件

我们很快就冲进了楼里，然后被值班保安拦住。

没有门禁卡，上不了公寓去。我无奈，只有诓他说是警察办案，他不信，说要拿证件出来。杂毛小道从后边过来，一拍那保安的肩膀，保安扭头过去，人便呆滞了。我大惊，问这是什么邪门法子，定身术吗？忒霸道了！他得意地展现出手上的液体，在那保安鼻子下面又抹了抹，说听过“麦角酸二乙铣胺”没有？

我摇头，他很不屑地骂我土鳖。

我们很快就来到了阿根家的门外，面对着关闭的门，我瞅杂毛小道，他耸耸肩，说这是鸡鸣狗盗之辈的伎俩，无量天尊，他可是堂堂的茅山道士，正经人。我好久没听他自吹是正宗的茅山道士了，乍一听感觉怪怪的。那怎么办呢？我们又不是朵朵，能破门而入吗？

好在肥虫子给力，我正愁着，门“喀嚓”一下就开了，它鼓着不合比例的薄翅朝我飞来，我瞪了它一眼，它转向，亲昵地趴在了杂毛小道的发髻上。老萧的脸立刻变成了猪肝色，浑身不自在。

我们三步两步，便冲进了卧室里。

门骤然被打开，见有人进来，王姗情大吃一惊，惊声尖叫。那条鼻涕虫一般的情蛊受惊地跳起来，像野地里的兔子，朝她胯下爬去。她回过神来，见到是我，又见到杂毛小道在，心中的忐忑缓解了一些，下意识地裹紧睡衣，怯怯地问怎么回事？我们怎么进来的？

我冷笑，说你做了什么你不知道？还问这些？

她装傻，说不懂，你们都是阿根的朋友，为什么擅自跑到我们的卧室里面来？朋友妻，不可欺！她说着，眼睛一转，一双眸子顿时多了几分光芒，她娇笑，说哦，陆哥你还记得我刚刚说的话啊，瞧你这人，真是个急性子，刚才装斯文，这会儿就找来了，还带了一个伴儿……呵呵，是要一起吗？

我上前两步，一把掐住她娇嫩的脖子，毫不怜香惜玉，伸手就扇了丫的四个大耳刮子，啪啪响，我停下手后，她娇嫩的双颊一瞬间就变得青肿，嘴角溢血，她懵了，反应过来时暴怒，张牙舞爪地要来抓我，挠我，口中大骂“老娘跟你拼了”之类的话语，我伸长手，离远一点避开脸，然后手上渐渐用力，死死地掐住她的脖子，让她呼吸不畅，近距离地体验死亡的快感。

她终于恐惧了，从悍妇的泼辣中败退下来。

她像个受惊的小鹿，眼睛里瞬间就流下了汩汩的泪水来，我稍微小了些力道，她长长呼了口气，抽噎着，说你，你怎么能够打女人呢？你这个畜生！

我心中的冷意连自己都哆嗦，尽量让自己的语气变得平淡些，说：“我很奇怪，阿根没有跟你讲过我是个养蛊的行家吗？你居然还敢出现在我面前，还敢勾引挑逗我？是肆无忌惮，还是想一决高下？你脑壳进水了吗？我这一辈子，都没有打过女人，从没有！因为我觉得，这是作为一个男人的基本素质，但是今天，我压制不了心中的怒火，你，是我第一个打的女人，或许，是我杀的第一个女人——因为，你严重伤害了我的朋友。”

说完这番话，我松手，重重地把她推到床上。

王姗情摔在床上，席梦思的弹簧将她反震，胸口波涛汹涌。她伸手一拉，阿根醒了过来。

看见房间里的不速之客，虽是朋友，但是在如此私密的地方，阿根自然是大吃一惊，一边用蚕丝被裹住自己光溜溜的身体，一边不善地朝我问：“陆左，这怎么回事，你们怎么跑到我家里来了？”王姗情钻进阿根的怀抱，像小猫，也不说话，只是委屈地说：“老公……”她鼻音拖得很长，嗲，显得很委屈。我们听着很恶心，而阿根却一阵色授魂与，更加愤怒地看着我。

确实，我和在旁边打酱油的杂毛小道就这样站在他的床前，像是来抓奸的干活。

我叹了口气，王姗情这女人是聪明，她把阿根弄醒了，别的不说，我肯定是不能毫无顾忌地打她了。我跟阿根说穿上衣服吧，他把床头的睡衣穿上，一下子就冲上来，抓着我的衣领，愤怒地指着王姗情的脸颊问是不是我打的？王姗情“嘤嘤”地哭泣着，也不做声，然而这声音却更使得阿根的情绪激化，拧我的衣领，越发紧了。

我淡淡地看着阿根，说这几年的兄弟了，就不能听我解释一下吗？

他喘着粗气，使劲地推开我，说你说啊？说不出个所以然来，以后兄弟都没得做！

我笑，知道他中了蛊，也不生气，指着在床上哭得花容惨淡的王姗情说道：“阿根，我的兄弟，跟我讲一讲你跟她在一起的经过好吗？”阿根一愣，眼睛望下看，显然在回忆，然而过了几秒钟，却想不起来，头痛，像是记忆断片了一样，一片茫然，于是不耐烦地说问这个干吗？有意思吗？我盯着他的眼睛，是很正常的瞳孔，是黑色，里面有我的样子，便说阿根，你被她下蛊了。

阿根一愣，转而大笑，说开玩笑了吧，小情正正经经一姑娘家，会下什么蛊？

我和杂毛小道一头黑线。

果真是情人眼里出西施，热恋中人最完美，王姗情要是算正正经经的姑娘家，叫其他的失足妇女情何以堪？这女子在笑，很隐秘，但是我看见了她上翘的嘴角。显然她以为阿根在，我们就拿她没有办法。我不理阿根，问王姗情，这情蛊，哪里学的？

她装傻充愣，说什么情蛊，她听不懂我在说什么。

杂毛小道跨上前一步，作一揖，说女居士，别浪费贫道的时间了，我们都是明眼人，一天到晚都忙得屁股冒烟，耗不起。些许把戏，你招了，便留你一条性命，若不招，蛊死人亡这惨剧，免不了。她抵死不承认，阿根挡在她面前，脸色苍白，嘴唇颤抖，警告我们不要太过分，赶紧走，不然他就报警了。

我摇了摇头，叹气——自作孽，不可活也。

吹了一个响亮的口哨，趴在杂毛小道头上的肥虫子立刻飞临王姗情的面前，发出吱吱的叫唤声。而金蚕蛊一出现，阿根和王姗情都大吃一惊，不知道说什么好，接着，王姗情的脸就倏然变得潮红，眼睛里又是兴奋、又是痛苦，流泪，然后又有压抑不住的呻吟声，从喉咙深处发出来。

随着这高高低低的呻吟声出口，她的睡袍由下往上一阵蠕动，那条丑陋的鼻涕虫，就沿着她的身体爬到了敞开的领口处，吱吱地叫唤着。

别人听不出来，我倒是能够感觉到这虫子的叫唤中，有臣服、害怕和求饶的意思。

阿根看到这么一个东西从王姗情身体的某个地方钻出来，吓了一大跳，一下子跌坐在床上，看了看她，又看了看我，一下子懵了，结结巴巴地说："这是怎么回事？这是怎么回事？"他的表情，好像看见了世界末日，整个世界观都崩溃了。我死死地盯着王姗情，说还不赶快把阿根身上的子蛊给取出来？

王姗情瘫软在床上，呆呆地望着眼前这个肥硕的虫子，怎么也想不明白自己的虫子会这么脆弱。

她喃喃自语，说不行了，不行了，子蛊一旦种上，这辈子都是不能解开的。

我冷笑，说你个臭婆娘，一辈子，你这种搞法，阿根活不过两年，你这不但是情蛊，而且还是能够续命的良方——截取阿根的精元，给你这个臭娘们续命！够狠毒的啊？到底是谁教你的？她脸色苍白，就是不肯说，我手一挥，金蚕蛊飞临到了她的胸前，像蜜蜂一样跳"蜂舞"，而那鼻涕虫则猛甩着头，痛苦尖叫起来。

这虫痛苦，她便也难受，太阳穴处有青筋绷起，与那虫子的痛觉感同身受。过了一会儿她哭了，她说，别念"紧箍咒"了。我和杂毛小道对视一笑，看来金蚕蛊倒也是争气，一下子就能够把这家伙弄得服服帖帖的。

在我们三个男人的注视下，王姗情陷入了回忆中，说起她去年十一月份，跟男友分手后回家，去别人家里面做客的时候，被隔壁村子里的一个红眼老太婆给下了蛊。后来发作了，才知道是那个草鬼婆下的，然后就去求她，结果就会了（这方法，通常都是草鬼婆找传承的路子）。她学艺功成，寻思着来东官找我，后来听说我跟一个色眯眯的道士在一起，恐怕有些困难，就跑到了江城那边的酒吧一条街，做了段时间的皮肉生意，而后在QQ上联络到阿根……之后就给阿根下了蛊，便好上了。

我凝视着她，说她还是没说，为什么要坏阿根的命？

她双手捂着脸，不说话。

我自然不会相信她的这一番话，只是冷笑，转而看向阿根，问他怎么看？阿根自然是一脸的不敢相信，也不说话，青筋暴出来，生气，也不知道生谁的气。我们陷入了沉默，然而肥虫子显然并不体谅这尴尬的气氛，一下子飞到了阿根的脸上，爬到眼睛处，吱吱叫唤了两声后，从阿根的眼睑下面便流出两道脓血来，也有肉芽，顺着脓血流下。它也不客气，三口两口把这些全部都嚼了，又飞到王姗情的胸口，把她乳沟处的鼻涕虫一把叼起来，像小鸡吃虫，喀喀喀一下子就吃完了。

整个过程，情蛊一动也不动——如此简单！

这情蛊一进了金蚕蛊的肚子，王姗情就哇地吐了一口血，神情萎靡，脸若金箔般黄，一下子就垮了下去，瘫在床上。阿根本待习惯性地过来扶她，手伸到了一半，顿住了，如梦初醒地看着躺在自己床上的这个女人，回想起刚才的场景，哇地一下，居然将晚间吃的酒菜，一下子都吐在了王姗情的头上。

一时间那经过胃部黏液处理之后的汤汤水水，全部都挂在了这个恶毒女人的脑门子上，格外滑稽和可笑。

房间里本来有一股淡淡的苦栗子味儿，是男女欢情之后的味道，被阿根这么一弄，倒是冲淡了不少，只是难闻得很，我屏住呼吸，后退一步，看着王姗情。情蛊与本命蛊一般，都是直接与寄主共生共荣的，金蚕蛊贪吃，一下子把这情蛊给嚼了，那么王姗情这次不死，人也要脱一层皮吧。

不理瘫软在床上的王姗情，我、阿根和杂毛小道来到了客厅，商量这件事情怎么处理。

阿根终究是老实人，虽然情蛊已解，但念及他跟王姗情这露水夫妻也做了好几个月，有些苟且的情谊在，一时间也狠不下心来，还关心地问我那女子到底有事没事？我说没事，不过解情蛊，就像打了胎，得虚弱几个月，而且还霉运缠身。要不要报警？我手机里，倒是还有一个欧阳警官的电话。阿根说别，算了，赶走了事。

他轻轻地叹息，不知道是在可惜这一段开始的爱情，还是在叹息一个女孩的堕落。

“我爱你，但是你却爱着他。”——世界上大多数凄惨的爱情多是如此。

我说可以，但是这房子是他的积蓄，不可不要。完了之后，我再送他一张符纸，用金蚕蛊之血滴上，保百蛊不侵，以防止这种事情的再次发生。

他说好，没问题。

我们当夜就把事情办妥，逼着王姗情签署好户主变更协议，让阿根明早带她去过户，之后便把她给打发走。第二天，由我坐镇，帮着阿根搞定了所有的事情，在把王姗情扫地出门后，托朋友弄来两张火车票，准备前往江省金陵，再辗转去茅山附近，拜访杂毛小道的家人。

临行前我打电话给郊区租房的尚玉琳和宋丽娜这两位房客，没通，只得作罢。

第五章　火车上的三个故事

二月下旬，元宵刚过，我和杂毛小道踏上了北上的火车。

春运票紧，那朋友也实在搞不到卧铺，好在我俩都不是那种讲究人，朋友给了两张硬座，便拿着，提着简单的行李和一些路上吃的，我们挤上了火车。没人送，阿根刚醒来，很多东西要搞，被转移的资产也要收回。而王姗情被扫地出门之后，消失无踪，没有人知道她去了哪里。

我其实还是蛮好奇的，想知道这个女人到底是怎么学会的情蛊——未必真的是隔壁村的人教的？若我信，便真的蠢了。只可惜，敏感时期，不太想去触动阿根受伤的心灵，又要尊重他的意见，只有作罢，不提起。

节后是春运的高峰期，火车上人挤人，好不容易坐下，电铃长鸣，窗外的景物往后退去。忙碌这几天，我和杂毛小道也很少有交流沟通的闲暇，便坐下来将最近的信息交换。当我谈及剿灭矮骡子时，被那头人种下了恶毒的憎恶印记，他有些惊异，看着我双掌中渗入肌肤的蓝色印记，眼中有些惊奇。他说他倒是知道一些类似的生灵，但是矮骡子，向来都只产于西南十万大山之中，不出世，所以也未曾听闻。

世间之大，果真是千姿百态，无奇不有。

我翻开手掌，微笑，说也罢，虽然经常招惹些邪物，但是凡事有利也有弊，换个思维，这手用来拍鬼，倒也厉害。

我们两个说着话，对面有两个女孩子“噗嗤”一笑，乐不可支。她们是两个大学生，左边一个长得还不错，我们过来的时候打了个招呼便不理了，只是低声谈话。而笑的是右边的那个，长得一般，脸上有些小雀斑，眼睛眯着像月牙，便有了些可爱。杂毛小道是个顺竿爬的猴，立刻与她们攀谈起来，我知道了左边的这个漂亮女孩叫做古丽丽，右边的这个叫做秦雯，都是武市某大学的学生。

杂毛小道穿着一身道袍，一副高深得道之士的狗屁模样，聊了一阵，两个女孩子跃跃欲试地请他帮忙看手相，杂毛小道也不推辞，便乐滋滋地摸着女孩子的小手，忽悠起来。我则不理，闭目养神。

邻座坐着好几个汉子，也是临时凑成的一堆，嗑着瓜子，便聊起天来。

出门在外的人，除了国家大事，大多都喜欢聊些奇谈异闻。有个一口南湖腔的汉子，一口小酒抿着，便说起这么一件事来。他来自南湖岳阳洞庭湖区，那里是泄洪区，每次“走龙”，他们那里就遭一次灾，虽离市里比较近，但是也穷，所以他才会不得已出来，在外奔波。

这些先不提，讲一讲1998年“走龙”的事情。

什么是走龙呢？老辈人常说大河大江里面都有龙，龙翻身，则水涨，龙走动，则发洪水。1998年那场特大洪水，许多人都记忆犹新，长江、松花江、闽江、珠江各大流域都出现洪峰，其间涌现了多少可歌可泣的英雄事迹，也暴露了一大批豆腐渣工程和贪官……这都不提，说到他们家乡洪水退去，便听说黄沙街镇子外的河滩上死了一条蟒蛇，都好奇去看。哪知到了那里一看，村子里去的所有人都吓了一大跳——这条蟒蛇足足有二十几米长，信子都有两米，遍体黑色，鳞片有巴掌一样大，那蛇头水缸大，看着慈眉善目，顶上还长有一个包，是肉包，又像角。

附近有好多迷信的老人当场就跪拜，喊龙神爷爷，有人搬来木台铺上红布，香烛供奉。

傍晚的时候来了一个扛幡子的算命先生，从东边来，他告诉大家这条大蛇是条蛟龙，没有褪去九层皮，便不是真龙，暴戾得很，因为莫名惨死，有阴灵在，必会为祸一方。要大家集资，凑钱修座庙，香火供奉，平息怨怒。那时节的人，看热闹的也有，但是迷信的不多，偶有一些年岁大的人响应，也没有油水，于是作罢。而且那条大蛇第二天便不见了，稀奇得很。

有人说是上头来人把这蛟龙运走做研究去了，有人说是那蛇自己复活回水里去了，也有人说是有高人来盗龙尸，妙手空空了。一时间说法纷纭，也没有个准确的说法。

他说到这里，旁人插嘴问现在的那里，是不是常常有古怪邪异的事情发生。

他笑了笑，说莫得呢，最近听说政府要搞搬迁，把他们搬到好的安置区里，一人还补贴十万，好着呢。这可是大喜事。

这汉子说罢，立即又有一个来自山鲁的鲁南商人凑趣，说他也说一个，关于狼人的故事。旁人纷纷起哄，说莫讲莫讲，要是拿好莱坞电影的情节来忽悠俺们，尽早收口。这商人大怒，说我就讲，爱信不信。

他说这不是他的经历，而是他老婆娘家的传说。

他老婆娘家在山鲁高密，高密可是个好地方，自古就有“粮仓”、“棉乡”的美誉，人杰地灵，古时候的晏婴、郑玄、刘墉，便是高密三贤（莫言还没获诺贝尔奖的时候，连家乡人都不知道他）。他老婆是高密西边农村的，村子里养牛，也有奶牛场。1995年的时候，频频死牛，都是牛脖子给啃掉半边，血喝尽，惨不忍睹。奇怪的是看场子的人一点都没有听到动静，那一棚子的牛，没一个叫唤的。这事一连发生了三回，于是就报了案。

来了好些个警察，蹲守牛场里三天。

第三天夜里，睁大眼睛的警察们看见一个直立行走的毛茸茸生物，从气窗里面跳进了屋子里。那生物，便是今天说的狼人，它直立起来有一米八，一身黑毛，脑袋就是头狼狗，爪子尖利，一进了奶牛棚，所有的牛都被吓得趴到地上不动，那狼人就像菜市场买菜，挨个儿挑，选中一个，一口啃下去，牛便死了，它便喝血吃肉起来，安静得很。警察们一见肯定着急啦，便开枪捉它。这狼人被捉住了，但是警察却死了三个。

这件事情闹得挺轰动的，沸沸扬扬，后来上面花了好大力气才平息。

他讲完，试图把那狼人的凶狠模样再颠倒描述一遍，大家哈哈大笑，都不信，这故事编得太滥了，不听、不听。坐在前排的一个西川小伙也来凑趣，说他也讲一个，讲的是尸冢山的事情。说鬼故事全世界都有，在我国，哪里最多？数来数去，还是要论天府之国西川。为什么呢？因为死的人太多了，白骨累累。远的不说，单说近期两次：第一次是元末明初，南宋末年西川人口一千多万，经历元朝五十余年，到了1282年，就只剩下六十万人，余者全部死于战乱；第二次，经过明朝三百年的休养生息，明末时堪堪达到四百多万，结果经过历史书上鼓吹的农民起义领袖张献忠，一番屠戮，尸横遍野，后来一统计，又只剩下四五十万人。

人死得太多，而且都是横死，很容易冤魂不散。

别的不谈，说酆都附近有一座山，无名，乡人叫做包坳子，1979年的时候那里修路，结果挖出三个万人坑来，多少人，不知道，反正是漫山遍野的白骨头，野狗叼得眼睛都红了，当时也没有个有道行的人主持，结果这些鬼魂就不得安宁了，闹鬼，直到现在，但凡过去那里办事旅游的人，路过都要找熟人带路，还要佩戴青城山求下来的符包，不然就鬼打墙，或者遇鬼缠身，阴灵不断……你们莫笑，谁有胆子就去试试，包中，到现在，死于鬼打墙的人，一双手都数不过来。

……

七嘴八舌，大家都谈起自己身边的灵异之事，我笑呵呵地听着，也不知真假。

对面那个叫古丽丽的女孩子去倒水泡面吃，杂毛小道就没心思跟路人脸的秦雯热乎了，翻包找水喝。秦雯并没有觉察，笑呵呵地问杂毛小道，说他们说的都是真的吗？道长，你真的是修道之人啊？你现在是练气还是筑基？

杂毛小道被这话呛了一大口，没听明白，秦雯兴奋地说，她听说修道的人分为五个层次，分别是炼气、筑基、结丹、元婴、化神，每一层有十级，敢问道长是第几层第几级？

杂毛小道脸发黑，吭吭哧哧，不知道说什么才好。

这孩子脑门被夹了吗？

这时古丽丽回来了，端着两碗康师傅，热情地招呼我们，要不要吃？她们包里还有。我们摇头，说一会儿去餐车吃吧。古丽丽和秦雯两人便吃起来，吃完之后她又去丢垃圾，再次回来时，小脸煞白。我们都问怎么啦、怎么啦？她一下子就哭了，说她的钱包丢了。她一转身，我们看见她那红色的羽绒服侧里，被用锋利的刀子给划拉了个口子，露出白白的羽绒来。

这钱是她的学费和生活费，看穿着，古丽丽并不是一个家境情况很好的学生，一件红色羽绒服，都是前几年的款式，色都洗得淡了。她一直哭，说刚刚还在的，怎么就丢了呢？我们问刚才是什么时候，她哭着说肯定是她去泡面的时候丢的。我们都好言安慰，然后又叫这个车厢的人不要动。

已经是晚上九点多钟，乘警过了十分钟才过来，睡眼惺忪。听了古丽丽的话语，他大声喊了几句自己交出来啊？没人搭理，这里又这么拥挤，一个个排查也不现实。

他也无奈，只想叫古丽丽做份口供，备案了事。

古丽丽哪肯依，她说这是她那老父亲去年冬天，在乡里面的矿场上日日砸石头挣来的血汗钱，没了，就没有第二份学费，不能上学，她就只有跳河了。她哭得梨花带雨，旁边几个侃大山的爷们也在叹气，劝她：春节期间，人多，贼就多，一伙一伙的，成群结队，这些缺了良心的狗玩意儿，偷了东西，直乐呵呢，哪里会还你；要钱多，下一站就下车，钱少，再干几票呗！

他们这么说，让我想起了《天下无贼》，古丽丽哭得更凶了！

杂毛小道刚刚发了点皮肉财，人也爽气，问丢了多少？女孩说五千，他豪气大发，说无妨，这点钱算啥子，莫哭莫哭，他来给！说完他去翻随身的百宝囊。我心中一动，拦住了他，说先别在这里充大老爷，等等，我倒是有办法的。

我这一说，所有人都看向了我。

第六章　小道返家，近乡情怯

时间过了二十来分钟，车厢里人又这么多，这趟车，还没个监控录像，所有人都看着我，怎么破？

我说我来试试吧，于是联系正在睡觉的肥虫子，喊它起床，然后叫古丽丽把羽绒服内兜翻出来，给我闻闻。旁边的那个岳阳的汉子笑，嘀咕说这大妹子丢了钱，他还在这里瞎闻，占便宜。他这么说，却是一脸的羡慕，恨不得自己也凑上来嗅一口。古丽丽有些不好意思，脸涨得通红，但是又生出希望，便让我闻。

还别说，这味道很香，是女孩子怀里的那种香味，淡淡的，兜里面没有皮革的味道，我问丢的钱包是布的啊？

她惊喜地点头，说是啊，是布的，她妈妈给缝的。

旁边的乘警也一脸惊奇地看着我，说这鼻子比狗鼻子还灵啊……他话说一半打住了，知道得罪人，讪讪地笑，问接下来呢？我说我走一圈看看。坐过火车硬座车厢的人或许都知道，那里面哪能有什么好味道？脚臭、屁臭、与食物的香气混合在一起，加上过道飘来的二手烟，浑浊的空气只会让人心口发闷，想要闻出个啥来，简直是在做梦。

好在我有金蚕蛊。

又来了几个列车工作人员，与乘警跟着我，我一路走去，穿过了两节车厢，一直来到了第七节中段一伙在斗地主的男人面前。这是六个人，全部挤坐在一起，车厢里闷热酸臭，他们便穿得少，除了里间一个商人打扮的中年男子外，其余的都只穿着衬衫或长袖T恤，有个矮个子脖子上还有刺青，是个粗糙的狼头。

好几个人，看眉目，都有些不善，凶神恶煞的。

我来到他们面前，站定。一个年轻人嫌我碍事，便骂我，看什么看？滚开去，小心削死你。里面那个中年男子倒是个稳重点的人，见到乘警也在，便站起身来，说警官，我们只是玩玩而已，没赌博啊？乘警疑惑地看着我，而我则指着冲我嚷的这梳着小辫子的年轻人说道："应该就是他啦。"

乘警和跟过来的古丽丽、杂毛小道以及一群酱油党，全部都疑惑地看着我和他，不确定我是不是在开玩笑。我们这一群人围上来，小辫子立刻就火了，站起来，一下子就揪住我的衣领，大吼，说这怎么个意思这是？老子好好打个牌，想搞啥子？什么就是我，想死是吧？

这种情况，若是一年前我碰到，定然是害怕极了。

为什么？大家知道，若论哪里小偷最多，莫过于火车站，因为这里流动人口多，人多就乱，报案处理比较复杂，旅客也匆忙，所以好偷；除此之外，火车上的偷儿也多，他们有一个特点，就是流窜，而且还是团伙。人多力量大，小偷们都是成群结伙出动，这样子以防被抓的时候一个人太被动了，而且还能够威慑胆小的群众，不好惹。看这六个人，必定是一伙的，他们要闹将起来，我以前定是抓瞎的。

但是如今，我却不怕。

轻松地将小辫子的手推开，我一个擒拿，便将他摁倒在地，然后搜，一下子就从他的内衣兜里掏出一个粉红色碎布缝合的小包包，里面一沓钱。古丽丽很激动，说是她的，是她的。而我摔小辫子的时候，他的同伴全部都站了起来，瞪着眼，几个人都撸起袖子，乘警大声喝问：干什么，干什么！那个中年人拦住了同伴，朝地上的那个小辫子大声骂，说瞎了眼了，居然交了这么一个朋友，还偷东西？呸！

乘警把小辫子铐了起来，吩咐同伴将这几个也看住。那个中年人赔笑，说跟这个家伙也是刚刚认识的，只是刚刚打牌，便熟了。我把布包递给古丽丽，并嘱咐她把钱拿好，现在用网上银行转账多方便，为什么一定要在身上带这么多钱呢？活该遭人惦记。

事情既了，不理这边首尾，我和杂毛小道在众人的鼓掌声中，返回了车厢。

秦雯帮我们看着行李，一直不敢离开，问古丽丽呢？我们说东西找到了，古丽丽可能要做一下笔录。秦雯很高兴，说古丽丽家里情况很不好，这钱能找回最好——哎，真的是用鼻子闻出来的啊？旁边几个摆古侃故事的汉子也好奇，说真是奇了，以后倒是又有故事讲了，怎么回事？我推说自己是一个闻香师，所以对味道特别敏感。旁人都啧啧称奇，惊叹。

秦雯说去看看古丽丽，让我们照看一下行李，我点头答应，她便离开。

没两分钟，我们对面的座位上，便坐下来一个男人。

他是个秃顶吊眉毛，岁数约摸五十，眼睛红，厚嘴唇，一身干部装。他先是以“我可以坐这里么”为开场白，然后与我们攀谈起来。他自我介绍，说自己是一个博物馆的副研究员，平日里喜爱玄学，对山、医、命、卜、相，都略懂一二，他见我二位，相貌清奇，行为旷达，是有道之士，忍不住心中的喜爱，所以过来结识一番，交个朋友。

杂毛小道说哪里哪里，他也只是略知一二，不过既有同道中人，便聊聊，互通有无，出门在外，稀罕的就是“朋友”二字。我也笑，说洗耳恭听。

这秃头儿叫做李汤成，既然是在博物馆工作，便也是有些学识的，谈玄学、谈史料、谈古董，引经据典，随手拈来，听得我是一阵点头，敬佩不已。二十分钟后，两个女孩子回来了，他才凑近来问：“与两位小友相谈甚欢，只是在下有一个疑问：为何陆左你浑身有股淡淡的檀香味？这是功德佛法香，还是另有缘由？”

他这么一说，我们便都感觉到他前面所说的都是屁话，单单这一句才是重心所在。

不过能够看出我身上的不同，倒也是有些本事呢。

我笑，说是其他原因，我是旁门左道之辈，不敢硬与那檀香功德佛家牵连，只怕会折寿。他摆手，说切莫妄自菲薄，他熟读《梅花易数》《大六壬全书》，对相术略有研究，但是并不透彻，今天也是有缘，他看我这面相，是善良、有大福缘之人，然而这半生恐怕会蹉跎辗转，磨难甚多啊……杂毛小道“呸”了一声，说有他罩着，怎么会有这落魄？他老萧是谁？他可是熟读半章《金篆玉函》的角色，区区命数，翻手即改之。

我暗笑，这家伙又吹牛了，然而那李汤成却大惊失色，问杂毛小道可真有《金篆玉函》？萧克明含笑不语，做神秘状，掐指一算，说你别装了，什么博物馆副研究员，说得跟真的一样，我也不揭穿你，真诚一点会死啊？李汤成听完这话脸色数变，站起来长揖到地，说见识了，日后有缘，定当讨教。

他不理旁边的两个女孩子，转身就走了。

我问这人到底干吗的？杂毛小道深吸一口气，说你不是闻香师吗？一股子土腥味闻不出来？

古丽丽和秦雯坐下来，连连向我们道谢，我们摆手推辞，说不妨事，不妨事。

火车足足行了一整天，不断有人上下车，那两个女孩子也走了，上来一对年轻夫妇。那个山鲁的商人还找杂毛小道要了联系方式，说觉得这位是大师，以后有事联络。中间那个李汤成再也没来过，不知道是不是被杂毛小道的一番言语给镇住了，不敢来惹。一天一夜，窗外的景物飞掠，行过小半个中国，越往北，越冷，明暗交替，我和杂毛小道说累了，便闭目睡，右手捂着胸前的槐木牌，紧紧地。

我可爱的朵朵，我一定要把你恢复回来，等着我。

到了金陵火车站，我们出站之后，杂毛小道驾轻就熟地带我出了广场往左走，在东边的站台上坐 309 路公交车，到了长途客运站，买了票，直达句容市。许是近乡情怯，杂毛小道情绪并不高，恹恹地不想说话。我听着车里面这些人说起的金陵话，好听，但是理解起来却很困难。我长期在南方、西南一带活动，川湘黔地、南方省的方言都听惯了，乍一听这些话语，感觉到一股陌生。

六朝古都，这是一个让我有一种疏离感的地方，对于北方人来说，这是南方，对于像我这种南端来的人，却是不折不扣的北方。下了长途车，已是傍晚时分，夜幕爬上来，寒冷，杂毛小道在站台旁徘徊了很久，不知道何去何从。我没说话，背着包静静地等着。

据他说，他已经有八年没有回家了。

据他说，他跟家里人已经闹崩过了。

只是为了朵朵，他需要回来。

他的家人，可是能够制作出我闻所未闻的“血牛本命玉”的世族子弟，道家玄藏的正统传承者。而那天一道突如其来的闪电，我甚至愿意相信他果真就是上清派茅山宗第七十八代掌门陶晋鸿的真传弟子——当然，他也许只是个被逐出门墙的弃徒。他犹豫了好久，看着紧紧捂着胸口槐木牌的我，终于下定了决心，招来一辆出租车，说了一个地址，然后便带着我上了车。

如此又是行了一个多钟头。

城市越来越远，建筑物逐渐稀疏，道路两旁，开始出现庄稼来。最后，出租车开进了一个河边的村庄，来到一家青瓦灰墙的大宅面前停下。付完钱，我们来到这家宅院的门外。这大门上有明镜高悬，红布环绕，杂毛小道深呼吸，然后走上前去，敲了敲门，在后面的我看见他腿肚子都在打颤。

“吱呀”一声，门开了。

第七章　虎皮猫大人

开门的是一个二十四五岁的青年男子，眉目脸型，跟杂毛小道有着七分神似。唯一不同的是，他的眉宇间有着一股子凛然的正气，器宇轩昂，眼睛亮，没有杂毛小道这般猥琐。见到了杂毛小道，他先是一愣，之后仿佛美国人看见了大熊猫，紧紧抓住了杂毛小道的衣袖，然后朝屋子里面使劲儿喊："爷爷、奶奶，爸、妈，小妹，大哥回来了，大哥回来了……快来啊！大哥回来了！"

他是如此激动，又笑又跳，然后紧紧地抱着杂毛小道，口里喊：大哥，大哥！

杂毛小道的眼眶一下子就湿润了。

没一会儿，门口就围了好几个人过来，都是女人，有喊哥的、有喊大哥的、有喊表哥的，从院子西边跌跌撞撞跑来一个女人，约摸五十岁，面色愁苦，口中大喊着"我儿""我儿"，一下子扑到了杂毛小道怀中，杂毛小道这个平日里吊儿郎当的家伙，一下子就跪在了这个女人的身前，大声哭嚎，说妈，儿子不孝啊……

我背着包在一旁，看着这久别重逢的感人场面，没说话，发现从西屋又走出了三个神情严肃的男人来，一个鹤发童颜，颌下白胡须飘逸，一个长相敦实，粗手粗脚，还有一个是年轻人，面如冠玉，眉锋上扬，眼神锐利如刀。我能够猜到前两者定是杂毛小道的爷爷、父亲，只是旁边那个大帅哥，倒是不知晓。

"你这个孽畜，一走八年，倒还知道回来！"

白头发老人看着跪在地上的杂毛小道，冷冷地哼着。杂毛小道看见了他，浑身一震，抬起头，泪眼婆娑地看着他，纳头便拜，只是哭泣，也不说话。从我这个角度看，他背部一抽一抽的，屁股儿颤。过了一会儿，气氛被渲染得悲情，他抬起头来，说爷爷，我之所以被师傅逐出门墙，主要也不是我的原因。这些年我一个人在外面漂泊，不敢归家，也是因为铁齿神算刘的一句话，为了给家人避祸，才至于如此。还请爷爷和父亲大人，谅解我的一片痴心啊……

他哭得伤心，那悲恸简直可以媲美尔康。言语里信息量太大，倒是让我丈二金刚摸不到头脑，迷惑不已——这个家伙，倒真是个有故事的人啊。

他爷爷听到了这句话，脸色数变，看这地上趴着哭泣的大孙子，长叹了一口气。他说那件事情，不管怪不怪你，都已经过去八年了，计较起来，终究是我欠他陶晋鸿的，黄山龙蟒一事，死的是他孙女，但是他也得到了他想要的东西，这事情是非曲直，只有问那在幽府的小倩了……反正有我在一天，他老陶便不能怎么样萧家。唉，不说了，你奶奶病了很久了，你来得正好，去见见她吧，也没几天了。

杂毛小道浑身一震，抬起头来，问在哪里。

他弟弟立刻领着他往西厢屋走去，他爷爷看着站在门口的我，仔细打量我胸口的槐木牌和眉宇之间，问小友是……？我说我是萧克明在南方的朋友，叫陆左，最近发生了一点儿事情，便一同前来拜访。他颔首，说今天有事，明天再详谈吧，便让那个英俊的男子陪着我去客厅中歇着，其他人都转向了西厢屋。

家人有病，且在弥留之际，我自然不指望他们有闲情招待我，便在这男子的带领下，来到了客厅中安坐。那男子叫做周林，是杂毛小道的表弟，他陪我坐下，没聊几句，便直接问我，是不是蛊师？

我吃惊，问周林是怎么看出来的？

周林得意地说他自小便熟识玄学五术，特别是其中的“相”，他更是略有心得，只一观，便是八九不离十。我任由他吹，点头，露出一副崇拜的表情。如此聊了大半个小时，我坐了一天车，肚子空落落的，咕咕响得难受，他只当没听见，拉着我说起他的光荣历史，也不多，譬如给某位达官贵人算命，一语中的，然后人家便以礼相待，排场极大，又譬如……他吹得爽利，又想起来问我养的什么蛊？

十一种蛊里头，都会下哪一种？

这么问，我便有些不爽了，这种私人的东西，哪里适合与这种见过一次面的人，交流沟通？我只是推脱，他也不细问，微笑着，又讲了些其他，说他这大表哥，倒是有八年没见了，样子变得可真大。我问他为什么要离开家里，一直不肯归？他摇头说不知道，这里面必是有些缘由，但具体是什么，他也不知道。

我发现杂毛小道家里的人，别人不说，这个周林倒是和他一脉相传，嘴皮子厉害得很。

这时前面有人叫他，他答应了一声，然后跟我说离开一会儿，便走了。

没人看着我，我闲着无事，打量起杂毛小道家里的客厅来。这是一个老派些的家庭，屋里面的家具装饰，让我有一种穿越民国的感觉。正看着，从屋外面飞来一只鸟儿，黄绿色的羽毛鲜艳，虎纹，金刚喙，翅膀一展几十公分，肥母鸡一样。它飞一圈，停在了茶几上，眼睛呈浅黄色，中间是黑的，炯炯有神地看着我。

它瞪我，我就看它，咕咕……我奇怪，说这谁的鸟儿，也不搞个笼子关着？

接着发生了一件让我菊花立刻一紧的事情——它说话了。

我一下子就懵了——这辈子我除了看好莱坞电影的时候，看见过动物说话，再也想不到这世界上居然还真实存在着能够开口的动物——虽然，这个肥母鸡一样的家伙，就是个鹦鹉。它是这样说的：“我不叫鸟儿，请叫我大人，虎皮猫大人，小子！”看着这花头花脸的肥鹦鹉，一本正经地跟我讲话，我好久才缓过神来，便问虎皮猫大人，你是谁的鸟儿？——我也是开玩笑，谁指望一只靠“条件反射”说几句话的鸟儿，能够跟你玩对答游戏？

没曾想，它居然开口说道：“小子，我谁的鸟儿都不是，我就是我，虎皮猫大人！”

这会儿我终于明白了，这个肥母鸡原来真的能够听懂人言，可以说话。我仔细观察，发现它就是个虎皮鹦鹉，所谓猫大人，不知道出典何处，是何缘故。我惊讶过后，回过神来，便耐着心跟它聊天，它也健谈，不断地聒噪，讲完自己有多么英明神武、神骏非凡之后，开始对我盘根问底，不时地嗅我，说我身上有股阴神的味道。

它这问法，跟周林一个鸟样。

我问虎皮猫大人，你也懂阴神阳神？

它傲然地昂起头，问我知道它是谁不？我摇头表示毫不知晓，它又问我幽府是什么知道不？我说我懂一点儿。它飞过我头上，扑腾着翅膀，说就懂一点儿？爷去过那里！

说完这话，它便飞了出去。

我心中震撼，不常听杂毛小道说起自己家的事情，但是他说要让朵朵出现，最好还是找他家人问问。他是个半吊子我已然知晓，本来并没有抱多大的希望，然而此番一看，心中震惊莫名——我眼拙，对他这些家人倒是看不出个好赖来，但是，就光这个黄绿色肥鹦鹉的一番话语，便足以把我给镇住！

听说过“走阴”的人，但是却没听说过“走阴”的鸟儿。

况且，走阴的人大都只去过一个叫做“房子”的地方，仅仅只是幽府的交界；而这鸟儿，居然还去过幽府——什么是幽府？那可是鬼魂们去的世界，活人去了，难有几个能够回来，能回来的，那都是非常厉害的角色，比如耶稣。所谓鬼，便是有的人死了眷恋尘世不走，不肯去幽府，于是灵魂便成了鬼。

这肥母鸡一般的鸟儿，果真是厉害，难怪能够口吐人言。

我诚惶诚恐地坐了一会儿，也不清楚杂毛小道是怎么跟家人叙旧的，或者商议些什么，只是觉得肚子咕嘟咕嘟地叫唤着。这时进来了一个软妹子，长相清秀，她过来问我，陆左，去吃点夜宵吧？我顿时泪流满面，站起身来跟着她出去。来到厨房，我坐在饭桌前，她弄了一会儿，端了一碗茶泡饭、一小碟肴肉到我前面，笑着说来得太晚，没时间，刚刚听他大哥说我还没有吃饭，于是就草草弄了一些，不要嫌弃。

我也是饿了，哪里会计较这些，先是感谢一番，便拿起筷子吃。这夜宵倒也清淡，不过合胃口，吃得舒服。她自我介绍，说是杂毛小道的小妹，今年十八岁，叫萧克霞。我们聊了一会儿，知道了杂毛小道家中人口也多，有两个叔叔一个大伯，还有两个姑姑，一个嫁了人，一个入山修行，有个二爷爷，早年间死了。她对杂毛小道的现在也很好奇，问东问西，我尽拣一些漂亮话说，不敢揭他的丑。

吃完饭，意犹未尽，可惜没了。萧克霞给我安排了一个房间，让我歇息。

第二天清早，我被院子里的动静吵醒了，推窗看，只见好几个人在做早课，有五禽戏的、有吐纳的、也有跳禹步的，里面我认识杂毛小道的大表弟周林，正盘腿坐在一侧，对着一斗米念咒。门被推开，杂毛小道出现，他让我跟他走，去见见他爷爷和父亲。

我跟着他，来到一个堂屋，只见他爷爷、他父亲还有一个叔伯辈的男人（后经介绍是他三叔）都在，一一见礼之后坐了下来。

高人汇聚，我也不隐瞒，把我的情况，跟他们仔细讲来。

同地翻天的老太爷一样，老萧他爷爷也是要看现在的朵朵，才好决断。我讲明我的担忧，他说无妨，他自有办法。于是把门窗关上，在房间的四角都点燃檀香，插在米碗之上，我将心神沉入槐木牌中，念起了解封咒来。

第八章　麒麟胎裂魂

随着我的念咒接近尾声，槐木牌越来越轻，忽然，一束红影从我胸口射出来，停留在空中。

她天使面孔，魔鬼身材，却是那个小妖朵朵，我心中剧烈抽搐。

我家那个西瓜头朵朵，难道被这个小妖精给吞噬了吗？

这小妖朵朵是如此美丽妖艳，连老萧他爷爷都愣了一会儿神，然后问我，这就是我口中的小鬼？不像啊？小妖朵朵粉红的舌头舔了舔嘴唇，视线环视一周，然后落在了我的脖子上，不理杂毛小道的家人，磨着牙说："怎么又找了一些老家伙来对付我？他们太老了，肉也是臭的，就你干净一点儿，我来吃你吧，别动哦，我好久没有吃人肉了……"

她飞到我面前，抱着我的脖子，张开小嘴就要咬，我伸出手一把抓住她小一号的身体，轻，软软的，皮肤像婴儿，温热。

她被我的"诅咒之手"捉住，动弹不得，便使劲晃，大声叫，力气大得出奇。

老萧他爷爷啧啧称奇，说真是奇怪了，这可不是小鬼，这是鬼妖啊！

"鬼妖"这个词，我是第二次听说，头次是听巴颂说起，他当时也是十分惊讶，垂涎不已。见我疑惑，老萧他爷爷便跟我解释，说这鬼妖，出现得少，但也有，每一个莫不是强横一方之辈。我们知道，这鬼便是鬼，是人死后的灵魂所化，而妖，则是非人类的智慧生物的总称，两者千差万别，本来就联系不到一起。

所以，鬼妖的由来也奇怪，都是机缘巧合，各种微乎其微的概率碰撞成就的，珍稀得很。你这只鬼妖，刚刚成型，还没有成长，本能强过于理智，所以恶，所以凶，所以想吃人肉。我这里正好有先祖传下来的"缚妖咒"一篇，你既然是小明的朋友，便拿去，好好管束镇压才是。

我着急了，我来这里的目的可不是为了管束这小妖精，我要是的朵朵，我亲爱的朵朵宝贝。杂毛小道不待我说起，问他爷爷，说招回这融合妖气的地魂之前，那个灵体怎么办？我们的主要目的，是想要她回来，而不是说想要这个小美女、小波霸。

他爷爷吃惊，浑浊的眼睛凝着神，看大吵大闹的小妖朵朵，一会儿后，他一拍大腿，说奇了，奇了，都说同一肉身中共两个灵魂，便是奇事；这同一个灵体里面共两个意识，简直就是奇迹啊！你们说得没错，之前那个主体意识还在，不过在沉眠，被欺负了，像风中的火烛，随时可能熄灭。也无妨，那个魂魄太弱小，没多大用场，熄灭了就熄灭了，我传你那法，好好带这个便是。

我插言说不行，坚决不行，我不要这个小妖精，我只要朵朵，以前的乖娃娃朵朵。

他看着我，很稀奇，说放着一个强大的鬼妖不养，你倒是想弄一个普通的鬼娃娃？虽然那个小姑娘是个福娃娃，但是并不珍贵，对你只能带来些福运，远远不如这个鬼妖来得直观自然，你倒是想好了？头脑没有不清醒吧？他和老萧他父亲、他叔都奇怪地看着我，就像看一个在奔驰和皮卡之间毫不犹豫选择皮卡的蠢货。

我明白他们的惊讶，或许从实用角度来说，小妖朵朵似乎更合乎我的利益些，但是我和朵朵之间，并不是简单的小鬼与养鬼人之间的关系。

或许最初，我只是像收留一只可怜的流浪狗、流浪猫一般，把她收养着，也不尽心，还老欺负她，然而日子久了，朵朵的天真、善良、可爱、勤快以及偶尔的一点儿小孩子脾气，便逐渐地一点点地感染到了我，感情就像发酵的美酒，不知什么时候，我就醉了，舍不得了，多么可爱的小家伙，我怎么舍得离开她？时至如今，不仅仅是她依赖我，我，也实在是离不开她了。

朵朵沉睡的这些日子里，我没有一天不在心忧，没有一天不在着急。

在这个人情味越来越淡薄的社会里，朵朵就像冬日里的暖阳，是照射进我心中的一米阳光。所有的钩心斗角、尔虞我诈，使得烦恼就像春天疯长的野草，但是有朵朵在，我心里便是暖的，人也是积极乐观的。

我改变了她，她也改变了我。

在所有人诧异的目光中，唯有杂毛小道一个人，十分理解我。这也自然，但凡见过朵朵的人，无一例外都会被她的善良可爱所感染，她便是一道沁人心田的清流，洗涤着俗世中所有的灰尘，怎么能够让人不喜爱呢？

见我如此执着，老萧他爷爷沉默了，眉头都皱了起来。

气氛顿时沉重了起来，他父亲和他叔叔低声交换着意见，我听不清楚，但是看他们的表情，显然很不解，也很为难。过了一会儿，沉吟了许久的老萧他爷爷，摸了摸颌下的白色胡须，说这世上，办法总比困难多，所以办法倒是有，不过也很艰难，不知道你是不是有这大毅力，去完成。

我大喜，说只要我能够做到的，便是死，都一定要把它做成功的。

他摇了摇头，说你这个小家伙真的固执，好端端的近路不走，偏偏喜欢走歪路，让人好生不解。他说既如此，那么他就好好说道说道。类似这种情况，罕见，但也不是说没有。家中所传的书籍记载，明朝年间也有类似的事情发生，两魂同一灵体。暂时的，可以由他传一份“缚妖咒”，约束这小家伙，然后让它与原来的意识共存，否则灰飞烟灭；两虎相争，终有一伤，伤的必是弱者，你有那楚南白莲教的一卷《鬼道真解》，是极幸运之事，可以给你的小鬼练；但是，这些终究不是长久之事，若想圆满解决问题，还需要裂魂。

我不懂，问什么是裂魂？

他说常有双胞胎生出来，两个脑袋，但是身体却是连在一起的，这便需要动手术，将其分离，不然长此以往，必死无疑。灵魂也一样，天无二日，国无二主，每一个意识都有自己独有的印记，是存在于这个世界的痕迹，两者若长期紧密联系在一起，必然相互影响，达成一致，这会有两个结果，一是同化，二是相互抵消，最后磁场消失，了无痕迹，便死了——这一过程，短则数月，多则几年，必会发生。所谓裂魂，便是将这两个意识分割开来，你是你，我是我，互不牵扯，这样子才能够长久。

我一听他这话，果然凶险，时间又短促，顿时急了，忙问如何裂魂呢？

老萧他爷爷摇了摇头，说玄学五门，山、医、命、卜、相，他们这一脉只精修山、相，闻道有先后，术业有专攻，裂魂一道，论起来还是茅山宗最精通，我与茅山宗的陶晋鸿本是莫逆之交，原本推荐你去也只是一句话的事情，可惜当年出了一些变故，小明鲁莽，导致他孙女香消玉殒，而且还害得他闭关山中，八年没有出世，现在也求他不得。不过听说这世间有一奇物，名曰“麒麟胎”，这是一种灵质软性玉石，能够寄托意识，转而化为胎盘，孕育妖身，最适合这妖物寄托，解脱你的小鬼灵体。

我眉头蹙起，都说了是传说之物了，天下之大，我去哪里找寻才好。

不过事已至此，总归是有了个方向，此间没有路，自然别的地方也可以找寻，我鞠躬，一再拜谢。老萧他爷爷说不用客气，既然是小明的朋友，便无须客气。他当着小妖朵朵的面，传授我一遍“缚妖咒”，我一一学习，咒法、唱腔、语速……我学来，凝神闭气，然后念，没念两轮，那被我抓在手中的小妖朵朵就哭泣，又是闹又是叫，痛苦不已，不一会，灵体都缩了一圈。

莫名地，我突然想到了《西游记》中唐僧念的紧箍咒，莫非与这缚妖咒有着异曲同工之妙？我心中叹，说不定那吴承恩，多少也是知晓一些玄门中事，要不然，哪能够写得出如此鸿篇巨制？

小妖朵朵被我的缚妖咒折磨得奄奄一息之后，终于妥协了，垂头丧气，哭着问我到底想怎么样？我说刚才我与老太爷的对话，你也是听到了的，你既然已经成型，我们也便不好抹杀你，但是朵朵何其无辜，若是被你这意识给泯灭了，我宁愿将你也一起毁灭掉。朵朵与我已经有了心灵印记，你与她同源，便也逃脱不了我的手掌，若是乖巧，便让朵朵回来，我自留你一命，若是强占朵朵的灵体，磨灭她的意识，我也不和你多说什么，直接抹杀算了。

她不愿，说她好不容易活过来，又要天天沉眠，那还不如死去。哼，要是这样，你只管念咒，念死算了。

我看着手中这个一米高的小狐媚子，说你要怎么样？

她眼波流转，明亮的眼睛犹如璀璨的繁星宇宙，看着我，说一半一半，顶多她和那个呆妹子，各自出现半天，这是底线，不然没得谈。她倒是直接，也是傻妞一个。虽然需要忍受这小妖精，但是一想到立刻就能够再见到朵朵，我心里面立刻兴奋极了，觉得这么些天来的奔波，总算是有了个结果，忙不迭地答应。她撅着粉嫩的红唇，嘟嘴抱怨，说人家就这么不招你待见吗？真是的，哼！

我不理她的诱惑，催促她赶紧走，她幽怨的眼神看着我，好像一个受气的小媳妇儿，回过头又看了一眼摸着胡子的老萧他爷爷，啐一口，说管闲事的死老头，呸，有机会一定要吃了你的肉肉，哼！臭的也要吃。

说完，她闭上了眼睛。

接着，她的灵体开始变化了，下巴开始变圆，胸变平，脸上的肉也多了起来，头发变成了齐刘海，过了一会儿，她睁开了眼睛，脸上露出了天真无邪的笑容，伸出肉乎乎的双手抱我，叫着陆左、陆左……

我紧紧抱住了这孩子，多久了，我们又一次见面了。

恍如隔世。

第九章　金篆玉函，授自鸟口

我有太久没有见到朵朵了，一下子喜极而泣，高兴得不行。

朵朵伸手去揩我流下来的泪水，问我怎么了？我高兴地笑，说没事没事，只是眼睛里进了灰，小宝贝，真的好想你啊。她贴着我的胸口，说她也是。杂毛小道凑上来，嬉皮笑脸地说朵朵，干爹在这里呢，怎么也不叫我呢？朵朵回过头来看他，努力回想，然后用手刮着脸，说羞羞，谁是你的干女儿，不要脸。

杂毛小道一脸尴尬，很受伤的表情，而我则哈哈大笑。

见朵朵能够回来了，我也不急着跟她说话，领着她见过在场的各位，她倒也乖，挨个叫太爷爷、爷爷、叔爷爷，几个老家伙听到了，老怀大慰，喜笑颜开。老萧他小叔说我养这小鬼，倒是个异数，乖，也养得有法门，不像其他的人一样，只是为了利益，养得阴气森森的，到最后还祸及主人，这招回了地魂，也会开口说话了，日后倒也是个厉害角色呢。

正说着，门被突然推开，老萧他妹哭喊着跑进来，说奶奶快不行了。

所有人都大吃一惊，他爷爷哆嗦着嘴唇，说怎么会这么快？怎么会这么快？不应该啊？他们都不作停留，全部涌出门去，我想跟着，但是杂毛小道拦住了我，说不用，那里没我的事，先在这里等着吧。

说完他便匆匆地跑了出去。

我坐回原来的座位上，刚刚见到朵朵的兴奋心情，一下子就被冲淡了许多。说实话，时至如今我都没有见过那个老太太，什么样子、年岁多大、生了什么病，都不知晓。仅仅知道她已经不行了，而今又要去世了。朵朵见我不说话，便到了我的后面，捏肩膀，轻轻地一捶一捶，乖巧得很。

金蚕蛊显然是闻到了朵朵的气息，倏地飞了出来，亲昵地飞舞，然后附在了朵朵光滑可爱的脸蛋上，兴奋，吱吱地叫唤。两个小家伙久别重逢，自然是开心得要命，朵朵也不捶背伺候我了，跳下地来，然后两个小家伙便一直追逐着，又蹦又跳，欢乐极了。

我心情多少好了一些，长舒了一口气。前路漫漫，但是为了这两个小东西，我再累，又何妨呢？

正玩着，打门口扑腾出一个肥鹦鹉来，我一看，是昨日见的那个虎皮猫大人，只见它飞过来，双爪锐利，朝金蚕蛊抓去。嘿，这扁毛畜生，它吃虫，但是真以为金蚕蛊是普通的虫子吗？果然，金蚕蛊一待它出现，便立刻警觉，像子弹一样，嗖地一下，飞到了房梁上，然后用发亮的黑豆眼睛，瞪这肥鸟儿。

朵朵被吓了一跳，一溜烟跑到我背后，拉着我的衣角，有些胆小地看着这不速之客。

嘎嘎……虎皮猫大声笑，说多么美味的虫子啊，它一辈子都没有闻到过，真香，要是能够油炸一下，酥了更好吃。不过，吃生的也不错，学学小日本，营养。说完，它扑腾着翅膀，朝金蚕蛊飞去。

我曾听闻，金蚕蛊不但怕矮骡子，还怕养了几年以上、红冠黄爪的大公鸡，心想这虎皮鹦鹉，个儿倒是跟只肥母鸡似的，又是杂毛小道家中养的，厉害着呢，怕是能够克金蚕蛊吧？正担忧着，两者已经打成一团，果然，这肥鸟儿确实不怕金蚕蛊的毒。这是八路军游击队与小鬼子正规师团的战斗，一个胜在灵活机动，一个却是实力明显，拼斗了几个回合，金蚕蛊吱吱叫，到处跑。

一个是我的命根子，一个是老萧家的鸟儿，谁吃了亏，我都为难。

不过我还是拉了偏架，抽个准，一个箭步上去逮住肥鸟儿的漂亮羽毛，拿在手里，劝它先别妄动，这肥虫子是我的本命蛊，你两个都是肥胖界的难兄难弟，相煎何太急？它大骂，麻辣隔壁，各种难听的话语不要钱地泼出来。很难想象一个鹦鹉脑袋里，能够积累这么多肮脏的词汇，最后丫居然还骂出了“Shit”这样的外国话来。

不过我紧紧揪着它，撸着毛，它也动弹不得，只好讪笑着说是开玩笑的，嘿嘿，怎么还认起真来，真不爽利。

我看着它骨碌骨碌乱转的贼眼睛，就好笑，这鸟儿，都成精了。

我跟它说好不追我家小虫虫了，然后放开它。

它飞到刚才老太爷坐的位置，黄绿色的嘴喙叼着桌子上茶盏里的冷茶叶，吃了几片，然后慢条斯理地说你小子倒是个奇妙人儿，养了一只王冠金蚕蛊，还养了一只新生的鬼妖，倒是和我之前的主人有得一拼——当然，比起他来，你还差好大一截，因为，他毕竟养了我这么一个英明神武的虎皮猫大人。

我疑问，以前的主人？

它说那人是个养鸡专业户，运气好，不但养了它，而且还养了一个黄金鼠。不过不识货，后来被萧家给买了下来，帮它点醒了神志。我问它什么是神志？它摇头不答，又吃了几片茶叶，然后望向朵朵，鸟眼发亮，说哇，小萝莉，俺最喜欢，过来，过来，陪哥哥玩儿……

我呸了它一口，拉着朵朵躲一边，不听这流氓鸟调戏。

它鼓动翅膀，嘎嘎嘎，说我还不好好讨好它？不然一年之内，必遭劫难，大劫，到时候去了幽府，才知道人间美好。我给它比了一个中指，鄙视它的威胁，一个鸟儿，还能够翻出什么风浪？虎皮猫大人自找没趣，又去逗弄金蚕蛊，我本以为两者又要闹将起来，没曾想这肥虫子也够没心没肺的，居然不一会儿，跟着肥鸟儿玩到了一起来。

不长记性的蠢东西！

我坐在房间里一会儿，一直没人招呼。到了中午，才知道萧克明他奶奶已然去世了，享年八十二岁。院子里的气氛一下子就变得悲伤凝重起来，不断地传来女人的哭声。老萧他爷爷一下子就老了几岁，脸灰白，额头皱纹多了好多道。想想也是，不管学艺多精，人总是敌不过岁月的摧残，尘归尘、土归土，古今多少仁人志士想长生，可有几人得到解脱？

悲痛总是只能沉浸在心里，死人了，便要操办丧事。

几个老人岁数也大了，除了主持大局，剩下的杂事便由小辈来做。我适逢其会，也需要帮忙搭把手，跑前跑后，顾不得朵朵和肥虫子两个小家伙，跟着我也气闷，便把他俩留在房间里，自己玩。发讣告、召集亲朋好友、采购食材和丧事用具、买棺材、扎花圈，请戏台班子……这些事情繁琐，事无巨细，都需要人来操持。

萧家在本地也算得上富裕之家，老萧又把从段叔那里弄到的补偿金全部都贴了出来，要为自己奶奶办一场隆重的丧礼，规格高，事情就更多了。因为是冬天，苏南这边农村的规矩，是第三天才下葬，因此倒是一直都有得忙。

萧家的亲戚朋友很多，特别是第三日，酒席间还来了很多穿道袍的，单开几桌，据乡人说是茅山上下来的。

其实我对这些茅山道士一直很好奇，民间流传的茅山道士，其实并非都是在茅山上修行的，而是把大部分捉妖弄鬼的道士都统称为茅山道士，是个总的称呼。正如“天下武功出少林”一样，几乎所有“有几手”的游方道士，都打茅山旗号招牌。我了解过，其实这山顶上的掌教，也并不是杂毛小道他们口中的陶晋鸿，而是另有其人，其中的缘故，大约也是有些规避世人的眼光吧。

老萧他爷爷自老太太死后，便一直趺坐在棺材前，念经，超度老伴，一点儿都不理旁人。

我听老萧中间提及，他爷爷跟他奶奶，结婚超过六十年，几乎没怎么红过脸。他奶奶是那种很老实的农村妇女，因为他爷爷学道，不太擅长侍弄田地，她一个妇道人家，在当年那个动荡年代，像牛一样撑起这个家，实在不易。老爷子如此这般，倒是爱煞了自己的老伴。中间又听他父亲唠叨，说老萧他在外地工作的大伯赶回来了，可惜小叔年后去了鄂西保康，一直联络不上，灵前少一个孝子，老太太心难安息。

我也是忙糊涂了，到了下葬那一天，才偷偷找杂毛小道问起虎皮猫大人一事。

他惊讶地问我已经见过了这只肥鸟儿了？

我说是啊，现在不天天在房间里面陪朵朵、金蚕蛊玩儿么，有什么好吃惊的？

他表情凝重，说这鸟儿在他们家已经有十几个年头了，来历神秘。一般的虎皮鹦鹉，活不过七八年，便死了。这只鸟儿，听说有二十多岁的年纪，依然活蹦乱跳。你既然知晓了，也不怕告诉你，这只鸟儿其实是个人！莫吃惊，它以前的确是个人，死于二十世纪四十年代，应该是个厉害角色，我之前说过，我读过半部《金篆玉函》，这半部，便是传自于它之口，你说厉害不厉害？

我问啥子叫做《金篆玉函》，有什么可牛“波伊”的？

他一脸惊异，说你不懂什么叫《金篆玉函》？这本奇书据说是黄帝留下来的秘籍，在中国的历史上依次被周朝姜太公、战国鬼谷子（王禅老祖）以及他徒弟苏秦、张仪、孙膑、庞涓所习，汉朝张良于黄石公处得秘籍、三国时代诸葛亮……宋朝朱熹、明朝刘基……个顶个都是一时之风流枭雄人物！这本书经过四千年的流传、散佚增删，又分为山、医、命、卜、相五术，这便是玄学之根本。

我惊讶，说是不是哦？这玩意儿，也太玄了吧！杂毛小道一副高人样，含笑不语。

办完丧事第二天，萧家接到了一个长途电话，电话里的那个女人焦急地通知了一个消息：萧应武在保康县西边的山林子里失踪了，这是第三天了。

这箫应武是何人？杂毛小道的小叔是也！

第八卷　耶朗祭殿

第一章　密林迷踪

通常来说，玄门之中，有本事的人分三种传承。

一是名山大派，中原的各大道门，茅山、崂山、龙虎山、武当、正一教，佛教传承，藏传佛教等寺庙的和尚喇嘛，都是这一类，传承不断，高人辈出；一为师徒传带，这类一般都是风尘奇人，游走四方，见到资质不错的苗子，便收为徒弟；最后一种就是家族传承，血脉相连。

杂毛小道萧克明，属于第一种和最后一种的结合体，本是个很好的苗子，但是因为某些变故，流浪江湖。

而他小叔，则是属于家族传承这种。他这次去鄂西保康，是听朋友说那里的老林子里有几味极罕见的药草，而这几味偏偏是对他老娘的病症有治疗奇效，于是过完年便赶了过去，没成想不但没赶得及回来给老娘治病，反而折在了那个神秘的丛林中，没了音讯。他是一个大孝子，可惜老娘走的时候，都没有见到最后一面。

听到这消息，连整日里不说话的老爷子都被惊动了，立即召开了家庭会议。

经过一番商量，最终决定由老萧他三叔、他以及他表弟周林一同前往保康，去找寻他小叔。我左右无事，一时间也不知道那“麒麟胎”该去哪里找寻，萧家老爷子授予我缚妖诀，对我有恩，便决定一同前往。

等不及第二天，我们便借来了车子，连夜前往鄂西。

启程的时候，我带着朵朵和金蚕蛊一起，虎皮猫大人极为不舍，扑腾着翅膀要一同前往。这扁毛畜生在萧家一直是好吃好喝伺候着，也少有人拂它的意，老爷子想了想，有它在一起照拂，寻找到小儿子的机会也大很多，颔首答应。这肥鸟便一下子钻进了车厢，在后排椅子后面找了个地方，盘起身子，悠哉悠哉地打起瞌睡来。

与他家人告别之后，我和杂毛小道坐在后排，聊起鄂西保康，都不由担心。

鄂西保康这个地方或许很多人并不熟悉，但是说起它的邻居——“神农架”，许多人就会恍然大悟，说哦，原来是这个地方。不错，那里是中国内陆唯一保存完好的一片绿洲和世界中纬度地区唯一的一块绿色宝地。它拥有当今世界中纬度地区唯一保持完好的亚热带森林生态系统，林区层峦叠嶂，山形峭拔，地形复杂多样，密林中，不知道藏有多少的秘密和神秘传说。

我中间打了一个电话给顾宪雄顾老板，让他帮我找寻一种叫做“麒麟胎”的玉石。

这东西乳白温润，不经雕琢，天生自有麒麟像，电话那边的他十分为难，问不找十年还魂草了吗？我说也找，不过这麒麟胎最重要，如有，敬请帮我留意。他说好，他珠宝玉石行业的朋友也多，再说了，雪瑞她爸爸李家湖，本身就是做珠宝的，也可以帮忙打听打听。我说劳烦了，他沉吟着，说这都不算事，又提起上次说的那个远方亲戚，说现在闹鬼闹得很严重了，请了几个师傅都不行，能不能给他看看？

我有事求他，也不好推却，只说现在很忙，要去神农架呢，等忙完这阵子，再说。

挂了电话，杂毛小道问我是不是你顾哥家的远房亲戚那事？

我这才想起来，上次顾老板找我，我推给了他，之后的情况就不知晓了，便说是啊，上次你也没去？杂毛小道嘿嘿笑，他说你顾哥那亲戚是谁你知道吗？我摇头，说不知道，难道我认识？

他说还记得我们认识的时候，超度的那女鬼不？就是穿红衣服跳楼的那个！

他这么一说我倒是真想起来了，那个女鬼还真是把我的魂儿都吓掉了，平生第一次吓尿裤子。不过最后也没闹得什么好，事情搞大了，便被我们收拾了，最后不但没有被超度，还被杂毛小道给生生打散灵体，烟消云散了。

我疑问，说他们之间……杂毛小道点头，暗笑说那女鬼，就是老顾的那个远方亲戚的二奶。

这世界还真的是实在太小了，处处有巧合啊。

我感叹，说那女鬼既然已经被打散了，那缠着他的是谁呢？杂毛小道耸耸肩膀，说他哪里知道，说不定就是一恶魄，挂念缠身，而且得了那病的人，身子虚，说不准就被什么东西给缠上了，谁知道？

眼前还有一个人要搭救呢，谁也没有心思牵扯一个千里之外、不相干的人，抓紧时间，闭目养神吧。

一路行，我们轮流休息，换着开车，很快就来到了鄂西的保康县城。

我们找到了打电话的那个女人，她是萧应武的驴友，本来想一起进山的，可是到了这里就发起高烧，行动不得，便在医院住了几天，其他人第二天就进了山。结果一连三天过去，也没有见人影回来，所以十分担忧，所有的联系方式都联系不上，她便报了警，并且通知了各人的家人和朋友。

我们是第一批赶来的。

我们又一起找到了当地的有关部门，询问此事。他们说已经组织人员进行搜救，但是到目前为止，并没有发现任何踪迹，保康往西便是神农架林区，那里的原始森林地形太复杂，山高林密，到处都是山洞和河谷沟子，如果去了那里，他们也是没有办法的。

说了好久，我们都能够感觉出来被忽悠了，于是便出来，找到那个女人，问询起与萧应武同行的人的情况。她一一作答，说除萧应武外有四个人，一个是当地请的向导，还有三个，都是同城网上认识的驴友，对这里感兴趣，所以他一号召，便来了。

又研究了一番地形图，我们决定按照计划原路进山，去找寻老萧他小叔他们。

打定主意之后，我们就在县城里采购进山的装备用具——登山包、登山皮鞋、干粮食品、狼牙手电、猎刀等工具，以及一些绳子、急救包之类东西。那个女人也想跟我们一起去，老萧他三叔拒绝了，直接说一个女孩子家家，一上山，便是个累赘，不但自己累，而且还牵连他人。

那女人眼里面噙着一包眼泪。

我们只是不理，又高价请来一个对神农架林区熟悉的向导，然后于到达保康的第二天清晨出发。

从繁华的城市一下子进入到山林中，听着树杈子上清亮的鸟鸣声，人的心一下子就安静下来。

出门之前，周林用龟壳给我们此行卜了一卦，显示的是大凶，虽然他之后又摆弄了一番，变成了“大吉”，然而所有人的心中都蒙下了阴影。前面的那个向导叫老姜，他本不愿正月间就出门，但是看在了“毛爷爷”的面子上，还是拿起了猎刀、牵着一条凶猛的土狗，给我们带路。

一路走，我自小走惯了山路，并没有多不适应，杂毛小道这八年间铁脚板踏过了祖国的不少地方，自不在话下；而他三叔则是个老当益壮的硬骨头，一把子精神在，抖擞得很；惟有周林，平日里看着龙精虎猛，神采奕奕，没承想才走了二十几里山林路子，便气喘吁吁，扶着一棵树，说太累了，要歇会儿。

说着，他突然猛地一叫，凄厉得很。我们凑前一看，这树上全部是乌黑的小蚂蚁，密密麻麻地沿着树哨，他刚才忙着抱怨，没承想一下子就惹上了好多的蚂蚁顺手而来。

他使劲地甩手，咒骂着这个该死的树林子。

我看他手，全部都是细密的红印子、小疙瘩，不一会儿，发红发痒，难受极了。老姜立刻递过来一个小瓶子，里面浸泡着绿色的草浆汁，说是防咬伤的，赶紧涂上。在这山林子里面，尽量不要乱惹这些小东西，都说不怕猛兽、就怕小虫，一旦缠上身，惹都惹不起。然后他又给我们发一种土制的膏药，说是驱蛇驱虫的，杂毛小道和三叔接了，我摆手，说不要。

有金蚕蛊在，我倒真不需要这玩意儿。

头顶上那只聒噪的肥鹦鹉在扑腾，见到树上这些蚂蚁，十分兴奋，飞下来一阵猛吃，一边呱呱叫。有了向导这个外人在，它倒是没怎么说话了，偶尔发一两声，向导只以为这鸟儿聪明。不过它就像个得了多动症的儿童，到处乱飞，精力过剩——我真的不知道它是如何有的这种胃口。若按杂毛小道的说法，它以前曾经是个人，从幽府回转之后寄托于鸟身，难道连性情和饮食规律也发生了改变？

同样患多动症的还有金蚕蛊，这肥虫子真真是鱼入大海，鸟飞天空，饿死鬼投胎一般，飞到林子中，总能从犄角旮旯里，找出些莫名其妙的昆虫来吃掉，还伏在虎皮猫大人脑门顶上，坐着免费的飞机。不过它终究是懒的，吃饱喝足，便又避开向导，鬼头鬼脑地缩回了我的体内。

老萧他小叔行路，惯于做些他们自家人才懂的标记，三叔一路仔细地看，总能够发现一些踪迹，表明萧应武曾经来过这里。我们顺着他们之前计划的路线图走，又行了二十多里路，一直到了大山密林的深处，一个植物覆盖的山沟子前停下来。站在岭上，望着脚下茂密的丛林和板壁岩，三叔掐指一算，然后闻着呼呼的午后微风，说到了，应武应该就在这里了。

我望着下面一片的碧绿密林，一条银练如洗而过，那是一条浅浅的小溪流。

第二章　清溪水兽

岭高路险。林海深处，云游雾绕。这里据向导老姜说，名字叫做爬窝沟子，已经属于原始森林地带，除了少数采药人，一般很少有人会来，即使是他，也只是听老人说过，并未真正来过。山间本无路，尽是些野兽踩出来的小道。我们找了好久，这才找到一条通往沟底的通道。

这时候老姜突然提出来，说下面恐怕有蛇，不行，不能下去。

三叔蹲在路边，看着一棵被砍出两道白印子的小树，回头问为什么不去？下面有蛇吗？不是吧，那些长虫子，现在只怕是在冬眠，顾不上我们吧。到底什么缘由，只管说来。

老姜看着下面的深沟，杂草、藓蕨和荆棘布满了这个山体，有小溪静静的流动声传来，安谧得像天上的人间，他吞着口水，说他记起来了，爬窝沟子是个险地，他认识个朋友，他爹便是死在这里的。怎么死的？万蛇噬心，收尸的时候，只剩个骨头架子了，好不凶险！老辈子人讲过，这里住着神农爷爷，这些蛇，都是给神农爷爷守墓的呢，不能下去。

我们笑，神农是谁？所谓的炎黄子孙，他便是传说中的炎帝，中国的太阳神，三皇五帝之一，几千年前的人物，据说曾在山鲁曲阜建都，世号神农，也是中国古代的医学和农业之神。虽然听说神农尝百草，来过此处，但若是牵强附会地说，神农墓便在这神农架中，我想曲阜人民肯定是第一个不答应的。

三叔说别扯这些，再加一万行不行？行就下去，不行你走，我们自己下去。

老姜吭吭哧哧考虑半天，羞答答地答应了。

我本来对这个老实的北湖汉子，还有一些敬意和好感，此刻立即被他坐地起价的行为给磨灭得全无。顺着小道往下走，一路陡峭，多收了钱的老姜十分卖力，走在前面，拿着猎刀砍着杂草，帮我们清理出一条路来。那条土狗上蹿下跳，也忙活得不亦乐乎。不过它并不敢靠近我，远远地看着我，避开去。

这畜生倒是蛮敏感的，只不过不知道是因为朵朵，还是金蚕蛊。或者两者都有。

其实走下这条路，细看路边堆积的树杈子和荆棘，便能够很清楚地发现最近有人也从这里下去过。这个发现很让人兴奋，但是却也让人心中的天平，在失望和希望中持续起伏，心中更加忐忑。老萧他三叔是一个对中药有研究的人，所以一路下来，不断地跟周林还有我们讲解路边一些植株的特性，哪些可以做草药，哪些有什么用处，不厌其烦，边走边说，讲得很详细。遇到品貌佳的，他便收在囊中。

我这才知道，周林之所以跟过来，主要还是因为现在在带他的师傅就是杂毛小道的三叔萧应文。

足足花了大半个钟头，我们才来到谷底，这里有一条小溪，我们在溪边的鹅卵石滩上找到了一堆没有余温的篝火。摸了一下，怕是有几天时间了。昨天又下了一些毛毛雨，湿漉漉的，更加找寻不得。除此之外，我们还找到了一些食物的塑料袋包装、方便面碎屑以及一只棉袜。周林问小舅应该来过这里吧？三叔点头，说应该是，再找找，看看能不能够有什么发现。

于是我们四处找寻，我沿着河边的石子看，想着这一条三四米宽的小溪，有没有跑到对岸去的印记。

过了十分钟，老姜在二十米外的下游朝我们喊，让我们过去看看。

我们连忙走过去，围上去，只见在溪边的浅泥上面，有几只脚印，像是人的，但是要大一圈，有尖锐的爪子。我蹲下身来，仔细地看这脚印，试图找寻一些蛛丝马迹出来。然而也许是下雨的关系，眼睛里除了如一块碧绿玻璃的小溪外，便都是些白色的、青色的鹅卵石，哪里有些什么玩意儿？

三叔也到处搜寻，试图找到自己老弟留下的标识记号。

还是周林眼睛尖，他从一处溪边的树枝处摸出一些灰色的毛发，然后拿到了我们面前展示。我们聚拢在一起，商讨这是什么东西的毛发？几个人都倾向于是猴子之类的哺乳动物，毕竟神农架地区的猴子真不少，比如金丝猴，便是濒危动物。然而老姜却莫名其妙地惊恐起来，他哆嗦着，说什么金丝猴啊？这分明就是神农架的野人，一定是的。

神农架野人？这东西倒是鼎鼎有名，远至两千三百多年前，屈原便留下了《九歌·山鬼》一诗，对这东西进行了描述，这六十多年来，至少有四百多人就曾目睹过神农架野人，可是至今为止，却没有任何一个组织机构或者个人抓住过活体，甚嚣尘上，却始终没有有力的证明，倒是给这个林区多了些奇幻、神秘的吸引力，引人入胜。

老姜这么说，周林反而兴奋了，他说怕什么怕？不是还好，若真是，便直接将它们捉了，到时候媒体一曝光，你们这儿就大大出名了，而且我们还能够大赚一笔。老姜惊恐地看着周林，说你怎么能够这么说？野人是什么？是山林里的宠儿，山神爷爷的看门人，若是被你逮住了，那以后当地人哪里还有好日子过？到时候，只怕还没有出名，人就不知道死成什么样了？只怕是骨头渣滓都泛白了哦！

老姜一提到山神爷爷，我心中就是一跳：又一个山神爷爷？倘若是普通的山精野怪，我倒是不怕的，但是若这神农架野人，跟矮骡子一样，又能迷惑人，又能够驱虫，那我不管别人，自己先退了。我便问起为何说野人是山神爷爷的看门人……你一会儿神农炎帝，一会儿山神爷爷，这到底是要闹哪样？

周林说也是，钱已经加了一次，再也不能够加第二次了，钱难挣，屎难吃，天下间哪有这样的好事？

既然已经下到了谷底，老姜也是骑虎难下，只得唠叨，说先讲好，你们莫要乱骂人，心中要对这山里面的东西充满敬意，别胡乱讲话，免得触怒了山神爷爷。我们见他这么说，便给他一个台阶下，说好嘛，好嘛，哪个脑壳坏掉了，没事乱骂别人的坏话？

老姜把土狗拉到了火堆前面，嗅了嗅，然后松开它，它便像一道黄色的线，一路边叫边往上游的一个地方跑去。老姜便去追，说那定是有了发现，才跑得跟撵兔子一样快，走，走，跟上。

我们就跟着跑，沿着溪水往刚才来的上游而去。

那狗一直跑到一个转弯的尽头，然后朝着一株倾倒的大树狂吠。这株大树主干足足有十几米长，四人合抱宽，横跨在小溪的两端，树干漆黑一片，让人看不明白。倒是三叔跑上来摸了一摸，说是槐树，老槐了，上百年，结果给雷劈中了，嗯，不久，应该在最近的一段时间。

他又闻了一会儿，说这是什么味道？

他这么一提醒，我立刻反应过来了，这边的空气里，有一种很浓重的臭味，是肉类腐败的气味，是尸臭味，熏人鼻子，直叫人胃中的食物都要翻腾起来，想呕吐。当然，这也仅仅只是一种想法而已，类似的味道，我不知道闻过了多少，久了也就习惯了。

我们循着味道，翻上这棵大树，还没看到什么，就听到空中有声音在喊："真晦气！真晦气！"

是虎皮猫大人这只肥鹦鹉在说话，它刚才不知道跑到哪里去了，这会儿却又钻了出来。

我们一听这话，便知道定然不会有什么好玩意儿。翻过树干，往下一瞅，只见在离溪边四五米的草丛中，平躺着两具赤裸的尸体，一男一女，全部都没有头，四肢的手掌和脚掌也全部都不见了，白花花的，肚皮处，从脖子一直到下体，被人为地剖开来，皮被剥去，露出血肉模糊的人肉，以及空荡荡的胸膛，里面的内脏全都不见了。前两天又下雨，将这尸体给浸泡得皮肉发白，一地的血呈半凝固状，像菜市场的猪红。

这两具无头尸体上面，有白花花的蛆虫在翻滚。

冬天，依然有一团的苍蝇在萦绕，不知道是从哪里钻出来的，黑色的尸鳖与蛆虫争食着，空中还有乌鸦聒噪着，发出让人丧气的叫声。而不远处的荆棘丛中，发出窸窸窣窣的爬行声，似乎是刚刚从这场饕餮盛宴中离去的食客发出。

呃——周林再也忍不住了，跪在了树干上，朝下面大口大口地呕吐着昨天晚上和今天早上的食物。这些食物经过胃部超过六个小时的处理，变得酸臭不堪，与那飘散过来的尸臭混合一起，尤为难闻。向导老姜再也忍不住了，滚落下树去，手撑着树干，与周林成为一对难兄难弟，吐个畅快。

我、杂毛小道和他三叔三个人站在树干上，有和缓的风，携着尸臭吹来，面不改色。

这两具，是谁的尸体？

正疑问着，突然一直在树干这端狂吠的土狗呜咽了几声，然后我们听到水花翻腾，急忙转身过去一看，只见那只土狗被一条近两米多长的黑棕色怪物咬住了脖子，一下给拖下了溪水里去。

那怪物体表光滑，布满黏液，四肢短扁，近一米长的圆尾巴搅动浪花，往下面一沉，浑浊的水便把它的身影给淹没住。

第三章 敞口石厅

“金子，金子……”

老姜急忙爬上树干，不要命地朝溪水边跑去。可这时哪里还有那条叫金子的土狗半分的影子？只见浑浊的溪水里，一股一股的红色鲜血冒出来，将半条溪水染红。水下一阵异动，老姜气不过，捡起拳头大的鹅卵石，就往溪水里砸去，杂毛小道毕竟见识多，大喊老姜快过来，别扔了！

老姜不信，还扔。三叔一个飞跃跳下去，正在这时，那怪物又张着大嘴从水里蹿出来，朝老姜咬来。“砰”的一声响，老姜被三叔狠狠地撞开两米，重重地跌到了草地上，哎哟一声，直叫唤。

三叔一个回身转，避过那冲过来的怪物，步子像跳舞一样往后滑开，手往怀里揣，然后唰地一掷，一道红线，正中那头怪物的背部。那怪物吃痛，立刻发出“嘤嘤”的叫声，带着伤又蹿回了溪水里，咬着浮尸而起的土狗金子，又返潜下去。

这溪水，平缓的地方一两米，深一些的，三米多，一会儿就不见了。

我们纷纷跳下来，杂毛小道扶起惊魂未定的老姜，问没事吧？

老姜呜呜地哭，偌大一个汉子，哭得跟个孩子似的。

吐完的周林心里厌烦，说哭什么哭，大不了，这狗钱赔你便是。老姜的眼睛一下子就红了起来，冲过去一把抓住周林，说老子好稀罕你的钱啊，老子稀罕死了！你要能还我家金子，给我一座金山我都不换，我家三崽要是知道金子不见了，他会跳河的！

我默然，不知道老姜是在为金子的感情而哭泣呢，还是为了能够多讹一笔钱。

不过看他说得这般情真意切，流着一把鼻涕，我宁愿相信他是真的。

我看向了凝视着开始变清澈的溪水的三叔，敬佩地说三叔的飞刀真是厉害，比得上枪了。他摆摆手，神情有些严肃，说哪里，普通人拿一把枪，便能杀人，我这手艺，需要磨炼上三十年，才有一定的准头——还有，我这不是飞刀，是飞镖。我点头说哦，心里面却不由自主地拿凤凰古城遇到的飞刀，作比较。

说实话，论犀利，还是那一把飞刀厉害。

有杀气。

这边吵着，三叔说完话便翻上树干，拿出一张白布蒙上面部，又拿出一对橡胶手套戴上，然后朝那两具尸体走去。他走到跟前，挥手赶走苍蝇，然后仔细地翻看起尸体来。他看得很认真，也很入神，仔细地检查着。过了五分钟，他到溪边把手套给洗干净，然后过来，很严肃地看着我们。

杂毛小道问那两人是谁？

他心中十分紧张，好在三叔很快就给出了答案——不是他小叔！

但是，这两人却很有可能是小叔的三个同伴之二。

他之前仔细问过留在县城医院的那位驴友，得知随行的四个人里面，一个是本地的向导，还有两男一女，女的矮胖，两个男的一个瘦弱、一个高壮，这两具尸体的特征，跟那个矮胖女和瘦弱男的体态很像，当然，这只是初步判断……反正不是他小叔，因为他小叔屁股后面，有一个弯月形胎记。

这两具尸体，仅仅只剥了胸前的人皮，臀部还在。

我们所有人都松了一口气。本来死人是件难过的事情，但是死的是素未谋面、不相识的人，那么心中的哀伤便弱了几分，只是觉得有一些可怜罢了——这是人性的共通之处，所谓的“死道友不死贫道”，便是如此。周林提议要不要将这两人入土为安，三叔说不用，不要破坏现场证据，回去还要报案的。

现在我们的关键任务是要找到老萧他小叔——他两个同伴都遇害了，凶手还从容地割去死者头颅、剁去手脚掌、剖开胸膛、剥皮……这一系列的动作没人知道是为什么，但是唯一可以想象的是，他小叔必定相当危险，而这危险，或许已经静静地潜伏在这里，等待着我们。

我们都拿出了猎刀，握在手里紧紧攥着。

三叔说越过尸体继续走，前面应该还有事情发生。我们往前走，可向导老姜却不干了，他说他要回去，把钱结给他！三叔面无表情地看着他，说为什么？马上就到了。

老姜不情愿，说太危险了，这里都死人了，跟着下去，说不定也会死的，他是来赚钱的，不是来卖命的。他说我们触怒了山神爷爷，黑雾降临，要死了，都要死了，他可以只要一半的劳务费，他要现在就走。

他情绪很激动，手一直在挥舞着。

杂毛小道冷笑，说你可以走，但是为什么不想一想，若真的有鬼、有野人，它是会挑一伙人下手，还是会挑一个人下手？他说完，把肩头上的背囊紧了紧，朝前走去。三叔也走了，没理他。我和周林也是，越过草地上发臭腐烂的两具无头尸体，朝上游走去。

没走几分钟，老姜挥舞着猎刀跑了上来，喊等等，等等，你们这帮龟孙，肯定是串通好了的，故意给老子下套。他嘴里面嘀咕，但是却还是赶了上来。杂毛小道哈哈大笑，说老姜，你这样就对了，回去给你发双份钱，怎么样？

老姜愁眉苦脸，说你娃儿要是记住，就好咯。

三叔是个跟踪辍行的高手，往往根据地上或者林间的一点儿蛛丝马迹，便能够找到前进的方向，我们往前走，又在平缓的地方趟过了小溪，继续往对岸的上游走去。

我问杂毛小道刚才水里面那条比鳄鱼还凶猛的怪兽是什么？看样子他和三叔都明了于胸，并不奇怪。

他笑着问我知不知道大鲵是什么？

我摇头说不知道，他又问那知不知道娃娃鱼呢？

我一惊，忍不住说我的天，那两米多长的家伙是娃娃鱼？天啊，我们那里也有啊？但是哪里有这么大，最多才几十公分，也温顺得很，你哄鬼吧？

他摇摇头，说我被这名字给骗了。这大鲵，是肉食性动物，生性凶猛，喜欢夜间在滩口石堆里守株待兔，突然袭击，不咀嚼，囫囵吞下。最奇特的是它不进食两三年都不会死，但也暴食，吃一顿可增加体重的一小半儿，没食物时还自相残杀，厉不厉害？而且通常的大鲵才一米多，这条两米多，背部一条黑纹很反常，说不准，它便是成了精的。

我被他说得一阵心寒，想想刚才从前面蹚水过来，要是这家伙突然蹿出来咬一口，那我不得挂了啊？

杂毛小道回过头来，咧开一口白牙笑，说忘记告诉我，这大鲵的报复心，未必比那矮骡子弱多少。

我们走了二十分钟。一路上小径湿滑，几乎每个人都跌倒好几次，尤其是周林，小白脸都摔成了王二小，蓬头垢面一身泥。天阴了下来，黑云低沉，像倒扣的碗，将整个天幕笼罩，飘飘洒洒下了一些小雨，我们正打算找个大树下歇着，避避雨。谁承想“轰隆隆”，突然又打起了雷来。

从西边处，一道闪电划天而来。

三叔突然就紧张了起来，朝我们所有人喊，说快往前跑、快往前跑，谁都不要停在树下面，也不要开手机。他大踏步往前走。看着天上的雷鸣电闪，大自然的威力让我们都胆寒，也顾不得思索为什么要往前跑，一个劲地迈步，落脚都朝有草和黑苔藓的地方踏去，一直跑。雨越来越大，三叔突然往左一拐，朝另外一条小道跑去，我们跟着，感觉雨越发大了，劈头盖脸地浇下来，我体力好，跑到了第二，就像读书的时候长跑一千米，盯着一个人的后背心，就只管跑。

突然三叔一停，我刹不住步子，一下子跟他撞在一起。

他扶住我，说到了，先在这里避避雨。我这时才发现我们跑到了一个敞口的山洞里来了，杂毛小道、周林和老姜都跑了进来，外面的雨几乎跟盆浇瓢泼的一样，连成了一条线。放眼望去，白茫茫的一片，雨水拍打在地面上的声音，像爆豆，又重又急，打得烂泥地一堆小小坑。我平生都很少碰到过这么大的雨，进山前，我们还特意看了一下当地的天气预报，说是阴转多云的。

当然，天气预报要是准的话，也就不是天气预报了。

几个人淋得一身湿漉漉，天气又冷，怕感冒，忙把身上的衣服脱下来拧干。那肥鹦鹉扑腾进来，落在了杂毛小道头上，拍打着翅膀一阵乱抖，甩起许多水滴，又下了一场小雨，惹得老姜一阵骂娘。肥鹦鹉立刻还嘴，各种恶毒，骂得老姜哑口无言，不敢回嘴。好久，他才悄悄说一句，这鸟儿，谁教的？

肥鹦鹉给了他一对大白眼，关你屁事？

正吵着，三叔突然示意大家先不说话，我们都愣住了，说怎么回事？他的一对招风耳开始动，灵活得很，突然他问，你们有没有闻到什么味道？他们都摇头，我深深吸了一口气，大雨中，有很浓重的土腥子味道浮在空气中，让人闻到了很不舒服。嗯，不对……我仔细一闻，怎么还是有积腐的尸体臭味？

我和三叔对视一眼，都往敞开的洞子里面看去。

里面黑乎乎的，我们打开了防水的登山包，拿出狼牙电筒，打开往里面瞧去。照到的第一眼，便是两个散落的背包，里面的东西扔了一地。我们走进去，那是一个百来平方米的倾斜小厅。在小厅的正中间，有一个天然形成的石台子。

而当我们把电筒照射到石台子上面时，吓了一大跳，手电筒都差一点扔掉。

第四章　赣巨人

石桌上是三颗人头，两男一女，脸上全部呈现出惊恐之态，剜目剪舌，天灵盖被掀开，摆放一旁。

让人看到的第一眼，就联想到出去下馆子时，盛放鸡汤的陶罐子，盖子也搁一边。

神似。

周林和老姜肚中的酸水又开始翻腾，不住地往外面冒气，干呕声不绝于耳。当然，这只是他们，我、三叔和杂毛小道，最想确认的，是这三个人头中，有没有老萧他小叔萧应武。我们快步走上前去，三叔挨个打量后，转过头来说不是。他说这句话，有一丝紧张，或者兴奋，尾音都在颤抖。

这说明即使沉稳如他，心中的情绪也是在坐过山车，起伏得厉害。

他们看人，而我却在看布置。

这桌子上，除了有三个死人头颅依次排开之外，还有断手掌、断脚掌以及内脏——心脏、脾胃、肺、肾以及长达好几米的肠子。这些东西把石桌染成了黏答答的黑红色，然后摆出了一副很奇怪的造型。这造型怎么说呢？乍一看好像山川地势图，高低起伏，又一看好像什么恐怖怪兽，张牙舞爪——不管怎么样，总是透着一股子邪气，让人心里不痛快、抑郁。

三叔和杂毛小道在清理地上散落的东西，试图找出什么线索来，而我则呆呆站着，手足发凉。

因为我想到了一件事情。

这个场景我在老家青山界的某个洞子里，也曾经看到过。据被抓起来的罗聋子曾经的说法，这是矮骡子在摆祭坛，在召唤“大黑天”。什么是大黑天？他未曾讲起，我不得而知，但是同样的手法，却让人不得不心中惊异！究竟是谁？是谁，能够摆出跟矮骡子一般愚昧血腥的场面来？

“这是厚朴、茶枳壳、木香缇，是老四要找的药！”

听到三叔一声呼喊，走过深处去看，只见地上散落着好几味形态各异的植株。

我不认识这些东西，但既然是救命的草药，以萧应武这样的孝子，不到紧急时刻，是不会放弃，随意丢置不理的。这几株草药，由外及里散落，看新鲜程度，想来没有多久，一两天的样子，被踩烂，显得格外丑陋。三叔和杂毛小道的脸色都格外凝重。望着黑黝黝的深邃洞子，我心里面有一种突如其来的恐惧感。

自从上次青山界溶洞剿灭矮骡子的事件之后，我心里面，对地下的洞子就有着莫名的反感，这反感既是针对黑暗的恐惧，也是缺乏安全感的表现——我抗拒进到里面去。

然而虎皮猫大人却扑腾起来，朝着洞子里面喊：老四在里面，老四就在里面。

它说得笃定，我们都紧张起来，三叔说应该是的，这敞口山洞，是个好去处，要他是老四，也会来这儿。我不明白他的意思，杂毛小道跟我解释，说这洞子，地势起伏，挂顶，开敞阔口，根据玄学山门中的“观山十三决”来看，是福地，逢凶化吉，进来避祸，很好。可是，在这洞口布死人头颅的家伙，也是个行内人，忒恶毒，这样一布，便将整个气势给扭转了，“亢龙有悔，盈不可久也”，大凶。不知道我小叔在里面怎么样，我们要进去，你去不？

我摇头，对着前面的黑暗叹气，说我现在一进到这种幽暗曲折的洞子，浑身就条件反射似的红痒，菊花紧，难受。

杂毛小道表示理解，然后跟他三叔商量，三叔说骨肉血亲，不管是死是活，都是要进去看看的。

在场五个人，杂毛小道和三叔决定进去，周林看样子好像并不太情愿，但是也拗不过脸面，说也去，倒是老姜，拼死也不去，说就这儿等着。他叹自己倒霉，眼瞎了，怎么接了这么一个倒霉差事，死人，总见死人。要不是贪这个活路钱，现在说不定正搂着老婆困觉呢。

肥鹦鹉鼓动翅膀破口大骂，说两个胆小鬼，一对倒霉蛋——特别是陆左，一身真本事，胆子小得要死！小萝莉，这样的老大不值得你追随，跟我吧，跟我吧……

这肥鸟儿骂人倒是往死里骂，没轻没重的，让我的脸羞得慌。

老姜一脸的惊奇，这么通顺的语句从一只鸟儿口中说出，由不得他不惊讶。我臊红脸说，得，我还是去吧，被只肥鸟儿看不起，我这辈子都没这么掉价过。三叔拦住了我，说不用，在外面总要有一个放心的人帮守着接应，这是后路，比什么都重要。杂毛小道也劝我，说没事，这样的洞子，他老萧一年走八回，闭着眼睛都能够摸个来回，妥妥的。

当下决定好，几个人把湿漉漉的衣服拧干之后，各自喝了几口白酒，回暖，约好返回的时间，然后让我与老姜在外面等待。临走之前，虎皮猫大人在我头上飞了三圈，想拉泡鸟屎，被我灵敏躲过，它十分气愤，连呸了我几口，展翅飞走。

望着三个消失在黑暗中的人影，我心里面空落落的，感觉好像做了什么丢人的事情。老姜浑不在乎，他从包里面掏出旱烟袋，又摸摸索索找出火柴，点燃后猛抽了几口，然后离那石桌远远的，光着脊梁骨蹲在地上，看着外面的雨幕，闷着头抽。

我来到他旁边也蹲下，他看我一眼，举着旱烟袋问我要不要抽？我笑着说不用，不会抽。他说哦，不抽最好。再不说话，又吧嗒吧嗒抽着，望着前方。

我说在想你的狗？

他说是，金子打小就在他家长着，五年了。他有三个崽，老大老二都是妹崽，赔钱货，就小的是个儿子。今年十二岁了，可是脑壳有问题，医生说这孩子自闭。什么是自闭？这种富贵病怎么就让他家崽得了？造孽哦，一年到头都不会说句囫囵话，怕生，也就是有了金子，才好一些，没人在的时候也有了个笑容。这下可好，金子没了，被那水里的怪物生生地拖走了，他可怎么给宝贝儿子交待哦？

他抽着烟，额头皱起了好多褶皱，愁眉苦脸。

我没说话了，生活的艰辛已经将这个曾经呼啸山林的猎人，压垮成了胆怯的普通乡民。望着洞口外的雪白雨幕，天空低沉，这个岩洞口地势高，水涨不上来，但是将前面的泥地给漫了，草丛里有些兔子、山老鼠洞，水浸进去，便逼着这些小东西溜出来，顾不上我们，哧溜溜地往干燥的洞子里钻。

外面噼里啪啦地响着，在这个2008年的春天，万物在生长着。前面是群山，我想着镇压山峦的十二法门，笑，这山便是山，它虽然也经过地壳运动后，起伏曲折，但是相对于人类区区不过百年的短暂寿命来说，却是永恒的，何等狂妄的信心，才能够想着镇压它？

我自从去年八月以来，自认为对某些事物已经有了深刻认识，但是这世间有多少秘密，是我们这渺小的人类，所不知道的呢？

我不得而知，所以，对大自然，愈发地敬畏。

老姜冷了，找来包里的帐篷布围着自己，骂骂咧咧，说这鬼天气，鬼地方，想找点柴火烤烤火都不行。

我递给他一壶白酒，说喝这个，身子会暖一些的。

他喝过酒，脸色红润了一点，颤抖着，说这附近有野人，是赣巨人，这传说是真的。都说野人住在海拔两千米以上的高峰，住在原始森林中，但是这道沟子不一样，老人们说这里有条道，直通大巴山树坪。这沟子里有古怪，老死人，十多年前，听说这山区附近有神农墓、有鄂王陵，还有什么白牙将军墓……一窝蜂来了好多盗墓的贼头，七八波，都死在这里，怨气重。

那些赣巨人，都是山神爷爷的守门汉呢。

我听他在这里自己吓自己，也没说话，只笑笑。闻着湿润的空气，心想杂毛小道他们都进去小半个钟头了，怎么还没有回来？蹲着难受，我站起来活动一下手脚，外面的雨小了一些，细密，也没有雷电了。我拿出内兜的手机来，没有信号，一格都没有。

这个天气，跟黄菲煲一个电话粥多好？

我有多久没有给她打电话了？四天么，还是五天？这对于两个正处于热恋中的情侣来说，正常吗？是不是有一些太长了？她是不是生气我离开她这么久，或者在生气我老忘记给她打电话？

我突然有点儿很思念那个美丽、单纯的小警花来。

正想着，突然听到“啊”的一声惨叫。我扭过头去，只见刚才还蹲在石岩上抽旱烟的老姜，往后腾空而起，落地时，脑壳破开，白花花的脑浆子溅了一地，好多都溅到了我的身上来。我就这样，看着一个活生生的人，刚才还在跟我聊着家常，一下子便成了尸体一具，而且头颅碎得厉害，心中顿时就懵了，还没反应过来，就感觉心中一紧，下意识地往旁边滚去。

砰！

在地上翻滚的我，看见我刚才落脚的地方，被一块橄榄球一般大的无规则石块给击中，发出了仿佛投石机一般的轰然声响。我吓得不轻，不敢停留，往洞口处的一个石柱后边闪去，又是两个大石块与我擦肩而过，惊得我身上的寒毛乍起，一身的鸡皮疙瘩。

这是怎么回事？

这到底是怎么回事？

我心中惊悸地躲在那天然石柱后面，忍不住伸头出来一看，只见在雨幕中浮现出三个红色的身影来。它们有两米多高，四肢粗大，白色的雨瀑将它们棕红色的细软毛发给梳下来，屁股和肚子都很肥，而且还有两个黑乎乎的肉布袋掉在肚子上，下垂，当我看到其中一个的脸时，心中大骇。

这麻色的脸上，除了嘴巴鼻子各部位不合比例之外，几乎便是一张人脸。

比猴子、比猩猩，更像人。

这便是野人吗？是他们杀了老萧他小叔的同伴吗？

不待我回过神来，三只老姜口中的“赣巨人”，便拿着手中的石块朝我冲了过来。

第五章　石门

除了一把猎刀，我几乎没有什么自卫工具。

倘若有一把五六式冲锋枪，我倒还敢跟这些传说中的“野人”一较高下，但若是一把猎刀，我觉得还是趁早免了——能够把几公斤的石块扔出投石机的气势来，我不认为我已经有了跟这样三个怪物一战的资本。危急时刻，我已经顾不得去理会老姜的尸体，望向那黑黢黢的洞口，看来要找周转之地，也只有钻洞子了。

进洞子，是利用其险要的地形周转，不然若是往林子里面钻，以这三头赣巨人的灵敏度，我怕是没跑两步就被捉到，下午便能上了它们的餐桌，被“大快朵颐”了。我几乎没有一点儿犹豫，拿起狼牙手电，拎着包挡在身后，几个大跨步，就越过了摆放死人头颅的石桌，往山洞里面发足跑去，没有做任何耽搁。

我一阵狂跑，后脑门总感觉会有一块什么石子飞过来。

所幸没有。

这洞子，与我家乡那种喀斯特地貌的溶洞有着很大的区别，刚开始是个石穴，跑过一个小厅，便仿佛是山体的裂缝，又窄又高。我高喊着杂毛小道的名字，期待着有人回答。但是没有，后面有沉重的脚步声传来。我脑海里，一直浮现着老姜的两副面孔：一副皱眉头愁苦的农家汉子黝黑的脸，一副被大石头砸碎半边、流着白色脑浆的惊恐神情，交替出现。

我害怕极了，真的。面对着矮骡子、毒虫阵、僵尸以及拥有诸多神秘莫测手段的巴颂，我都没有这么害怕过。因为我那时总是有一搏之力的，你要杀我，我便杀了你，拼死一搏而已。然而这三头高大的痴肥巨人，出场时的果断一掷，就将我所有的武勇，都吓回了肚子里。如果我这时迎上去，便不是勇敢，而是傻了。

真正的暴力，让人无可反抗，唯有逃。

我心中在悲鸣，为什么我每次遇到的对手，都是如此的厉害。或许，也就是王姗情这种玩玩蛊的小角色，才轮得到我来动手吧。毕竟，玩蛊跟下毒一样，在旁门左道中，算得上是斯文活计。

而我，偏偏是个奔波忙碌的命。

我一路仓皇而逃，越过了刚才说的裂缝过道，心脏剧烈地跳，而情绪却缓过一些来。我一边跑，一边仔细听声音，感觉后面在跟着我的，好像仅仅只有一个。一个的话，我是不是能够尝试着把它给干掉呢？我心中有些跃跃欲试，左手电筒，右手拿着刀，正想回身去埋伏，便感到一阵劲风呼啸而来，背上如遭雷轰，一股巨大的力量将我往前面推去，重重地砸在了地上……

我背腑间一闷，喉咙一甜，一口鲜血就喷了出来。

还好背上的背包帮我缓冲了大部分的气力，要不然，这一砸中，我整个脊梁骨都应该断了。我被击中了，全身散架了一般，没来得及起来，感觉身后有腥风扑来，空气都为之一滞，心里刚说不好了、不好了，腰间便被一双毛茸茸的巨手给抱住，举了起来，面对着它。我被凌空举起来，离地一米多，使不了力，看着它。

只见它笑眯眯地看着我，被雨水淋湿的毛发顺着身体往下，很长，脸是古怪的阔脸宽眉，胸口有两个葫芦大的乳房，腰间捆着一些树叶编织的遮饰物。

这是个母的。它笑，哈哈哈，这笑容很童真，像小孩子得了新玩具。

然而，我却被它口中巨膻的口气给熏到，只想吐。说时长，那时短，我只是腰被搂举着，双手却灵活，立刻将狼牙电筒开至最大，朝它眼睛一射。它立刻"嗷嗷"大叫，泪花四溅，愤怒地把我往岩壁上一掷，这力道，简直不比那石头轻。

我心叫完了，我这小身子骨，哪里能够经得起这么一撞，人还不得散架了啊？

没来得及多想，几乎一瞬间，我就眼看着撞向了山壁，我下意识地丢开猎刀，伸手去挡。黑暗中，一道柔软的缓冲将我猛烈的撞击给消解了。我没反应过来，便缓缓地滑了下来。这怎么回事，"打人如挂画"吗？

我正愣着，听到有个尖锐的娃娃音在大叫。往下看，只见小妖朵朵出现在我面前，身体都变形了，死死地抵着我，大骂混蛋，占老娘的便宜啊？

我一头冷汗，连忙起开。她叉着腰站起来，声音虚弱，显然刚才的那一记撞击让她也很难受。

看着捂着眼睛嗷嗷叫唤的大块头，小妖朵朵奇怪地说咦，枭阳？这是到了哪里了，怎么会碰到这种白痴？我拉着她走，说小姑奶奶，这都什么时候了，还看啥子野人，赶紧跑啊！它要回过神来，我们都得遭殃。

小妖朵朵娇笑，说你们叫它做野人啊？对哦，是长得像人，除了有一把子力气，蠢死了，就知道给别人干活。她正说着，那头母野人放下了捂眼睛的手，眼睛里红得像火，一个纵身就朝我这边扑来，脚一跨，瞬间便到了。它的手很大，像蒲扇，呼啦着风扇来。

我矮下身去，捡起了猎刀，正想砍过去，被它一脚踹在手腕上，酸麻。"吼！"它龇牙咧嘴地大吼一声，展开双手又朝我抓来。

小妖朵朵已经飞到了半空中，樱桃红唇嘀咕着小咒语。

我就地一滚，又避开了去，站起来，左手依然紧紧攥着狼牙电筒，便举起来想故伎重施，朝它眼睛晃去。

哪知这鬼东西也长了心眼，见我手一抬起来，便闭上了眼睛，用耳朵听着方向，然后朝我抓来。我没办法，打是绝对打不过这畜生的，只有接着往洞子的深处跑。没跑几步，我想起来，小妖朵朵这死妞没跟上，若仅仅只是她，我哪里会管她死活，可她好歹也是跟朵朵共用一个灵体，没法子，只有回头喊她。

哪知我这一回头，把自己都吓了一跳。

这母野人居然没有再追来，而是很恭顺地跪在地上，仰首望着飘浮在空中的小妖朵朵。

它嘿嘿笑，嘴唇裂开，足足翻在了鼻孔上，果真像一个二傻子。

我愣了，而小妖朵朵则一副的高傲神态，自顾着转圈圈。我问她这野人怎么了？她很不爽，说都告诉你是枭阳啦，枭阳！它被我控制住了，离魂咒，厉害吧，想学吧？我点头，说太厉害了，太想学了，你教我啊？

她说可以啊……

我大喜，然而她又说一句，学费交来。果真是个无比奸猾的软妹子，我问你想要什么样的学费呢？就你这个样子，估计什么都用不上啊？

她磨着牙，说要吃我的肉。吃人肉，她饿疯了。

我指着跪在地上的母枭阳，说干吗不吃它的肉？小妖朵朵摇头，说这些从地下爬出来的家伙，肉都是臭的，吃了口气不清新。要吃就吃你的，哼，你这家伙偏心，朵朵要什么你给什么，我要什么，你都不给。

事情紧急，我真的懒得跟这小妮子扯皮，问洞口堵着的那两个枭阳能够对付吗？要能，我们就去收拾了它们，把老姜的尸体给收拾起来，这大叔拖家带口的，不易，好歹也留个尸体回去。刚才跑晕了，不知道这条路到底走到哪里，怕老萧他们找不到。

她摇头，说不行，这一头都是费尽心力降服的，而且还持续不了多久。再来一头，她也只有跑路。

我心中失望，忍不住抱怨她实力太差，什么顶稀罕的鬼妖，连个白痴都对付不了。

她怒了，跳着脚骂我，说要是能够有木茯苓、黄精子给她日日服用，她哪至于这般柔弱？便是没有这些，人肉也可以啊！我也不跟她这小破孩子争，拿着手电照前方。我请出了金蚕蛊，尝试性地让它对眼前这个枭阳下蛊，然而却没有效果。

小妖朵朵嘲讽地说枭阳跟矮骡子一样，是灵界边境客，哪里会怕毒？

我无奈，如今之计，只有汇合杂毛小道和三叔等人，再想办法了。毕竟有着三叔那“神乎于技”的飞镖在，或许能够将门口那两头枭阳剿灭。

肥虫子在空中挥舞着小翅膀，它显然对朵朵的另一形态十分好奇，飞到小妖朵朵的身上，往乳沟里钻。小妖朵朵跟肥虫子也认识了些日子，对这个疲赖的家伙，也没有法子，伸手揪住它，不让它进去。

我沟通金蚕蛊，让它带路，带我去找寻杂毛小道等人汇合。

它不甘不愿地飞起来，嗅一嗅，然后又往前飞去。

我居然没有走错路？我很惊奇，便背着包跟它走，小妖朵朵站在母枭阳的肩膀上，把它当坐骑，指挥着这大个头走。我嫌这家伙臭，走前面，回头问小妖朵朵，说这枭阳跟矮骡子都是灵界边境客？什么是灵界？她被我问着了，回答不出来，耍赖说灵界就是灵界嘛，跟你说了你也不懂，智商太低了！

她不肯说，我也没再问。鬼知道她哪里懂的这些东西，也不知道真假。

走了一段路程，好几个岔拐，有一段路居然还要爬上一个隐秘的石柱梯。要不是有肥虫子领着，我定会迷路。又走过一个天然的甬道，到了一个天然石厅里，四下空旷，地上居然有好多白骨，是人的，一具一具的骷髅，或侧躺，或坐着，或四下散落，我仔细数一数，竟然有十三具。肥虫子朝角落的地方飞去，我顾不得这么多，越过这些骷髅，拿狼牙手电一照，居然是一扇石门。

这石门，有着很明显的人工雕琢的痕迹。

第六章　八卦锁魂阵

这是一个虚掩的石门，很小，高一米八，宽半米。

石门上有浮雕。以较大的面积雕了一个猪头怪人，面目丑恶，其下绘青龙、白虎，背景有古怪生物无数，有蟾蜍与桂树的满月，有手持节、身披羽衣的方士，有交缠奔驰的双龙，最醒目的是边际一个身似羊而枭首张翅的怪物。这雕画用线熟练，风格雄健奔放，颇有表现力。

我这个人文化低，一点艺术欣赏水平都没有，但也知道这雕画，是古物，有着扑面而来的历史厚重感。

金蚕蛊停留在这门口的缝隙里，待一会便离开，瑟瑟发抖，竟然不商量，便回到了我的体内来。而小妖朵朵则往黑黑的甬道看了一眼，说好臭，臭死了，里面都是死人肉，不好吃。我拿手电筒照地上，发现地上有淡淡潮湿的脚印，杂毛小道他们定是进了里面去。我犹豫着要不要进，总感觉里面有什么不好的东西在。但是又想，杂毛小道他们既然已经进去，必然是有两个结果：一是他们搞定了所有的事情，等着我；二是他们没搞定，等着我来搭救……

这样一想，我总算是给自己找到了进去的理由，让小妖朵朵前面探路的干活——手电筒照进去，是一个人工堆砌的甬道，想来便是传说中的古墓了。这种地方说不定机关重重，我再大胆，也不敢拿自己的小命蹚，小妖朵朵是灵体，却不怕。

她闹，说不干，她也害怕，让枭阳来。

我看着旁边这个两米多高、三百来斤的痴肥巨人，让它上。没承想这厮实在是个大胖妞，怎么挤，都挤不进去。我一肚子的怨气，这修甬道的人，干吗要修这么窄？无奈，想着既然有杂毛小道他们往前面探路试水了，我还担心个什么？于是只有把那母枭阳留在门外，从虚掩的石门中前进，往里走。

这甬道真的很小，刚开始我还可以站着走，但是没走几十米，便只有弓着身子走，艰难地挪着步子。

这里面闷热干燥，一摸两边，都是凿刻的痕迹，我胸中气闷，还好有一丝微风流通，倒还是能够撑得住。如此走了一段路程，又见到几具骷髅，地上有黑色的结壳，骨头呈现出一种黑灰色，我脚尖一不小心碰到，立即变成粉末。看来是有了些年头。这甬道十分长，我足足走了十几分钟。

走到末端，是一个需要匍匐才能前进的石窝子。

我蹲下来，用手电筒照射这石窝子，能够看见有很明显的湿印子。这些湿痕，是杂毛小道他们身上的水渍——鞋子上的水走一会儿就干了，除非是长久站立才会有印子，而湿衣服上的水，却一直都在，所以当他们爬进去时，才会留下来。但是，我有一个疑问，为什么他们径直就来到了这里，难道是说他们有足够的证据，证明他小叔就在这个石窝子里？

进去，还是不进去？

我心中犹豫不定，这正应验了杂毛小道跟老姜说的那句话：一个人安全，还是一伙人安全？

这个问题其实是一个伪命题。这世上的事情，凡事都占了“未必”二字，不确定，所以才奇妙。但是，人总是会有从众心理，所以都倾向于人多的时候才有安全感。当然，那些内心很强大的人，不在此列。

我终究是属于大多数人的范畴，犹豫再三，还是决定爬进去，跟他们汇合。

俯下身子，我依着水渍往前慢慢地爬，小妖朵朵在后面催，快点儿，快点儿……在这样狭窄的空间里，前路黑暗，我心里烦闷极了，有一种周身都被压迫的感觉，四面八方的空气都涌入了我的胸口，紧紧地攥着我的心脏，扑通扑通响，我回过头，用前所未有的口气朝她呵斥道，闭嘴！

骂完，她没有声音了，我火气消了，心里面舒畅很多，继续爬。没承想刚爬两米，屁股疼，被那小妖精狠狠地咬着，火辣辣的，似乎还出血了。

我空着的右手往身后抓去，攥住她，她不肯松口，继续放死咬，一边咬还一边发出委屈的哭声来。我警告她别闹，没用，只有念起了缚妖咒，念一大半，终于感到屁股的疼痛减轻了许多，她终于松开了嘴，空气中稍一安静，便传来她号啕的哭声，抽抽噎噎，说我凶她，不理我了……

我勒个去。我把她拉到眼前来，问她怎么回事？

她噘着红嫩的嘴巴不理我，妖媚的小脸上装满了天下间的委屈，没有眼泪，嘴巴上还洇着血。一看着这血，我左手放开手电筒，回去一摸，湿漉漉的，有细密的牙印，生疼。这小狐媚子倒真下得了口。这关键时刻还给我掉架子，我也懒得哄她，直接又念起了缚妖咒。她的灵体扭曲了，哇哇大叫，说疼，好疼，别念了，她听话。

看着这张跟朵朵长得有七分相似的脸，爱屋及乌，我也舍不得，不念了，警告她。

她委屈地点头，小媳妇一般，从我包里面拿出鱼骨头粉，给我屁股上药。

这一番闹，耽搁了十分钟，我又足足爬了五分多钟，终于来到了一个出口。向下，有流动的空气吹来，陈腐积灰，并不好闻。我拿电筒往下照，离地两米多，并不算高，我喊了几声杂毛小道的名字，并没有回应，显然，他们已经不在这个房间了。我长了个心眼，先把刚才喝酒的铜酒罐子往下丢去，哐啷啷，一阵响，在寂静的空间里回荡着。

我犹不放心，又将身上背着的旅行包丢了下去——噗，扬起了一阵呛人的灰尘，这会儿我终于放心了，想来不会发生一跳下去，便有着翻板钉刺伺候我的情况。我挤缩着身子，慢慢地挪动，然后双手抓着岩壁的口子，慢慢地让自己进入到室内来，然后一松手，我的双脚就落在了背包上。脚磕到背包里的东西，没站好，一下子就摔在了一边，连手电筒都滚落在了一边。

这室内是极暗的，也就是有了手电的光，才能够隐约看见一点儿内里的物件。

这是一个中等的房间，不规则岩壁，四十多平米，墙角都是些黑灰色的尸骨。我捡起地上的手电筒，仔细打量着四周，整个房间，只有西首边有一个小门供出入。这里是墓吗？我心中疑问着，拾起了背包放在肩上。小妖朵朵飘了下来，四处飘一圈，捂着鼻子，说好臭，有她最不喜欢的味道。

我闻着，只有一股子陈腐的味道，想来是隔绝天日太久的缘故。

我小心翼翼地往西边的小门走去，开始几步，老担心会像《古墓丽影》里一样机关重重，结果一点事儿都没有，心中多少有一些安稳。这也是个石门，侧推，走出来有一个方形的长室，手电筒照去，没有我想象中的棺材，也没有所谓的陪葬，室内空空如也，地上是长一米宽半米的长条青石。在几个明显的角落，能看见有灯架的存在，类似铁器，附在墙上的那种。

长室的两头皆是通道，一眼望不到头。

没见到杂毛小道他们的人影，这让我多少有一些心里打鼓，我朝两边大喊，却没有一个人回答我，传来的只有我的回音。我并不是一个对殡葬、古墓和古建筑熟悉的人，更不是职业土夫子，对于此间的格局茫然不知，我能够确定老萧和三叔他们刚刚来过这里，但是现在在何方，我却真的不知道。向左走、向右走，或者在这里等待？这真的是一个至关重要的问题，一下子我就被难住了，有些茫然。

我问小妖朵朵怎么办？她显然是有些介怀刚才我念缚妖咒的事情，非暴力不合作，不肯说。

没办法，我只有根据我的名字决定，往左走。

青石砖结实，我来到了长室左边的通道，走过去，有好几个岔路口，我很敏感地看到其中一个门上，被人用倒三角形做了一个标示。今天走山路，我也见过一些萧家的标记，这个好像就是其中一种，毫不犹豫地提着手电筒往前走去。过了一个桥形过道，我又来到一个房间的门口，里面有很多面旗帜，黑乎乎的，在左边的角落，有一个大石鼎，高有两米，鼎腹长方形，上竖两只直耳，下有四根圆柱形鼎足。

石鼎形制雄伟，气势宏大，纹势华丽，我看着稀奇，便想踏步到近前一观。

然而当我走到室中间的位置，突然间天地为之一旋，前后颠倒，整个房间都在震动。这种感觉，好像地震时站不稳脚的那种样子，我不知道发生了什么，一下子跌倒在地，手电筒掉落到了前方，一下子就被黑暗所吞噬，再也不见。

地面一直在摇晃，在起伏着。我惊恐地伏在地上，一丝丝电击一般的震动从地面传入我的身体里，让我的心脏突然之间跳动得厉害。

“啊……”没两秒钟，我听到黑暗中传来了小妖朵朵的一声惨叫，似乎在左边。

我急了，高声喊小妖精你怎么了？没有回音，我更加焦急了，勉力半站了起来，朝着左边的方向爬过去，谁知没走两步，又摔倒了。这一次我没有站起来了，浑身战栗，感觉天都要塌下来了。

然而天并没有塌，剧震消失了，只是在我的视线中，房间的墙壁和物件全部消失了，多出了八道门。

分别为：乾、坤、巽、兑、艮、震、离、坎。

又或曰：休、生、伤、杜、死、景、惊、开。

第七章　巽字门，守内丹

我的表达或许有错误，这其实并不是真正意义上的八道门。

或者说，这并不是门。

黑暗中，有八团朦胧的迷雾在飘荡，呈各种卦象。若全体黑暗，便无分别，但是偏偏这卦象清晰明了，整个空间里除了黑暗和这卦象，便再也没有看到其他的东西，所有的一切，包括原本的石门、墙壁、石鼎、旗帜乃至于天花板，都消失不见了，唯有脚下的青砖，仍在，只是一直蔓延到我视力所及的地方去。

天地之间，只有本我。

我心里面咔嚓一声响，心说坏菜了，好走不走，我怎么来到了这么一个地方。

这是一个静室中的“八卦锁魂阵”，在《镇压山峦十二法门》中的占卜一章中有所提及，说是常出现于阴气足的地下建筑中。山阁老流传下来的占卜一术，沿袭的是中原最流行、也是最博大精深的“紫微斗数”算法，我看得头晕，尚且不精通。

然而这八卦锁魂阵，却是根据奇门遁甲的甲盘演化，我更是抓瞎。

这里讲一点，所谓阵法，大多都是根据《易经》衍化而成，古之军阵排演，也皆如此。然而精研玄学此道的方士却根据这一纲领，创造出了很多让人匪夷所思的阵法，结合实际兵器、机关的运用，能够发挥出比寻常人等数倍的杀伤力。最出名的要数诸葛孔明的“八阵图”，几乎人尽皆知。

然而这里的阵法，没有后来狗血电视剧中那么神妙，大家也别一提到奇门遁甲，就想到《水浒传》中戴宗那日行八百里的“甲马”，这根本就是两个“频道”。它仅仅只是设计者根据自己对于周易的理解，利用无数古人智慧的结晶，将算术与机关完美结合，创造出来的一种类似于科学与魔术的神奇存在。

一步机关，步步机关。

我不确定自己是出现了幻觉，又或者是其他的变化，但是我知道，我每走出一步，我眼前的景物都会发生相应的变化，如果我不能够掌握到其中的奥妙，并且准确应对的话，我或许被一块石头砸中，也许会掉落到坑中，当然，更多的是被困死在这里。

我不敢走，也不敢动，唯有待在原地，想着破法。

但是，小妖朵朵不见了。

我的耳边，仍旧响起她刚才那一声凄厉的惨叫，这叫我怎么能够不急呢？

小妖朵朵可是和朵朵共用一个灵体，到底是什么东西，把她抓走了？

一瞬间我心里面充满了懊悔，我明明可以停在洞口，等待着杂毛小道他们回转，明明可以不用冒一点儿险，安心等待的，但是我却鬼使神差，走了进来，而且还将自己、将朵朵陷于险地——这懊悔像毒蛇一样噬咬着我的心，搅动着我的心灵，有一个声音不断地跟我说你错了，你错了，不应该的……

我头立刻就痛得不行，心也抽疼，难受极了。

悲伤像潮水一样袭涌上了心头。

……

某一秒钟，我突然惊醒，我这是怎么了？我是这么犹豫不决、患得患失的人吗？我怎么能够对自己充满了怀疑，连自己的决定都否定在悲观的懊悔中，沉浸在对错误的回忆里？

不对啊，这不科学！我怎么一进到这个地方，就变得莫名地软弱了？

我心中警觉，脑子立刻就惊醒了许多，也不动，急忙召唤起缩在我体内的肥虫子。然而却没有动静，传来的回应，是恐惧。它害怕了，这个房间里面有着让它不敢现身的东西存在，所以它早早地缩进了我的体内。看它这样，我心中也莫名多了一分恐惧。自从有了金蚕蛊，我似乎一直走着好运，依靠着它，我总能够跌跌撞撞地闯过所有的难关，时至如今，我才又多了一分认识——依借外力者，终有一天会陷入万劫不复之地。

站得越高，跌得越惨。

即使这外力，就是与我息息相关的本命金蚕蛊。

十二法门中有摘抄《抱朴子》的一个中心意思，叫作“御外丹，守内丹”，讲的便是如此。金蚕蛊并不能够帮我包打天下，想要在这个诡异的古墓中突围，找回朵朵，并与杂毛小道他们汇合，我必须靠自己。

我开始仔细回忆起《镇压山峦十二法门》中对于此阵的描述。

这是一个根据奇门遁甲术来布置的暗室阵法，融合了周易、机关、建筑、化学、视觉学等种种相连的智慧，并由设计者的思路、经历作相应改变，最终完成。它的中心思想，是以阴阳两种元素的对立统一，去描述世间万物的变化，以达到身处其中者，感受万千变化、迷失本心的效果。

若说破，最简单的做法，莫过于“以不变应万变”。

也就是说，站着不动，等局外人过来推翻阵眼，帮你解局。然而朵朵的消失，让我没有一点儿选择的余地，因为我不知道我等待的时间里，朵朵到底遭受了什么？会不会身消玉殒？各种念头闪过，我深呼吸，静下心来，久久，终于能够感受到房间里浩然的道气。

这是一个很强的“炁”的场域。

我该走哪一步？我有些着急了，这种情况，就好像一个初中毕业，仅仅会解“一元二次方程式”的学生，突然被拉到了空间解析几何、微积分的考试现场，而且还必须要考出满分的成绩。我能吗？这种情况，若是杂毛小道在就好了，他在道学世家中成长，耳闻目染，饱受熏陶，自然不在话下。

而我，十二法门里最擅长的还是实用的部分，至于玄之又玄的命理部分，几乎是看一会儿，就打瞌睡。

好吧，我会告诉你们我高考数学只拿了五十九分吗？

我闭着眼睛想了一下，这个房间里的阵眼，最大的可能就是那个石鼎，而将朵朵吸走的，也很有可能就是它。它在哪里——左首的角落里，我若能够破坏那石鼎，应该有可能将这阵法给毁掉。我沉住气，站起来，朝向了左边的方向。左边有两个迷雾气团，形为巽、离两卦，这是大吉大利的生门吗？

居巽宫入墓，居离宫大吉，这是两个截然不同的选择，按常识，应选离门。

然而若仅仅如此，这阵法又有何厉害可言？它会不会是反其道而为之？

谁能够猜测到设计者心中的想法。

我看着左边的方向，整个世界，黑茫茫，唯有模糊的八卦在前方飘荡，巽、离二门，我到底要选择哪一个？一步天王，一步死亡，我从来没有像今天一般，面临着如此艰难而沉重的抉择。

我咬着牙，迈出了第一步，朝向了离字门。

平地里无端升起一股阴风，吹得我脊梁骨发抖发颤，冷，我的眉间一阵乱跳，感觉四周的黑暗变换，自己好像站于阴风深渊。不对，不对，“离”从卦象来看，乃是外实内虚，外表上看安定，内有凶藏之象。反而是“巽”，五行属木，春暖风和，阳气旺盛，生机勃勃，一定是的，我的直觉不会骗我的。

我一旦决断，心中大定，也不管周围变换的气旋，朝着巽字门直走，我每走一步，就感觉四周的黑暗淡了一些，走到第四步的时候，青朦朦的，就像冬日里有浓雾的清晨，能够看见前方，有一个比我还高的巨鼎在，我心中大定，一下子跃上了离我两米的大鼎，手扒着石鼎边缘，伸头往里瞧去，只见里面白色雾霭中，有一物在奋力挣扎。

自从有了金蚕蛊，我自身的夜视能力就十分的强，凝神一看，这白色雾霭中翻腾的竟然是朵朵，小妖朵朵。

小家伙好像溺水了一般，头发像野草一样飘浮着。

我连忙伸手去抓她胡乱舞动的双手，手浸入那雾霭中去，发现黏稠如糨糊。我更加焦急，一手稳住身体，一手使劲地扯小妖朵朵的手。那石鼎之中的白色雾霭，仿佛有着很强的吸力，我拔得很艰难，但是一点点、一点点，我终于把她的头拔了出来，黏糊糊的，让人看着美丽中，带着恶心，或者别的感觉……

白色雾霭能够隔绝声音，所以她一出来，我就听到她的大喊大叫，哇哇的哭声，显然她也是吓坏了。我一边安慰她，一边把她给整个拔出来。终于她的脚也脱离了白色的雾霭，我抱着小妖朵朵，跳下了巨型石鼎，下来的时候，感觉她的身体好像沉重了很多。她显然被刚才的遭遇给吓坏了，一直发抖，也没有跟我说什么话。

我紧紧地搂着她，虽然知道她是灵体，但是也想要给她一丝温暖和安慰。

过了一会儿，她终于不抖了，小声地叫陆左哥哥，没事了。

我摸着这石鼎的一只腿，心中感慨，这用来祭祀的玩意儿，莫非是法器？要不然怎么能够把朵朵给吸进去呢？还有，那白色的雾霭到底是什么呢？我摸着小妖朵朵湿淋淋的身上，像糨糊，又像鼻涕。能够在一个灵体身上留下这些东西的，想来也是有讲究的。

这些不管，我一边默念着最为纯熟的九字真言，一边紧紧地拉着小妖朵朵，生怕她再给吸走。

怎么破这阵眼？

若是普通凡物，我移动一下，换换位置就好，但这石鼎重达好几吨，我又不是“变形金刚”的柱子哥，哪里挪得动？不过我眼睛一转，立刻有了法子，从背包里面拿出一袋黑狗血，这是来之前准备的。我打开袋子，把血淋在了石鼎上，然后围着这石鼎转了一圈。淋完，整个空间突然一阵颤抖。

这时，身后有暖黄色的亮光传来，我扭头一看，石室的景象又出现了，门口处出现了一个拿着火把、衣衫整洁的男人。

是周林。

第八章　死亡，或者……

“周林！”

乍一看见周林，我高兴得要命，几步就冲到他的面前，问他们跑到哪儿去了？

周林举着火把，跳动的红色火焰将他的脸渲染得明暗不定，他没回答，反而问我怎么进来了？我牵着小妖朵朵，说洞口前杀来了几个赣巨人，也就是神农架野人，个个都是掷弹兵的翘首，老姜死了，我躲过，跑外面怕躲不过追杀，就跑进来找你们汇合。我家朵朵，已经制服了一个，还有两个在洞口守着，不知道为什么没进来。我一路寻来，找到这秘洞，就跟了进来。

咦，三叔还有老萧呢？

我很奇怪怎么就他一个人。他耸了耸肩膀，说三叔他们在那边探路呢，说听到这边有动静，便派他过来看看，没想到是我。他对老姜的死并不在意，反而嘲笑，说越怕死，越早死，活着的都是些胆儿大的。这句话不但在战场上管用，这里也是。说完，他又问我怎么会在这里待着？

我说这里布有一个阵，八卦锁魂阵，专门制造幻觉，迷惑阵中之人，我刚刚给破开。他大笑，说你傻了吧？就这么一个破房间，哪里有什么阵法？哪里？我回过头去，指着左边，说就是那里，有……我话说到一半，便停住了。

我瞪大了眼睛，惊恐地看着前方——石鼎不见了！

空旷的房间里，没有石鼎，没有青砖，没有堆积在地上的旗帜，什么都没有，连我方才丢落的狼牙手电都不见了……空空如也。

这是怎么回事？

周林问我是不是出现幻觉了？我说这怎么可能呢！我刚刚，就在刚刚，淋了一袋子的黑狗血上去，才把那阵法破了呀……还有朵朵，她刚才被吸到了大鼎里面，差一点被里面像糨糊一样的白雾给淹死，是不是，朵朵？小妖朵朵惊魂未定地点头，说呛死了，差一点就昏死过去。

周林哈哈大笑，说怎么可能？一个鬼魂、一个灵体怎么可能被淹死？他虽然主修相、命两学，但又不是白痴。

我说朵朵虽为灵体，但是也因祸得福，成为鬼妖，具有一部分实体的性质。

他不与我争辩，只是问我带了几包黑狗血。我说三包啊，我们不是每人有三包吗？我掏出背囊给他看，一包、两包……三包！三包完整的黑红色液体整整齐齐地摞在我的面前，无言地揭穿了我刚才的话语。我呆住了。难道，我刚才在阵中的境遇，是幻觉？是吗？刚才一踏进这个房间，就感觉有一些奇怪，方位、视觉、空气，所有的联系在一起，形成了一个强大的“炁”之场域，然后，将我陷入了幻觉的陷阱里。

是啦，是啦，定是如此，不然怎么可能在黑暗中浮出八个卦象之门，像是3D电影一样？

我说我头晕了，出现了幻觉——这里面，确实古怪，金蚕蛊不敢出现，小鬼都着了道，我仿佛处处受到克制，难受得很。我说我们赶快去跟三叔汇合，然后从这里出去吧。这里，我是一刻钟都待不了了！周林说好，我们便出了门，顺着甬道往前走。这甬道安静，火把安静地燃烧着，没有发出一点儿油脂的响声，也不热。

我们静静地走着，几乎能够听到自己的心跳。

我耐不住静，问找到小叔了没有？

他说没找到，但是有线索了，在前面，就在前面，好像是掉到一个地方去了，三舅和表哥正在结绳子，想要下去看看，应该没有问题，放心。他说的话让我奇怪，又不是我小叔，他居然反过来安慰我，呵呵。我突然觉得周林这小子有趣起来。走了几分钟，我发觉有些不对劲，停下来，说不对。

他扭过头来问怎么了？

我说我们都走了一百米了，怎么还没见三叔他们？这么远，他们就放心你一个人过来？

他很不在乎，说总共就三个人，正在救人呢，不派他来，派谁来。你这么说，是哪样个意思？他继续往前走，过了一个转角，见我没动，便催我，说走啊？就在前面了，几脚路，伸伸腿就到，别嫌累。

我不走了，抱起突然变得安静了的小妖朵朵，说等一下，你是周林吗？

他愣了一下，看着我，像看到一个神经病，说为什么这么说？

我说看你这干干净净、整整洁洁的样子，不得不让我怀疑，一个钟头里，你居然从一个湿漉漉的泥猴子变成了偶像剧的男主角，这变化……怎么不让人怀疑？

他看了看自己身上的打扮，摸着衣服，说有什么问题吗？

我说你觉得呢？

他抬起头来，眸子里发出了血红色的光，脸一下子就变得无比狰狞。他没说什么，一个跨步就冲到我面前，将我扑倒在地。我虽然有些准备，但是想不到他立刻就翻了脸，被狠狠压在地上。他也是个炼家子，比那个日本小子还厉害，紧紧地压着我，喘着粗气，大叫着让你往前走，让你往前走！怎么这么啰嗦？

他压上来，特别重，几乎像一头牛，我平躺在地上，头晕，重重地喘气。

他发什么疯？

或者说，这个周林到底是不是周林？

小妖朵朵被甩在一旁，趴在地上，站起来，竟然像一个陌生人，一脸得意，幸灾乐祸地看着我。

周林叫骂完，伸出手来掐我的脖子。他的双手像一对巨钳，死死地箍住我，让我喘不过来气。我感觉自己的意识渐渐往下面沉下去。发不出声音来。我要死了吗？

肥虫子，朵朵，我要死了吗？

对于黑暗死亡的恐惧，让我全身在一瞬间，迸发出巨大的力量来。我屈着腿，奋力扭身把他掀下来，往旁边一滚，贴着甬道的墙壁使劲呼吸着新鲜的空气，让自己肺部舒展。周林身手矫健得很，一个“鲤鱼打挺”便跳起来，封住来路，小白脸上全是残忍的笑容，肌肉扭曲，张着手又朝我扑来，我往后一闪，叫朵朵快跑。小妖朵朵没有动，置身事外，看我们生死相搏。

我没办法，只有朝前面的甬道跑，周林在后面追。

过了拐角，我心中突然涌出了一阵惊悸莫名的恐惧，我停住了脚步，往前一看——前面哪里还有路？只见在我脚步前的半米处，是一个黑黝黝的深渊，我的脚碰到了一块石头，那石头立刻就掉落下去，黑暗中不知道有多深，但是半天都没有回声传上来。

难怪他要我往前走，原来是想把我往深渊里面带。

这时周林已经追来，我几乎没有反应的时间，往后面一退，就感觉撞上了周林。这家伙往日看也就是一高高瘦瘦的小白脸，这时候却化身成了史泰龙，身体强健得厉害。他抱住我，一下子又把我扑倒在地，狠狠地掐着我的脖子，我死死地封住他的手腕，不让他用力。他蛮横如牛，一点一点把我往路前面的深渊里面推去，我奋力挣扎，用膝盖撞他，但几乎没有什么用。

终于，我的头已经悬空到了黑暗深渊的边缘。

我用尽胸中最后的一点气，吃力地问他：“你到底是谁？”他一愣，气力稍微少了一些，居高临下地看着我，露出一口白森森的牙齿，诡异地笑，说你这个携带着憎恶印记的男人，居然还敢问我是谁？被做了如此标识的人，是所有幽冥之物的敌人，你的下场，只有死。以死亡来洗刷你犯下的罪恶吧！

他大声嘶吼着，这神态，简直不是一个人类所能够模拟出来的。

他是中了邪，还是被鬼上了身？

掐在我脖子上的力道越来越大了，仿佛是精钢铸成，我简直不敢相信自己脆弱的脖子，居然能够经得住他这番的折磨。我脸憋得通红，上半身被推得几乎悬空，全身的血液都集中在了头上，充血，想必我的眼球此刻必定很红。我唯有用一双手阻着他双手的合拢，争夺着那一点点的呼吸空间。

大脑的缺氧让我的思考有些停顿了，我似乎忘记了某种东西，但是又想不起来。

是什么？

朵朵！是朵朵啊，我被弄成这样子，几乎就要死去，为什么她就袖手旁观、无动于衷？经过这几天的调整，朵朵和小妖朵朵已经能够平分灵体的操控权了啊？若只是小妖朵朵恨我，想要摆脱我，那么她也必定会被我的朵朵所扰乱，重新夺回灵体的操控权，过来帮我的啊？

小妖朵朵，难道你就这么希望我死吗？

不就是念了一篇“缚妖咒”吗？还是说，她对我的偏心的反感已经到达了一个要爆发的巅峰期。

正想着，朵朵飘浮出现在了我的面前，我心中先是一喜，随后猛地沉了下来。这小妖朵朵一脸的红色妖气，身上覆着红黄色娇艳欲滴的鲜花裙子，冷冷地看着我，里面的仇恨，不比那矮骡子怨毒的目光少多少。她的脸色是青黑的，一张嘴，森森的、犬牙交错的口器，滴下了好多恶心的黏液来。

这黏液，黑色，冒白烟，接着，她向我咬来。

毫无招架之力的我，在生命的最后一刻，只有召唤起金蚕蛊来——肥虫子，你再不出来，那么，我们爷俩只有黄泉下相伴了——如果这深渊之下，真有黄泉的话。

老天……周林放开了被小妖朵朵咬着的我，往前轻轻一推，我倏然感觉身子在往下急速坠落。

妖艳美丽的小妖朵朵、残忍笑容的周林、道路尽头的石壁……全部都瞬间朝上飘忽。

超重的感觉就像死亡的味道，一刹那袭上了我的心头。

沉入黑暗，刹那永恒。

第九章　断臂小叔，大厅壁画

意识在某一个时间节点停滞冰冻。

我无法知道我是不是死了过去，因为那时的我，几乎没有一点儿思绪在流动——没有思考，没有活力，一切都只是永恒的存在，波澜不惊。

这时间有多久？也许是一年，也许是亿万万年，也许是弹指一瞬间。

死亡也许只有一个维度，而时间和意义也并不存在。

有一个小东西，在平静的、永恒的、静谧的死海中诞生出来，它开始发芽，然后茁壮成长。它有绿叶有红花，于是出现了颜色；它呼吸，于是出现了声音；它开始成长，于是就有了形状……我的思绪开始一点儿、一点儿地复苏，人生中二十二年里的记忆，就像电影一样地回放，而后，我想到了一个问题。

我是……死了吗？

不，我没有死，我依旧能够思考，我依然记得所有的事情，我在这个世界，依然是“唯一”的存在。我没有死，这棵占据我心灵的参天大树，是金蚕蛊的意识，它呼唤着我，陆左、陆左、你醒醒，吱吱……接着，我感觉我就像一个海底里诞生的泡泡，朝着海平面上迅速涌上去，没有做一丝停留。

我没有死，我依然要活着，好好地活着，为了所有我爱的人。

……

睁开眼睛，进入我眼帘的是一张猥琐的脸孔，是杂毛小道。

我一骨碌就爬了起来，警戒地看着他，发现自己依旧还是待在刚才那个“八卦锁魂阵”的房间里，石鼎、破旗帜、青砖墙壁，以及我地上的手电筒和背包，都在。杂毛小道长叹一口气，说你终于醒过来了。旁边有人说是啊、是啊，都昏迷半个小时了。

我往旁边一看，是三叔和周林，还有个一脸憔悴的中年男人，衣衫褴褛，左手齐肘而断，用血布包扎着。

周林一脸戏谑的笑容，走上前来要摸我的头，还说是不是做春梦了？

我浑身绷得紧紧的，一待他的手伸过来，立刻擒拿住，欺身上去，死死箍住他的腰，奋力一顶，倏不及防之下，他这个一米八的高个儿居然被我一下子给顶举了起来。他大叫，你发疯了？

杂毛小道也一脸惊异，说陆左你干吗呢？

我攥着周林的衣服，潮湿，小心把他放在地上，一屁股坐下来，喘着粗气，说这回是真的。

听到我这么说，三叔走到我前面来，蹲下，问我刚才走进这八卦锁魂阵了吗？

我点头，说是。刚刚在阵里面，碰到周林这小子，带我到了一处黑暗深渊，然后把我推了下去。他赞叹了一声，把我扶了起来，说陆左你真的很厉害了，心志居然坚定到这种程度。这八卦锁魂阵，我们萧家也是有记载的，大部分闯阵的人，都是在阵中受到幻觉欺骗，以为自己死掉了，魂魄就自己归于幽府，留下一个没有灵魂的躯壳，没几天就饿死了。

你是相信自己没有死，心中有留念，所以才能够回转过来。

我说这也是多亏了金蚕蛊，要不是这肥虫子的叫唤，说不定我就真的以为自己死了。这阵法，太逼真了，凶猛，能够突破人的心理防线——我这人最怕黑暗，还有恐高症，结果它一下子就来了两者的结合。三叔呵呵笑，说也多亏了小明，要不是他奋力挪动阵眼，“休、生、伤、杜、死、景、惊、开”八门，说不定你还要一直经历下去呢，好小子，果然有一把牛力气，不枉老爷子当年给他费了这么大的劲儿。

我看向那石鼎，果然，有一条长长的黑印子，是挪动的痕迹。

说完这些，三叔给我介绍那个断了一臂的“杨过”，说这就是他的四弟，萧克明的小叔萧应武。他被困在了这个地下建筑群里的一个眼子中，有四天多，终于给他们找到了。我跟他打招呼，他扯着乌青的嘴角僵硬地笑了笑，声音苦涩地说辛苦了。我问还有一个人呢？没找到？他摇摇头，说他跟大壮在洞子里，就走散了，他一路根据线索找到这里，却不知道大壮有没有事。

三叔问我怎么进来了，不是和老姜在外面等着的么。

我把之前发生的事情，又重新叙述了一遍，他的脸冷了下来，说小叔也是因为被赣巨人追杀，才逃至此处。那些畜生，以前听说过，倒也不怎么伤人的，怎么一到了这沟子，性格就变得这么暴烈？我摇头，说不会吧，割头剖肚这样的事情，看着不像是赣巨人这样的大老粗能干出来的，还有摆头颅祭坛那事，小妖朵朵说了，赣巨人只能做些粗活……我话说到一半，突然停了下来，一丝惊恐蔓延上了我的心头。

三叔他们听我分析到一半打住，问怎么了？

我颤抖着语调，问他们有没有见到朵朵？

没有，他们都说没有啊，来的时候，就看到我仰躺在地上，手电筒、背包都散落着，这小妮子，没有在槐木牌中吗？我一听，怀着希望将心思沉入槐木牌中，依然没有，里面空空如也。我沮丧极了，看来，当我踏入阵中的时候，小妖朵朵就不知被什么东西给摄走了。

我转过身去，看着那樽石鼎。

刚才在阵中的幻象里，我就是在那里找到的朵朵，现实中，是不是也在呢？

我没有理会他们，返身走到左边的角落，沿着这石鼎的腿边花纹，攀上了石鼎，往里面看去。里面是一个石槽，最下面一层，是油垢和灰尘，除此之外，别无他物。

我心中一下子就被失落所击中了，滑下了石鼎，靠着鼎脚，脸上露出了难以掩饰的悲伤。

杂毛小道紧张地朝我问，是不是朵朵不见了？

我点头，苦笑，这笑也像哭。

深呼了一口气，我问三叔他们，这个山洞子里的地下建筑，到底是什么？他们摇头，说是陵墓的话，却没有棺材，看着，好像是一个藏兵地，或者祭坛。当然，他们又不是专业盗墓贼，自然不清楚。我说我要去找朵朵，不找到她，我是不出去的。三叔点头，说这是自然，你既然是为了我们而来的，朵朵丢失了，自然有我们的一份责任，我们一起找寻。

多一个人就多一份助力，为了朵朵，我也不推辞。把进房间来的所有事由首尾，都告诉了他们。

三叔摇头苦笑，说他做的那记号，是标明这个房间大凶，不宜进。

他这话气得我吐血，没事乱记什么，搞得现在麻烦缠身。我们开始找，看看这房间里有什么东西能够把朵朵这种鬼妖摄走。我一边翻着那堆破旗帜，一边用念头召唤朵朵。她没有回声，那些破旗帜，一碰就碎，三叔叹可惜了，这旗帜可是上好的布阵法器，可是过了这么多年，功效不大了，而且本身又材质不佳……

找寻一番，都没有，三叔从背囊中翻出一个红铜做的罗盘，上面有五十四层同心圆，密密麻麻的繁体字在各空格间点缀。他平托着，放在手上，然后念了几句开光请神咒。接着，罗盘正中天池的黑色磁针，开始左右摇摆起来，不住地旋动。

他小叔凑过头来，也看，一起研究。

过了一会儿，三叔停住，说这里确实有灵体的存在，不过这阵法太强，压制了许多非本属性的场域，难判定，就目前的线索来说，除朵朵外，还有一个强大的灵体在，而这灵体，则是主持这“八卦锁魂阵”的关键人物。应武，你觉得呢？一脸憔悴的小叔眼睛铮亮，他咬牙切齿地说是。

他这几天，就是被这鬼东西困住的，不然早脱身了。

我心中一急，问：你们的意思，是说这墓中是有灵的，而正是这灵，将小叔你困住，还将朵朵抓走了？

小叔叹了一口气，说他这四天里，跟我一样，都被困在这墓中——就暂且说是墓吧——的另外一个地方，是“四象伏法阵”。阵法便是这样，变化越多、越复杂，生路便越多；变化越少，那不是生，便是死。他是学过一些的，走了几步，便不敢动弹了，待在原地为自己算了一卦，卦象显示有紫微星，自北方而来，援手将至，他便节食等待。这几天，他也有一罗盘，闲着也不敢动，便依着推断卜卦。

此地属离宫，有外刚内柔、外热内冷之象，必有阴灵在。

他说得玄乎，但是我大概明白了，这里有鬼，是个不知多少年头的大鬼，凶险得很。好吧，有就有吧，但是它把朵朵抓走，算个什么意思？是当压寨小夫人，还是……吃掉？

本质都属于能量，鬼与鬼之间，若属性相同，总是有吞噬的法子的。

我一刻钟也等待不住了，拉着三叔，说走，带我去找啊。

三叔眉头蹙起，没考虑几秒钟，然后便吩咐周林照顾好萧应武，然后端着罗盘走出门来，顺着指针的方向，走前面带路。我心中一阵感激，三叔这人，别的不说，古道热肠，有领导者的风范。我们走，这一路上的甬道曲折，竟然跟我刚才幻境中的一模一样，这情景让我又心生怀疑，难道我还在阵中，没有解脱回来？

我暗自念着九字真言，反复结着“内缚印”，重点念“心”字。

是真的——空间中的“炁”，传回来给我最真实的反馈。

三叔回过头来看我，善意地笑，说是不是还在怀疑这也是幻境呢？我不好意思地挠了挠头，说有点儿迷糊，不确定。小叔用完好的右手拍了拍我的肩膀，说小心可以，但是不要杯弓蛇影，这样子，会影响修为的。

我们继续走，来到了幻境中的那个转角，过去之后，不是深渊，而是到了一个灯火恍惚的大厅来。空气里有一种好闻的香油味，淡淡的，很迷人。三叔从怀里拿出一个小瓶子摇了摇，打开瓶盖看了一下里面液体的颜色，点头，说没事。

然后我们打量起这大厅的布置来。

我看到了大厅四周和天花顶上，有花纹，走近前一看，大惊失色。

第十章　结阵斗法血枭阳

在这大厅的天花顶和墙壁上，有壁画。

这壁画颜色主要以红与黑相结合，线条简洁明快，或横或竖或圆弧，一点也不拘泥于实物，自成一派风格。这些画，有天、地、阴、阳的天象运转、五行、神仙鸟兽、车马仪仗、建筑……每幅画作都可以作为一个独立的个体，但是又有一些花纹和图案，将其连接成一个整体的画幕来。

在这画幕里面，让我吃惊的，是那里面描述的人和我在青山界中所看到的壁画，一模一样，都是小小的人，三只眼，额头上的眼睛是方形。同样，壁画上依然有祭祀的一部分，无数小人儿跳进烈焰里，灵魂升华。

神农架和青山界，相隔何止千里，然而却被这么一幅壁画给神奇地连接到了一起。

我突然想起了罗聋子给我讲起的那个故事，那个关于一个庞大的、隐秘的国度的传说——耶朗。这个地方，是曾经的耶朗故地吗？历史上，曾经真的有这么一个王朝在此繁衍生息，甚至都已经蔓延到了汉王朝的腹地来吗？

或者，仅仅是神奇的雷同？那么，洞口的那个石台子上布置的头颅和内脏，又该怎么解释？

看着这些繁复变换的花纹，我有些喘不过气来，感觉几千年的历史如山一般，沉重压来。

这大厅中除了壁画之外，还有许多石釜、石台、莲花烙、灵台等祭祀之物，在最中心，是一个高出地面半米的大平台，是祭坛，上面依然是一樽石鼎，周围有八盏石灯，呈人形。与布“八卦离魂阵”房间的石鼎相比，它更加高大、厚重，足足有一丈高（三米三），模样如出一辙，只是在两个“鼎把”上面，有金属的闪光。

在这祭坛四周，有森森的白骨交叠在一起，但保存完好，能够拼装出完整的人体来。整个大厅里，共有四盏铜灯，焰火明灭不定。三叔深吸一口气，说这是黑鳞鲛人的油膏，这种油膏燃点低，一滴就可以亮好几个月，用黑鳞鲛人体内油膏做成的蜡烛，是长明灯，价值千金，可惜了，这东西被捕杀太多，现在已经少见了。

能够用得起这样的东西，这里……果然不简单啊。

这里有法阵吗？三叔把罗盘拿出来，念咒，然后朝四方拜祭，说没有，至少祭台下面没有。

我们走过去，看到散落四周的石釜里面，有一层油垢在，还有好多白骨。我看三叔的脸色发白，问怎么回事，他指着石釜上的雕纹，说知道这里面是什么吗？我说，许是死人吧。他点头，说是，这是最野蛮、最血腥的人祭。看看这上面，火烧、水溺、活埋、刺喉沥血和砍头，这些并不为奇，这釜中，装的是肉糜。知道什么肉糜吗？我的脸变得惨白了，没说话，他点了点头，说就是把活人剁成肉，蒸为肉羹，祭祀。

周林腹中空空，又有一种呕吐的感觉，他强忍着，问这里是什么朝代的，怎么这么野蛮？

三叔摇了摇头，说他也不是很清楚，这些字，不是汉语象形体系，他不懂。

小叔在旁边插话，说应该是汉朝吧，有可能是西汉。看这石鼎上面的金属，是铜器，风格应该是汉朝的。我们继续看，都是些大件的物品，小件的几乎没有，不知道是不是被盗墓贼光顾过，所以才会如此。说完他感叹，刚才他们一直在右边的那一个区域，倒是不知道这边，还有如此的情景。

我有些急，我们追到这里来，可不是为了看这些尘封的历史的，就问朵朵在哪里？

三叔指着祭台上的巨鼎，说若是罗盘显示得没错，就是在那里了。

我听到，正想上前，被他拉住了，他说你先看看这祭坛上面是什么。我借着昏暗的灯光看去，只见祭台的地面上，边缘突起一点儿，里面有一层积垢的黑色，并没有普通石材的质地。我说是漆吗？他摇摇头，说不是，是血，是人血，这地上的白骨死人，便是这血的提供者。什么祭坛需要这么多活人来祭祀？定是极邪恶的神灵，或者魔鬼。这鼎，一直是最常见也是最神秘的礼器，是王权的象征、国家的重宝，为什么会出现在这里，你有没有想过这一点？

我依然摇头，问为什么？

他表情凝重，说这鼎，他们刚刚在右边的长廊里，也见过一个。

一室三樽甚至是更多的鼎，这非同寻常，很耐人寻味。以他个人的见解，莫不是此处有东西需要镇压，故而才设此三鼎。我打量着他，问他的意思是这巨鼎之下，镇压着什么东西咯？他点头，说是，或许这里是古战场，安抚战死的灵魂；或许这沟子是蛟脉——龙脉兴邦，厚实、积聚、藏气，福气之象也；蛟脉主祸，战乱、灾难、瘟疫、分崩离析，不镇，亡也；或者说这里是极阴之地……反正这里很复杂！

我不明其意，可是朵朵就在眼前，我怎么能够置之不理？

我执意要去看看，他皱着眉头，说这阵法可不得了，“易有太极，是生两仪”。看这祭台布置，应该是阴阳两仪无象阵，凶险，太凶险了，非生即死，莫说是他，便是他家老头子，或者那茅山宗掌教陶晋鸿前来，破阵都只有五五之数，你可想好了，不要胡来。

我咧嘴一笑，说我这人，人生坎坷曲折，向来都是艰难，但是每至落魄时候，总能够遇见贵人，时来运转。或许，我有足够的狗屎运吧。

见我这么说，三叔也不挽留，令所有人都退开至门边，跟我说他们会盯着，一旦出现什么变动，都会出手制止的。我点头，移步往祭台走去。没走出几米，突然听到周林发出一声凄厉的叫声，我扭头看，只见大厅门口处，有一道黑影冲进来，抱着周林在地上翻滚。这黑影两米多，浑身血淋淋，像被剥了皮，在地上画出了暗红色的湿迹，鲜血淋漓，腥风处处，还发出似哭似笑的吼声，不绝于耳。

“孽畜，住手！”

三叔和杂毛小道齐声呐喊，各自亮出了手中的武器，往前扑去。三叔手中是一把雷击枣木剑，而杂毛小道则是一把寻常的猎刀。然而这里面反应最快的，却是小叔萧应武，只见他一个箭步，便到了两人之前，完好的右手上有一匕首，划向那血淋淋的怪物脖颈处。

然而两人翻滚，不分敌我，哪里有那么好分离？周林疼得哇哇大叫，不一会儿，他们就滚到厅中的一个石釜上，是那血怪先撞上的，力气大得出奇，一下子撞倒了石釜。这釜与鼎相似，但是小，圆底而细足，半米高，倾倒下来，倒不至于砸到人，只是那里面不知存了多久、依然黏糊的人油，全部覆在了两人身上。

啊——这凄厉的叫声，竟然不是周林，而是那头血怪发出。

它痛，人油淋于身，红色翻滚的血肉上发出黑色的烟雾，居然扭曲出一张张恐怖的人脸来。

饶是这畜生的神经再粗，也忍受不住，丢开周林，放肆地捶起胸前的两个肉丘，嗷嗷叫。

像只野猩猩一样。

它这一捶，我倒是看出来了，这哪里是什么劳什子血兽，这分明就是我刚刚留在石门之外、被小妖朵朵用“离魂咒”控制住的那只母梟阳，也就是赣巨人。怎么回事？它这一身血肉模糊，莫非是忍着巨大的疼痛，从那狭窄的甬道中一路挤压而来？——这未免也太扯了吧？

看它那一身的血肉和白骨，即使是野兽，也不可能有这么大的毅力吧？

周林终于得缓了气，被杂毛小道一把拽住，拖将出来，小叔的匕首“唰唰”两下，挑断了那梟阳的脚筋，结果被那厮一脚踹去，中了胯骨，慌忙急乱，谈不上多大的力道，但是小叔本是个有伤之人，一下子也失去了战斗力。我正想冲前，三叔大叫别动，我们都看向了他，而他，则一脸凝重地看着这胡乱挣扎的梟阳，说它来了。

三叔说完这句话，我顿时感到阴气森森，所有的疑问顿时解开。

“它”来了，或者说它一直都在，所以我们被困，所以这梟阳不惜周身皮肉脱离，也要钻进这墓中。因为它在，它控制了梟阳，所以那巨大的疼痛感便被及时屏蔽，所以它会袭击我们。甚至有一个可能，这条沟子之所以人迹罕至，之所以经常死人，之所以会有梟阳守护，都是因有它在？

是吗？它在守护着什么？

血枭阳的周身，黑雾萦绕，鬼脸依旧云起云灭，三叔看了一眼杂毛小道和地上的两个伤者，大喝道："危机时刻，敌死，我方可活！能喘气的，都站起来，结'天罡四象阵'，念茅山驱鬼咒，太上老君，急急如律令！"他这一喝，在地上悲鸣的周林，和脸上豆大冷汗的小叔都踉跄着爬起来，动作迟缓，但是无比纯熟地迈起了奇怪的步子和动作，一跬一步，一前一后，一阴一阳，初与终同步。

四人如同一人，牵线木偶一般，神情虔诚，步罡踏斗。

随着他们的舞动，空间里仿佛发生了莫名的变化，静谧的湖水里被扔进了石子，波纹向四周扩散开去。"炁"之场域，在动荡，在轰鸣，在与头顶上的某个距离遥远的存在，互为呼应。

与此同时，被淋了人油的血枭阳终于停止了暴躁失控的自我擂胸，平静下来。

它睁开眼，血色似海，黑色如狱。

第十一章　阴阳两仪无象

“哈哈哈……”

血枭阳仰天一阵大笑，似夜枭、似咆哮的狒狒，它的上嘴唇高高翻起，覆在自己的鼻孔，凶光毕露，一纵身就扑了出来。它的目标不是结了“天罡四象阵”的三叔、杂毛小道等人，而是最靠近祭坛的我。

我的右手已紧紧握住了那把来自保康县城的猎刀，早有准备。见它一阵怪风扑来，我也不怯，避其锋芒，往旁边一跳，那猎刀朝它挥舞过来的手掌砍去。刚才小叔将它的脚筋挑断，但是对它却几乎没有影响，它灵活地踩着脚步，移形换位，手突然像长出来一截，来抓我的天灵盖。

“陆左，退入阵来！”

三叔朝我大喊一声，本来就有退却之意的我立刻身形一转，往人多的阵里蹿去。血枭阳在我后面跟着，挥舞的大手，几次都差一点儿捉住我的衣衫。最后一次，它捉住了我的背包，猛一拽，我几乎要往后飞起来。不过我也有急智，金蝉脱壳，就地一滚，终于躲入了人堆里。

甫一入阵，四人便往前整齐划一地跨了两步，三叔持着雷击枣木剑，往前一递，大喝一声“破”!

无端地，静室中随着他的一声大喝，如同雷鸣一般炸响，许多灰尘簌簌掉落。

伸手来拍剑尖的血枭阳，浑身一阵战栗，如遭雷击。

我背后的寒毛全部都根根竖起，瞠目结舌。

没承想杂毛小道跟我讲的这把木剑，居然是真的——据他说，这雷击枣木剑，是取用句容某山峰间的一棵五十年树龄以上的枣木制成。枣木属硬木，质地坚硬，可用来翻刻碑石上的文字，抗战时期我军的地下军工厂，甚至用老枣木来做机器轴承。制取时，多选在惊蛰前后，绑引雷针于树上，当春雷滚滚的时候守候，枣树被雷劈中，雷电的能量便积蓄在树芯之中。偌大的树干，只取树芯一束，请名匠磨砺成剑。

雷劈的次数，是决定木剑质地好坏的关键，一击为一转，越高则越强，九转最佳。

然而不能过十，盈满则溢，整株树木从里到外全部都成焦炭，不可再用。这里面的门道，一在人，二在天，天地相呼应，运气使然，方能成就这么一把“雷击枣木剑”，一把比百年桃木更加厉害的木剑。

三叔这一把，据说承受过六转雷击。

我只以为杂毛小道在吹嘘，然而今天见三叔依靠着阵法，口吐咒术，只一击，便将我看作厉害非常的血枭阳给击退，有雷电之威势。我连滚带爬地往后门退，唯恐扰乱了他们的阵形。看着四人依着我原本看作是花架子的禹步，与那凶猛的血枭阳做周旋，心中感叹：不愧是中原之地，名门正派，果然个顶个都是高手，并非我这么个小小的苗疆养蛊人，所能够比拟的。

端的厉害！

以三叔为首的四人阵进退张弛有度，如林如山，稳扎稳打，居然将血枭阳凶猛得跟霸王龙一般的蛮劲，缓解下来，血枭阳哇哇大叫，但像是踩进了沼泽地，浑身都用不上力。每当它找准一个对象，奋力一击，总是会迎上一把黑黄色的木剑，将它电得直叫唤，嗷嗷嗷……

我很难去形容这种情景，我们可以想象这么一副场景：

一只富含力量的小鸟，突然闯进了森林中的一张蜘蛛网中，然后奋力挣扎，试图脱离这张粘人的网，然而它越是拼命挣扎，越是缠得紧，直到气力衰竭，最终死亡。

血枭阳的动作终于迟缓下来，它一停顿，便立刻遭受到毫不客气、致命的打击。天罡四象阵就像一个不断运转的绞肉机，而体力十足的杂毛小道和三叔则是最锐利的刀片，每一分钟，都在血枭阳身上添置一道或者数道伤口，不停歇，一直到血枭阳喉咙被划破一道婴儿嘴唇般的口子，鲜血四溅，随后三叔跳起来猛挥一剑，枭阳头颅高高抛起，身体轰然倒下。

虽然放过了许多血，但是这一下，喷薄的鲜血仍然像高压水枪一样，激射。

无头的血枭阳跪在了地上，朝着祭坛的方向祭拜。

鲜血集中射在了祭坛上，巨型石鼎上面浸染了鲜血。

血枭阳已死，强自撑着的小叔和周林精神一懈，皆倒在地上。三叔一脚把往祭坛送血的枭阳给踹翻，大叫“小明助我”，两人拉起手来，杂毛小道高唱着《登真隐诀》的节段，三叔提着桃木剑，从包中掏起一符，剑尖刺中，然后在空中有规律地运转着，那黄符无火自燃，随着这袅袅青烟的飘散，空中有恶鬼呜咽咆哮的声音传来。

凄凄惨惨，好不恐怖。

三叔执着木剑，横画三行，竖画四道，突然大声喝骂道：“兀那妖灵，还不速速现身？”

那无头血枭阳浑身一震，突然浮出一股黏稠如墨的黑气，急速旋转，然后电射到了祭坛上的石鼎之上，在两个金属鼎把上盘旋。这是什么东西？我眯着眼睛看过去，只看一眼，就觉得心中的恐惧和愤怒一同升起，彼此交换，各种各样邪恶的想法都统统涌出来，然后恨不得臣服在这巨鼎之下。

“无量天尊！”

三叔和杂毛小道共诵了一声道号，如洪钟大吕，直入胸怀。我幡然醒悟过来，这邪物，便是它一直在作怪。所谓阵法，所有的东西都布置妥当，但若是没有阵灵在，也必定像电脑没有CPU，运转不了的。而这邪物，便是制造此地的古人留下来的墓灵——姑且称之为墓灵吧。

它在大鼎之上萦绕几秒钟之后，整个房间都在颤抖，有宏大的声音传来，是人言，又不似。我们仔细听，不像是汉语，而像是……所有人的目光都投向了我——这语言，是苗语，古苗语！杂毛小道朝我苦着脸，说咳咳，小毒物，帮忙翻译一下。

我同样苦笑，摇头说不会，我也不太懂苗话。

我这回答连三叔都惊奇了，他张大嘴巴，惊讶地问你都会养蛊，不会说苗话？

我摇头，说到了我这一代的小孩子，都是熟苗了，偶尔懂一些苗语，只是日常生活中“吃饭”“喝酒”“夹菜”之类的，而这个墓灵，显然没有叫我们用餐的意思。

他们几个面面相觑，不忍心再说什么打击的话语，让我难堪。

沟通不了，大家便只有刀兵相见了。三叔面不改色，说小明，我记得李道子老前辈给过你三张符，一风符一驱符一雷符，后两者对这妖物都有奇效，事情已到了危急关头，你斟酌一下，该用哪个？

杂毛小道哭着脸回应，说师叔公给的符箓，风符早在八年前的黄山龙蟒一事，为脱身已用，驱符、雷符最近我也已经用光了，没有了……三叔大怒，说你这个败家子，李道子是近代茅山第一符师，他的每一张符都价值万金，你、你……风符用了我也就不怪你了，驱符和雷符，你倒是用哪儿了？

杂毛小道不敢看他叔，瞥了我一眼。

我低下头，终于知道这臭道士当初用符的时候，为什么总是咬牙切齿，一副死了爹娘一般的心疼神情。

正当我们争吵之时，那团黑雾一般的墓灵忽明忽暗，好像墙壁上的长明灯，像焰火一般变化。三叔抛开争论，从背包中取出一袋黑狗血，二话不说就扔了过去，黑狗血破邪，然而一沾染到那石鼎，它上面仿佛涂了一层蜡，根本就沾不上，顺着几条小道就流了下来。

突然，我听到了有“呜呜”的小孩子哭啼声。

抬起头，在我们的注视之下，那巨大的石鼎之中，缓缓升起了一个熟悉的面容来。是朵朵，留着西瓜头，脸上婴儿肥的朵朵，她飘了起来，然后坐在鼎沿间哭泣。她很伤心，就像卖火柴的小女孩，孤独地哭泣着，在她的头顶，是黑色雾气在萦绕。

那墓灵，沿着她的脖子，如水一般滑下，洗涤着朵朵的周身。

三叔一看，焦急地大吼不好，这个墓灵垂涎朵朵的鬼妖之体，要夺舍了！这墓灵，非鬼非妖非仙，是所有亡灵怨气集结而成的魔障，是魔！魔头！走眼了，走眼了，这魔头若是夺得了朵朵的鬼妖之体，定能够自我修行，吞噬日月精华，成长迅速，若此时不灭，以后定成大祸。

只见整个房间都在颤抖，地面在倾斜，地上的白骨哗啦啦朝左边移去。我大叫那怎么办？三叔闭上眼睛，说那妖物的主场在祭台之上，在巨石鼎中，它不肯下来，我们就拿它没有办法。要真夺成了，大家就都跑不了了，唯有一起组团去幽府了。不过夺舍凶险，它未必有精力主持法阵，什么狗屁阴阳两仪无象阵，拼了，陆左、小明，你俩跟我上！

他说罢，毫不犹豫地跃身跳上祭坛。

三叔都这么说了，我哪敢有半分迟疑，一个箭步就蹿上去。此身一入内，周身又是陷入了黑暗中。这并不是纯粹的黑暗，而是在无尽的黑雾中，游动着鲜血的腥味，这腥味有意识，能够在心中勾勒出漫天的鲜红来。四周上下都在旋转，只有自己处于整个空间的静止中心；又或者，自己，循着万物在旋转。

道可道，非常道，名可名，非常名。

阴阳两仪的世界里，有黑，也有红。果真是奇妙的地方啊……我感叹未完，身边就传来了杂毛小道的呼声："小毒物，跟紧我！"

第十二章　黑暗深渊

黑暗中听到杂毛小道的声音，特别有安全感，我忙叫，说这怎么回事，一进来，四下就暗了？

三叔在我不远的地方，说这正常，天地鸿蒙，混沌初开，这阴阳两仪无象阵，模拟的就是那时候的情形，通过奇门遁甲的神秘计算，剥夺了五感中的视觉、嗅觉、触觉、味觉，但是模拟不了真空，故而有听觉存在。无妨，既入阵来，我多少也能够算计其中玄妙，我这里有南宋陆修静撰的《洞玄灵宝五感文》一部，且随我念：至道清虚，法典简素，恬寂无为，此其本也……

我不敢怠慢，他诵念一句，我便跟着一句，旁边还有杂毛小道的声音唱和着。

当念完至尾，我突然能够感觉到腥风的存在，接着念，加速，念至最后，万物为之一清，只见朵朵跪在石鼎之上，表情痛苦地摸着脖子。而那团黑雾的墓灵，则像一团绳结，死死地捆在她的身上，分出三个头，圆形，像蛇一样，想往朵朵的嘴巴、眼睛和耳朵里钻。

朵朵没有哭出声，然而十分的难受，眼睛中流露的委屈，简直可以让我心融化。

未待迷雾消失，我便一个箭步来到了石鼎前，攀着花纹上去，伸手去拉朵朵的脚。她并非实体，我倒也不担心她摔着，使劲拽，好沉，但是我终究把她给拽下地来，手结大金刚轮印，急念“降三世明王心咒”，从空间中摄取气场，然后伸出我这双变成淡蓝色的“诅咒之手”，去捉这可恶的黑雾。

这黑雾触手即滑，像黏稠的鼻涕，或者章鱼鱿鱼之类的软体动物。

我一下子就想起了在八卦锁魂阵中遇见的那白色雾霭的触感，两者是如此神似，这有什么联系吗？那黑雾墓灵一被我捉住，便疯狂扭曲，不停地滚动，周身的黑雾似实体，幻化出了许多蛇头，张大了满是尖锐牙齿的嘴，狠狠地噬咬我的手掌和胳膊。我疼，感觉这剧烈的疼痛沿着骨髓，一直蔓延到大脑神经中枢。

自进墓就在我体内躲着的金蚕蛊，此刻终于反抗了，我能够感觉从脐下三寸的下丹田中，有源源不断的热力传导而来，蔓延至我的双手，将我的双掌变得更加灼热。

金蚕蛊不现身，大概是被这阵法所压制，但是它在我身体里，却发挥着更大的作用。

我的双手变成了金色，间杂红光，黑雾墓灵被灼烧得翻滚扭曲，不成模样。它的力道十分大，让我记起了小时候去田里面捉鱼，有一回捉到一个“老口”（大鱼的意思），那挣扎的力道，几乎能够将我撅倒在泥地里。

杂毛小道和三叔都出现在我旁边，默默地看着，然后念超度咒语，是《登隐真诀》。

三叔还跳起了禹步，唯恐咒语度化不了这魔头邪物。

所有的黑雾都离开了朵朵的灵体，她软软地滑落下来，杂毛小道蹲在地上，把她扶起。我念一声“镖”字作引子，又反复地念“降三世明王心咒”，手中这黑雾墓灵挣扎的力道渐渐地减缓，变平和，杂毛小道扶着不断颤抖的朵朵，蹲立着，心中有些不安，说这阴阳两仪无象阵，传说能够颠倒黑白，转换空间，怎么这么简单的几句《洞玄灵宝五感文》，便破了？这太奇怪了啊，以讹传讹吗？

若如此，这阵法哪里来的这么大名气？

这时突然从巨石鼎中又扑腾出一道黑影来，立在鼎沿上，洒落许多灰尘，把我们三人吓了一大跳。我定睛一看，原来是虎皮猫大人这只肥鹦鹉，我说怎么进来一路都没看到它出现，原来是钻到了这里来。只见它嘎嘎地笑，说小道士，你真的以为事情有这么顺利？要不是大人我早早埋伏于这阵眼，动了手脚，这墓灵定然用这阴阳两仪无象阵，玩死你们，爽翻你们！

三叔对这只肥母鸡一样的家伙倒是恭敬，抱拳为礼，说自进来就没见大人，倒是担心得很。

虎皮猫大人叫我先别念咒，这鬼物对我们没用，对它倒是大补之物。然后跟三叔讲，它一进来，就感觉这地方邪门得很，像是千年前的耶朗宗国祭殿的建筑格局，而且还有灵体存在，往右，那是老四被困的地方，若无墓灵在，破解简单得很，于是它便直捣黄龙，前来与这墓灵主体缠斗。

这墓灵也是机灵，不与虎皮猫大人做正面交锋，偏偏喜欢四处躲闪。它便敛息藏于阵眼之内，伺机行动。果不出其所料，紧急时刻，它终于一锤定音，收得如此神效，嘎嘎嘎，这一切，都是它的功劳，小子们，记住啦！

本来我们还很惊喜的，可是它这一番言语之后，我们都是一脸的不信任。

这扁毛畜生，真能扯。

说完话，虎皮猫大人飞下来，落在我的胳膊上，爪子抓紧，然后伸过鸟嘴来啄我手中的黑雾墓灵。

它一边啄一边夸耀，说这小东西，集“祀神”的正气和“活祭”的恶毒于一体，本无意识，只有责任，在这墓中浑浑噩噩近千年，也没有个长进，只知道将进来的人弄死。看看那没逃出去的陵墓工匠，看看这些盗墓贼，都是它的杰作。

它若给朵朵享有，必是剧毒之物；不过，对于我虎皮猫大人，这小魔头，可真的是美味佳肴了。

它啄着，鸟喙上的鼻孔还在吸烟一般吸食着雾气。

那黑雾墓灵被它这么一番吸食，吱吱地叫，瑟瑟发抖，然后悲鸣，空气中震荡出一些话语，雄浑，高亢，然而我们却不知所云。

虎皮猫大人吃得畅快，一边嚼一边说，它在威胁我们，需要我翻译一下么？话说，我以前——我是说很久以前，还在洞庭湖畔认识一个家伙，也会说苗话。嗯，它说，它是神农眼中伟大的镇压灵体，是镇压深渊的守门人，不要吃它，吃了它，我们会后悔的——瞧瞧，这威胁，多么软弱无力啊，就像个小女孩儿……

虎皮猫大人便这么一边讲，一边吃，鬼知道它是怎么把这些雾气给吞进肚子的。然而，我突然莫名地有一种不祥的感觉，一股凉飕飕的寒意游上了我的背，冷漠、庞大、苍凉。我回转过头来，看向了杂毛小道和三叔，能够从他们的眼里，看出同样的担心来。

我手中的雾气消散，虎皮猫大人终于吃完了，它打着嗝，说吃饱了、吃饱了，这一顿之后，功力恢复一小半了——噫，大人我怎么听到这小魔头的诅咒，心中莫名忐忑，这么不爽利，感觉怪怪的……

它还没有说完，我们就感觉整个空间轰然震动，摇晃着，连忙站起来，还没有反应过来，脚下就是一空，整个祭坛下的石砖轰然崩溃，景物一空，然后瞬间的重力加速度，将我们给拉扯到无尽的深渊中。

黑暗降临，急速跌落。耳边还听到那肥母鸡哇哇的大叫声，不绝于耳。

天啊……

我扯着嗓门也大声叫了起来，感觉在急速的坠落中，魂儿都往上飘散去。黑暗中能够感觉到的真实存在，只有风的呼啸声，冷风灌进了我肺部，生疼。不知过了多少秒，我感觉背部像是炸开了一般，重重地撞击到了什么东西——是水，我还没有反应过来，屁股就挨到了水底，大量的水就开始往我的口鼻处灌，接着有很大的水流朝我推过来，使得我身体朝下游漂去。

我奋力往水面上游出来，深吸了一口气。

这里面黑暗，但是总算是有一点儿微光，我一眼就能看到有一个人在水面上沉浮，仿佛昏迷。管不了这么多，我一个猛子下去，抓住他，一摸脸，是杂毛小道。他身上还背着包，太重，我把包解开，然后奋力扯着他往边缘游动，耳朵边是嘈杂的水流声，很大，但是听到我后面有一个人在喊，说小明、陆左……

是三叔，我答应了一声。他焦急地说萧克明是个旱鸭子，他怎么看不到我们？

我说我已经拉倒他了，正往岸边游呢。我一边说，一边奋力地在这条湍急的地下河中游动。终于，我的蛮力迸发出来，伸手抓到了岩壁。我一只手紧紧抓住这岩壁的石头，挪动身子，一只手奋力把杂毛小道拉到身边。这时一只手拉住了我，是三叔，他已经到了岸上，然后七手八脚地把我们往上拉。

他貌似十分地惊惶，一边拉，一边喊着歇斯底里的号子，像悲愤的狼。

我不明就里，但是咬着牙，终于在他的帮助下，把杂毛小道弄上了岸，然后自己上岸来。摸了一下杂毛小道的头，在流血，我一惊，原来是刚才落下的时候，就被砖石砸中了脑袋，昏迷了过去。三叔依然背着背包，七手八脚地拿出里面防水袋装着的急救盒，给他擦干头，用手电一照，伤口不大，但是需要包扎。我在旁边帮忙，终于把杂毛小道的伤口处理好了。拍拍他，他才悠悠醒转来，问这是哪里？

我松了口气，一屁股坐在地上，看着惊魂未定的三叔笑，说三叔这么沉稳的一个人，今天倒是真急了。

三叔面无表情地把手电递给我，示意我往下游看。

我拿过来，看到河中间有一黑物在缓缓地动，一照，是那个大石鼎，我们跌落，它也掉了下来，还好没有砸在脑袋上，不然真够呛。也许是有它在上游挡着，我们这里的水流才平缓了些。手电随着这石鼎往下移动，突然，那石鼎一翻转，消失在黑暗中，我沿着河岸跑过去，只见下游十几米处，是一个黑暗无尽的悬崖口。

下面是深渊。

我遍体生凉，终于明白了三叔的不淡定。

第十三章　黑暗行走

我在悬崖口等待了很久，都没有听到大石鼎落地的声音传来。

许是地下暗河的瀑流声音太大，又或者……这是个无底洞。

我用三叔给的狼牙手电照了一下这个悬崖，接近边际的部分十分湿滑，灯光打过去能够看到反光，暗河有五米宽，从上游的洞子里奔涌而来，瀑流对面，是垂直的岩壁。而两岸则是宽阔的洞厅，电筒照过去，看不到边际。偶尔照到几个黑影，一闪而过，估计是些小老鼠。我心有余悸地走回来，电筒照在岸边，好多苔藓，有一些小虫子在钻来钻去。

三叔把手电筒接过来，笑了笑，脸却发白，说知道他为什么这么急迫了吧？

我点点头，说晓得了，这情景，若掉下去，说不定都会在空中吓死了。

他扶着杂毛小道站起来，说回去看看——刚才我们掉了几秒钟？我说没算，那一下子魂都没有了，谁还有时间数数。他叹了一口气，说这不知道是地下几十米，看看有没有道路回去吧。我们沿着上游走，想着那黑黢黢的深渊，都害怕，生怕自己一脚踩空了，又滑下暗河去，便离河边三四米，慢慢走。

走到近上游百米，能看到空中有一个淡黄色的口子存在。

那便是我们跌下来的地方，祭坛处。

黑暗中有翅膀的扑腾声，飞到我近前，然后有一物朝我甩来，我接住，很轻，是朵朵，在昏睡着。虎皮猫大人飞到杂毛小道这伤兵头上落下，聒噪，说小道士你这个混蛋，也不好好抓住我家的小萝莉，真的掉下去，该当何罪。它又对我说，放心，没事，这小萝莉过会儿就醒来。

杂毛小道捂着头，依然还在晕，看着这只肥鸟就一阵气愤，说要不是你这个老鸟儿饿死鬼投胎，吃掉那墓灵，怎么会发生这种事情？说一千道一万，都是你的错。

虎皮猫大人辩解，说屁，我不吃了这墓灵，只怕它也要被陆左这个小毒物给弄死。说来也是啊，陆左你这个小东西，倒是能够因祸得福，多了一双烙铁似的手，寻常鬼物，倒也不用惧怕它们了。

它的唠叨，所有人都烦了，连一直敬重它的三叔，也拱手，请它劳累一回，上去通知一下老四和周林，说我们这边安好，暂时不用担忧。它从杂毛小道头上飞起来，盘旋着，说可以，刚吃饱，飞一飞，有助于消化。

这肥鹦鹉往上飞去，好高。

我看着那高高的黄色光圈，问三叔我们带的绳索够吗？这里到上面，怕不得有三四十米吧？三叔用大拇指比了一下，心中默念一番后说恐怕还要高，有五十六米左右。这绳子是肯定不够长的，结在一起也不够。我们可能要等一阵了，只有老四和周林回去叫人来援救，才有希望。

我点头，脸色立刻难看起来。

回去叫人，谈何容易？在这个地下建筑外边的洞子口，还蹲着两个门神呢。周林被血枭阳抱着滚了一回地板，这可跟“滚床单”不一样，普通人的骨头说不定都断了几根，他虽强，但是好不到哪里去；小叔更惨，靠着一点点存粮和水，平白饿了几天，左手齐肘而断，也不知道是怎么弄的，但是肯定也虚弱得要命。

这样两个伤员，别说回去叫人啦，能不能出那个洞子，还是一个难题呢。

别又给那石桌祭坛上，增加了两副全套的祭品。

我能想到，三叔自然也能，他脸色难看地叹气，说老四倒是真能找地方，厚朴、茶枳壳、木香缇……这些味药材若想找，别的地方也是有的，可偏偏让他找到了这里来，平白死了这么多条人命。

我默然，这几个小时里发生的事情太多了，我脑子都还没有转过弯来。

此时想一想，小叔的三个驴友一个向导，死了三个失踪一个，我们这一趟，向导老姜也死了。别人我不熟，且不谈，老姜，这个看着像个小老头一样的北湖汉子，他年纪才四十六，正是家中的顶梁柱，上有老下有小，偏偏就不明不白地死在了这里。

虽然杀死他的，是那些不知从哪里冒出来的赣巨人、是枭阳，但其实我们，是不是也有一些责任呢？

我不敢推托，心中更加难受。

回想起赣巨人杀人的那一刹那，我就胆寒，非同类之间的杀戮，就是如此的残忍和直接。其实，不仅仅只是赣巨人，同为人类之间，这样的杀戮还少吗？看看中国历史上历代异族入侵时的屠城典故，看看西方文明世界的贩奴、剿杀印第安人……

人性中总有着最残忍的魔鬼，也有着最善良的天使，这便是人，真实存在的人。

我呆呆地站在河边想着，被三叔和杂毛小道的呼声惊醒，转过头去，发现他们走到了离我十几米远的地方。我问怎么了？杂毛小道朝我招手，叫我过去。他声音里夹杂着古怪的情绪，我连忙抱着朵朵跑过去，只见他们两个站在一个大坑的边缘，我走到旁边往下面看，只见那大坑中许多结垢的尘土中间，全是白骨。

这些白骨，有大有小，或许是年岁太久了，多已经融合在了一起，形成了“化石”。

但是有的，却又异常的清晰，特别是边缘的地方，我看到了好几个硕大的骷髅头，这尺寸不是人类能够拥有的，甚至连那枭阳，也比不上。还有几个地方，有完整的干尸存在，本来这个地方靠近暗河，是不可能有干尸的，然而偏偏就有。我们看过去，大吃了一惊，这并不是人类的尸体，而是之前三叔提起过的黑鳞鲛人，身体被烤炙出油脂后，被扔在了这里。

这里，是一个很大的坟场，灯光照过去，这样的大坑，在黑暗中比比皆是。

这就是那个墓灵所需要镇压的地方吗？

三叔用手电筒继续搜寻着，终于，我们在正南方的位置又找到了一个大型的祭坛，比刚才的祭坛还要大一圈。正中间，依然是一个石鼎，四米高，长方形，上竖两只直耳，下有四根圆柱形鼎足，布置几乎一模一样。我们走到近前，抬起脚，却不敢踏上去。

三叔拿起罗盘，抹干净上面的水渍，然后念“请神开光咒”，我凑过头去，看到黑色磁针急剧抖动。我看不懂这罗盘上指针和朝向的关系，也不明白这些字符代表什么意思，但是看到三叔和杂毛小道的脸色都发青，我心里就虚了，问怎么了？杂毛小道笑，扯动着僵直的脸，说有两个消息，一个好的一个坏的，想先听哪个？我顿时觉得不妙，说，得还是听好的吧。

杂毛小道指着罗盘的黑色磁针，说好消息就是，这个祭坛，哦，准确地说应该叫做纪念碑，没有攻击性阵法；那么坏消息就是，这里的怨气，浓重得让人害怕，黑雾袅绕，必有妖邪。三叔苦笑，说这个时候，还知道斗嘴皮子，走，上去看看吧，或许我们能找到答案。

我们鱼贯而入，上了祭坛。

这是一个地面上雕刻着六幅画的地坛台面。我们一一浏览，对着抽象的图像和线条讨论：第一幅画是空虚混沌，渊面黑暗，世界在一个胎腹之中；第二幅画是群山出现，天空环绕，林木森森，巨人出现在巍峨的高山之中；第三幅画是两山间的冲积平原上出现了三只眼睛的小人，它们建立了国度，耕作、狩猎、打鱼、祭祀……

第四幅画是混沌黑暗的地底，涌现出各种恐怖，无数线条描绘的怪物；第五幅画是战争，家园毁于光与火，伏尸千里；第六幅画是建筑祭坛，三眼小人终于战胜了黑暗，带翅膀者成为王，建立了四个大鼎，镇压各方山峦中的黑暗阵眼。

……

杂毛小道吞咽着口水，指着第六幅图，说我们站在的地方，是不是就是其中的一个阵眼？这太扯了吧？神话故事吗？我默然，不说话，只是想起刚才瀑流下那黑幽幽的无底洞，心中畏惧，不知道那里的尽头，到底是什么。每一个民族都有自己的神话传说，统治者为了自己的利益，往往会夸大事实，编纂出很多莫须有的东西来，使得现在我们接触的东西并不全面，不信不行，信，全盘接收，则被愚弄。

然而，在这么一个地方，突然出现这么一个恐怖的祭坛，到底是什么意思呢？

这巨型的石鼎，真的是镇压黑暗通道的阵眼吗？

三叔手持着罗盘，蹲在大鼎的下面，说也许是真的哦，你们看，有风，而且指针显示异常。这黑暗，或许是我们所说的灵界也说不定。不过，既然能够把这些东西弄到这里来，那么必然就会有路，返回地面上，我们好好找，一定能找到。

这个地方很大，空旷，我和杂毛小道装备都丢了，那就只有三叔的手电筒。我们聚在一起四处找，却没有什么发现，倒是又找到一条暗河。这个是支流，跟前边那奔腾的暗河不能比，平缓。这支流旁边有很多石块，间隙里看过去，有白色的物体。我们紧走几步过去，原来是蛋。这蛋像婴儿的小拳头一样大，密密麻麻地分布在河岸边和岩石上，翻过一个大石头，放眼望去，白茫茫一片。

任何东西都有度，一旦多了，就会让人觉得怪异。

我后背发麻，心中有所感，回头看过去，那黑暗中，突然多出了星星点点的火焰，蓝绿色的，看过去一片，像家乡县城的夜空。

第十四章　三叔坠河，小道焚身

这是鬼火吗？

是因为大厅里死人的尸骨太多，于是产生了磷化氢，然后凭空燃烧了起来吗？

但是，为什么偏偏是这个时候？

有蹊跷！我浑身一紧，顿时变得十分忐忑，腿肚子都在发抖——这场景，由不得我不害怕，你们想一想，一个黑暗的大洞中，无数幽暗的生物在潜忍着爪牙，冷冰冰地看着你。危险在蔓延，那鬼火，就像是凭空升起的魔鬼，无数的冤魂在颤抖……我肩膀一沉，扭过头，是三叔。他冷着脸，说别激动，萧家有祛鬼火诀一份，不沾染分毫。若只是灵，我们三人都是有道之士，安定本心即可。

说完，杂毛小道开始念起经诀来。

他不念还好，一念，那一朵朵蓝绿色的鬼火，变得像盛开的蓝莲花。更加的娇艳，而且还在动，似流动的萤火，一点点地飘近。那感觉，就像身处梦幻之境。火海朝着我们逼近，虽然隔得远，但是气势逼人，我们便一步一步地向后退却，慢慢地，邻近了遍布白蛋的河滩边缘。

三叔突然拉着我和杂毛小道，一脸紧张，说等等，你们有没有听到什么声音？

这鬼火海洋看着气势很盛，但其实并没有发出任何的声响，安宁得就像在看无声电影，整个空间里就只有我们三个的说话声和脚步声，这么静谧，我甚至能够听到自己强健的心脏在“扑通”乱跳。然而，经三叔这么一提醒，我莫名其妙听到有第四种声音来。

这种声音就像是——烧蓖麻秆的那种噼啪声，或者蛋壳破碎的声音。

我们回过头去，我看见了这一辈子最难以忘怀的情景之一：在那暗河边石隙中密布的白蛋，几千几万个，密密麻麻的，在同一时间里，无数的蛋壳被拱碎，有着幽蓝的火焰提供了光源，我们能够很清晰地看到，一个接着一个像小壁虎一样的生物，从破口的蛋壳中爬了出来，它们体表呈灰色，有各种斑纹，布满黏液。

甫一出生，它们便发出“嘤嘤”的婴儿叫唤，霎时间，成千上万的爬虫就诞生了，在滩石地上蠕动，密密麻麻。

这声音，我甚至有一种到了医院婴儿室的幻觉。

然而，更让人惊恐的事情出现了。由于没有食物，地上刚出生的这些爬虫开始自相残杀，相互攻击，一旦有受伤的、死亡的，周围的同类立刻一拥而上，分而食之。

这血腥的场面一直持续着，密密麻麻地翻滚，让人看着一身的鸡皮疙瘩。

这些爬虫是——杂毛小道很肯定地告诉我，是大鲵，也就是娃娃鱼，但是，这很诡异。要知道，一尾雌鲵产蛋三百枚左右（这些蛋，都是非常小的，跟眼前的不可同日而语），那么，这地上这么多枚蛋，至少需要上百条以上的成年大鲵，才能够完成。

然而，这些成年的大鲵，去哪里了？

我刚刚一提出这个问题，三叔和杂毛小道就反应过来，三叔喊跑，往边壁上跑。话音刚落，从一块大石头的阴影中就窜出来一条两米多长的大鲵，像暗夜中的刺客，张着嘴，朝我们咬了过来。

三叔到底是老当益壮，最先反应过来，那把雷击枣木剑闪电出现，狠狠劈向这飞来的大鲵。

杂毛小道也不慢，他虽然没有武器，却有一把子好力气，一瞬间下蹲在地，然后“黄狗撒尿”，右脚像出膛的炮弹，弹射向那条空中似箭的大鲵。

只有我，没反应过来，呆呆地看着，心想，这一条，莫非就是我们在地面上，溪中遇到的把老姜的土狗金子给拖走的那条大鲵？

一剑一腿，都重重地击中了这条大鲵。剑及身、腿及头，然而这家伙周身湿滑，遍布黏液，虽击中，却能在空中一摆一扭，冲破封堵，竟然朝我射来。此时我的手上还抱着昏迷的朵朵，哪里敢跟它做正面交锋，只是侧身让过，没承想被它的尾巴一甩，似鞭抽，啪一声，大力地打在我的右胳膊上。

我斜侧着飞出，重重地摔在地上。

我举着朵朵，背先着地，巨力直透心肺，忍不住就咳出一口血来。这血腥味似乎是一种催化剂，一在空中飘散，在十几米远滩石上自相残杀的幼生期大鲵立刻停了下来，全部朝向了我这边。似乎有人命令一般，嘤嘤嘤，这地下面黑色的大潮，立刻向这边翻涌而来。

正在对付大鲵的三叔和杂毛小道一看这场景，哪里还有心思缠斗，三叔大喊风紧扯乎，虚晃一招，扭身就跑。

我一骨碌爬起来，抱着朵朵就跑。

一边跑，一边想起了以前看科教片的时候，非洲草原里那嗜金蚁，但凡它们爬过去的地方，片草不留，哪怕是狮子猛虎在，也是不用几分钟，便是一副标准的骨架，干干净净，没有一丝肉屑。我生怕被这密密麻麻的大鲵小爬虫给缠上，我也是在一瞬间，即成枯骨。心中惊恐，所以脚步愈加快了。

然而这黑暗的空间里，靠河边是凶猛的大鲵，靠里边，又是诡异的鬼火随风游动，哪里还有地方跑。

我们没办法，只有沿着河往下游跑去。

河边暗沉沉的水里面，这时就像煮沸了一般，翻腾着。突然，又是一条成年大鲵蹿了出来。

它似箭，尖锐的牙齿密密麻麻。

我们只感觉到了一条黑影闪过。脚步一停，它便重重地砸在了前方的岩石上，竟然撞了个鲜血四溅。头破血流的它依然挣扎着扭动身子，发出婴儿的哭泣声，昂起头来，又后蹲弹起。我们躲过，继续跑，暗河里弹起了至少二十条成年大鲵，长的有两米七八，短的有一米四五，个顶个凶猛，仿佛我们都是唐僧，为了啃下我们一口肉，居然都不要了命。

最后一次，杂毛小道被撞倒，头重重地磕在了岩石上，伤口炸开，又流出许多血来。我一大脚把这条大鲵踹开，三叔手中的雷击枣木剑顺着它的嘴往肚子里面捅，搅动，然后甩开这一条嘤嘤啼哭的大鲵，三叔喊不行了，太多了，我们往里面走吧，去祭坛处，那里能镇灵，妖邪侵不得，记得念祛鬼火诀便是。

我扶起近乎昏迷的杂毛小道，一看他的脸，几乎全部都是血，眼睑低垂，瞳孔下意识地往下瞅。我急了，这贼道士可能是要挂了，这可不行，我腾出手，使劲地掐了一把他的屁股，拧，三百六十度地旋转。他的精神这才好了一些，嫌恶地推开我，咕哝着，跌跌撞撞地朝前奔去。

我松了一口气，这个时候若掉了链子，只怕离死神的怀抱就不远了。

刚走两步，我听到水里面发出一声巨响，回头一看，一条五米长的巨型大鲵从暗河主流与支流的交叉口“轰”地蹿了出来，重重地跌在地上。它一点儿时间都没有停留，灵敏得像一只猫，倏然便冲到了我们的身后，而在它后面，几十上百条成年变异大鲵，在紧紧追随。

三叔大喝一声：“我断后，你们走！快走……”他话还没有说完，便被那如重型卡车一般撞来的巨型大鲵给扑倒在地，雷击枣木剑被那畜生一甩头便咬飞，三叔像哭一般大喝：“走，走，哪个敢停下来，老子做鬼都不放过你，这妖孽真大……”

他话还没有说完，上半身就被这大鲵给狠狠地咬着。

三叔倒是个有本事的人，他强忍着剧痛，居然还站了起来，口中大喝：“二郎真君，狼獾点地，请附吾身，护佑子民。”他这一喝完，浑身都仿佛冒起了金光，力气居然跟那个五米多长的巨型大鲵不分伯仲。一人一妖，两者便在河岸之畔上翻腾搏力起来。那巨型大鲵有无数马仔，一拥而上，竟然堆积成肉山，叠加上去，乍一看，吓，偌大个圆球。

我快走了几步，回过头去看，三叔已经被包围在了密密麻麻的大鲵中心。

想去救。杂毛小道拉了我一把，带着哭腔喊，走啊，我三叔舍命，不是让你去给他陪葬的。说着，他一瘸一拐地往前跑。虽然大部分的成年大鲵被三叔吸引，然而我们并非没有一点儿诱惑力，十来条大鲵迅速地朝我们游来。那恐怖的“嘤嘤”声，简直让我灵魂都在颤抖。趋利避害的动物原始本能，使我顾不上悲伤，拔腿就跑，没跑两步，我的屁股就被一头大鲵给咬住，疼，生疼。

我就地一滚，顺手捡起一块石头，猛往这畜生扁平的头颅上砸。

我是边跑边砸，有一下，砸中了这畜生的眼睛珠子，哧，爆了出来，它张嘴叫，跌落在地上。我听到一声巨吼，是三叔，只见他竟然撑起了直径近三米的黑肉球，滚动着朝河里面跳去，扑通一声响，他消失在黑墨色的暗河中。河面上波光粼粼，有十几条大鲵在翻滚。

三叔生死不知。

我们奔跑着，说话间已经靠近了鬼火群边际，后面依然有十几条、不，几十条成年大鲵在追逐着。那鬼火，单独看，其实很漂亮，幽蓝色，就像许巍的《蓝莲花》歌中描述的那种意境——“如此的清澈高远”。然而当几百朵鬼气森森的蓝色火焰，浮空出现在面前时，我们却是脊梁骨发凉。

有一头大鲵从我们旁边越过，窜到了鬼火群落中，还未站稳，立刻就被鬼火缠绕住，三秒钟，蓝色的火焰便吞没了它所有的一切。

而此时我们却没有了回转的余地，杂毛小道也一下子撞入到鬼火中。

他口中还高念着祛鬼火诀。然而火焰却仍然将他点燃。杂毛小道终于忍耐不住烈焰焚身的苦痛，凄厉地叫着“无量天尊”，猛地转变了跑动的方向，朝左边跑去。

左边，是那条直通地底的、奔涌的大河。

第十五章　小结局——庄生晓梦迷蝴蝶

看似安静如光学幻影一般的美丽鬼火，竟然能够将人瞬间点燃。

我看着已经成为一团火焰的杂毛小道，从我身边箭步飞逝而过，心中的惊恐已经攀升到了极致。我从来没有想过我这一生，会经历这种事情。死亡到底有多可怕？幽府里，会是永恒的死寂吗？我抱着轻飘飘的朵朵，悲从中来，一边是冷漠的变异大鲵，一边是可以烤炙灵魂和肉体的鬼火，我有得选择吗？

紧跟着化身为火人的杂毛小道，我奋力往河边跑去。

死就死吧，朵朵作为灵体，她若存在，我在这世界上，好歹也没有白来一遭。

风在我耳边呼呼地刮着，鬼火被追逐的气流扯动，朝着我飞快追来。比它更快的，是大鲵。这些爬行类动物，最擅长的就是一击必杀之术，常年潜伏于山溪石涧之中，见到猎物便一下子蹿出来咬住。它们的速度，到底比体力不支的我要快，我还没跑到河边，就被四五头鳄鱼似的大鲵给咬住了，我已经疼得几乎没有意识了，只有将朵朵往河里奋力一扔，不让那些鬼火伤及她的灵体。

终于，一直紧追的鬼火沾染到了我的身上。

轰——我感觉自己的灵魂都在燃烧。

这是什么感觉？不仅全身，仿佛全部的细胞都在承受着这种炙热。

我看到了自己的头颅在燃烧，全是火，红色的一片；接着，世界为之一暗，我听到了“吱吱”的声音，那是眼球的晶状体，在爆裂；接着，声音消失了，那是我的耳膜被燃烧掉了；之后，我的脚下一滑，然后感到浑身都一阵冰凉，大量的冷水灌涌进了我的肺部，不能呼吸了，附在我身边的大鲵依旧在奋力撕咬着我的身体，奔涌的暗河水，将我的躯体往下游冲击而去。

不断有大鲵撕咬着我的肉，脱离开我的身体。

到了某一个湍急的地方，所有的大鲵都没再纠缠了。

它们在害怕。

害怕跌入深渊。

我不知道朵朵到底有没有事，心中仍然有一丝牵挂。但是这个时候，不能看，不能听，不能喊，不能动……我就要死去，已经没有能力去保护朵朵了。掉进河中的三叔死了吗？烈焰焚身的杂毛道士呢？那么，我……呢？

在地下暗河最后一段路程，我竟然在想着一些无关紧要的事情，比如最开始记忆中的父母家人、一直害怕的外婆，比如我的初恋、第一个吻过的女孩、可怜的小美、在家乡等待着我的黄菲，比如阿根、顾老板、马海波、杨宇、兰晓东……比如我那个高中的语文老师石维琥……

所有在我生命中留下印记的人们，在那一瞬间都划过脑海，然后随着我急速坠落。

在下面，是什么在等待着我，是永恒的黑暗，还是几乎没有人能够生还的幽府，或者灵界，或者地底世界，又或者……

时间过了有多久？

也许是一年，也许是亿万万年，也许是弹指一瞬间。

我再次醒来的时候，周围有昏黄幽暗的灯光在忽闪忽闪，洒落在我的眼睑上，似乎有声音传来，听不真切，然后有只冰凉的手在摸我的脸，肉肉的、软软的。我费力睁开眼睛，是朵朵，这小西瓜头的孩子正在一脸焦急地看着我，喊着陆左、陆左……

我没死，依然没死。

反应过来的我，没有第一时间去确定这一切到底是真实、还是幻觉，只是紧紧地抱着这孩子小小的身子，紧紧地箍着，心中所有的恐惧和害怕，都烟消云散。还好，还好有朵朵，哪怕这一切都是虚幻的，我也无所谓了。我的世界，到底是什么呢？我突然想起了这么一个问题。

庄周梦蝶，是庄周，还是蝴蝶？

过了一会儿，我才发现脑袋上很沉重，头重了好几斤。我使劲摇了一下，一阵扑腾的声音飞起来，嘎嘎叫，我抬头，原来是虎皮猫大人这只扁毛畜生，它落在了一个石鼎的鼎沿上，慢条斯理地用嘴梳着漂亮的羽毛。我抱着朵朵站起来，四处一打量，发现自己居然在那个四面墙和天花板都是壁画的大厅中，黑鳞鲛人的油脂依然在静静地燃烧着，而我身边则躺着两个人，正是我本以为死去的三叔和杂毛小道。

我站在祭坛上，而小叔和周林，则盘腿坐在了台下的某个干净的角落，闭目，安静打坐。

这是幻觉，还是真实？

我茫然。

虎皮猫大人嘎嘎大叫，说看看，我说过了吧？这墓灵也就这么一点儿本事，哼，对于大人我来说，燃烧生命、利用十香虫制造出来的幻象，再真实，还不依然是幻象？有大人我在，这都不算事儿！小子，你先等等，待我将老三和小道士的魂给喊回来，再与你详谈。

我问我能下祭坛吗？

它说可以，该下下，问这么多干毛？说完话，它蓝色的眼睛滴溜溜地转，打量地上的两个人，看了会儿，然后飞到了三叔头上，趴窝，然后屁股做前后起伏状，动作十分猥琐。这便是它所说的喊魂？

我哪怕怀疑此刻仍是幻境，心中都难免有一些不敢接受的别扭感。抱着乖乖的朵朵，我走下了祭坛，只见那只我们合力围杀的血枭阳，被拖到了角落。

小叔睁开眼睛，朝我笑，说醒了？那阴阳两仪无象阵凶险吧？我看到你们在里面没坚持几分钟，便栽倒在地，不再动弹。我们都担心死了，所幸有虎皮猫大人在，能够保你们无恙。这个地方太古怪，也只有像它这般睿智的灵类，方能成竹在胸，解阵如烹小鲜。老爷子真的是神机妙算，让虎皮猫大人一同来——要知道，以前它可是从来没有离开过句容，这一次，真的是破例了。

他言语之中，对那只肥母鸡十分地推崇。这种盲目的个人崇拜，让我胃疼——至于么，一只鸟儿？

周林没动，静坐着，脸上的痛苦时隐时现，似乎有哪里不对劲。小叔见我看向周林，说刚才小林子磕伤了筋骨，幸好有药，给他敷上了，这会儿在练功，发热身体，尽早吸收药力。他扬了扬断了的左手，说他这手，是给一个黑影子用石刀给斩断的，没办法了，幸好他有药，没有流血而死。

他残废了，萧家便又少一人，周林，不能再残了——句容萧家，在东南圈子里也算是排得上名号的，不能断了根。

我问黑影子是什么？是人吗？

他点点头，又摇了摇头，说在洞子里被袭击的，看不清，似乎是个人，身影很快，他断了手，却强忍着痛把三根钢钉打入了那黑影子身上去。黑影子跑了，去了另外一个方向，而他，则跌跌撞撞地摸索到了这墓中。

正说着话，三叔也醒了过来，睁开眼睛，明亮，仿佛在发光。他长吸了一口气，吞吐，然后舔了舔舌尖，长叹说这就是死亡的感觉啊……这话说起来很感慨，似乎又有一些回味的感受。他站起来，向虎皮猫大人作揖道谢后，走下祭坛，来到我们面前，赞叹地看着我，说不愧是小明一直称赞的天才人物，果然是比我这老头子，意志坚定，居然是第一个醒来的，不服不行啊。

我谦虚，说到底是死过一次的，比较有经验。

他哈哈大笑，说你倒是总结得好，这回算是长见识了，这阴阳两仪无象阵，简直是如临实境。小左，你还记得刚才的遭遇吧？就是无边鬼火和密密麻麻的大鲵以及万人坑、耶朗祭坛的事情？我惊异，说我们进入的居然是同一个幻境？他点了点头，说是的，是同一个。世间之奇妙，不亲身经历，简直不敢相信。

我们聊着刚才发生的事情，说话间杂毛小道也醒了过来，长长伸了一下懒腰，说好爽，这感觉，真的比做“推油 SPA”还舒服。见他这么说，我就知道这小子肯定是心怯了，所以用最感兴趣的话题，来转移自己的思想。朵朵嫌弃我抱得太紧，挣脱出我的怀抱，飞起来，抱着我的头，给我按摩后脑。

虎皮猫大人一鸟脸的羡慕，然后飞进了石鼎，叼了一个指甲般大小、状如水龟的青黑色甲壳虫出来，那虫子张牙舞爪挣扎，被这肥鸟儿一口吃掉，然后问我们知道这虫子是什么吗？

我们都摇头说不知，恭请大人指教。

虎皮猫大人见我们都一副好学生的模样，连朵朵都抱着拳头作揖，虚荣心得到了极大的满足，也不掉书袋子了，直接问我们知不知道什么叫做“十香虫”？我们当然摇头说不知，它顿时张着嘴，说我们没文化，一番优越感炫耀完毕后，说九香虫认识吧？

我听了一撇嘴，说这鸟儿，直接说“打屁虫”不就结了吗？整这么复杂干吗？

它一听，倒也不反驳，说对，十香虫就是打屁虫的同纲目，多一香叫做“心香”，它能够发出模拟现实的气体，让人心沉浸至梦幻中，难以自拔。这便是阵法中的关键。它是幻术界的大拿，比尸香魔芋还要厉害的小家伙。陆左你家小肥肥，皇冠金蚕蛊，横行无忌，但说到底，还是怕这虫子，这一点，足以证明它的厉害。不过，大人我专治疑难杂症，妇科内科……呃，没事啦，十香虫被我吃完了。

结束了？

我们几个面面相觑，一天死了两次，我终于忍不住跌坐在地上，拉着朵朵的手，长舒气。

人生，恍如一场梦啊！

第十六章　黑影子

我们休息了半个小时，终于从幻境中缓过气来。

这两次幻境死亡，让我的心性发生了一些变化。我们有的时候，做一些事情，都会想说，没必要做得那么好，以后总是有机会的；比如和家人团聚，也总是说，以后总是会有时间的；比如和爱人在一起，总是说现在忙，忙过这一阵子再说……但是人生苦短，天道无常，总是有很多不能预料、不能把握的东西存在。所以，活在当下，最重要的，我认为是把握现在，把握拥有的小小幸福。

如此，便能够每天都获得快乐。

朵朵太累了，我把她放进槐木牌休息，站起来时，三叔提议说我们回去吧。我第一个点头同意。说实话，在这个祭殿中待着，我总有一种说不出来的胸闷感，或许是被这诡异的阵法弄得头昏脑涨，心中有惧意，每每看到那石头雕筑而成的巨鼎，上面粗犷而诡异的线条，都能够在我眼中变化成恐怖的图形，噬咬我的心灵。

我总感觉那巨鼎有一些奇怪，似乎有黑气冒出来。

整理好行装，之前吃了一些干粮，这个时候也恢复了一些，三叔将那把雷击枣木剑擦了又擦，对着静静燃烧的长明灯，比试，然后告诫所有人，这里的东西都透着股子邪气，千万别拿，咱们不是土夫子，别做这种勾当。杂毛小道把地上翻倒的石釜扶正，说这里面的东西，年头可远了，是古董，非常有研究价值，拿出去可值大钱了，干吗不拿？

他虽然是这么说，但是也没有顺手牵羊，拿个什么物件。

三叔、小叔、我和杂毛小道整理好行李，然后又把在房间里乱溜达的周林叫上，出了这个大厅，往回路走。整个甬道里还有干涸的血迹，这是那个血枭阳的血脚印和洒出来的血。三叔看着一身人油的周林，抱怨说这年轻人就是皮，伤还没好多久就到处跑，闲不住。你出去了洗一洗，这千年的人油可不是什么好东西，居然没挥发，看来这祭殿的构造真有门道——你刚才没有乱拿东西吧？

周林一脸的冤枉，紧了紧背包，说怎么可能，三舅你都说了，我哪里敢做？

那就好。三叔说着话，我们则低头赶路，很快就回到了下来的洞口。

这天洞离地两米，加上岩石层足有两米五。于是我们折转到隔壁房间搬来了几个不知道用途的石块垫脚，相继返回了那狭长的石头通道。这通道湿淋淋的，一路的血，显然，这些都是那只枭阳留下来的。闻着腥臭，甜中发腻。通道里黏黏的，还有很多皮毛挂扯在岩壁，特别恶心。我们匍匐前进，强忍着胃中翻滚的食物，呼吸都小心，生怕吐出来。

好在这段路程并不长，能站起来的时候，杂毛小道一边从身上摘下黑毛皮肉，一边骂娘。突然，整个空间为之一震，接着脚下的地面也晃动。小叔大吃一惊，说遭了，忘记这一茬——墓灵灭，祭殿塌！这是古耶朗的惯有技法，快快，快跑。

他这么一说，我们都吓得魂飞魄散，撒丫子就往前头跑。

周林第一个上去的，跑在最前面，小叔紧随其后，我跟着，没用多久就跑到了那扇石门前。后面的甬道因为支撑结构不行，陆续垮落，走在最后的三叔大叫说，快，垮到他这儿了。我们就从石门处冲。哪知刚冲到门口，小叔忽然伸手把周林往地上一拽，周林跌地，“啊”的一声，然后我看见半只耳朵在空中飞。

虎皮猫大人大叫，说小的们，注意了，有埋伏。

小叔几乎是滚着出了门，一沾地即跳起来，右手上的匕首就朝前方划去。

我也冲了出来，只见黑暗中有一道淡淡的黑影，跟小叔厮打成一团，那黑影速度何止是快，简直是相当快，三下两下，竟然将小叔给一爪逼退。这时我们都冲了出来，一颗石头从远处高速飞来，三叔倏然出手，一剑，用太极圆转的力道将这石头给拐了方向，带飞别处。他毫不停歇，左手往怀里一掏，嗖嗖，飞镖生生定进了那始作俑者的眼窝子里去。我也是发了狠，一把猎刀抡起，朝前面的那个黑影砍去。

一刀，落空，但是在空气中打出了破空炸响。

周围的杂毛小道和三叔都围了上来，人多势众，那人形黑影子也不停留，“嘶”地叫了一声，吐出一条长长的舌信子，然后纵身跳上了岩壁顶，三两下就消失不见，我们往前冲，来到被三叔射中眼睛的那庞然大物前面，果然还是枭阳。小叔是个搏击高手，左手虽断，但就像黄飞鸿系列电影中的鬼脚七，居然能够腾空两米，一脚就踢中了那个捂着眼睛嗷嗷嗥叫的枭阳。

这力道之大，竟然将这重达半吨的牲口给一下子踢倒在了地上。

我看见它嘴中往外喷血，如水管爆裂，颇有气势。

然后看着前方的黑暗处，一个一米五的黑影子和一个两米高的巨人，快速朝外面跑去。此时地动山摇，谁还有心思打架？都玩儿命地跑。虎皮猫大人在空中鸹叫，说快快的，不然没有小命了。我们也听得习惯了，埋头猛跑。周林的半片耳朵被削掉了，拿着块布包着头。一边跑一边伤心地哭，说这次来之前算卦，说大凶，果然是。

三叔问他老弟，说那道黑影子，就是砍断你手肘的家伙吗？

小叔说是。他摸着自己断了的左手疤口，像抚摸着心爱的情人，看着消失在前方的两道身影，说这个家伙，能够跟枭阳混在一起，看着好像还处于领导地位，不知道是什么东西？杂毛小道说不是人吗？小叔摇头说不是，这东西，能够在岩壁顶上自由爬行，人类哪里行？不是不是。说不定，是灵界的生物呢。

他们一说到灵界的生物，我就想起了矮骡子，想起它那仇恨的、怨毒的眼神。

我们跑，后面的动静开始大，后来小，逐渐地停了下来。

我忍不住回头去看，只见悬梯平台已然跌落在地，大量的碎石将道路掩盖住，没有了进口。好险，这塌方好像是安排好的一般，卡着我们的时间落下。危险仍在继续，小叔执意要跑前面探路，以便防止那黑影子的偷袭，我便跟着跑。不一会儿，终于看到有自然光在远处出现，久在黑暗，眼睛都有一点儿受不了。

我们眯着眼睛朝洞口看去，哪里还有枭阳？

这时三叔问虎皮猫大人哪里去了？我们这才反应过来，这个唠唠叨叨的肥鸟儿，居然没有跟上来。

我们等了一会儿，才看见一个高大的身影出现在洞口深处，一步一个脚印，缓缓逼来。我们的神经都绷得紧紧，三叔的手已经伸到怀里，身体弓着，而我们全部都紧紧握着手中的武器，等待着这个缓慢的来客。在手电的照耀下，那头双目失明的枭阳缓慢走出来，三叔正想出镖，却被一个叫声止住了。

老三，看看哥帅不？

虎皮猫大人的声音在空旷的洞中回荡，我们仔细寻找，终于在枭阳杂乱黑毛的头顶找到这个扁毛畜生。它洋洋得意地昂着头，像国庆阅兵的首长，左右点头致意，然后在我们瞠目结舌的围观中，风骚地与我们擦肩而过，留下了枭阳臊臭的余味。

我们跟在后面老老实实地走着，有这大块头吸引火力，我们也就放心了很多。我在想，难怪小妖朵朵说枭阳是个蠢货，此时一看，果不其然，先是小妖朵朵，而后是虎皮猫大人，但凡是个稍有本事的家伙，就能将其蛊惑，控制心神，果真是个劳工的命。

金蚕蛊如果努力一把，是不是也能够控制它？

“大壮！”

走到洞口的平台处，便听到小叔一声大喊。接着，这个身高一米八的汉子轰然跪下，头死死地抵住地下的岩石，号啕大哭，那悲恸的哭声像刀子，扎在我们心头，血淋淋。大石头上，平摆着五个头颅，剜目剪舌，天灵盖被掀开。这里面除了之前的三个，还有两个新鲜的，一个是老姜，一个是满脸络腮胡子的老男人，脑浆都还热腾腾，冒着淡淡的雾气。

跟小叔来此地的四个人里，只有他一个人生还了。

而且他的左手还齐肘而断。

跟我们来此地的老姜，光着脊梁骨蹲在地上，抽着烟枪，便被一块横空飞来的石头给砸死了。临死前，犹记挂着自己那个患有自闭症的儿子，连一句遗言都未及留下。

我们默默地走到洞口，看着地上的两具无头尸体，胸口已然被剥了皮，血流满地，石桌上的头颅、内脏、肠子和残肢，堆得满满的。看着这残忍的一幕，我的心在狂跳，我宁愿自己仍旧处于幻境中，相信这只是一场噩梦。然而，这确实是真的，现实往往比噩梦更加残酷。

小叔依然在哭，这汉子，随行的人没有一个生还，而且，在他被困的这些天，老娘又突然撒手人寰，更显得他此行，没有了一丁点儿的意义。

然而，一直沉浸于伤痛中，总也不是个事儿。三叔拉着杂毛小道，说这里，怨灵太恐怖，还是要送一下亡者才好，不然就超度厉鬼了。准备准备，搞一下简单的法事吧。

于是两人从包中拿出香烛法器，操持起简单的超度仪式来。

我站在旁边警戒，看着洞子外面阴森森的天，心情晦暗。

是谁，做了这一切？

第十七章　三叔收徒

超度完亡灵，我们默默地往回路走。

大雨过后的下午，路上泥泞得让人发疯，我们谁都没有说话。洞口的石台上，三叔烧了一张符，将这些冤屈的亡灵戾气给消磨散去。我始终记得中仰村罗聋子曾经给我提起过的“大黑天”，唯恐那个黑影子搞出什么猫腻，然而却也没办法，我们只有返回保康县城，然后去报警，等待后续的处理。

大雨过后，溪水上涨，我们之前趟过的浅河沟子已经齐人腰深，水流湍急，过不得人。

不过三叔倒是有办法，请来虎皮猫大人出马，叼了一条绳子，系在对岸的一棵大树树干上面，与这边的大树绷紧，做成滑缆，我们几个人就慢慢沿着绳子爬过去。那头被虎皮猫大人控制的枭阳霸气侧漏，直接趟了过来。我一直担心溪水里会不会又冒出一条大鲵，来啃咬它。

然而没有，或许是太饱了，那条吃了金子的大鲵再也没有出现。

我们经过那两具尸体，小叔又是一阵悲恸。

爬上坡，走出了爬窝沟子，天渐渐地黑了下来，我们几个人在崎岖的山路上走着，跌跌撞撞。地上虽然泥泞潮湿，但所幸没有再下雨，一直走到了夜间九点钟，我们才到了附近的村子。在村公所附近我们找到了过来时开的车子，跟帮忙看车的人道了声谢，又给了些钱。那个人本来还跟我们聊着天，突然瞥见了在一旁蹲着的枭阳，钱也不要了，大喊大叫，扭头就跑。

我们看着他朝村子里面发疯一般跑去，心里就叹，这也太不淡定了。

怎么办呢？

我们只有驱车前往乡派出所报警。可惜那里并没有几个执勤的人，大冷天，都不知道缩哪里睡觉去了。我们找到一个端着泡面看电视的小青年，跟他说起案情。他之前以为我们是在开玩笑，然而当枭阳雄壮的身影出现在了派出所里面时，他终于相信了，颤抖着双手，给领导打电话请示。

由此可见，在视觉冲击上，枭阳果真是个大杀器。

我们几个就坐在接待室里面。过了一会儿，来了四个酒气熏熏的民警，为首的一个，是四十多岁的一个精壮男子，看到枭阳，吓得连忙往后躲，酒立刻就醒了一大半。他是这里的领导，但是却也不敢擅自做主，连忙汇报到县里面，去请示。如此闹腾一番，有人帮我们录了口供。完了之后，我们提出有伤员，需要去县人民医院治疗，这个领导有些犹豫，但还是同意了，让一个警员陪同小叔、周林和三叔一起，乘车去县人民医院治疗，而我和杂毛小道则就住在乡里的招待所，等待明天上面的决定。

那头枭阳，被我们留在了派出所，单独开了一个房间关押。

虎皮猫大人说它控制不了多久，我们只有用各种绳索，把这牲口给五花大绑，有一个警员觉得好奇，掏出手机来拍照。杂毛小道吓唬他，说先不要乱传，你们上面还没有对这件事情定性，你这样搞，会把上面弄得很被动的，到时候，小则被警告，大则有可能被开除，这后果，自己掂量掂量。

丢掉铁饭碗的威胁，远远大于猎奇。他悻悻地收起了手机，还说谢谢啊。

杂毛小道很客气地说不用谢，然后又问，你们这个地方，有没有什么可以放松的节目啊？那个警员一脸冷汗，说没有，穷乡僻壤的，哪里会有呢？

回到乡招待所，我和杂毛小道各自开了一个房间。

洗完澡，我躺在床上，想着今天发生的事情，如同梦幻。我疲倦得不行，然而休养一天的金蚕蛊却闹腾起来，扭动着肥肥的躯体，乱晃，又飞到了我胸前的槐木牌上，叫朵朵出来玩。两个小家伙一番闹腾，我自然不管，头沾枕而眠。

第二天一大早起来，便听到房间外面闹哄哄的。

有人敲门，我穿上衣服，打开门，只见昨天那个中年警官，说他们上头来人了，需要了解一下情况，然后给我介绍了旁边那个人，说叫周队长。走廊上人拥挤，都围着杂毛小道在说话。杂毛小道显然情绪并不高，只是应付。忙乱一阵子，我们又折回了派出所，谈起昨天的事。周队长对我们所说的事情半信半疑，也不定论，说此事已经立案，需要我们的配合。

我说可以。他又说，这神农架野人是我们发现的，之前林业部发过一个悬赏文件，说我们符合这个条件，可以申请，而且县里面也会对此有所表示，但是需要进一步确认死者与我们无关。我听明白了他的这个意思，这是要我们带路去事发现场。杂毛小道说可以，奖金这些，我们不要，留给这次死者的家属，要没他们的牺牲，这头野人是根本抓不到的。

听到这句话，虎皮猫大人扁着嘴，骂了一声傻瓜。

技惊四座。

当天中午，三叔从县城里赶来，汇合我们和包括公安局、林业局、旅游局、乡政府、县电视台等部门的工作人员，重返事发现场，进行案件调查取证工作。这一次人数比较多，包括随行的武警，足足有近二十多号人。一路上倒还颇平静，倒是有几个干部同志过惯了养尊处优的生活，跌倒在泥地中，苦不堪言。

重回爬窝沟子，倒也真没什么好看的，尸体和头颅都在，没有动。

勘测完现场之后，又请了一些随行的乡民，把尸体收敛，背回去。周队长还准备去我们说的地下祭殿里看看，但是走到一半路，塌方的石头将洞子堵死了，要挖掘出一条通道来，实在太难了，只有作罢。看完现场之后，他并没有为难我们，将这次死人定性为野生动物袭击事件……至于那诡异的砍头剥皮事件，他只字没提，想来自然有解释的理由。

回程的路上，那头大鲵又一次出现在远处的石块中，被人发现，那个娇气的电视台女主持一声尖叫，又把它给吓跑，钻进溪水中不见了，摄影师一阵埋怨，说一个镜头都没拍着，真可惜了。

这个要是能拍到，真的是大新闻了。

当天下午回到县城，出事驴友的家属都聚集在了医院里，找小叔要个说法。平白无故死了家人，没有一个人会看在小叔带伤的份上而原谅他，纷纷地闹，有破口大骂的，有默默垂泪的，有撒泼耍横的。我听着烦，蹲在医院的门口，看着路上来去的行人，心中叹气。死人了，谁都难过，但是到底是谁的责任呢？若是人，只管抓了便是，可是，犯事的是野兽，是从来没有曝过光的神农架野人。

那能怎么办？

唯有找上幸存者，能要一笔钱，就要一笔钱，总比空空无落要好。最后，三叔答应家属们，等奖金一下来，就给各家均分，这才平息了一些怒火。

第三天的时候，我们来到了马桥镇的一个小山村，找到了老姜的家人。他家正在办丧事，吹吹打打，哀乐齐鸣，白色的棚子搭在外面，一个老妇人跪在棺材前哭得撕心裂肺，还有一个少年，披麻戴孝，呆呆地跪坐着，也不说话，愣愣地看灵台上跳动的蜡烛，好像发现了什么有趣的事情。

我们的到来遭到了村民的围攻。老姜家里面有好多个叔伯兄弟，纷纷围上我们，差一点没亮刀子。还好三叔带来了一些钱，塞给老姜的婆娘，她那歇斯底里的哭喊才停歇了一点儿，抽抽噎噎。我们一行就三个，我、杂毛小道和三叔，中午时正在吃饭，他们也没留我们，给完钱，我们在灵前祭拜一番后，准备走。

三叔突然在老姜的儿子面前停了下来。

他念了一段咒，然后猛地敲击这小孩的脑门子。那孩子愣了一下，也念，一遍即过，完整无缺。他蹲下来，看着这孩子明亮的眼睛，问他问题。那孩子平静地看着他，对答如流。我很惊异，听老姜说过，他儿子是个得了自闭症的十二岁少年，除了跟那条土狗金子待一起外，一年都难得说几句话。然而此刻与三叔，却是如同正常人——不，简直就跟一个聪明伶俐的孩子，一模一样。

旁人都惊呆了，难以置信地看着这两个人，怎么都想不明白。

事情完全出乎我们的意料，三叔找到老姜的婆娘，两人在房子里嘀咕了很久。结果，我们三个人去，四个人回来，同行的多了一个少年，也就是老姜的自闭症儿子姜宝。

后来，姜宝成了三叔的徒弟，衣钵弟子。

回程时，这少年依旧不说话，只是跟三叔亲近。我和杂毛小道偷偷找了一个机会，问三叔，怎么回事。三叔说这小孩，不是自闭症，而是天生慧眼通。怎么讲呢？不好讲，反正就是根骨奇佳，必成大器。

我们在保康县城待了五天，处理相关事宜。那头枭阳，也就是神农架野人，在某一天半夜被偷偷运走，相关的工作人员被下了禁口令。奖金的发放，也出奇的迅速，然后平分给了五个死者的家人。事情结束了，三叔他们要回句容，杂毛小道没有跟着回去。三叔问为什么，老萧说算了吧，铁齿神算说得对，他不能返家。一返家，奶奶死了，小叔残了……他是一个注定要在外漂泊流浪的人。

无家者，出家。

三叔点点头，没说什么，带着断臂的小叔、缺耳朵的周林和不说话的小姜，乘车离开。

兵分三路，我回了老家。

此事本来已了，但是两个月后，我在家里却又接到了三叔的电话。

第九卷　关于理想，关于爱情

第一章　拜见父母

接到三叔电话的时候，我正筹谋着去南方省洪山市的行程。

那个时候，在川北，刚刚发生了一场牵动了全国人民心弦的大灾难，我母亲被组织去参加县里面的捐款宣传大会，回来时拉着我的手哭，让我既然有钱，便多捐一些。我说好，这是肯定的。我去县里面指定的地方参加了捐款，虽然不知道这笔钱，有多少能够如实地到达灾民手中，但是，哪怕只有一分钱，他们也能够感觉到温暖。这样，即可。

捐完款已经是下午五点，我肚子饿，于是跑到小吃一条街上，连吃了两碗加了折耳根、酸辣椒的米豆腐，付钱的时候，三叔打来了电话。

一接通，他就跟我叹气。

我惊异，问怎么回事？是不是萧克明出了什么事情？

他说不是，小明这孩子，自从保康一别，就再也没有回过家，不但如此，还把虎皮猫大人给拐走了……不过，他倒是每隔个把星期，都会打个电话回来，报平安，总算让他爹和他老娘稍微安心些。我说哦，这就好。他犹豫了一下，问还记得二月份下旬的时候，我们在神农架爬窝沟子的那件事情吗？

我说哪个不记得。

那一次事情，是我平生所遇过最离奇的事情之一，直至现在，我午夜梦回的时候，总在怀疑，自己到底是不是还在做梦，或者说，我仍旧没有从梦境里面走脱出来。我或许仍旧是一个平凡的人，每日为了三餐温饱而奋斗着。然而每次感觉到体内的蠕动，与常人不一般，看着朵朵这个鬼娃娃，我才能确定，这不是梦。

我所遇到的一切，都是真实的，是存在的，便也是合理的。

虽然我无法解释。

三叔说他这两天，一直在做梦。梦到的是什么呢？是耶朗祭殿“阴阳两仪无象阵”中的幻境，他总是梦见漆黑的深渊里，有个大门在打开，缓缓地，然后有黑气狂涌出来。阵法被破，镇压的眼子就出现了漏洞，祭殿垮，而后山脉走形，龙走虎川，东西走向，则延伸至龙门山脉、邛崃山系……

一只蝴蝶的翅膀扇动，便酿成了天大的祸啊！

我无语，说三叔你想多了吧？天道无常，天灾人祸年年发生，这也正常，不要随意往自己身上揽，这样子，有失道心。

三叔叹气，说陆左，修身养性之人，哪里会时时做这种梦？这梦，便是上苍的警示啊。

我没有说话了，长叹一声。

与三叔通过话之后，我心情一直不好，我并不认为他说的有道理，但是他这般把事情全部往自己肩上扛的想法，除了让我感觉有些不自量力之外，还让我有些担忧，生怕他心理负担太重，导致整个人生都不愉快——虽然在我心中，三叔这样的人，并不会如此，然而“心有羁绊”这东西，总是一个让人恐惧的存在。

某种意义上来说，这便是心魔。

吃完东西，我沿河走到了新街路口，看着几个月前刚买的房子，脚步艰涩，竟然没有迈动半步。我终究，还是不能够释怀与黄菲之间的感情，所有的一切，都历历出现在眼前，让我心伤。

事情还是要从我2008年3月初返家时说起。

在保康县城与三叔等人分别之后，我与杂毛小道谈及今后的打算。我说我可能要在家里面安顿下来，搞一点小生意，不大，但是要够养活自己和家人，然后再跟现在的女朋友谈段时间的恋爱，争取明年初结婚，要是顺利的话，生个和我一样的虎宝宝，不论男女，都行。有了这么个小宝宝，朵朵和肥虫子也可以跟宝宝一起玩——当然，朵朵的麒麟胎，我也要找寻。我拜托了顾老板，但是小道这边一旦有消息，也通知我。

杂毛小道说好。

谈到他近期的想法，他也没有个主意。他要待的地方，第一要人流密集，因为这样可以来钱；第二要妞儿多，这个……不解释。没事，且走且停吧，反正天下之大，有那么多美丽的风景要看，有那么多的软妹子要沟通了解……总也饿不死他的。

他说他要北上，去北京逛一逛。

我想起一件事，说有个心愿未了，一同去吧。

我和杂毛小道乘火车北上，在郑州分了手。我转车到了商丘，按着有限的信息，辗转找到了一个叫做惠济乡的地方。终于，我来到了一个村子里，在村民的指引下，找到了小美他父亲。按照约定，冬季未满，春季萌发，有野花开放的日子里，我来看小美了。

然而，让我失望的是，小美并没有被葬在一个向阳的山头，每日看太阳东升西落。

而是埋在了一片低洼的坟地之中。

这坟地潮湿阴冷，很久都没有清理了，杂草丛生。小美的父亲续了弦，而且还翻盖了房子，我来找他的时候，村里面的小孩指着村子里面，说全村最好的那栋房子，就是江大伯家。我蹲在小美的坟前，把一束洁白的百合花放在坟前的青石板上，看着墓碑上那熟悉的照片，和“江盈美”三个字，心中有着浓浓的伤痛。

斯人已逝！

我终于理解了前几天看到的那些死者家属心中的悲痛，这些悲痛，即使是再多的钱财，都买不走的。

那日天气阴暗，小美的父亲在远处，蹲在地上抽烟。

我静静地蹲在坟前，没说话，闭上眼睛，用心灵跟离去的魂感应。

朵朵在我旁边陪着我。

我当天晚上返回柘城县住了一宿，次日便直接返回了我的家乡晋平。我出发的时候通知了黄菲，然而从怀化转车到了县城汽车站，也没有人来接我，这让我小小地失望了一下。不过我到达的时候，是下午三点，她应该正在上班，太忙，所以没有时间。

尽管我小婶子不待见我，但是我仍然打电话问候了一下我小叔。他恰巧在家，没有下乡守林，于是我便直接去了他家。在我小叔家聊了一会儿天，我有些关心矮骡子的事情，但是他却说自从上次我们剿灭之后，就再也没有事情了，一切都好。他又谈及自家孩子的事情，愁眉苦脸，说儿子小华太贪玩了，在学校交了个女朋友，花钱如流水，老是找家里面要钱，编各种理由，要不是小叔问了下街口那个和他一个学校的杨明，都不晓得这小子竟然会这样呢！唉，本来就不是什么有钱人家，还喜欢攀比充面子……

我没说话，家家都有本难念的经，说太多，反而让人不喜欢。

下午的时候，黄菲打电话给我，问我到哪里了？

我说我到县城里面了，在我小叔家里。她笑，说怎么没有去新街的房子，装修才到一半，可以去参谋参谋嘛。我说家里面的这种小事情，自然由女主人操持，我这个大男人自然不便插手。她笑着骂我一番，说她过来接我，一起去吃一顿饭，说她父亲来了，正好带我一起去见见父母。

她这话说得我有点儿忐忑，我们交往还没几天，就要见老丈人和丈母娘，速度有一点儿快了。不过随之而来的是幸福感，黄菲能够把我给她父母做正式介绍，显然要比我需要更大的勇气，也说明她深爱着我，想和我过一辈子。这么想着，我心中的紧张立刻就冲淡了许多。起身跟我小叔告辞，他留饭，说怎么不吃就走？饭都煮上了，家里面有腊肉，好吃着呢。

我说不用，说今天去见女朋友的家长。他高兴地说好，到时候把女朋友带来给他看看。

我下了坡，来到路口，远远地就见到穿着一身雪白呢绒风衣的黄菲，依旧是明艳动人，我看着她的明眸皓齿，如花一般娇艳的脸庞，心中柔情大动，过去紧紧搂着她。她红着脸挣脱出我的怀抱，娇嗔地说死家伙，好臭。说完，又羞涩地拉着我的手，另一只手掐我的腰，说一走这么久，都跑哪里去了？

我闻闻身上的味儿，一路周转，火车汽车，几天没洗澡，确实不好闻。

也不好说起神农架之事，我便草草略过，她也没在意，说让我去找个地方洗洗澡，然后换身好一点儿的衣服，要给她父母留下个好印象，不然，以后怎么相处呢？我从善如流，由黄菲带着，去县城的商业街，买了一套“七匹狼”的西服。付钱的时候，我悲催地发现自己的钱包放在了行李里，而行李则放在了小叔家。

黄菲笑眯眯地给我付了账，然后调侃我是不是准备做小白脸了。

我说有见过脸上长疤的小白脸吗？

她摇摇头说没有，说这疤是怎么弄的？当时干吗不用祛疤药，把它给消了呢？现在一看，果真像个小流氓呢。

这道疤，是被王洛和的那个猴子抓的。爪子上面有剧毒，当时处理不及时，后来即使以金蚕蛊的能力，也没有把它给清除，于是就留了下来。这些事情，一时半会儿也难讲清楚，我也不解释，笑着问她嫌弃我了？

她又掐了我一把。

大概是六点半左右，换洗一新的我，与黄菲一起去见她的父母。见面的地点很出乎我的意料，居然又是在杉江大酒店。路上的时候黄菲解释，说她父母离异了，无论在她父亲家还是母亲家，都不合适，所以只有折中选在了饭店里，既方便，双方又都可以接受。

我问除了她父母，还有其他人吗？比如，她的那个后妈？

黄菲说没有，要是那个阿姨在，她母亲还不得跟那女人掐起来？在省城呢。我点了点头，心想这样还好一些，要是来个三堂会审，我倒是有些招架不住。看着杉江大酒店的门厅，黄菲捏着我的手，甜甜地笑，说加油哦。我点点头，深呼吸，一会儿要跟我那未来的老丈人和丈母娘交手了。

这恐怖程度，就某种意义上来讲，未必比僵尸、野人或者鬼魂的强度低。

好吧，至少我是这么认为的。

你们怎么看？

第二章　执子之手

为表示礼貌，我们是提前到的。

包厢黄菲的父亲已经定下，我们等了一会儿，她父母就陆续进来。

黄菲的父亲是个稍显富态的中年人，戴着眼镜，很斯文，跟我打招呼的时候，也很礼貌得体，然而不知道为什么，我总是能够感觉出一些淡淡的疏离感。当然，这也可以理解，虽然他没有跟黄菲生活在一起，但是父女之情也深厚，突然出现一个陌生的男人，将要成为自己女儿的男人，他自然不会放心。

而黄菲的母亲，则直接将态度摆在了脸上。她并不喜欢我这么一个突然蹦出来的人，虽然我向她问好打招呼，她也答应，但是脸绷得紧紧的，好似我欠了她钱一般。

好吧，或许在他们眼里，我就是拐了黄菲的坏人。

见到两人的态度，我心中咯噔一下，知道晚上这饭局便是个鸿门宴，想要安然度过，只怕很难了。

果然，当我两杯酒敬完，开始自我介绍的时候，黄菲那个在妇联当领导的母亲就开始发难了，直接问我现在的工作是什么？我看了一眼黄菲，她憋红了脸，晶莹的眸子里又是歉意，又是哀求，应该是希望我能够体谅她母亲。

我自然不是浑小子，她的父母，也只有小心翼翼地对待。

我便说之前在南方做一些生意，饰品店之类的，后来出现了一些事情，就没做了，准备回家来发展……我没说完，她便打断了我，说："也就是说现在没工作咯？"

我点头，说是，不过不要紧，我还是有一些积蓄的，准备在家里做一点儿生意。

黄菲插嘴说是啊，是啊，陆左上个月在新街那边买了套房子，是准备在家里面长期发展呢。

黄菲父亲不为所动，摇摇头，说做生意哪有那么简单？糊口的不说，要想做大，谈何容易，要有人脉、要有资金、要有经验……而且，市场总是饱和的，要找到商机，这需要很好的眼力呢。小陆你只怕是……

她母亲也撇了一下嘴，说做生意，总是不如公务员来得妥帖一些，不安定。她又问我，什么学历，有没有想法参加最近的公务员考试，如有，她倒是有一些人脉，可以给我帮忙。我讪讪地笑，说想是想，但是公务员对学历要求太高了，我只是高中毕业，可能达不到标准。

我这句话一出口，两个长辈的脸色顿时都一变，吃惊，好像生吞了一只蛤蟆。

黄菲的母亲忍了一下，还是没忍住，问怎么回事？怎么连个大学都没有上？她的语气让我有点儿难堪，好像我做了什么对不起人的事情。我难受，感觉她这个当领导的，似乎喜欢将在单位的威势和气场，带回日常生活中，居高临下。但毕竟是黄菲父母，我需要尊重他们，便如实说起高考落榜的往事。

黄菲父亲屡次看向黄菲，流露出既疑问又失望的目光。

席间的气氛就有一些僵硬了，他父亲和母亲又打听了一下我的家庭情况，也就没有了再刨根问底的兴致，言语中又恢复到陌生的礼貌中来，敬了几轮酒，都是黄菲父亲陪我喝，但是其中虚伪的气氛，让我心里面压抑得很。黄菲忍不住替我辩解，说陆左是个很有理想、有经历的男人呢，他们也没有接茬，只是笑。

我心中难受，站起来礼貌地说要去一下洗手间，他们颔首，说去吧。

我来到洗手间，打开水龙头，看着镜子里的自己。说实话，除了最开始到南方的一年，我从来都没有自卑过，因为我努力了，所以得到了我应有的东西，也得到了别人的尊重。然而刚刚和黄菲的父母一席话，让我深深地感受到，我和黄菲，或者说和她的家庭，真的是两个世界，还真的难以融合呢。

朵朵从我胸前的槐木牌中飘出来，看着一脸纠结的我，帮我揩去额头上的水。

这小家伙已经找回了地魂，也会讲话了，然而或许过了太久的哑巴生活，让她不太适应用言语来表达情感，安静，话也少，不像小妖朵朵那般，是个话痨。同样，朵朵的记忆也发生了一些误差，她对生前的父母，并没有了太多的依恋之情，淡然处之，也没有说要去看望一下他们。

我不知道是什么缘故，灵魂的世界太复杂，而我只是一个刚刚入门的新手，有着太多的“不知道”。

我问朵朵，说我跟你堂姐在一起，会幸福吗？

她猛点头，攥着小拳头，嗯嗯嗯。

我笑了，是啊，无论如何，只要我和黄菲相爱的话，世俗所谓的一切，还有什么可以成为阻止我们的理由呢？是，我没有正经的工作，但是我有一身的本事；我没有高学历，但是我有着比寻常人还要丰富多彩的阅历和人生；退一万步说，即使我什么都没有，但是有一颗满怀着男人责任和爱的心。

这，便足够了。

回到包厢的时候，虚掩的门里面传来了一声愤怒而刻意压低的声音：“我不同意！”我停下了脚步。

这是黄菲母亲在说话。她的语速很快，像是领导在主席台上讲话，慷慨激昂地表达着自己的愤怒，说了一些难听的话。言下之意，就是我利用了黄菲的单纯和善良，欺骗了她的感情，然后想借着他们家的关系人脉，往上爬，想高攀。

黄菲的父亲也发表了意见，说这男孩子沉稳倒是蛮沉稳的，可是毕竟在外面打拼那么多年，人心肯定复杂；再说了，门不当户不对，家庭环境、生活习惯以及教育背景，这些矛盾热恋期间是看不出来的，但是真想好好过，以后一旦结婚了，肯定矛盾重重，天天吵架的。菲菲，恋爱结婚，这是一辈子的事情，有的时候，真的不能由着性子、由着感觉来。

黄菲母亲又说黄菲，有那么多优秀的男孩子追你，怎么就挑中了这么一个人？真是的，看那陆左，要钱没钱，文凭不高，家庭背景又不好，脸上还有道疤，看着就不是什么好人，真的是昏了头了。菲菲，你要是想谈恋爱，妈给你介绍，个个都是青年才俊，包管你满意。至于这个陆左，分手吧？

他父亲也说是啊是啊，我们都是过来人，晓得的。爸在黔阳帮你物色几个。

黄菲气愤极了，轻叫一声爸、妈，说她是真心地喜欢我，无论怎么劝，都不会放弃的。听到这句话，我心里面暖洋洋的，故意弄出些声响，然后进去，说不好意思，出去这么久。

他们的表情尴尬，显然觉察到我可能听到了什么。不过都是有城府的人，脸上依旧挂着淡淡的、矜持的笑。

这顿饭吃了一个钟头就结束了，完了的时候我主动去结账，然而想起自己没带钱包，十分尴尬。黄菲机灵，偷偷过来结了账。黄菲父亲、母亲都有车来的，她母亲要带着黄菲回去，她虽不情愿，也还是跟着车回去了。我站在酒店门口，朝远去的车子挥手，像个门童。

车走远，风大，我紧了紧衣服，走回我小叔家去。

小华去上大学，空出了个房间。小叔拉着我，不让我去外面睡，说家里面有睡觉的地方，将就一下，不然真就是看不起他了。他说得坚决，我也只有听从。晚上的时候，坐在小华的房间看他以前的教科书，一头雾水。小叔的女儿小婧抱了一床棉被，进来给我。这丫头自小叔脸上受伤后再也没理过我，不过到了现在，气也消了，脸上倒是有些笑容。

我跟她聊了几句，也肯说话了。

这时我电话响，是黄菲。她问我睡了没？我说没有，她便说好，叫我出来一趟，找我好好聊一聊。

我答应，换衣服出了门，来到约定的风雨桥附近。

黄菲正在等我，我走过去很自然地牵了她的手，她先是一惊，看清是我，松了口气，轻轻地捶了我一下，然后柔声说道：你没事吧？我耸耸肩，说能有什么事？她如释重负，说她回去之后，担心我被她父母的言语给刺激到自尊心，然后脑门一热，就放弃了呢？

我说我看起来，有这么蠢吗？

她认真地打量了一下我，说有，真有，一看你这人，就是那种有着强烈自尊心的家伙，容不得别人说半点的不对。就是你这样的执拗，才吸引我啊。不过你为了我，却能够将这些都通通抛弃掉……我很感动呢。

她的表情迷离，小脸儿羞红，璀璨的眸子里有着水一样的柔情蜜意。

我紧紧地握着她的手，不说话。

桥上的风大，我说我们不要过去了，找个咖啡馆坐一坐，暖暖身子。她说不要，她就要过去，去看看河对面的那棵老柳树。上面有她年前刻的一个印子呢，要给我看。我说好，便牵着她的手走。她的手滑嫩冰凉，像软玉。

我牵着，有一种“执子之手，与子偕老”的感觉。

夜间的风雨桥上全是漂亮的彩灯，我们走着，像是走在婚礼的红地毯。这种风雨桥是我们那里的一种民俗建筑，桥上面是雕阁飞檐、漆木围栏，也算是一道风景线。尽管风大，但是桥上有恋人依偎在桥栏上，有三五成群的糙老爷们，也有孤独看江水流逝的戴帽男人，人蛮多。

走到尽头的时候，我心中突然一阵悸动，背心发凉。

不对，这是一种被毒蛇盯上了的冰冷感觉，我下意识地扭头过去，只见一道亮光闪过，有一物径直朝我面门飞来。

第三章　风雨桥头

千钧一发之际，我偏过了头，那飞刀从我的鬓角划过，飘落了几丝头发。

这飞刀让我一瞬间确定，是在湘西凤凰袭击过我的那个倒客。

我刚到晋平，就欺负到我头上来了，这还了得？

我一把推开黄菲，大喊一声走啊，然后纵身上前去。哪知黄菲却一把拉住我，说你别胡来。

就这当口，那个桥栏杆边孤独吹风的男人，已经射出了第二把飞刀，嗖的一声，堪堪射中我的胸前。这飞刀一射到我胸口，被定住了，再无寸进。我胸口是收藏朵朵灵体的那块槐木牌，这东西是杂毛小道帮忙打造。他也是费尽了心思，偷取了环城河边一棵百年老槐的树芯雕制，坚硬得很，他偏巧就射中了。

这一下吓得我魂魄都飞散，灭了这小子的心就更加强了。

我一把甩开黄菲的手，大步迈上前，跑了四五米，那人又飞一刀来，我侧身让过，似乎听到一声娇呼，我也没仔细思量，攥着拳头就扑上去，跟那倒客厮打。他是个中年男子，脸上也有刀疤，一脸的胡茬，比我还矮一点。见我欺身上来，他不惊反笑，又摸出一把飞刀，当作匕首，过来扎我。

我快冲到他面前时骤然急停，避开这一刀。

既然是职业倒客，近身的搏杀能力肯定是十分的突出，我愤怒之下，竟然有些冲昏头脑，想要以己之短去硬碰硬，这会儿醒悟过来，连着倒退三步，大喊一声“请金蚕蛊现身”，那人脸色一变，明显知道我家肥虫子的厉害，扭头翻过桥的栏杆，反手将手中的飞刀射向我，纵身而下。

我精神高度集中，他手一抬，便往旁边滚，自然没挨到这一刀。

那红缨束尾的尖刀在青石板上蹭出火花来。

我爬起来跳上栏杆边，只见桥下的河水里出现一个翻腾的浪花，看着大河中的水，我气得发疯，想这么容易就跑掉，怎么可能？看了一眼飞在空中的金蚕蛊，它点点头，倏地往桥下飞去。我这才扭过头去，只见地上已经围了几个人，而地上，正躺着一个女孩子——是黄菲！

我吓得魂儿都没有了，几步跑过去，蹲在地上看，只见她身上插着一把飞刀，在左胸的位置。

我喊了她几声，没有回应，颤抖着手，去试探她的鼻息，还有气。

有气就好，我连忙打了电话给马海波，跟他讲了此事，让他叫一辆救护车过来。

他急忙答应，说先叫车，然后派兄弟过现场来。我把黄菲的头放平，也不敢动她，看到这鲜血顺着伤口汩汩流出来，晕湿了胸口衣服的一大片，全是红，心中焦急万分。

这时肥虫子晃晃悠悠地回来了，我立马抓丁，让它想想办法。

它有些不情愿，但还是附在了飞刀的伤口，蠕动着研究一番。没一会儿，这肥小子居然钻进了黄菲的胸口去。我一阵愤慨，这狗东西，那个地方，我都没有……旁人纷纷伸长脖子，看个稀奇，还议论纷纷。

有人还打电话，呼朋唤友，过来围观。

我让这些人离远些，方便空气流通。他们不肯，越挤越前，有一个人差点儿踩到黄菲身上去。

我站起来冲那个家伙大吼，滚蛋，看个屁啊？

那个小年轻嬉皮笑脸，一脸轻佻地笑，说是啊，就是在看屁。

我火大，一下子冲过去，一脚把他踹到地上去，哼哼叫唤。那人爬起来就挥着拳头朝我冲过来，旁边几个男的，是他同伴，都撸着袖子上前要助阵。看到又打架，所有围观的人都往外面退了退，害怕伤到自己。

我虽然比不过那些有功夫的练家子，但是对付这几个寻常的男人，却不在话下。然而此刻，我哪里还有打架闹事的闲情逸致，当下就抓住这个年轻人袭来的手，紧紧箍着，然后逼视着他，问他是不是跟刚刚那个杀人凶手是一伙的？是不是？我已经报警了，如果你再要来闹事，一起抓走便是。

那个年轻人听得有些懵，脸色数变，然而终究是害怕扯进这人命官司里，僵直的身体一松，我放开他，他朝地上呸了一口唾沫，叫着周围的几个同伴匆匆离开。他没走多久，救护车就到达了桥下。这风雨桥是行人桥，有台阶，几个穿白色大褂的人从桥那端，推着急救担架车冲过来。

我看了一下，不到六分钟。

肥虫子从黄菲的胸口钻了出来，飞到我兜里。

飞刀有毒，不过被它给吸了。

医生来到我面前，看着地上躺着的黄菲，蹲下来检查了一番后，奇怪地问怎么血就凝固了，而且伤口凝合得这么快？旁边好事者指着我，说我有一个虫子，飞到那个女孩子的伤口去了。那医生看了我一眼，没说什么，然后几个人把黄菲搬了上去，推着走。

我跟着那个医生，焦急地问情况怎么样？

他告诉我还好，这飞刀被脂肪阻挡，没有伤及要害，回去做个手术，把刀拔了就好。到桥头的时候马海波带着一票弟兄过了来，问怎么回事？我说上次说起的那个倒客，今天又来杀我了，结果我没死，倒是射到了黄菲。我要去医院盯着，那倒客给我逼得跳了河，现在应该在下游的某个地方躺着呢，快去抓。

马海波看着十几米高的风雨桥，由不得敬佩，说专业的就是专业的，这家伙倒是个狠角色，这么高的地方就往下跳，也不怕下面没水，闪了腰。他吩咐手下的弟兄沿着河去排查，然后问我黄菲有没有事？我摇头，说不知道。

他摇头叹息，然后打电话通知黄菲的父母。

我随着救护车回到了医院，然后在急救室外面苦等。一会儿杨宇过来了，说马队让他在这边照看一下，又问起是怎么一回事。我看着手术室的灯，心中的焦虑一直在积蓄，说也不知道是哪个混蛋要杀老子，搞了两次，这一次把黄菲给误伤了。杨宇脸色发白，一脸的怒容，说这是袭警，这还了得？

没一会儿，黄菲的父母也相继到了。

我站起来叫叔叔阿姨，她父亲只是冷冷地看着我，而她母亲，则厉声地责问我，跟黄菲在一起，怎么连保护她的能力都没有呢？真的是个没用之人。

我被说得无地自容，除了对不起之外，没有再说话。

我生怕自己说得越多，就越遭到他们的反感。

然而，我心中却越是仇恨。

“是哪个该死的混蛋？这么和我过不去，到底是什么样的仇恨，一而再，再而三的想要置我于死地？”

手术持续了近一个小时，“手术中”的灯光熄灭，医生出来了，我们都围上去，问怎么样？医生摘下口罩，说手术很成功，病人打了麻药，暂时需要休息。谁办理一下入院手续？他看向了我，因为手术的单子是我签的，然而黄菲父亲走出来，说他去办，然后拍着我的肩膀，让我跟他走。

我跟着他，走到墙角边，他低声对我讲，他已经知道了原委：这一次，菲菲是被我害的。他不希望有下一次，也不希望我再接近黄菲，这里跟我无关了，请自行离去吧。我跟他解释，他摆了摆手，只是诚恳地劝我，说放过黄菲吧，不要再来缠着她了。

你们，是不同世界的人。

我没有再说话，黄菲父亲此刻肯定把我当作是罪魁祸首，甚至连我自己，都有些不能原谅自己。既然知道黄菲没事了，我待在这里也只是惹人嫌弃，还不如离开，等黄菲醒来再说。我向他鞠了一个躬，说抱歉，这件事情，我一定会给他一个交代的。

说完，也不管他的诧异，离开。

我刚出医院，就接到了马海波的电话，说那个甩飞刀的家伙找到了，在下河坝的滩石上躺着呢，人事不知。

我说好，我立刻过来。

他让我坐杨宇的车，直接到局里面来吧，他们也正在往局里面赶呢。说话间，后面有车喇叭响，听到杨宇在喊我。我挂了电话，然后上了杨宇的车子。

到了局里面，那个叫做罗福安的警察在等着我们，一下车，就直接带着我们到了审讯室里。

我在审讯室里看到了那个换成一身囚服的倒客，耷拉着头，被反铐着坐在椅子上。马海波在，他说这家伙浑身湿透，昏死在河滩边，他们拉回来的时候，就给换了套衣服。他还问这个样子，要不要先送医院？我摆摆手说不用，看旁边的人太多了，叫马海波清场。他吆喝一声，人一下走光，只剩下了杨宇作记录，马海波在旁边镇场。

这倒客中的是金蚕蛊的毒，慢性的，可以让人心肌梗死，但又不会真死。

我当然不会让这家伙轻易死掉，若是不能够挖出幕后的指使者，那黄菲胸口的这一刀，岂不是白挨了吗？

不记得是看了什么电影，说每一个干刺客行当的人，要么在衣领，要么在后槽牙，都有一颗立刻致命的毒药丸存在。我检查了一下，没有，那就好。他还有一副好牙口，但是想来也没有嚼舌自尽的勇气。我把金蚕蛊叫出来，这肥虫子马海波不陌生，杨宇倒是觉得稀奇，想到当年自己的悲惨遭遇，不由觉得菊花一紧。

肥虫子在空中绕了几圈，停顿，接着倏然钻进了那倒客的鼻孔里。

过了一会儿，倒霉的倒客先生睁开眼，悠悠醒来。

第四章　揽客老歪

其实这倒客早在闭着眼睛的时候，便已经清醒过来。

他先是感受了一下自己身处的环境，在确认自己没有机会逃脱之后，才睁开眼睛，一脸无辜地看向我们。我一脸阴沉地望着他，从他脖子上的青筋，确认到他若无其事的外表下面，有多么的紧张。

我俯下身来，盯着他，缓缓地问："为什么要杀我？"

他装傻充愣，说听不懂我的意思，他只是掉到河里去了而已。马海波在旁边笑，说"飞刀七"，到了这里，你就别嘴硬了，好像我们会认错人了似的。你的案底，堆在一起厚厚一叠，真当我们是傻子吗？

马海波唤的，是这个倒客的匪号。

这个家伙做事情一向都不留首尾，来去无踪，身上常背着七把飞刀，杀人即走，一向都是在湘黔交界的县市里活动，在这一带道上的名气，大得很。他也会一些简单易容术（其实就是化妆），故而没人知道他的真面目，神秘，又有着良好的业务记录，故而一直能够在这个行当中红火。

久而久之，知道的人，都叫一声飞刀七、七哥，端的是好大名头。

被马海波一口叫破，那家伙倒也光棍，靠着椅子，优哉游哉地说警官，办案可是要讲证据的哦？

我不理会这些，等杨宇走完一遍程序之后，直接问他，到底是谁指使他来杀我的？

他没说话了，低着头闭眼，一副不合作的样子。

知道自己已经暴露了之后，飞刀七一副徐庶进曹营的样子，低垂着头，一言不发。我踱步到他面前，问他到底说不说？他睁开眼睛，看着我，挑衅地警告我，说刑讯逼供，可是要犯法的。我冲他笑了笑，说怎么会呢？我怎么可能刑讯逼供呢？话说完，我扬起手，啪啪啪，就给了他三个大耳刮子。

扇完之后，我手掌发烫。

飞刀七吐了一口血，里面还夹杂着一颗牙齿。

是后槽牙。

他激动地看着我，说你居然敢打我？

我若无其事地揉了揉手，说我真没打算刑讯逼供你，刚才的那几下子，是给我女朋友报一刀之仇。我最后问你一遍，到底是谁在后面指使的你？他没说话，眼里面露出了不屑的神情。我瞧懂他的意思了，倒客有倒客的职业道德，透露主顾的消息，是最让人忌讳的一件事情，犯了规矩。

事实上，这里面的潜规则深得很，他只要说出来，他这辈子都不可能再吃这碗饭了。但是，有一点或许他没有想到，他进来了，这一辈子还能够出去吗？或者说，越狱？飞刀七在看强光灯下面自己的影子，不说话。

然而我是怕这种硬骨头的人吗？

我开始沟通金蚕蛊，让它提前释放“二十四日子午断肠蛊”的效果。这种折磨人的事情，其实肥虫子这坏东西最爱干了。得到了我的指使，它欢畅，开始在飞刀七的身体里游窜起来。随着我的一个响指打起，飞刀七的哀号声就在狭窄的空间里响彻起来，这痛呼，一声高过一声，声声催人泪下，伤痛欲绝。

我闭着眼睛，在黑暗中，听着这如命运交响曲的哭号，回味着自己初次遭受的苦痛。

或许是黄菲受到的伤害，让我的心冰冷，发狠，一头凶恶的野兽在咆哮，听到这个凄惨的声音，我莫名地感到一丝快意——仿佛是在享受，享受着来自弱小者的哀鸣。当飞刀七的声音渐渐沙哑下去，无力哼哼的时候，我又突然惊醒过来。

怎么回事，我怎么会有这样冷血的想法？

我怎么可以变得如此残忍——哪怕是对待一个敌人。

我改变了吗？

马海波走过去，用块抹布堵住了飞刀七的嘴巴，转头过来看着我，说再这样下去，这家伙真的就咬牙自尽了，停一停，陆左！我醒过来，沟通金蚕蛊，让它先行打住。飞刀七长舒了一口气，睁开眼睛，眸子里面全部都是恐惧。

他一头的汗水，说厉害，不愧是龙老兰的衣钵传人。

我有点儿好奇，说你认识我外婆？

他点点头，说见过几次，也算是熟人了。他说他认识好几个养蛊人，但是像我这般厉害的，却没有一个，要死，就给他一个痛快吧，死在我手里，也算是值了。我气愤得很，说都是熟人，还来追杀我？他笑了笑，说倒客这个行业，认的就是钱，而不是交情，只要出得起足够的价码，亲娘老子都舍得杀，何况是见过几面的熟人呢？你这话说得真够幼稚的。

他说着这话，对自己的行业表现出一种虔诚。

我见他就是不说，果然是个硬汉，向他举起了大拇指，由衷地敬佩了一番，说不错，做倒客做到这个境界，就敬业而言，也算是数一数二了。他，说那是，别人叫我杀手，但其实，我们就是倒卖生命的商人，无钱时孤独地在这世间行走，有钱，便做一笔生意，给那黄泉路上，送几口人而已。

我说哦，真真的纯爷们！说完，又打了一个响指。

第二轮，飞刀七嘴唇咬烂，依旧在坚持；第三轮，飞刀七生生咬断了我们塞在他嘴里的一根木条，两指宽的；在我准备第四轮的时候，这个自称“史上最硬”的男人流出了鼻涕眼泪，说这一轮接着一轮地搞，到底什么时候是尽头？我说不知道啊，招了就结束了，不招，咱们挂着葡萄糖，继续玩。他崩溃了，说不带这么玩儿的，没完没了了。早知道，他第一轮就招了，何必吃这么多苦头。

见他精神处于崩溃，为了表示没有刑讯逼供，我还是很客气地问他，还要不要再来一回？我们这次准备了钢筋，一般是咬不断的。

飞刀七交代了，说是熟人帮忙介绍的。那人是他的几个揽客（业务员）之一，雇主提供了相关的资料，还有预付款，而他只要将我杀了，除了揽客的提成之外，他就能够拿到剩余的尾款。我问那个揽客是谁，来自哪里，他老实交代，说那个揽客是镇宁的，也是这一片几个很有名的揽客之一。不过呢，我们这边经济条件差，生意倒不是很多。

飞刀七跟我说我的价码是四十二万人民币，所以他心动了。

我很无语，不知道是说太贵了，还是说太便宜了。

那个叫做老歪的揽客跟飞刀七是单线联系，两人是老相识了，相互间做过好几笔生意。飞刀七给了我一个地址，但是不保证老歪还在。因为这个家伙非常谨慎，会派人来盯着他这边的，失手了，老歪一旦知道风声，立刻就会潜伏起来，定然也是找不到人的。飞刀七讲述了他知道的所有与老歪相关的事情，我不知真假，又叫了金蚕蛊，虐了他一回，证明确实是真的。

看着瘫软在椅子上的硬汉，我吩咐马海波，要用泡发的黑木耳与银耳合水服用，持续三日即可消除蛊毒。

审完之后，马海波跟我说已经发函给镇宁县协助调查了，但是能不能抓到，他不敢保证。三缓一急，身在基层，马海波自然知道下面办事的规律。不过，这个飞刀七的落网，使得我的生命也暂时有了保障。马海波哈哈笑，心情舒畅，说这个家伙，身上可背负着好几起血案，或许还有更多的挖掘价值呢。

我摇头，如果不把那幕后黑手给找出来，我睡都睡不安宁。

我跟他说我要去镇宁跑一趟，一定要找到老歪，把那个买凶杀人的家伙给揪出来。马海波看着我，说一定要跑一趟吗？我点点头，说是，有这么一条毒蛇在时刻惦记着我，我怎么能够置之不理？这一次是针对我，结果误伤了黄菲，那么，他下一次会不会拿黄菲、拿我的父母来威胁我呢？斩草不除根，春风吹又生，这种事情，我是坚决的零容忍。

马海波点点头，说也好，他在镇宁县局有一个校友，把电话号码给我，到时候过去，找他帮忙。

我整理了老歪的所有资讯：一个五十岁的中年男人，长得斯文，手粗糙有力，一身烟味，讲着一口的镇宁方言，常用一张怀化的电话卡跟他们联络，住在镇宁县羊场镇街上，在附近承包了一个蝎子养殖场。

其实这信息，已经很详细了，如果镇宁县的警方通力配合，即时出击的话，应该没有问题。

但是，这种做了几十年旁门生意的老家伙，哪个是省油的灯？

说好这事，几人分头行动，杨宇请示了马海波，由他作为协调员，陪我一起前往镇宁，调查揽客老歪的事情。马海波说可以，还从队里面借调了一辆车给我们，连夜开走。我们准备了一下，马海波要连夜发函到镇宁县局，还要打电话给他老同学，杨宇也有一些事情要处理，我趁着这半个小时，跑到医院去，隔着门偷偷看了黄菲一眼。

这小妮子的脸色惨白，那是失血过多的症状。她母亲在守夜，看到我，咬牙切齿，低声喝骂我还敢来？还有没有脸面了？

黄菲的母亲，我自然是退让三分，也没多说，恭谨地点头离开。

我在医院门口打了两个电话，一个是给我小叔，告诉他我有急事，过几天再回来；一个是打电话回家，说明天不回来了，可能要去镇宁，我母亲问什么事？我说我有一个同学在那边，结婚了，去送礼喝喜酒，她一听这话来劲了，对我又是一阵催促，我无奈，只好敷衍。

过了一会儿杨宇过来接我，我和他轮流开车，连夜赶往镇宁，去找那个叫做老歪的揽客。

第五章　养蝎专业户

晋平到镇宁，山回路转，足足有四个小时的车程。

杨宇问我最近有没有得罪什么人？

我说我最近得罪的人不多，得罪的脏东西倒是一只手都数不过来。他对我很好奇，便缠着我，一直问我很多养蛊的事情，还有一些常见的灵异现象，比如鬼压床、比如半夜敲门声、比如鬼打墙等，我们边开车边聊，山路上黑乎乎的，弯道又多，我们开得小心翼翼。

这么久的时候，两个小家伙自然闲不住，首先是肥虫子。

它蠕动出来，友好地攀上了杨宇的脸，留下一道湿痕，以示友好。杨宇早前没见过它，但是听队里传言过，晚上见过一次，知道是自己上次拉虫屎的罪魁祸首，也不敢惹，一脸惊恐地看着我。肥虫子见他不好玩，飞起来，不理他。还没等他缓过气来，早就等待不及的小妖朵朵又吟着诗，从我胸前的槐木牌中，跳了出来。

杨宇的嘴巴张得能够吃下两个鸭蛋，不，是三个。

还好当时他没有开车，要不然我们的下场肯定是车毁人亡，妥妥的。

肥虫子是一个天生的外交家，跟谁都能够玩到一起去，属于狗都讨嫌的淘气鬼。它跟小妖朵朵在一起，一般都是玩捉迷藏的游戏，就是金蚕蛊躲着，小妖朵朵去找它，找到了就弹一下屁股。这游戏两个小东西足足玩了一个小时，金蚕蛊的尾巴变得奇肿无比，于是就不玩了。

小妖朵朵无聊，就折磨起杨宇来，她用天生的幻觉，给杨宇放“4D 电影”，结果杨宇一会儿惊恐万分，一会儿大喊大叫，一会儿又春情勃发，尿了一裤子……

还好绑着安全带。

有了两个小家伙的加入，这一路变得短暂而又漫长起来。

杨宇的世界观被完全颠覆。

我们是午夜三点到的镇宁，由于事先联络好，警局有个叫做殷盛的中年警官在等我们。讲明来意和情况，他跟我们说这恐怕有点困难。凡事都得走一个程序，警察办案抓人，要先立案、侦查，需要的手续一样都不能少，不然就违法了，是不是？我们问手续最快多久能办下来？

他说最快也要明天吧，这大半夜的，又不是什么重大案件……

我们提出先行前往羊场镇去监控犯罪嫌疑人老歪，怕跑了。他说可以，他在这边坐镇，叫来一个年轻的刑警，叫做王军，陪同我们前往。我们就没有再停留，接着前往羊场镇。有了外人在，我也就没有敢再让两个小东西出来闹事。王军一进车子里，嗅了嗅，露出怪怪的笑容，而杨宇则一脸的尴尬。

我这一天累得不行，便让王军开车，自己在后排躺着困觉。

睡得迷迷糊糊，我被人推醒来，接着有嗖嗖的凉风吹到脖颈处，好冷。我挣扎着起来，发现我们停靠在路边，车门打开，地上湿淋淋的，周围的建筑都不高，影影绰绰，更远处有昏黄的灯光传来。我问到了吗？王军给了我一个准确的回答，说根据资料，那个叫做郭娃喜的人，就住在那幢屋子里，对，独门独户的那家。

我点了点头，老歪的大号就叫郭娃喜。

杨宇问能不能叫派出所的人支援，王军说不行，还没有立案呢，怎么就抓人了？这不合程序的。不过，倒是可以找派出所的民警帮忙确定老歪在不在。我们无奈，让王军去联系人，我和杨宇则在车中等待。

我坐在车里，感觉跟这些警察在一起，自己好像被一张网紧紧束缚住，行动好不方便。不过转念一想，如果不是这些规矩在，恐怕普通老百姓更加没有安全感。过了一会儿，有人过来敲窗子，是王军，还有另外一个男人。

王军说这个是所里面的值班民警，他讲了一个事情，有点蹊跷。

我们问什么事情？

这个男人告诉我们，这里确实是有一个叫做郭娃喜的人，但是这个人才二十七八岁，退伍军人，承包了个荒山养殖蝎子，是镇上有名的精明人物、致富能手。这个人，跟我们提供的体貌特征完全不符合。我们心中一凉，当下也有些不信，那人早有准备，招呼我们去所里面看资料。于是我们起身走，来到所里面，当看到电脑档案中那个一脸正气的青年时，我们就知道被那个飞刀七给骗了。

这混蛋居然给我们假消息，还害得我们连夜跑了三百里地。

我肺都气炸了。

顾不得现在的时辰，杨宇立刻打电话给马海波，让他重新提审飞刀七，看看他到底骗了我们多少。我心中烦闷，打了声招呼，出了派出所，一个人在这个素未谋面的小镇上溜达。这时候已经是凌晨四五点的样子，初春，亮得也晚，我走过这条湿漉漉的小街，感觉自己的心情像长了霉。不知不觉，又返回了那个郭娃喜的家门口。

我看着他家门口挂着的干艾蒿，心中不由得起疑。

艾蒿是一种食物，也是一种中药材，但是在湘黔一带，却是一种驱虫避邪的草本植物。每至清明，家家户户都会采买，弄来些新鲜的青艾蒿，挂在门上、房头以及墙壁上，用来驱蚊虫，避邪物。然而一般到了夏天，就自己摘除了，只有懒得出奇的人家，才会让干艾蒿保留到秋分。

在这春初的时候，看到这挂了近一年之久的干艾蒿，我第一反应不是这家人有多懒，而是觉得其中有蹊跷——干艾蒿里面有一种东西，叫做异戊酸橙花醇酯，也称作米素药，这玩意儿世间只有一种东西喜欢。

这种东西叫做蝎子。

吃过米素药的蝎子，选十二只，放入大瓮之中相斗，每三天喂一次甜米酒（也叫醪糟），日夜参拜，清晨三炷香、入夜三炷香，如此三九二十七天之后，取一块发霉的血豆腐丢入瓮中，祭告，再活闷一夜，然后放入干艾蒿点燃，用烟熏之后，得到的唯一活物，浑身红彤彤，亮晶晶，脱去甲壳。

这东西叫做蝎子蛊。

有讲究的是，这干艾蒿，需放置在门前屋后一年时光，沾染人气和露水。制成取出这蝎子蛊，也必须在惊蛰当天。

多一天不行，少一天不行。

蝎子蛊的制作简单易为，所以用途并不广泛，主要就是用其排泄物来毒人，中者起初腹泻、口腥、额热、面红，重者四肢和内脏都出现有蛊在翻腾，不出三十日，必死无疑。这种蛊属于阴蛇蛊的分支，颇为毒辣，而且毒性强烈，又称“命不过三十”。

为防止错怪好人，我绕着这房子转了一周，发现了很多养蛊人的特征：侧梁悬镜，墙头无蛛网，门前的地砖洁净如新，还有一点，冷。蛊分阴阳，大部分瓮中炮制的蛊都属阴性，唯有少数几种为阳性，譬如金蚕蛊。当然，凡事皆有度，金蚕蛊性属阳，然而也终究是半灵体，可以自由行走于阳光之下，然而面对至阳至刚的雷电，却也畏之如虎，唯有退避三舍。

因为雷电是光与波的结合，对灵体损害最大。所以在打雷天，去养金蚕蛊的人家，绝无风险（当然，不要吃东西）。

我心中疑虑，一个正正经经的人家，怎么会养起这么恶毒的蛊来？

什么是蹊跷？这便是蹊跷。

我蹲在郭娃喜家斜对面，思索着。结果身子后面的人家拆开了门板，摆出早点摊子，准备开始忙活起来。见我蹲在门口，这家的男主人便问起。我说是过来旅游的，来早了，饿得很，想找点东西吃。这时天蒙蒙亮了，他也不觉得什么，说他家的骨头汤粉是这镇子的一绝呢，要不要搞一碗来热热身子？

我说好哇，来一碗。他搬来长条板凳，请我坐起，然后生炉子，忙活起来。

杨宇打电话给我，问我跑到哪里去了？

我说我在吃早餐，要不要过来。他没心情，说他打电话给马队说了，正在突击审讯，但是飞刀七是个硬角色，我不在，基本上没人能够治得了他。既然这郭娃喜不是老歪，那么先回镇宁睡一觉，再返回晋平吧？

汤粉上来了，一大碗，上面飘着油亮的汤和翠绿的葱花，老板问我要不要辣椒，他这里有朝天辣、酸辣椒，也有红辣椒。我摇头说不要，我本来嗜辣，然而金蚕蛊却不喜欢这种辛辣刺激的东西，我一直搞不明白，若论刺激，各种各样的生物毒素，哪个不比辣椒刺激？这不科学。可它偏偏如此，我唯有改变饮食习惯。

我一边吃，一边问老板，说来的时候，听说我们镇子上有一家蝎子养殖场？这蝎子啷个养哦？

老板一脸的荣幸，说有的。喏，斜对面那一家，就是墙顶红色琉璃瓦的那家，那蝎子场就是他们家开的，每年到了季节，好多药厂的车子就上门来，老板们提着一沓一沓的钱，抢着订货，就怕订不到。为什么知道不？娃喜这个崽，养殖技术好呢，一窝一窝的尽是高产，别个眼红也跟着养，总是死。

我扒拉着碗里面的粉，喝了一大口汤，问娃喜家有几个人？

老板一边忙碌，一边摇着头叹气，说老娘死了，一个爹，一个爷，娃喜刚回来的时候说了一门亲，后来那个姑娘出去打工，怀了别人的崽子，跟人跑了，他也就没有再谈这事情。按理说这人也是一表人才，家里面也殷实，可就是不知道为什么，就是不肯讨婆姨……咦，怎么这么冷，后脖子嗖嗖凉风？这该死的天气。

我看着从我怀中飘出、直奔郭娃喜家而去的小妖朵朵，跟着骂，是咧，真冷。

第六章　镇宁苗蛊

我跟早餐店老板聊着镇子上的风物人情，吃了两份骨头汤粉，足足待了近半个小时。

小妖朵朵仍然没有回来。

她跟肥虫子可不一样，我共享不了这小狐媚子的视野，所以对她的行踪一点儿都不清楚。按理说若只是寻常人等，她只是去去就回，哪里会费这些周折？

我终于坐不住了，思考了一下，结了账，走到了郭娃喜的家门口。

伸手叩门。

一分钟之后，门开，缝隙里露出一张密布皱纹的脸，眼睛红，全是眼屎。他疑虑地打量了一下我，问找谁？我打量着他，这是一个七八十岁的老人，满脸沧桑，身上有股淡淡的霉味。我直接说我丢了东西，便找过来了。他没有把门打开，平淡地注视着我，像在看一个不懂事的小朋友。

我便也这般看着他。

从他眼中堆积的黄白眼屎中，越发地确定其养蛊人的身份。

沉默良久，他突然说话了："果雄开花三十六枝，遍布东南和西北，敢问你是哪一蔸，哪一朵？"

他说的这话，是苗蛊三十六峒相互之间的切口语。这苗蛊一脉，其实是古耶朗国的祭师之间，相互融合和扩散，几千年传承下来的。后来到了宋朝，便有人统计，得出了三十六峒，时至如今，又是千年岁月，悠悠而逝，如今有几支断绝、几支开枝落叶，已无人知晓，然而这切口，却跟着历代的传承，一直延续下来。我结着苗蛊秘印，说我是清水江流的。他朝门外边望了一眼，说一个人？

我点头，说是的。他打开门，说那就进来吧。

我跨脚进去，闻到房间里有一股淡淡的青草味。这是普通的人家，都是镇宁农村的寻常家具，也看不出什么有钱人家的模样，只是很干净。走到堂屋里，昏暗暗，他坐回神龛前的椅子上，请我坐下。我对罗聋子那恶毒的钉子蛊一直都心有余悸，打量了一会儿，方坐下。

他端起桌上的一碗油茶，拿起筷子拨动上面的炒米和油汤，细细喝，也不招呼我。那油茶很烫，他喝得慢，而我则看着他，眯眼盯着。

一碗油茶终于见了底，他把碗放到一边，看着我，问刚刚那个鬼妖是你的？我说是，他点点头，神情认真地说他要了。我笑，说你倒是打得一手如意好算盘，你说要便要，凭什么？我边说，边看着这房子里的布置，看到底是哪里把小妖朵朵给控制了。他也任我看，笑眯眯，嘴角泛着油光。

这老棺材是有恃无恐。

我看不出门道来，只有硬着头皮，说小辈初来乍到，不懂规矩，冒犯了阿爹，多有得罪。希望您大人不记小人过，原谅我这一回，我收了自家的小鬼，从此之后，便不会再来冒犯。

他笑了，咧开嘴，露出仅剩下的几颗牙齿，欢畅得很。

他说你们清水江流那边的苗蛊，跟镇宁一样，少。但是呢，也有一些厉害的法子，比如金蚕蛊。话说这金蚕蛊本来寻常，然而凝练至体内，成为本命之物的这法子，却少有人能够传承下来。你若有，倒是可以告知于我，这事情，便好商量。

我眉头一紧，心知这家伙定是知晓了我的底细，要不然也不会径直提起此事。

那么也就是说，飞刀七没有撒谎。老歪确实是住在这里，只不过，这个老歪不是郭娃喜，而是他的父亲，这个老头的儿子。如此一来，全部都解释得清楚了。只是不知道，这个老头子到底有什么本事，竟然能够将小妖朵朵几个照面就拿下，悄无声息，简直是耸人听闻。

这可如何是好？

不过事情既然已经说开了，我也就不藏着掖着了，直接问他，是不是他找的飞刀七来杀的我？为什么要杀我？是谁指使的？

他笑了笑，说你好像没有明白自己的处境，现在并不是我求你，而是你求我，懂不懂？你说这话，好像我跟一个犯人似的。废话少说，你若识相，便交出养本命金蚕蛊的法子；若不识相，自行离开，我不送客。

我站起来，环顾了一下四周，问这房子里并不仅仅只有你一个人吧？为什么不都叫出来？

他笑，没有搭这一茬，说你进来，没有感觉这堂屋是经过特殊布置的吗？

我瞥了一眼，果然在堂屋的四个角落，都堆积着四坨狗屎蛋儿，神龛上贡着一个神像，是一尊黑色金边的小雕像，木质的，三头六臂，三面青黑色，口中吐火，愤怒裸体相……我似乎在哪里见过，而且还是最近的事情，然而我使劲想，却想不起来。这神龛上，有萦绕的香火烟雾，正中间摆放着一个小铜碗，盛满水。

我说果然邪门，那又怎么样？

老头儿眯着眼睛，说常听人说起，“降头术之极道，莫过于飞头；养蛊之极道，莫过于金蚕”。这说法，耳根子都听腻味了，只是不知道真假。一直都想找一个懂金蚕蛊的人，过来斗一斗，看看是他家传的手艺活厉害，还是风闻最盛的金蚕蛊厉害。两虎一争，必有闪失，小心一点哦！

我听出来了，这句话，是想要一较高下了。

他开始用苗话念起咒来，这咒语疾缓有度，没一会儿，一只粉红色晶莹剔透的小蝎子出现在桌子上。它仅仅只有成人拇指般大小，外形好似琵琶，全身柔软，轻巧，一对大钳子看着也是嫩嫩的，像新春枝头的嫩芽，高高翘起的尾巴像柳枝一般，向着我的方向摆动。

这蝎子蛊全身柔软，唯有尾巴末端上的那一根尖刺，妖异般的坚硬锐利。

斗蛊分很多种，他这是明斗。

所谓明斗，便是与暗中下蛊相反的一种斗蛊方法。通常来说的下蛊，都是养蛊人对没有经验的普通人所下的蛊，如果是慢性的，当事人又找不到下蛊之人来解，便只好另寻高明。这第三方插手者，其实也是同行中人，他负责解蛊。一下一解，这便形成了暗斗。这种方法一般潜伏期很长，解蛊的人手法高还好，若是个半调子，或者容易将人反治死，或者解活了，但是却招到了下蛊人的仇恨。

砸人饭碗，破人手艺，这仇对于养蛊人来说，其实还是蛮深的。

也有明斗，便是如今天的这种，摆开门道，两蛊相斗，犹如斗鸡、斗蛐蛐一般。

这样的斗法，简单明了，胜败立分，哪方有本事，哪方没本事，争斗中见分晓，以后也没有太多的首尾需讲。这种方法来自于最早期的传统，然而要求很高，因为正如我前面所讲过的，一般的蛊大部分都是以粉末、毒素而存在，真正有实体的蛊少之又少。所以一般能够进行明斗的，都是厉害角色。

见他这般，我也只有抱拳恭请金蚕蛊现身。

肥虫子活灵活现地出现老头的眼前，它尾部有一些肿，那是路上捉迷藏的时候被小妖朵朵给弹肿的。本来它应该在熟睡，休养生息，这会儿出来，一副心不甘情不愿的样子。然而它闻了闻，脑袋四处找，终于看到了趴在桌子上，做好战斗准备的水晶蝎子蛊。

这一见，可不得了，它的黑豆子眼睛立刻爆发了无比犀利的神采。

像是一个戒斋十年的小比丘，看见了一盘子香气四溢、卖相上佳的红烧肉；又或者像一只饥渴的苍蝇，突然发现了一坨屎……这吸引力实在是太大了，我想这肥虫子，大概在吞咽着口水。

它盯着蝎子蛊，薄翼轻轻鼓动，像头出柙的猛虎；蝎子蛊则盯着它，摇头摆尾，像匹桀骜不驯的饿狼。两者对望，一个在天，一个在地，彼此应该都能够看见对方眼中那罄尽太平洋海水，都浇灭不了的贪欲。

老头儿表面上风轻云淡，然而鼻翼张合，浑浊的眼睛中有着细碎的光芒，像玻璃渣子。

这无疑出卖了他牵涉到灵魂和菊花的紧张。

没有我的命令，金蚕蛊也就没有动，在空中游弋着，时不时用黑豆眼看着我，渴求。我和它心神相连，能够感觉到一股浓浓的饥饿之意。屈指一数，我好像又有好多天没有喂它东西吃了——这苦命的小东西，跟了我这么一个主人，便是天生的饿死鬼投胎，除了修罗彼岸花那一次，竟然没有吃过一顿饱饭。

然而即使美味在前，它也没有轻举妄动。

这是我近半年调教的结果，平时撒些小脾气，卖个萌，我也就不说了，在大是大非面前，它倒也没有造次的胆儿。

老头问我可以开始了吗？

我说谈谈赌注吧。我输了，给你培养金蚕蛊的方法；你输了，还我家朵朵，然后说出到底是谁要杀我。

我本以为他又要讲一番职业道德之类的话语，然而他没有，很爽快地点了头。

谈完话，我们共同打了一个响指。

蓄势待发的金蚕蛊从空中俯冲而下，那血红透亮的蝎子蛊，在这一刻则像是蟋蟀附体，从桌子上一弹而起，在空中三对柔软的节肢舒展，一双大钳子挥舞着，口中喷出一口黑气。与此同时，在与金蚕蛊接近的一瞬间，那尾巴上的尖刺一下子似闪电，扎穿了痴肥的金蚕蛊那金黄色的表皮，大量的毒液瞬间涌入到了金蚕蛊身上去。

仅仅一秒钟，两者双双坠地。

老头脸上浮现了笑容，这笑容配上了他的老脸，尤其恐怖。

接着，他的笑容凝固了起来。

第七章　幕后真凶

在我和郭老头共同注视下，跌落到水泥地板上的两个小家伙，爬起来的并不是那只架势凶猛、袭击成功的蝎子蛊。

而是肥嘟嘟的金蚕蛊。

这小东西什么都没有做，它所有的动作就只是飞过去，接着被蝎子蛊扎中，然后破开的血流出，将蝎子蛊反而给感染，毒死了——如此简单。它蠕动到了蝎子蛊的身上，大快朵颐起来，一点也没身为客人的自觉，毫不客气。那扬扬得意，大吃大嚼的吃货样子，让我都觉得很丢脸。

不过，它用最好的方式，表明了自己王者的地位，霸气侧漏。

郭老头跌坐在椅子上，摇头叹气，说想不到啊，想不到，差距居然有这么大？他神情萎靡，一下子仿佛像是老了十岁。我还要他配合着放了朵朵呢，于是假惺惺地关心他，说老爷子你没事吧？

他愣愣地看着我，表情突然转变成慈祥，眉头舒展，让我感觉颇为怪异。

他长叹一声，说这蝎子蛊，养一年，温一年，又一年，三年方显峥嵘，你的金蚕蛊，可知道有多少年头了？我摇头说不知，这个金蚕蛊是我外婆给我种的，多少年份，我还真的没有算过。郭老头伸出手，拇指和尾指翘起，其余三指并拢，说六十年。当年认识你外婆的时候，她便立志要养出一条这般厉害的金蚕蛊，我向她讨要，她不给，理由便是，这是个给人做嫁妆的法子。匆匆一别，五十载岁月，就已经过去了。

我一愣，他居然认识我外婆？

他哈哈长笑，说清水江河畔的苗寨子，哪个不晓得龙老兰的威名？

只是，多少年过去了，你们这小一辈，倒是不在意咯。想当年，你外婆那可是远近闻名的苗寨金凤凰，多少后生仔在她的吊脚楼下，唱一晚又一晚的情歌子，又有多少后生仔在夜里面默默地流泪……没曾想，造化弄人，她居然嫁给了你外公这个耕田佬，默默无闻起来。人生就是这么奇妙啊，对不对？

他停顿了一会儿，摇头长叹道："你外婆这么风华绝代的一个人，宁愿蛰伏在小寨子里，不容易啊。她这一辈子的心血，都在这条金蚕蛊上了！"

我默然，问他怎么突然提起这些事情来，难道这跟我有关吗？郭老头遗憾地长叹一声，说倒也不是，只是睹物思人罢了。我冷笑，说那飞刀七说认识我外婆，你也说认识我外婆，感情闹来闹去，大家都是熟人。可是，既是如此，你们还三番五次的上门追杀，到底是为了哪样子？

郭老头拍了拍手，走进来一个中年男人，乡下老农打扮，并不斯文，一身火烧火燎的烟熏气味，粗大的双手全是老茧。

这个人，就是飞刀七口中专门帮他招揽业务的揽客“老歪”。

他居然没有躲起来，这是自信，还是迟钝？

老歪走过来，先跟他爹行了一个礼，然后坐下来，自我介绍说他叫作郭仕友，确实是这一片地头的揽客，杀我的那项业务，也是他的下线承接上来的。他之前，并不太了解我的来历，直到飞刀七古城失手之后，才加强了资料收集，知道了我也是养蛊人的身份，也知道了我的外婆是龙老兰。

这时肥虫子已经吃完了蝎子蛊，意犹未尽地舔着地上的残汁，然后飞回我这里。

我问我外婆跟你们有仇吗？

老歪摇头，说没有。他大约有些不好意思，先是跟我讲了一番现在的市场不景气，然后又说我们这一带穷乡僻壤，也没有什么好生意，所以接了也就不好意思退。再说了，即使是龙老兰的外孙崽，若连飞刀七的追杀也逃不掉，那么留在这个世界上又有什么用？他只是搞业务的职业揽客，牵扯太多的仇怨在里面，会砸了自己的招牌。

不过呢，这回一见，果真是个厉害的角色，以后必成大器。单，他们会撤的。

我挥挥手，说别扯这些，先把朵朵放了再说。

郭老头说好，他踱着步子，走到神龛前，把供着的那一碗水取下来，将铜碗搁置在桌子上面，让我看。我凑过头去，只见水中的倒影里面，小妖朵朵正在里面，又跳又叫，奋力地想要冲出水面，然而这水面仿佛有一张玻璃板格挡着，被死死地挡在了里面，不得出来。

这是……

看到我眼中的疑问，郭老头脸上顿时有了光彩，他伸出左手，食指在碗里面蘸了蘸水，然后在桌子上画着歪歪扭扭的符文，一边画一边说这铜碗，是他们祖上传下来的法器，叫做“铜胎掐丝缠枝莲纹碗”，号曰“遥闻不断在烟杪，万籁无声天境空”，典型的镇宅辟邪之物，在碗中置满净水，凡有鬼物灵胎，皆可收之入内。

他画完符，端起碗来喝一口水，然后将这水往空地上一喷。

“啊”的一声叫唤，小妖朵朵便跌落在地板上。

郭老头指着地上伏卧的小妖朵朵，说你也是有好大的机缘，得了这鬼妖，然而这小东西，灵智初开，除了会一点儿幻术，别无他用。修行这东西，不进则退，若不加指导，长此以往，再好的资质也会被消磨一空。还有，以后不要乱差遣她到人家的宅院里探路了，从来没有见过这么傻的灵体，直接跑到碗里来。

小妖朵朵一脸不忿，站起来叉着腰骂：“你这个老棺材，你才傻呢，你才到碗里去呢，你们全家都到碗里去……”我连忙捂住了这小傻妞的嘴巴，这死妮子，跟虎皮猫大人在一起待了几天，别的没学会，一嘴脏话倒是学了个七七八八，骂人没带重样儿的。

郭老头笑眯眯，说知道为什么会跟我说这么多不？

我摇摇头，把地上这个小惹祸精抱起来，然后指使肥虫子去钻她的脖子下面。被肥虫子这么一骚扰，小妖朵朵也就忘记了骂人，伸手去捉虫子，然后咯吱咯吱地笑。

郭老头长叹一声，说正如之前所言，这金蚕蛊，是你外婆一辈子的心血，即使作为旁观者、局外人，也希望你能够活得长久，并且最终摆脱养蛊人“孤、贫、夭”三者选其一的宿命。前面杀你，是想看你造化，现在点拨你，看在同道中人的份上。何谓“蛊”？自相残杀而得胜者，天生就有一股子戾气在，用以害人，自然会消磨福缘。道之物，缥缥缈缈，然而上天始终在上。

行恶，则因果报应；行善，则种得业果……

我听着他说，唠唠叨叨，绕了一个大圈子之后，他终于进入了正题。

他说飞刀七已落网，这人本来是条汉子，但是再硬的铁汉也顶不过蛊毒的折磨，所以我才会出现在这里。他招了，但是信息有限，证据不足，定然也是指责不到他儿子的头上。现代社会，是个法制健全的社会，证据不足，便不足以判案。当然，如果我能够不说出去，这样最好，省得麻烦。

作为回报，他们可以将买凶杀人的幕后黑手，提供给我。

我沉吟一番，说可以，但又提出一个条件，以后但凡有人，对我或者我的家人不利，要第一时间通知我。

郭老头看向了他儿子老歪，而老歪则颔首点头，说可以。

我期待地看着他，等待他把那个幕后凶手的名字说出来。他张了张嘴，然后吐出了三个字。

“张海洋。”

果然是他！一听到这个名字我心中就是一阵剧动，我和这个长相帅气的富二代交集并不多，第一次是在白云机场，他对我冷嘲热讽，极尽鄙夷之能事；而后我们再见面，便是我和黄菲从马海波家中吃饭回来，我送黄菲回家，这小子像疯狗一样蹿出来，张牙舞爪，然后被我狠狠教训了一番，怨恨离去。

从此再无交集，然而我却始终未曾想到他对我的仇恨有这么严重。

自凤凰古城的暗杀，到这次晋平风雨桥头的伏击，两次，连续两次！我心中冰冷，这张海洋的心思可真够歹毒的，仅仅是一起竞争女朋友，失败了，就因为这么一点个人恩怨，便极端到买凶杀人。他脑子里面还有没有道德，还有没有王法？难道身为富二代、官二代，就能够为所欲为吗？

我死死地盯着老歪，问他确定？

老歪把一张打印的银行转账记录给我看，说这个家伙出手倒是阔绰，在我们这一带，杀个人也就十来万左右，所以他这算是大单了。看看，整整五十万，我们抽百分之十六，他先付了一半订金。当然，这东西，看看就好了，给你不可能。我们也不会出庭指证的。

我点点头，说我知道是谁在背后阴我，就好。这瓜娃子，不给他一点颜色看，他真不知道爷爷是开染房的。

郭老头举起桌子上的碗，问我要不要来一碗油茶？

我摇头，说不用，领教了，先行告辞，以后有机会再见。老歪起身招呼我，问我有没有兴趣来做他们的倒客？他们的宗旨是让利给一线员工，所以提成很少，才百分之十六，大部分钱都归一线的倒客所有，要是有兴趣，加他的QQ，以后好联系。我记下他的QQ，说做这行当倒是不必，只是以后有什么关于我的消息，及时通知我就成了。

他微笑，说好的，这个嘛，是朋友就好。

推门出去的时候，我忍不住回头看了一眼，总是觉得神龛上那尊神像，怪怪的，好像是在哪里见过。

从始至终，我都没有见到郭娃喜。

第八章　远走英国

我出门的时候，正好接到杨宇的电话，问我在哪里，他们准备返回县城了。

在路边等了一会儿，车子过来了，杨宇和王军招呼我上车。我来到后排，倒头就睡。到了县城，马海波的同学殷盛热情地招待了我们，说他接到了老马的电话，知道情况了，真的是一场乌龙，不过来一趟不容易，请我们吃一顿饭，略尽地主之谊吧。

杨宇还没有开口，我便出声拒绝了，说忙着回去，现在是早晨，也吃不尽兴。下一次吧，下次一定不醉不归。他们一再盛情相邀，我都推却，殷盛便知道我是真的有事，也没再挽留，送我们出来，挥手告别。

回去的路上，杨宇抱怨说怎么这么急？也不说睡上一觉再回去，这一宿折腾，累得要死了，疲劳驾驶，小心翻车哦。我打着方向盘，跟杨宇说知道我凌晨那个时候，干吗去了吗？他瞌睡得厉害，眼皮子直打架，迷迷糊糊地问为什么？我说我去了郭娃喜家里，而且还见到了老歪。

他腰一直，立刻就醒了过来，问怎么回事？

我开车，看着前面弯曲的路，不断打着方向盘，轻描淡写地跟杨宇说道："其实你应该也知道这个买凶杀人的幕后黑手是谁，是不是？"杨宇的脸青一阵白一阵，看着我，没说话。我不理他，继续讲起，说那个幕后黑手，知道我大部分的资料，甚至连我是一个养蛊人的事情，都知晓。还好这次是一个只会甩飞刀、又对自己绝对自信的家伙，如果他是一个枪手，杨宇，你说你还会不会再见到我？

杨宇嘴角抽动了一下，想笑，但笑容僵直，好似在哭。过了一会儿，他艰难地说他不是有意透露的，他只是想警告一下那个家伙，叫他把眼睛放亮一点，不要惹到不该惹的人。

是吗？我转过头来看他，问他那就是知道是谁下的手咯？

杨宇艰难地说，有可能是他表弟，张海洋。

我问他此话怎讲？

杨宇抱着头，陷入了痛苦的挣扎。

沉默了一会儿，他对我说，张海洋这厮自从上回和我打架之后，回到家里就一直唠叨着要教训我，他就跟张海洋讲起过我的厉害，那家伙不信，说这些歪门邪道，总不至于有枪炮厉害？古人都说了"防不胜防"，想弄一个人，总是有办法的。杨宇严重警告张海洋，说我是他的朋友，让张海洋不要再缠着黄菲，也不要想歪点子去报复我，那小子当时一口答应，说晓得了。

结果，后来杨宇听到马队说我在凤凰古城遭到袭击，他就心慌，去公司账户里一查，发现账上被张海洋支走了五十万。

他立马就知道不对劲了，找到张海洋严加盘问。

结果那混小子一口否认，只说是赌博输掉了。

张海洋是他舅舅的独生子，一向都娇惯得很，要啥给啥，旁人都拂不了他的意。这件事情给他舅舅知道了，把张海洋暴打了一顿，然后把这小子禁了足，并筹谋着把他送出国去历练一下，免得在这个小地方磨成油条、无所事事，人也就废了。

说完这些，杨宇看着我，说他也没有证据，只是猜测。他有点儿小心思，也是想着他表弟绝不可能干出这种混账事来。所以一路跟来，想亲自确认一番。

我看着杨宇，说我还能够信任你吗？

杨宇摸着自己的胸口，说他以警察的良知保证，如果真的是张海洋，他绝对第一个把那小子给抓起来，押送上法院的审判庭。

我说这就好，然后将镇宁郭家所遇到的事情，一五一十，详实地讲与了杨宇听。

我说郭家虽然让我不要揭发郭仕友便是杀人揽客老歪这件事情，我也答应了。但是，作为一个有良知的公民，我觉得我有权利、有义务将这件事情告知给警方，至于怎么处理，便全部都是你们的责任了。我得到了我的答案，幕后主使就是张海洋；而你，最好不要将我的话，通过任何渠道传递给郭家……

我继续开着车，而杨宇则思索了一下，打电话给马海波，说他表弟张海洋有可能就是买凶杀人的凶手。

马海波刚开始还不相信，再三确认之后，在电话那头骂了一声娘，然后一阵忙乱。

一路行，我补足了觉，精力也比杨宇充沛一些，便一直由我开车，我们大概是中午十一点到的晋平县城，直接将车开进了杨宇他们单位，然后在办公室里面找到了忙碌的马海波。见我们进来，他一脸的晦涩，杨宇问怎么了？马海波说你表弟张海洋，已经出国了。杨宇一脸诧异，问什么时候，他怎么不知道啊？

马海波揉揉鼻梁，说今天早晨去传唤的时候，才知道的。

这小子昨天中午就离开了本市，飞往英国，今天早上的航班，只怕现在已经出了国。我大怒，这王八羔子，居然还跟我玩金蝉脱壳这一招？便问是怎么出去的？旅游、学习还是移民？

杨宇说是学习，之前他舅搞的自费留学，只是没承想居然是昨天走的，难道是安排好的？

我和马海波的目光都投向了杨宇，他连忙摆手，说昨天夜里一直都和我在一起，怎么可能？我想想也是，以杨宇的前途，还真的没有必要去做这种事情，更何况，他本身也不是很喜欢自己的表弟。我问马海波，说出了国就不能够治这个家伙了吗？他说可以，不过很难办，程序上不好走。

他这么说，那就是没希望咯？

我一下子坐在椅子上，有一种用尽全力，却打了一个空的失落感。

我回到我小叔家，准备洗个澡。

他们正好在吃饭，便加了一副碗筷，招呼我一起吃。我坐下来，感觉疲倦像潮水，将我掩埋。草草吃了几口，我便快速洗完澡，躺回了床上，闭上眼睛。越是疲倦，我越是睡不着，想起这些天来发生的事情，感觉自己好像陷入一个烂泥坑中，难以自拔。我先后交了两个女朋友，小美身死，黄菲为我负了伤；而我领养的小鬼朵朵，命运更是艰难，奔波忙碌，不得安定。

这便是养蛊人命运的诅咒吗？

很多时候，我总是想着快意恩仇，然而现实就像一张大网，只要我还有自己关心的人在，便需要时时地接受妥协。比如镇宁郭家，我对那种用别人头颅来换取利益、践踏别人生存权利的人，向来是最反感的，然而畏惧于其对我家人的威胁，我没有选择站出来，而是把这个难题抛给了杨宇。

为什么？

郭家既然能够在那里立足几十年，必然就会有一定的地方利益在为它打掩护，想凭着飞刀七的几句话就扳倒它，别说马海波，便是我，也是不敢置信的。

而且，飞刀七的证词还是来源于我的蛊毒逼供，这在法律意义上来说，本身就站不住脚，是不值得采信的。

打蛇不死，必遭其反噬。

当然，除非是被逼急了，郭家也不会对我有所行动的。因为他们有置我于死地的手段，我也有报复他们的法子，如果不想放弃自己的基业的话，是不会轻举妄动的，这便是博弈论，这便是威慑学。我已经告诉杨宇老歪的真实身份，这也是我唯一能够做的，有警方盯着，他们的行径也会收敛一些。

对于此，他们只能怀疑，没有确信，也不敢贸然动手。

这也许是我唯一能够做的。

个人的微小，让我分外没有安全感。我抱紧了被子，一天的劳累终于淹没上来。

我这一觉足足睡了十个钟头，晚上爬起来，依然头昏眼花，半天也没有清醒过来。楼下的小叔听到动静，问我醒了没有，我应了一声，他叫我下来吃饭，他给我热一热饭菜。吃完晚饭已经是十一点，我便索性返回了房间，关上门，然后唤出朵朵和金蚕蛊来。

一人半天，这一次轮到了朵朵。

金蚕蛊一出现就缠着朵朵玩——比起那个狐媚子来说，其实肥虫子更喜欢这个西瓜头、婴儿肥的朵朵，我也讲不清楚是为什么，大概是习惯的缘故吧。肥虫子本就是个恋旧的小东西。在小叔家里，房子的隔音又不是很好，我自然不敢让两个小家伙放肆地玩闹，一把揪住肥虫子，让它在一边乖乖地待着，然后开始给朵朵讲解《鬼道真解》上面的内容。

在找到“麒麟胎”之前，我必须要让朵朵能够强大到一定程度，不至于被阴风洗涤，磁场共鸣而消失掉。显然，从湘西凤凰地翻天家中得到的一卷《鬼道真解》，是让她逐渐成长起来的不二法门。

然而让我苦恼的是，虽然找回了地魂，但是由于被妖化还魂草的作用，这地魂产生了一定程度的变异，不但出现了另外一个意识“小妖朵朵”，而且连本体朵朵的部分记忆，也遗失了。好在她大部分的知识体系都还在，只是……呃，作为一个才上到幼儿园大班的小朋友，显然并不能够理解四百年前一个优秀的鬼魂书写的文字和章节。

这“之乎者也”，我个人其实也不是很明白。

虽然每个字我都认识，但是集合在一起，我却有一些抓瞎。

“文盲”很可怕啊！

第九章　黄父约见

我以前一直都执着地以为，朵朵是个聪明伶俐的小孩子。

这印象大概来源于她的懂事和乖巧吧。然而，当我对她进行了两个小时左右的讲解和培训之后，我发觉，这个娃娃，果真是个两眼发懵的小笨蛋。

天可怜见，这还是召回了地魂，神识恢复正常了的表现啊！

要是以前，那岂不是更加的一头雾水？

综观《鬼道真解》空灵一章，共两千三百二十余字，刨去“之乎者也”的虚词助词，有两千余字的修炼方法，夜间的六个时辰，都有相应的修炼方法，行气路线。循序渐进的，或对月亮，或对星光，用遥遥辰星之力，吸取这来自无数个光年之外的光线能量，来达到淬炼本体的目的；激进的，或服丹药，或直接吸食活人牲口的魂魄，来壮大自己的神魂……

这一些，我早就烂熟于胸，倘若我能够化身为鬼，便能够捡起来就练，无需任何停顿滞留。

然而朵朵虽上过幼儿园，识得一些字，也会画个鸭子大象什么的，但是要让她明晓修炼方法的原理，显然不现实。身死为鬼，然而学识并非也得到了蝶变，以前什么样子，现在怕是只有退步，没有超越的可能。我在做了无数次的尝试之后，终于放弃了“我家朵朵是天才”的期望，明了了这修炼鬼道真解的事情，不能够一蹴而就，还需要用水磨功夫，细细地教。

到了凌晨一点钟，我依然还在教朵朵结结巴巴地念经文，隔壁的堂妹小婧受不了了，敲了我的门，说左哥你怎么回事，嘀嘀咕咕一晚上了，还让不让人睡觉了？

我这才想起来，房间里隔音不太好，我这一番折腾，只怕是让小婧听出了什么了，连说不好意思，我在说梦话呢。说完这话，我狠狠地朝朵朵瞪了一眼，她委屈地坐到窗台边，盘腿而坐，然后对着天上的半轮明月，吞吐着气息。我把飞过去的肥虫子揪住，说赋予它一个伟大而光荣的任务，就是监督黄朵朵同学用功，不准偷懒耍滑。

要是没有坚持做，就告诉我，我罚她。

肥虫子领了命令，屁颠屁颠飞到朵朵的旁边，附在窗户的毛玻璃上面，蠕动，黑豆子眼睛里满是期待。

我把灯关上，深深吸了一口气，当幼儿启蒙教师，真累！

由于担心朵朵，我凌晨五点钟就醒来，看到窗台处，近乎透明的朵朵仍然趺坐在虚空，轮廓隐约，小手合在胸前，对着天边已经隐入黑暗的月亮，吐纳气息。她显然并没有入定，我一走过去，她便睁开眼，黑亮的眸子看着我，噘着小嘴，不高兴。我心中一软，将她抱起来，她扯着我头发，埋怨我，说打坐一点儿都不好玩，累死了。

我心中惆怅，朵朵天性爱玩，要教会这个小笨妞明白辛勤修炼的意义，还真的是一件让人头疼的事情啊！话说，我以前的老师是怎么教给我读书的兴趣的？

再找金蚕蛊，这狗东西早就不知所踪了。

由于我的不作为，导致它那杂碎狗肚皮总是空荡荡的。除了二锅头拌内脏外，我还真的没有什么好伙食来对付这个吃货，于是便准许它自由行动，飞出去自行觅食。它的食物，都是些腌臜物，所以我跟它约法三章：一是不得惊动他人，留下首尾；二是不得遗落蛊毒、祸害旁人；三则是不得将食物带回，且回来的时候要搞好个人卫生，至少也要在肥皂水里面，滚上三个回合，没有臭味。

试行办法倒也还算是不错，总算没有把这厮给饿死，只是这样一不限食，小东西的身材越加肥硕，每日晚归的时候，总是撑得飞不了路，艰难地蠕动着回来。不过还好，它已经晋级为半灵体，而且我已经强行让它转变了回家的路径。

虽然有的时候它仍旧习惯走老路……

清晨，我早早地起来练习《镇压山峦十二法门》固体中提过的法子，这法子算是一套拳，但是不像普通拳法，没有固定套路，只是能够将各肌腱给拉伸，锻炼骨骼，类似于现代瑜伽。这一番下来，一身都是臭汗。

我不得不勤快一些，因为通过这么多事情的历练，我发现了一个很严重的问题。那就是我虽然气力比常人大一些，身手也敏捷，但是面对着练家子，还是力有不逮。我在想一个问题，我要不要去找一个武馆或者师傅，系统地学习一下，免得以后再出现类似的事情，束手无策。然而，哪里会有这么容易，我们这一带并不尚武，都是在土里面刨食的农民，早年间剪径的好汉1949年之后都给专了政，一哄而上的优良传统，也没有流传下来。

想学，还得去一线城市的武馆，或者……少林寺之类的？

不过恕我冒昧，少林寺在著名的CEO方丈刘英成先生（法号不解释）受组织委托，接手了这座寺院之后，除了花拳绣腿，还有真的“国术”在吗？

好吧，其实是有的，这个以后有机会谈。

到了早上十点左右，我接到一个陌生电话，是来自省会城市的号码。接听，原来是黄菲的父亲。电话的内容很简单，邀我到县城××咖啡馆，谈一些事情。我连忙答应，恭敬地挂了电话。按照那些婚姻爱情题材电视剧的套路，我能猜测到，这是类似于家长见面、劝退苍蝇的桥段。

它很老套，有时候却很管用。

我来到街上，小县城并不大，我便慢慢走着。走到咖啡馆附近的时候，前面来了一伙人，擦肩而过的时候，领头的一个人突然拦在了我面前。我正是一脑门子的愁绪呢，被这一拦，吓一跳，还以为是熟人或者老同学呢，没想到是一个素不相识的年轻人，一脸的骄横和轻狂。

这少年子年纪不过十六七岁，正是最张扬无忌的年岁，一把拉着我的衣服，张口就骂，各种污言秽语。

直到左右的人都围上来时，我才看清楚，这就是前天晚上被我一脚踹开的那个年轻人。

当时怯于警察的到来，他仓皇跑了。回去之后定是被同伴取笑，这次见了，想来是要找回场子的。我看到这一群人中有人穿着县职高的蓝色校服，就知道应是那儿的学生混混了。从我读书的时候起，职高的学生就是有名的好勇斗狠，也冲动，见了血都不怕，因为不懂事，所以最是危险。

我哪里有跟这些小年轻斗气的心思，他拦着我，扯我衣服，我也只是让他拉着，平静地看着他，说直说吧，到底想怎么样？

他斜瞅着我，说他也不为难我，赔礼道歉，然后在杉江大酒店摆一桌酒，再给哥们儿封个大红包就可以了。我笑，伸手过去，握着他攥我衣服的手，一使劲，就像铁箍一样勒紧。他哇哇叫，泪水都飙了出来，喊人一拥而上来打我。

我猛地一扭头，瞪着这些跃跃欲试的少年，将自己心中的怒火一瞬间迸发。

许是我眼神太过凶猛，又或者我面相太凶，居然没有一个人，敢上前来。

我回过头来，盯着这个少年，凝视着，一字一句地说："你的世界或许太过狭窄，所以看见的东西都只是电视上、小说中的，很多东西你不听、不闻、不晓，便觉得世界就只有这么大，而你则是这世界的中心。但是小孩，说句实话，这世界上有很多人，你惹不起！我要你死，不过是分分钟的事情。父母养你这么大，是想让你来养老送终，而不是给你办葬礼的，做人要懂得收敛，不然，死都不知道怎么死的……我说的话，你能够听懂吗？"

他梗着脖子，装作不知道，像个二愣子。

我抬手就给他一巴掌，这一掌掴又响又脆，他一下子就懵了。前天危急，我指挥金蚕蛊的事情其实他都有看见，然而这少年属于混不吝、瞎大胆，竟固执地装作看不见。我连续好几个巴掌，打得他脸都肿了起来，又红又青。他要反抗，被我一把给掐着脖子，制止着。

旁边的少年蠢蠢欲动，但我比他们都高出一个头，出手又狠，没有个挑头的，大街上，都不敢上来。我揪着这小子，问他，说懂事了吗？

他沉默了一会儿，老实说懂了，对不起。

这时一辆黑色的奥迪停在了我旁边，后车座上的车窗打开，露出半张脸，喊我陆左，上车来。是黄菲他父亲。我应了一声，我松开他，扔下这群倒霉孩子，上了车。黄菲的父亲问我，怎么跟这帮孩子闹腾起来？我说明缘由，然后讲，这个时候的小孩子，最容易有激愤的想法，自以为老子天下第一，若没有遭受什么挫折，以后那还得了？指不定还会干出什么坏事呢。

黄菲的父亲笑了笑，说我这么搞，终究是不对的。

我不敢跟他争辩，点头说也是哦。

到了咖啡馆，我们进去，找了一个僻静的角落坐下，各点了一杯热咖啡，黄菲父亲就开门见山地跟我提起，说他其实是了解我的情况的，他也听他哥黄建设（也就是黄老牙）说起过，知道了我真实的身份，按理说，他是很尊敬如我这般有真本事的人，但是作为一个父亲，却不希望自己的女儿嫁给这样一个就在江湖漂荡、没有一个正经职业的男人，不安稳，太操心。

我说我不是职业的江湖术士，只是偶尔帮帮忙而已，我还是会拿着本钱，做点小生意，养活自己的。

黄菲父亲饮了一口咖啡，抬起头，说陆左，你以为我不知道养蛊人的三种命运吗？

第十章　蛊师命运

养蛊人的命运是什么？孤、贫、夭。

养蛊，便是把本来互不相干的毒物放在一起，自相残杀，或者用怨毒的念力来祷告，达成自己的目的——这种事情，终归是有违天和。所以，要么孤独终老，要么穷困潦倒，要么英年早逝，这便是养蛊人的命运。

自古如此。

然而，真的是这样吗？我从来就不这么认为。或许，常年在深山中，跟蛇虫鼠蚁打交道，心里面难免有些晦暗扭曲，或者与人沟通的时间少，交际能力就不行，找不到快乐，或者得到的是畸形的快乐，所以才会觉得孤独；而且手中有了力量，便蠢蠢欲动，想与人发生争端，但一山更比一山高，故而身亡，这都是有可能的。或许是因为滥用自己手中的力量，有伤天和，怨念集中于一人之身，各种倒霉事便纷呈而来。

性格决定命运。

这便是我对“孤、贫、夭”三途，最合乎逻辑的看法和解释。

我外婆龙老兰，一辈子行善积德，安康活至八十多岁，儿女齐全，虽然我外公死得早，勉强靠近一个“孤”字，但是她死之前，那么多儿女陪着，按我的想法，却不孤。她死后托梦给我，交代了三件事情，最后一项，也是最重要的一项，便是“积德行善，好自为之”八个字。

这八个字，字字珠玑，是我外婆一生的写照，也被我奉为座右铭、行事的基准。

人在做，天在看，举头三尺有神明，唯有让自己心安，方能够让别人安心。

我静静地看着黄菲的父亲，若无其事地说是吗？那又怎样？

黄菲父亲摇了摇头，说黄菲自小便是一个懂事的乖乖女，听话，唯一出格的一次，是高考填志愿的时候，自己偷偷做了主。她这辈子，都没有吃过苦，受过伤。但是你看看，就在前天，她被一个职业杀手给袭击了，职业杀手啊！我的宝贝女儿，这一辈子，如果不是遇见你，怎么可能会发生这种事情？她是一朵温室里面的花朵，是经受不住雨打风吹、寒风磨砺的！

我点头，说我会照顾好菲菲的。

黄菲父亲盯着我，似笑非笑，说你怎么照顾菲菲？用你的蛊术来照顾？还是用你这些仇家？

我说同样的事情，不会再发生第二次。前天晚上的那个凶手，我已经抓到了，幕后的指使人，我也已经连夜查到。这只是一次意外，以后不会再发生这种事情的。他若无其事地摸着桌子上的杯子，说是吗？你确定？他说着这话，一脸的嘲弄，让我感觉自己的保证，分外苍白。

是啊，他的质疑非常有道理。

自从我踏进这个圈子，基本就没有闲下来过，没有接触这些东西的时候。日子过得就像白开水一样平淡，觉得到老死，也就是这样了。然而外婆给我种了蛊，仿佛给我的人生打开了一扇门，各种各样诡异纷呈的事情都出现了，蛊、鬼魂、僵尸、降头、山精野怪……与之对应的，是麻烦，接踵而来。

虽然我并不愿意，但是我总会得罪这样或者那样的人。

我无力抗拒。

黄菲父亲添油加火，说陆左你有没有真正想过，你以后到底应该怎么办？真像你自己所说的那样，在这里做点小生意？你就真的能够安安心心地在这个小地方，待到老？不能吧？若是这样，你又何苦去养这个蛊呢？——“这也不是我想养的啊？”我插嘴说话。他摆摆手，诚恳地说：“我跟菲菲她妈妈不一样，她做惯了领导，眼皮子高，所以嫌你穷，嫌你高攀了菲菲；但我不是，说实话，你这人，前途无量，你和菲菲在一起，是她高攀了你。但问题在于，你现在，究竟有没有能力，保护好菲菲呢？你想过这一点没有？”

我皱起了眉头，我孤孤单单一个人，谈什么能力，去保护黄菲呢？

我想起了我那便宜师叔王洛和，想起了巴颂，这些潜藏在暗处，来历莫名其妙的家伙，到底有多少？所谓“明枪易挡，暗箭难防”，我即使一天到晚都待在黄菲身边，也无法保证她的绝对安全啊？更何况，我还只是一个半调子，甚至连自己，都不能保护。

一个男人，为什么会有这么多的责任，压在肩头呢？

黄菲父亲端起桌上的杯子，一饮而尽，说陆左，你是一个优秀的年轻人，我个人也很喜欢你，但是，显然你跟菲菲在一起，其实是在害她，你知道吗？我的意见是，你要么足够强大，能够保护到她；要么，便不要再让她牵挂了，要知道，女孩子最美好的时光，也就这么几年，你们，不要彼此耽误了。

我低头，想起了黄菲嘴角那丝微微的笑容，温馨得仿若冬日里的一米阳光。

我要放弃吗？我扪心自问，得出的答案是——我不能！

爱情的领域里，永远都是自私的，我不认为黄菲投入别的男人怀抱中，我就获得了快乐。这种放弃的爱情，是伟大的，是让人敬佩和崇拜的——如果我是那个“别的男人”的话——但不是凡人的。我没有这么神圣的情操，会把这么漂亮、温柔和善解人意的软妹子，推到别人的怀抱里，酷酷地说一声：“这是为你好！”然后扬长而去，落山的夕阳，将我孤独的身影拉得长长的……

这世界上有很多受虐狂，但我明显不是其中的一个。

我不想到时候看着黄菲和别的男人手拉手，然后唱着“我难过的是放弃你、放弃爱、放弃的梦被打碎，忍住悲哀，我以为是成全，你却说你更不愉快……”所谓命运，不就是让人来打破的吗？我为什么要让自己陷入这怪圈子里面，不能自拔呢？

我为什么不能够像电视剧里面，那些霸气侧漏的男主角一样，仰天长啸，说一声“我命由我不由天”呢？

为毛不行呢？

我抬起头，看着他，发现他眼中有一丝掩饰不住的高兴，显然他以为说动了我。

然而，我说一声“对不起”，他的脸立刻就垮了下来。

我告诉黄菲父亲，说我决定这一年会继续离开晋平，去别的地方，我会办妥手头上所有的事情，了结一切因果，然后打拼出一份成绩，回来，找到黄菲；如果那个时候她还依然爱着我，我会向她求婚，让她做我的妻子，相伴一生，并且用我的生命，去爱护她，保护她，不让她沾惹这世间的一切因果，一切罪恶……

黄菲父亲的脸色似乎又好看了许多，他盯着我，想从我脸上看出我真实的想法。

于是我面无表情，像一个天然呆的白痴。

他放弃了，说这样也好，你离去，麻烦便随之离去。他说他渴望我的强大，如果我能够证明我有保护黄菲的能力，那么，他不介意有一个这般身份的女婿。所以，请好自为之。还有，你能够保证你这一年里，不主动联络菲菲吗？

我惊诧，说为什么不能够联系她？

他也很惊异，说你不是说要离开一年吗？这一年之间，就不要招惹她了，给她一个自由的空间吧！

我闭上眼，郁闷。我这未来的老丈人，看来跟我还是有一些沟通障碍。

我以为我的雄心壮志能够打动他呢，而他到底还是不相信我，重点放在了我的离开上面。莫欺少年穷！地球是圆的，我总要走出一条让人注目的道路，叫这老家伙看看，我陆左，到底是个怎么样的人物。我问他，说菲菲好一点儿没有？他说还好，幸好没有伤到要害。

他说这话时有点儿尴尬，我也有点儿尴尬。

黄菲之所以没事，跟她令人骄傲的身材多少都有一点关系——大咪咪的女孩子，果然在各个方面，都占尽优势的。

我提出来去看黄菲，黄菲父亲犹豫了一下，还是同意了。

于是我们出了咖啡馆，我去附近的花店买了白色的百合和粉红康乃馨，然后乘黄菲父亲的车子一起到了医院。黄菲住的是独立病房，我们到的时候，她母亲正好也在，陪她吃午饭呢。我们进去，黄菲高兴地叫我陆左，而她母亲则冷冷地看着我，眼神似冰，好像我便是伤害她女儿的那个凶手，说你还好意思来？

我捧着鲜花，也不敢反驳她母亲的话语，小心陪着不是。

好在黄菲父亲为我解了围，他把黄菲母亲拉到一边，嘀咕两句话后，她狐疑地看了我一眼，两人这才走出门去。黄菲父母一走，在我心头那如山一般的压力立刻卸了一半。黄菲要起来，我拦住了她，将鲜花放在了旁边的桌子上，然后搬着板凳坐过来，拉着她洁白晶莹、暖嫩如玉的小手，看着她。

黄菲脸色并不好，有点儿惨白，饱满的唇也是淡红色的，不过“清水出芙蓉，天然去雕饰”，这美更让人惊心动魄。她被我看得不好意思，颊生飞霞，不好意思地看向了桌子上的鲜花，说哇，陆左你这是第一次给我送花呢，真是值得纪念哦！

我有一点儿不好意思：哪个女孩子不希望自己喜欢的男孩子，手捧一束鲜花，站在自己面前呢？可我情人节的时候，却将本来订好了的鲜花给忘了，当时想，不用这么恶俗。然而，花，终究代表的是浪漫。

而我能够给予面前这个美丽的女孩子，浪漫和幸福吗？

我疑惑了，手却越抓越紧，生怕一放掉，这辈子就再也抓不住。我们相对无言，沉默了好久。黄菲看着我欲言又止的神情，小心翼翼地问：“陆左，你是准备离开我了吗？”

第十一章　一年之约

我的脸色苍白，手颤抖，黄菲已经觉察得到了。

她是一个何等聪明和敏感的姑娘，从我们一进来，看到她父亲的表现，就知道我们已经达成了协议。问了我一遍，见没有得到回答，她执着地再次问："陆左，你是准备离开我了吗？"她几乎是一个字一个字地说出来的，每说完一个字，大滴大滴的泪珠，就从美丽得令人炫目的大眼睛中，滑落下来，说完之后，她咬着洁白的贝齿，璀璨若星河的黑色双眸蒙上了一层雾色。

这姑娘潸然泪下，一瞬间表现出来的悲伤和孤独，像黑夜里的一道闪电，轰然击中了我本就不坚硬的心。我感觉自己的心像是被矮骡子紧紧抓住一样，痛，钻心的痛——我怎么能够让我心爱的姑娘，伤心欲绝，掉下眼泪呢？

我张了张口，感觉脑子一片空白，所有的词汇都失去了力量，无法表达我心中的伤痛。

她见我这般模样，把我的手拉到了床头，放到嘴边，使劲儿咬住了我的手，她是如此用力，以至于我的手腕立刻变得青肿。过了一会儿，流出了血来。我痛，大吃一惊——我的惊诧不是因为这妮子狠心，而是怕身体里那小畜生不认识它未来的老板娘，贸然下蛊毒，那到时候乐子就大了。

我赶紧沟通已经蓄势待发的肥虫子，安抚它，然后倾下身子抱着黄菲，空出另一只手来抚摸着她黑亮如瀑的长发，像摸一只小猫儿。她的情绪终于舒缓了下来，张开嘴，上面还有血，我的血，一张精致美丽的小脸上全都是泪水，像雨后梨花，冲着我笑。

她这笑容单纯得像桌子上面的百合花，又像一个天真无邪的大孩子。

她得意地笑，抬起头来，说叫你还敢抛弃我，咬死你！

说完，伸出粉嫩的香舌，轻舔着我流血的伤口，软软的，滑滑的。

我说我要走了，但不是放弃你。我将离开一年，去处理一些事情，到时候，回来找你，结婚；或者，带你去一个谁也不认识的地方，相伴一生。她盯着我，长长的睫毛闪动，如释重负，然而又有些不舍，说这就是我爸妈和你的协议吗？我们不能够现在就在一起吗？

我叹气，说菲菲，亏你还是个警察呢，怎么还这么幼稚呢？你知道是谁要杀我吗？

她疑惑，说是谁？

我说是张海洋，这小子现在逃到英国了，一时半会是不会回来的。

黄菲惊诧，说怎么是他？不至于吧！平日里看他风度翩翩、温文尔雅的，虽然有一些自我，但是也不至于杀人吧？这是不是太变态了，不可能吧？

黄菲的一连串惊呼，使我明白，张海洋这小子表面功夫做得确实到位，连黄菲都觉得难以置信，更何况是别人？事实上，我都不敢相信，不就失个恋么，有必要这么个样子吗？和平年代，这人要狠毒自我到一个什么样的程度，才会做出这样令人发指的事情，甚至不惜远走他乡？

然而说是这么说，当我把目光投向了黄菲那奶白色肌肤和精致容颜上时，却又觉得理所当然了。

红颜祸水！

说句遭人骂的话，这句话就是用来形容黄菲的。

夺妻之仇，不共戴天——或许张大公子就是这么想的吧？虽然他跟黄菲从来就没有发生过什么。

人总是会陷入死胡同的。

2008年，我需要帮朵朵寻找麒麟胎，将附着在她身上的小妖朵朵给牵引出来。

不然，两个小家伙都可能要泯灭掉的。

我喜欢黄菲，但是我不能因为自己的爱情，而牺牲掉朵朵，两个都是心头肉，只能取其轻者暂时割舍，反正岁月悠长，以后总是会有时间粘在一起的。所以，我将离开一年，并且按照答应她父亲的话，不跟黄菲进行任何形式的联络。这不仅是对我，也是对她的一种考验。爱情不仅是请客吃饭、卿卿我我，总是要经历磨难的，没有曲折的经过，哪里会有灿烂美好的明天？

我讲完，黄菲没有说话了，她闭上了眼睛，鼻息咻咻，脸微红，睫毛止不住地发抖。她羞涩地说道："吻我！"听到她这动情的召唤，顾不得门外有可能的监视，我搂住她的头，轻轻地、温柔地、坚决地将嘴唇覆在了她的粉嫩红唇上。还没有反应过来，一条滑嫩的游鱼就钻入了我口中。

又香又滑，有淡淡的血腥味、泪水的咸味，以及……

我醉了。

当天下午我返回了大敦子镇，我母亲对我又是一阵唠叨。

她说我走的这些天里，黄菲那个妹崽过来看了她和我父亲两次，每次都提着东西，营养品、保暖衣，诸如此类，果真是个孝顺的娃娃呢，怎么样？反正你们也都到了适婚的年纪了，要不然就趁这一次办了吧？她拿着黄历，翻给我看，说三月十三，农历二月初六，这天宜嫁娶、进人口，上好的良辰吉日，而且算过了，八字相符，在一起一定能够幸福美满的。

我苦笑，说这八字，到底是找谁算的啊？

我母亲叉着腰说瞧不起人吗？她跟着我外婆那么多年，没吃过猪肉，还没见过猪跑么，算个八字、定个时辰的小事情，未必还要去难为别人不成？——得，我就知道是她老人家自己窝在房里头琢磨的。

我摇摇头，没有接这个茬。

我少小离家，一直在外奔波忙碌，还真没有享受过这般的悠闲生活，除了负责父母的一日三餐之外，几乎不用操心别的事情——当然，这么说并不准确，我主要的心思，都花在了对朵朵这个学龄前小朋友的教育上。我去镇子上的书店买来了识图写字的书籍，又从储物间中翻出了好多小学时期的课本，看着当年那幼稚而单纯的笔迹，心中不免又陷入了童年时的快乐。

少年时的伙伴，同桌那个穿白裙子的女孩，在几百上千个小朋友面前做升旗手……

那是多么年少青葱的岁月，时光像少年一样飞啦。

不精彩，但是值得回忆和用一生来做珍藏。

那段日子里，我每天都会早早地起来，然后按着固体的法门打一套拳，练练筋骨、压压韧带，满院子地蹦跶一番之后，一脑门子的汗，在头上像雾霭，凝而不散；然后我会去菜市场买菜，有青菜，更多的是肉，我喜欢吃肉，变着法地做，排骨、红烧肉、白肉红肉、鸡爪子……按着食谱变换，一时间我的厨艺猛涨，吃得我父亲猛伸脖子，说我母亲做了一辈子的菜，都没有做得这么好吃——其实我母亲做得很好吃，只不过是惯于节省，不舍得放油和材料的缘故罢了。

除了买菜之外，当然还有内脏和二锅头。

然而这道经典名菜肥虫子早已吃腻，于是我决定将其放养——爱溜出去，就溜出去，也不管吃个啥，肚肥肠满回来便是。这段日子肥虫子快乐得很，大敦子镇是个小镇，周边都是农田和起伏的山，还有一条大河从镇子边平缓流过。恰是春季，万物萌发，它这讨债鬼是老鼠掉进了油缸里，幸福得浑身打颤，恨不得咬自己一口，看看是不是做梦。

难怪大多数养蛊人要居住在乡下，极端的甚至居住在深山老林子中，大概因为蛊的习性和食物吧。

朵朵的学习也在抓紧当中，由于她和小妖朵朵平分半天的灵体掌控权，而白天阳气旺盛的时候，她又需要栖息在槐木牌中休养，如此一计算，倒是隔天一个课时。我也乐得放松，小妖朵朵在的时候我就备备课，顺便研习一下放下已久的《镇压山峦十二法门》。这是一本实用性和理论性都很强的书，温故而知新，每一次研习，总是有一些新的发现，让我更加明了，视野开阔。

值得一提的是，槐木牌被飞刀七误扔一镖之后，无恙，但是表面的浮雕却少了一个棱角。

我有些担心，求助于远在北京招摇撞骗的杂毛小道。他先是让我仔细描述了槐木牌的情形，然后像一个卖保健品口服液的售后服务员一般，拍着胸口跟我保证，说没有事，无妨。说完他嘻嘻笑，问我跟那警花软妹子进展如何，我说你算算呗。电话那头沉默半天，说必分无疑。为何？八字不合，五行缺土，不黏糊。我呸了他一口，骂他乌鸦嘴，赶紧滚蛋。

他在电话那头很欢乐，说北京的人民很热情，特别是服务行业，真的是有大国风范。

谈到这里他来劲了，说他在这里唯一的想法，就是去××××夜总会（此地是全国淫民心中的“圣地”，2010年被关张后，风靡网络）。

他跟我宣称，他，萧克明，定然要去潇洒一回的，必须的，妥妥的。

杂毛小道欢乐潇洒，而我则蛰伏于故乡的小镇，实行着我的鬼萝莉养成计划，而黄菲，则赌着气，真的没有再主动联系我。我们，都在等待，一个关于时间和信任的约定的到来。

一年之约。

当年桃花少年瘦，苦等梦中有情郎。

第十二章　乡间野事

理想和现实，爱情与妥协，这是一个永恒的主题，也是一场持久的战争，赢者双赢，输者两败俱伤。

我一直很喜欢切·格瓦拉的那句话“让我们忠于理想，让我们面对现实”，离开黄菲并不意味着我要放弃。对于很多人，包括我来说，黄菲的美丽是炫目的，她是女神，是男人的终极梦想，既然她已经心属于我，而且我们都已经是最正常的男女朋友了，我为毛要放弃？

然而现实在于，我给不了她安全感，并且会时不时给她带来这样或者那样的麻烦，甚至于生命危险。

所以，我必须离开，处理好所有的事情，让自己变得强大起来，然后如同《大话西游》紫霞仙子所期望的那样，脚踏着七彩祥云，来到她面前，娶她——这便是我最纯粹的想法。

我在家中老老实实待了近两个月，搞得连我老娘都嫌弃我了，说这么一个大小伙子，青春年华，天天待在家里，不做正事，这算是要闹哪样幺蛾子？其实她并不知晓，这两个月对于我来说，有多么重要的意义。这是一段如饥似渴的吸收过程，一直没有闲暇的我，终于享受到了退休一般的生活待遇，陪伴我的除了金蚕蛊、朵朵和小妖朵朵之外，还有我那台今天看起来属于老古董的笔记本电脑。

《镇压山峦十二法门》中有一个很实用的章节，名为符箓。

这是除了育蛊之外，内容最多的一节，而且图文并茂，我之前多有周折，一无材料，二无心情，便没有时间来研究。然而在耶朗祭殿中，听闻杂毛小道他三叔说起符箓的各种好处，强大时居然能够瞬发咒术，心中痒痒，心想着我十二法门中也有这么一节，既然私有宝山，为何不挖掘一番，研究一二？

我买来了湘西凤凰产的朱砂和烟墨，西江的狼毫毛笔，市里面某灵祭用品店独有的黄符纸、绢丝，备好我自制的熏烤竹片，然后在后院的杂物间中设坛，神龛上祭南方赤帝和黑杀大将（祭坛可设各信仰神祇，如青帝、赤帝、白帝、黑帝以及朱雀玄武大将，或者土地、山神和城隍，各种；我传承的这一脉，敬南方赤帝以及黑杀大将，赤帝乃神农，黑杀大将众说纷纭，十二法门中认为其为与黄帝战于冀野的九黎祖裔，蚩尤。）

点香燃烛，摆放三盘时鲜果子，茶、米酒各三盏，沐浴、更衣、净面净手、漱口。

准备好画符的一干用具，双手合十，祝愿祷告一番之后，将所有的杂念祛空，聚精会神地提起手中狼毫笔，开始画符。整个过程，诚心诚意，心无旁骛，将心沉浸入“炁”的场域里，去想象信奉的神灵那高傲的存在，以及无所不在的力量，将临摹自破书扫描图上近乎千遍的敕令符文，一边描写，一边吹气，不握笔的左手还需要同时结法印（日君诀、月君诀、天纲诀……）。

从开头到结尾，需要一蹴而就，一挥而成。在这一个过程中，任何一丁点儿走神跑马，或者停顿、犹豫，都会前功尽弃，覆水难收，画出一堆毫无用处的垃圾纸符。

追求这个绝对心灵平静的过程，其实也是一种修炼，也是一种“道”。

画符是如此之难，以至于直到五月中旬，被我母亲扫地出门，两个月的时间里，我都只画出了五张成品符，就是那种有着我能够感受出来神妙的符箓。这五张符箓分别是“回度往生咒符”两张，“净心神咒符”三张，作用分别是用来超度亡魂和平心静气。

不过让人牙疼的是，前者随口念几句咒就能够解决，后者……效果比一管镇定剂差上百倍。

我拿着这五张孤单的黄色符箓，看着一房间几千张的废纸，心里有一种骂娘的冲动。

投入和产出，差距如此悬殊。

看来我装神弄鬼、法力圆满的道路，还是漫漫其修远兮啊。

何况，除了以黄纸承载符文外，还有桃木、竹片、木片，丝帛，有舌尖书符、凭空虚画之符……各种讲究，究其深奥，让人穷尽一生心血都难以研究透彻。这玩意儿，需要用时间和生命来耗，没有任何捷径可走。更何况，我是一个没有师傅的倒霉孩子——无比怨念中，我想到了《白毛女》的中某段唱：“人家的闺女有花戴，我家钱少不能买……”

各家际遇，互有不同。

除了画符，我主要的心思都花在了培育朵朵身上。

朵朵虽然依旧是个小笨蛋，但是经过时间的累积，勤奋的朵朵终于能够对着月光星斗吐故纳新，食月光之精华，吞星斗之气韵，稳固身型。即使我不再做“每日用柳条枝叶沾无根水拍打灵体，念十分钟的净心咒，结内缚印，念佛家的莲花生大士六道金刚咒”这些繁琐的工作，她也能够平稳度日。

什么是进步，这便是进步。

此刻的朵朵莫说水果刀，便是拿起菜刀斧头，也都是轻轻松松，易如反掌。我每次都会与她一同趺坐修炼，她修《鬼道真解》，而我则修《镇压山峦十二法门》。

法门中的禁咒、祀神、固体三章之中，都有练气的法子。我这里说的练气，并非火车上那个叫做秦雯的女孩子所说的“炼气、筑基、结丹、元婴、化神”这般子虚乌有的神通，而是感应，让自身，与始终存在、却难以发觉的“炁”的场域，去契合、去交叠，交相辉映的修行方法。从科学上来说，这或许是灵魂在粒子、量子状态下波的和谐共振吧。

人有人路，猫有猫道，遑论是用声音的音波共鸣、与头顶某处空间神祇的心神沟通，又或者是这气感在体内的刺激、锤炼组织细胞的强度，都是一种实用的法门。我三者循序，刚开始觉得枯燥无聊，然而真正进入到了某种“玄之又玄，不可言妙”的门中时，却又感觉到无比的欢畅。

这种感觉怎么讲，怎么形容？

就好像你平时是在一个鸽子笼般七八平米仅仅能摆下一张床的房间里，一觉醒来，哇！从卧室走到厨房，跑了十几分钟——如此宽敞；又比如，你是个每日只有一个馒头一顿稀粥的灾民流浪汉，突然把你放到国宴中，任吃——如此满足……好吧，请恕我平凡的文字不足以表达这种感觉，此后忽略。

那段时间我过得很愉快，很充实，唯一头疼的是两个人，一个是小妖朵朵，一个是我妈。

小妖朵朵这个狐媚子，打出世就不是一个闲得住的家伙，一天到晚惹是生非，嚷嚷着要吃人肉，可是到目前为止，除了在洞子里啃过我一口外，一直都没有沾过荤腥，所以一直抱怨，说哪天要跟肥虫子一起去混，吃个人肉先。她也挑，除了想吃我的肉外，就只肯吃小姑娘的肉，说干净。所以每次轮到她出现，我就头疼，要么诱惑我，要么把我烦得直想骂娘。终于有一天，她答应我不惹事、不闹事，也不吃人肉，就是和肥虫子一起去混，透透气，我便批准了。

回来的时候，肥虫子，酒足饭饱，她一脸惨白。

问她怎么回事，也不说。我问不出来，也就不问了，估计也就是肥虫子的伙食实在不能够让常人、乃至于鬼魂接受，吓着她了。结果第二天，我们小镇就有N多好事者传言，看到鬼了，言之凿凿，一时间人心惶惶。后来经我隔壁的老汉宣传介绍，撞邪的人家纷纷登上我家的门，求我做法解脱。我脸色铁青，但还是应了。

从此我再也没有让这小狐媚子出过门。

意外收获是，我的名气居然通过乡野闲汉之口，传了出去，声名远播——这无疑让人很头疼，不多时就陆续有人找到我家门口，求医问药的、求神拜佛的、求看香的、求解梦的、求姻缘的、求子嗣的……我一开始有些不喜，但想着乡里乡亲的，黑着脸拒绝也不是什么好事，便依着十二法门的方子，拿着做个练手，一边学习，一边尝试。

乡野之地，虽然大部分是自己吓自己，但总是有一些蹊跷之事，我也出手，帮忙破解。这中间有一些事情其实也可以说道说道，这里先不谈，以后有机会，再补录完整。

说完小妖朵朵，再说我母亲。往年我在外漂泊，她因思念，总唠叨，恨不得把我拴在家里面，而真当我宅在了家里，她又有意见了。特别是黄菲没有再来找我之后，她总是唠叨，说年轻人怎么能够总待在家里，发了霉？还是要趁年轻，多出去闯一闯才好。后来陆续来找我看香的人渐多，她意见更大。

在她的想法里，这些神神道道的东西，终究是上不得台面的。

我不胜其烦，五月初的时候，之前盘下我那个快餐店的老乡、生屯的兰晓东打电话给我，说他准备在洪山新盘一家餐馆，那盘口有点大，他一个人搞不下来，想找我合伙接手，问我有没有意向。我果断答应之，然后快速收拾行囊，准备南下。走的时候，最悲伤的可能就是肥虫子啦。它不肯走，不肯离开这个食物丰富的小镇子，乡间的生活让它肥了一大圈，于是它躲在我家的灶房角落，让我一阵好找。

在它简单的意识里，离开，意味着挨饿的旅程又要开始了。

可是，人总是要生活的，对不对？

第十卷　苗疆餐房

第一章　消失的房客

时隔几个月，我又重返南方。

出发之前，我曾偷偷去看望过黄菲。她出院之后，休息了很久，一直没上班，然而我看到一个可以称得上青年才俊的西装男子接她去吃饭。我没有出现，只是默默看着，然后扭头就走。人和人之间需要信任，尤其是黄菲这种级别的美女，更加需要——虽如此说，我依旧有些神伤，一年之后，我们又会是什么模样？

那一天我参加县里面的地震救灾捐款，正好接到三叔的电话，也就在那一天，我还发现了一件让人无比头疼的事情：我小叔的女儿、我的堂妹小婧早恋了，对象竟是上次被我踹的闹事小子。

男人不坏，女人不爱。我管不了，只有报告给我小叔——也唯有如此。

我并没有直接前往洪山，而是先去了东官，毕竟在那里我还有一些事情需要处理。在南城的那套房子已经通过中介出租出去了，租金每月定期打到我的账户里，抵冲房贷。但是有件事情让人奇怪，就是郊区那套房子的住户，已经有两个月没有交房租了。我上次过东官，走得匆忙，打电话开始没有人听，后来直接停机了。

我虽然对两个房客尚玉琳和宋丽娜的结合表示了祝福，跟他们也是朋友，但是归根到底，我们还是房东和租客的关系。

用矛盾论来说，这是主要矛盾。

如黄老牙的小舅子所言，谁的钱都不是大风刮来的，我现在几乎没有什么收入，就指望着这房租还房贷了，他们这么一消失，倒是让我很为难。

所以，我需要去跟他们沟通一下。

若是有实际困难，可以跟我说，迟交、缓交，都是可以商量的；但若是有钱又不想给，想白住，那么这房子，爱住住，不住拉倒，自然会有大把人想要租——我不是滥好人，为了一点点虚情假意，或者某凄美的爱情故事，就软了心肠，被感动得潸然泪下。真当我是多愁善感的小姑娘吗？

我便是这么一个人，不要试图忽悠我。

到了东官，这是阿根的地头，我自然第一时间要找他。都说女人是男人的学校，经过王姗情一事，他成熟了很多，言行举止，都没了以前那种“书生气”，人也豁达了许多。然而让我担心的是，谈了几句话，总能够发现他有心结，释怀不开。

我问他是不是因为觉得我这个朋友变得厉害了？

他笑，说是啊，有一点儿不适应呢。以前虽然行事作风都利落果敢，但是总感觉是地位相等的朋友、兄弟伙，自从见识了我的手段之后，觉得我已经跟他不是一类人了，是大师了，就像是……像是他表哥顾宪雄一样的人物，境界都不一样了。

我笑，拍了拍阿根的肩膀，让他放松。我记得，阿根好像一直把他表哥当成偶像。

说这话的时候，我们是在惯常去的酒吧喝酒，阿根喝得有点儿多，唠唠叨叨地说起一些当年创业的艰辛，说着说着又提起了小美。他说当时是他面试的小美，好乖巧精明的一个妹子，长得靓，嘴巴又会讲话，唉……我说我三月份去看过小美了，给她的坟头上了一束百合花。

阿根看着我，眼神迷离，说站在小美的墓碑前，你后悔吗？

我低下头，把自己的眼睛停留在了暗处，在四下乱射的舞台灯下，掩饰着自己的心情。我抿了一口酒，酒液入喉咙，热力升腾上来。我摇了摇头，跟他说小美这个女孩子，说句老实话，我一直是当作自己妹妹看的。这一点你可以骂我，也可以说我得了便宜还卖乖，但是事实就是这样。不过说实话，我后悔了，后悔对她有了承诺，却没有把心思停留在她身上，让她平白送了性命，这一点，我内疚。

阿根摇头叹气，说你就是个桃花命，总是招惹女人。

他说完，便不说话了，一口一口地饮酒，没一会儿，又要了一杯。当他喝到第四杯的时候，我拦住了他，问他到底是怎么回事，心情这么差？阿根喝得有些嗨 (high)了，说没有啊！哪有！他心情好得很呢，事业蒸蒸日上，最近又准备在莞太路那边找个门面，再开一家店子呢，有什么心情不好的呢？

我看他这状态，比我上次走之前更加差了，伸手搭住了他的左手腕，然后问他我给他的那张符纸有没有带在身上？他说有，天天放在钱包里呢。我看了一会儿他的面相，没有黑气萦绕，仅仅只是脸色黄，有些虚弱和营养不良而已。

我松了一口气，不是被人诅咒下蛊就好。

我可能是太敏感了吧，这是职业病吗？

阿根一声长叹，说要是能够回到当年，那该多好。我看着他，问他的感情现在怎么样了？事业有成，也老大不小了，怎么着都应该找个好女人，安安稳稳地过小日子了。他也不说话，只是摇头。看着那迷离夜色中阿根流露出来的孤独和寂寥，我突然想，如果王姗情不去弄那吸人寿元的变异情蛊，若她养的只是一般的、勾住男人心思的情蛊，那么让他们一直在一起，是不是此刻的阿根就会得到他想要的幸福呢？

钢铁水泥构成的城市森林里，我们每个人都将自己紧紧包裹得无比强大。

然而，果真如此吗？

是人，终究是会孤独的，终究是期望回家的时候，有一盏温暖的灯光，在等待着自己。

归宿感，这也许是许多人奋斗一生的执着所在吧？

爱情便如同毒瘾，身体上的伤痛很容易消逝，而心理上的依赖感，却久久不能忘怀。虽然情蛊已解，但是阿根终究还是在怀念着王姗情，或者说，他在怀念与王姗情一起的那一段幸福时光。我小心翼翼地问他，知不知道王姗情现在在哪里？他摇头，说不知道，也许是回家了，也许躺在某个阴暗的发廊里，静静地等待着惠顾的客人……

我没有说什么，能够养出情蛊这玩意儿的人，哪里可能只是一个简单的失足女？

当然，我也只是想一想，没有说出来。

听阿根的口气，怨恨比留恋似乎要多一些，我总算是放心了，于是指着舞池中疯狂摇摆着自己青春躯体的曼妙女郎，跟阿根说去放松一下吧，One Night Stand，或许这个东西能解决你的伤痛。

阿根苦涩一笑，举起酒杯，仰头，又是一饮而尽，这伤悲。

当夜阿根酩酊大醉，我头脑清醒，肚中的金蚕蛊翻腾，去洗手间漱了几回口，感觉酒味没有那么大了，然后开着阿根的车送他回家。本来准备去一下城郊的那套房子，结果太晚了，阿根又醉得厉害，也就没有再去，当晚就在阿根家住下。他抱着马桶一直吐，然后不断地喊着小情、小情……我无奈，闻着洗手间里污秽之气太盛，只有请出金蚕蛊，给阿根松了松骨，这才好了一些。

第二天早上阿根去了店子里，而我则在大街上散步。

2008年年中的时候，由美国次贷危机引起的全球金融危机，已经蔓延开来，东南沿海的外贸型企业，特别是中小企业，每天都在倒闭，一批一批地垮。街头上有好多外地的打工族，背着包包，拿着一瓶水，到处找工作，这与两三年之后的用工荒形成了鲜明的对比。当然，这是我当时所不知道的，我能够看到的，是大批的工厂女孩，稍有姿色，便开始沦为了灯红酒绿的招客女郎，在城市的光鲜或者阴暗面，为这个城市增添了粉红色的畸形魅力。

我开着车，一边欣赏着晨归的流莺，偶尔有几个面孔稚嫩得让人心怜，一边朝着郊区行去。

说是郊区，其实也就在几个比较大的工业园旁边，因为集中了大量的年轻工人和相关服务行业的从业人员，论繁华，人来人往，并不逊于普通的小城市。

我到的时候，正好是中午，也不忙着去找人，而是在附近找了一家比较知名的小吃店，点了一碗沙锅粉，既当早餐，也当午饭。当初之所以在这里置一套房子，除了图刚开发房价便宜之外，还因为有个亲戚在这里，经常过来玩，觉得地方不错，在东官是少数几个清秀的去处。如今，那个亲戚早已离去，我倒是没事经常过来溜达，喜欢上了这里。

吃完沙锅粉，我进了小区，乘电梯上了楼，来到门前，掏钥匙，开门。

一进屋，有一股子灰尘味，不大，但是我却能够闻出来，生涩。

我走到客厅，沙发的抱枕散乱，玻璃茶几上还摆着一袋打开的可比克薯片，衣帽架上还挂着风衣和松软的泡泡裙，拖鞋扔在一边。我摸了下家具和桌面，一层灰。我心一动，拿出吃了一半的薯片，早就软了。到底怎么回事，这房子似乎有几个月没住人了？但看情形好像两人并没有准备离开。

两人的房门我都有备份钥匙，从包里拿出来，我依次打开，推开门，没有人。然而行李衣服都在，到底出了什么事？忒奇怪啊？

我倚着房门，疑惑。

第二章　半夜十二点

行李没收拾，屋子里的东西和摆设，如同主人刚刚离开了家一般。

我第一反应是这两个人出事了。

但是出了事情，居然没有一个人通知身为房东的我，这事情未免也太奇怪、太蹊跷了吧？我记得我留出来的房间里，好像有两个人的登记信息，赶紧打开门，从桌子里面翻出了那两张表格，这里面有他们供职的公司地址和电话号码。我依次拨打过去，先是尚技术员，接电话的是他公司行政部，那个声音甜美的妹子告诉我，这个人已经于春节后离职，现在已经不属于他们公司了。

接着我又接通宋会计公司的电话，电话那头的男人大骂这个女房客，说她卷走了几万块钱，跑了。我奇怪，说那报警了没有呢？他咕哝骂了一声“七喜”，不耐烦地挂了电话。

天啊，这到底是怎么一回事？

我真的不懂，这两个人到底是怎么回事？着实让人头疼，我又返回他们屋子里找了一圈，虽然都蒙着一层灰尘，但是明显就没有好好收拾过，好像出门散步，或者去吃个饭什么的。我无比郁闷，打电话没有通，直接就是欠费停机了——是失踪了吧？

对吧，失踪了吧？

为毛没人报警？即使他们工作的单位这般解释，不担当、无作为，但是他们的朋友呢？他们的家人呢？这小区的物业呢？他们就这么没有存在感，使得这世界上，没有一个人注意到好端端的两个大活人，不见了吗？

连我这个房东都知道了啊？

瞧瞧这事闹得，收个房租，就整成了这样。是他们倒霉，还是我倒霉？

来到在工厂里面做技术员的尚玉琳房间里，我发现一个事情——电脑居然还开着，打开显示器，里面是一个游戏登录界面。显然在此之前，正在挂机玩游戏呢！看着这张大床的布置，似乎两个人已经同居到了一起。我再也忍不住了，下了楼，找到了小区的物业，问起此事。

出面的是一个小姑娘，一脸的懵懂，问什么都微笑着回答不知道，然后小心翼翼地反问“怎么了？”当我要求调取视频资料的时候，她却说，对不起，这个需要上头批准。

上头要什么时候可以批准呢？对不起，不知道。

好吧，我失败了。

我想起来我留有一个电话，就是上次肥虫子吃了彼岸花妖果之后我回到这里，遇见两人“啪啪啪”，然后请我吃饭的那次，有一个姓谢的女孩子，网名很奇怪的那个。我急忙翻了通讯录，翻了半天，终于找到了这个妹子的号码——谢旻嘉。

我立即拨通了她的电话，过了一会儿，接通了。

遗憾的是，她并不记得我了，帮着她回忆了一阵子，才恍然大悟，原来是你，还问后来怎么没有打电话给她呢，害她一阵期待？我不跟她扯淡，问她有没有时间，我有急事找她？她迟疑了一会儿，说她已经有男朋友了。

我抓狂，说这哪跟哪啊，我说的是宋丽娜的事情。

她说哦，是宋姐的事情啊？可以啊，不过她现在太忙，有很多账要对，走不开，下班吧，下午五点半，到她公司来接她吧。说着话，旁边好像有人在问她什么事情，唧唧呱呱讲了一堆话，她也在回应着，我“喂”了两声，却听到嘟嘟的声响——她挂掉了电话。

我无奈，想着今天可能要在这里耗着了，于是打电话给阿东（兰晓东），说我暂时要先在东官待两天，接着把我房间床上的布套给掀开，窗户打开，让风流通进来。闲着无事，走下楼，中午的阳光像金子，飘飘洒洒，我找到了小区物业，说明了情况。那个小姑娘的主管找人过来确认，说近一段时间确实没有看见那两个人，至于之前，他很为难地告诉我，那些资料因为存盘有限，一般都只会保留一个星期的，再之前的，自动覆盖了。

我……好吧，我可以说我要骂粗话吗？

我闲来无事，便开着车到处逛，不知不觉竟然逛到了杂毛小道说的那颗老槐树下，他曾说取出树芯之后，大树必然枯萎。此刻一看，果然，已经被砍得只剩下树桩了。造孽啊，造孽。

等到傍晚时分，我去接谢旻嘉。她准时出现了，旁边是一个高个儿男人，想来便是她的男朋友。他们走过来，我跟她打招呼，那男人对我有些敌视，谢旻嘉倒还热情。我说找个地方谈一谈吧？她说好，于是我们来到附近的一个糖水店，找位置坐下。我也不理会旁边那个斗鸡眼男人，径直问小谢，老尚和宋会计到哪里去了？

谢旻嘉说她也不知道，二月末的最后一个星期，宋姐就没有在公司出现过，打电话也不接。刚开始还以为是因为跟主管吵架的缘故，一直没有出现，联系家人也联系不到，本来公司准备报警的，结果又没有了音讯。之后，听人说宋姐举报了公司某个头头做假账的事情，然后卷款跑了。

当然，这也只是听说，有人说卷了十几万，有人说几万，都不确定，因为某些缘故，上面的老板压了下来，也就没人再提了。宋姐在这公司里面也没有做多久，小半年，平日里独来独往，朋友也不多……

听说她家里面，只有一个继母还在，早就已经不联系了。

问到老尚，倒真的是辞工了。他们厂效益不好，年前裁了一批，年后又裁了一批，倒霉的是，他正好在第二批。

她谈了一会儿，我并没有听到实质性的东西，感觉那宋会计人缘实在不怎么样，于是我提出来去报警。

谢旻嘉觉得麻烦，明显不愿意，我劝了半天，分析利弊。反而是她男朋友显得比较明晓事理，帮着一起做工作。说了好久，她终于同意了，但是要以我为主。一起来到附近的派出所，我将此事说予值班的民警听，他第一反应是——怎么过了这么久才过来？解释半天，他们接受了报警，然后同意出警去看看。

到了我家，我把房间里面所有的疑点都给他们讲明，见到这般景象，他们也信了：这分明没有出远门的打算。接着就在房间里面调查了一会儿，拍照，然后给我做笔录。在老尚的房间里，那个带队的黑胖民警指着梳妆台上的一个铜镜，问我这个东西是什么？

我低头去看，镜面黄澄澄的，光滑可鉴，边框呈绿色，锈迹斑斑，背面泽漆光明、花纹明丽，蟠螭交叠，上面有好多凹凸不平的铭文，有些模糊不清，看上去好像有些年头了。这镜子不大，镜面只有两个成人手掌一般，下面的木架子不是配套的，仿佛新做的，漆成了红黑色。

他问起，我才注意到，低头看了一眼，觉得镜面像是哈哈镜，人照在里面就扭曲。

我说我不知道，这屋子里除了主要家具和电器是我买的外，其他的东西都是他们个人的。

他不置可否，招呼旁边两个联防治安员一声，然后冠冕堂皇地告诉我：嗯，这个事情，看着像是失踪，他们要回系统里面去查一下最近的失踪人口。还有，为什么这件事情到现在才报警？他指着我，说我负有不可推卸的责任。我顿时笑尿，说我仅仅是这里的房东，又没有长居此地。而且，要不是我，这个事情不知道要有多久才会被发现呢。

真的要追究责任，这两个房客的所在单位，才是最应该反思的。

黑胖民警点点头，让我随时跟他们保持联系。

他们走了之后，谢旻嘉抱怨我，说我这么一搞，到时候警察跑到她们公司去找麻烦，碰巧她也在，这不是给她找麻烦吗？早知道这样子，就不来了。我有点儿生气了，这都什么人，一个两个都这么怕事，失踪这种事情，都没人报案、没人管，这个样子，也太过于人情淡薄了吧？我以前也在工厂、公司里待过，但凡制度健全一些的，都会有相应的处理措施，哪里会像这里的人一样？

唉，果然是离乡人贱，在外漂泊的人命如草芥，死了都没有人管！

我心里面涌出了淡淡的悲哀来。

谢旻嘉他男朋友在旁边劝说，讲这偌大的一个工业园，好几万人，就他们一个派出所七八个民警，十几个联防治安员，哪里管得过来？说不定人家把案底一放，懒得再管了。民不举，官不究，除非是他们两个家里面有什么来头，不然，你看着吧……

他们离开后，我清理了一下沙发，打开电视，然后把朵朵和肥虫子放出来。

今天轮到了朵朵在，我也不叫她修炼《鬼道真解》了，只是让她把客厅和我的房间收拾一番。我可能要在这里待两天，然后把房子再租出去。朵朵真听话，也是个天生的丫环命，干活的兴致比打坐要高许多，唱着小儿歌，抱着抹布和鸡毛掸子，就欢快地劳动起来。肥虫子一飞一飞，围着她转。

我坐在沙发上给阿东打电话，询问店子的谈判进程。

聊了一阵子，犯困，挂了电话后不知不觉就睡了过去。半夜十二点，像上了闹钟一样，我睁开眼睛，感觉到一丝不对劲。

不对，有什么东西不对，很别扭，让人浑身发麻，阴气森森的。

第三章　开经玄蕴咒

我站起身来，径直走到了老尚的房间里，坐在了梳妆台前的凳子上。

这个梳妆台是宋会计自己买的，质量并不是很好，上面摆放着一些化妆品，单品价值都不超过两百块，林林总总，不一而足。台子上最吸引人的物件，莫过于那面铜镜。我没有开灯，门半开，从客厅里面有光线照过来，并不明亮，但是也能够视物了。

铜镜黄澄澄的镜面，印照着我的脸。

这张模糊的脸冷漠麻木，面无表情，然后就是扭曲，莫名的古怪。

小时候的物理课学过，之所以会出现哈哈镜的效果，是镜面不平、有曲度、光线折射所致。我伸出手，用力地去抹镜面，想要把那镜面弄平整一些。然后当我的手一沾到那个镜面，便像触电一样，麻酥酥的，感到一股阴冷之气从镜子中腾起，蔓延到了我的胳膊。这种阴森冰凉的感觉，从我的尾椎骨一直蔓延到头顶。

我全身所有的寒毛都竖了起来，手指上殷红殷红的。

我看见镜子里面的人在笑，在冷笑，那笑容无比怪异，嘴角似乎要咧到耳朵边上去。人虽然在笑，但是眼睛却是冰冷，像冰镇的矿泉水，脸上肌肉在有规律地抽搐。这是我吗？眼睛、眉毛、鼻子、嘴巴……五官都是如此的熟悉，然而拼凑在一起，却是无比的诡异和陌生。

镜子里面的我，是一个陌生人，让我惊恐，我使劲地捏了捏自己的脸，肌肉止不住地跳动，像是不属于我了一般。这时，金黄色的镜面一阵模糊，就像平静的湖水中投入了一颗石子，有波纹出现，波光荡漾着，一阵又一阵，先急后缓，渐渐停歇。

一直到最后，这镜子上，出现了一个女人。

这是一个长得极为精致的女人，穿着旗袍，看不出是清朝还是民国，她像是也坐在镜子面前一般，用白色的象牙梳梳着如瀑的黑色长发。她的头发是如此的长，接近腰身，以至于从头顶往下梳，需要弄好久。她仔细地梳着头发，然后挽成一个妇人的发髻，取了一张红纸，润湿嘴唇，然后印上去，咧嘴一笑，甜甜的，又有着莫名的怪异。

她心情不错，薄薄的嘴唇不断闭合，像是在哼小曲。

接着画眉，那是一种黑色的枝条，画得很细心，眼睛睁得大大的。

这眼睛就在和我对望，此时此刻。她是在看镜子，但是镜子的这一头，是我。

这是一件何等诡异的事情，这是一个何等神秘的场景。

但是，更加诡异的事情出现了——一个男人出现在了这个女人的身后。这是一个老式卧室的背景，通常是在农村或者写实的历史题材电视剧中能够看到，那个男人穿着黑色的褂子，脑袋后面有一根又黑又粗又长的辫子，一脸的狰狞，而手上，握着一把尖刀，雪亮的那种。女人从镜子中看到了身后的男人，猛地回头，两人争吵，情绪越来越激动，突然那男人高高扬起手中的尖刀。

噗……尖刀透胸而过，鲜血四溅。

一切的争端都结束了，那个女人无力地趴在镜子前的桌子上，口中狂涌出鲜血，一口接一口，跟济南趵突泉一样，全都喷到了镜子中。她的脸色苍白，鸦色头发一瞬间如瀑般散落下来，衬托得更加明显。再加上嘴中冒血，这可是经典的女鬼形象……那个男人在发癫似地狂笑着，脸上的肌肉在抽搐，眉目间有着让人心颤的东西。

是疯狂，也是杀气。

这女人身上，穿着的是一身鲜红色的旗袍，红得耀眼，指甲尖尖。

看着这镜子里的一幕，我猛然惊醒，这是怎么回事？这不是镜子么，为什么会出现这么多古怪的情景，就像这是一扇窗户，对面的，是另外一个世界？

这是我坐下来，第一次想起这个问题。

我居然会一直都没有想到这个简单的问题，就好像刚才的一切，都是理所当然的一样。这无疑是让人奇怪的，而正当我思考这问题的时候，铜镜中的画面又模糊了，波纹重现，一圈又一圈，无止尽。接着，让人恐怖的事情出现了——那光滑的镜面开始变得柔软，仿佛水，或者是一层薄膜，镜面被捅开了，伸出了一只素雅洁净的手，这手小巧柔软，只是指甲很长，像慈禧老佛爷的那种长，又红又尖，就像五把尖锐的匕首。

我猛然站起，想往后退，然而这只手却猛然一长，紧紧地抓住了我的右手，使劲往里面拽。力道大得出奇，我想往回拉，但是居然僵持不下，感觉这手有着莫名的魔力，将我的心神都往镜子里吸，来不及思考，来不及蓄力……什么都来不及，只有咬牙坚持着。那镜子在动，渐渐浮出了那个女人的头颅。

黑色的长发如丝如瀑，将她的脸孔遮盖。

她缓缓抬起头来，露出一张冰冷的、麻木的、苍白的脸孔来，眼睛呈黑色，仿佛里面是深渊。她突然笑了，咯咯咯，露出沾着血的白色牙齿。然后，一声厉啸，轰然撞击着我的心灵。

啊——

我猛然站起来，发现朵朵和肥虫子都在我旁边，电视上的节目正进入了广告时间，一个过气明星，正在介绍不锈钢安全门。看着他张合的嘴巴，我心中仍然沉浸在刚刚的惊悸中，伸手往后背一摸，全是小米汗。我这才发现，我根本没有跑到老尚的房间里面，而是在沙发上睡着了。

朵朵一脸紧张地看着我，快哭了，喊陆左、陆左……

肥虫子围着我飞，绕圈圈，怎么看都觉得这小东西的黑豆眼里，装满了幸灾乐祸。

是梦吗？我疑惑地想着。

这时客厅悬挂的电子钟“铛铛铛”地响了起来，我抬头一看，正好是十二点。

我拉着朵朵的小手，这个可爱小保姆一脸的害怕，指着尚技术员的房门，说有鬼、有鬼……我对她无语，本身就是个小鬼，还怕鬼？

话说，她还老喜欢看恐怖片。

我本来还心有余悸，然而却被朵朵的可爱模样给逗笑了，拉着她的手，又从背包里取出我曾经画过的符，走到老尚的房间门口。这门下午的时候进来，便没有关过，我站在门口，看着梳妆台上的铜镜，一开始倒没怎么觉得，经历了那一场梦魇，发觉不对劲了——这场景，简直是一模一样的。

我把灯打开，然后走到梳妆台前坐下，看着铜镜里面，面目扭曲的自己。

我叫朵朵返回槐木牌，借着她的“鬼眼”来看这镜子。

只见这镜子上附着一丝阴冷黏稠之气，这气息不是在表面，而是在镜子中的世界里。我知道了，这镜子里面，有镜灵。什么是镜灵？这东西其实我在前面已经提过了，就是给黄老牙布“清盆灵阵”的时候。这东西，全世界都遍布着传说。它是灵，但是它不属于魂，而是异变的恶魄。魄与魂不一样，这个前面也有讲，因为没有保留太多的人性，大部分都是恶，是本能。

如果我梦见的事情，是这镜灵来历的话，那么这女人的恶魄，一定是怨毒至深。

这么看来，我那两位房客的失踪，定然是与这铜镜有关了。

我拿出了自制的回度往生咒符，点燃，然后在冉冉燃起的青烟之中，唱起了超度的往生咒，双管齐下，咒符燃到一半，这铜镜果然开始颤抖起来，不停地发抖，那满是铜绿的镜框边，居然开始转成了红色。黄澄澄的镜面开始扭曲起来，黑雾迷蒙，不断地变幻着，勾勒出一张女人的脸孔，是鬼脸，空气中有嗡嗡的响声，像是女人绝望的尖叫。

夜间十二点，是镜灵的灵力最强盛的时候，全世界通用。

这里提一点，一直有流言，说半夜十二点去照镜子，很容易发现镜子中的鬼——你或者会看到自己的面容僵硬可怕，或许会看到自己背后有人，或许会看到里面有鬼脸。这个传言其实是有根据的，镜子里面的世界是一个独立奇妙的地方，很容易吸引游离的孤魂野鬼，虽然不绝对，但是常有。故而劝告大家，珍惜生命，万勿尝试。

这尖叫声的音频震动十分厉害，直达我的心里，饶是我这经历过这么多事情的人，在那一瞬间都恐惧。

我立刻结“内狮子印”，一阵“金刚萨埵降魔咒”念罢，大喝了一声“洽”……这恐惧才像潮水一样退去，但是我发现我突然拿不稳铜镜，铜镜下面的木架开始发抖，然后“咔咔咔”几声，红黑色的木架全部都破裂，露出了木色的断茬。

铜镜跌在了地上，在地上滚着，黑雾笼罩着。

我一脚把它给踩住，踏北斗七星步，按着破书上禁咒一章大喝道“云篆太虚，浩劫之初，乍遐乍迩，或沉或浮；五方徘徊，一丈之馀，天真皇人，按笔乃书……”

这是“开经玄蕴咒”，十二法门中最实用的禁咒，专门用来收服有灵之物。

我朗朗地念着敕令，感觉音波在空中的震荡与回声，每一个音符都在发生反应，进行指数的叠加，当我念完“沉疴能自痊，尘劳溺可扶，幽冥将有赖，由是升仙都！”的最后一个“都”字时，整个房间都为之一震，铜镜终于停止了跳动。我俯下身，拾起来，把这个圆形放在面前，将心神沉浸进去。

两股熟悉的气息涌现在我的心头。

第四章　镜魇法器

镜子中有很多驳杂的气息，这些气息有浓有淡，强烈的有三股，一股奋力挣扎而不得解脱的怨气，最为强大；两股气息让我感觉熟悉。

我闭上眼，就能够在脑海中浮现出他们的脸来——尚玉琳和宋丽娜。

也就是我那两个失踪的房客，我通常说的老尚和宋会计。

除此之外，镜子里还有一些微弱得如同风中烛火的气息，有的甚至已经熄灭了，只有一个印记。

这些气息，都是精魄。

前面有讲，人之魄有七，分别为一魄天冲，二魄灵慧，三魄为气，四魄为力，五魄中枢，六魄为精，七魄为英。这是道家所言，就藏密而言，七魄为位于人体从头顶到胯下会阴穴的中脉之上的七个脉轮，七个能量场。魂为阴，魄为阳。命魂乃七魄之根本，七魄乃命魂的枝叶，两者相辅相成，缺一不可。若缺，轻则精神恍惚，身体衰弱，甚则精神失常，疯疯癫癫，再甚则魂魄各散，一命呜呼，不存人世。

不知道这铜镜，到底吸的是哪一魄，竟然让尚宋二人，不见踪影。

我握着这东西，心中忐忑，唯恐将这镜中的魄体给弄丢散。我的专业领域在于育蛊解毒，符箓咒法只能说略懂一二，这玩意儿，我一时半会，还真的有点儿抓瞎。踌躇了一会，我倒是想起一个稍微靠谱点儿的专业人士来。

我拿起电话，拨通了杂毛小道的号码。

连拨了三次，这才接通，电话那头传来了杂毛小道艰难的喘气声，还有若有若无的娇吟声夹杂其间，我暗叫不好，这可真不是时候，正想挂，便听他问道："漫漫长夜，无心睡眠，小毒物，搞基否？"

旁边还传来了一声抑制不住的娇笑声，勾人心魂。

我苦着脸呸了一声，问忙啊？要不我半个小时之后再打过来？

他说不用，贫道一天一日，一日一天，有话尽管道来。我便强忍着这杂毛的音波攻击，将今天的事情缘由说了一遍。完了之后我总结说这铜镜，我的想法有二：其一，用超度亡魂经文，将其禁锢的所有残魄请走，不留因果；二，此铜镜既有镜灵，又貌似害死多条人命，已为妖物，留之不祥，丢之危险，我找个熔炉，将其炼化，也是一场好事。只是，我不知道怎么处理老尚和宋会计之精魄。萧兄，你怎么看？

"啊——"

杂毛小道一声大力的嘶吼，电话那头传来了各种少儿不宜的声音。

我将电话离得稍远，以免污秽耳朵，过了好一阵才放回来，听到他喊喂，我说我在，他问我他说的话我记住没有？我说记住个毛，再一一讲来。杂毛小道呸了一口唾沫，然后跟我说："你这个夯货，是不是洗头发的时候脑子进了水？这东西，是历史遗留、机缘巧合而形成的，岂能说毁便毁？暴殄天物啊！在平日，它是个祸害人的腌臜物，而经过祭炼之后，却能够成就法器，而且不沾因果，乃天赐之物啊！那两个房客，你先别着急，收敛着，找到两人，帮其喊魂，将这镜中的魄导引进去便可。"

法器？我听得杂乱，但是这两个字却很明显地吸引住了我所有的注意力。

因为，这两个字蕴含的意思，实在是太吸引人了。

通常来说，佛坛道场，用于祈祷、修法、供养、法会等各类法事，或者行者所携行之念珠、锡杖、唐卡等修道资具，统称为法器。它是实践"道"的器物，也是修行者实施礼仪和生活的用具，是与修行相合为一的，寄托了执念与精神。

全世界的所有宗教，都有法器存在。这法器，也便是先祖前辈遗留下来的信物、用具或者衣钵的沿袭。这些东西，都是先人中最优秀者所加持的法器，虽然象征的意义更多一些，然而，果真只有象征意义吗？

我见过的法器，只有两件。

第一件是杂毛小道他三叔萧应文所用的六转雷击枣木剑，坚硬如寒铁，念咒加持时，有雷电之威，凶猛暴戾若枭阳者，也只得怯其锋芒；第二件，是镇宁苗蛊郭家神龛上供奉的铜胎掐丝缠枝莲纹碗，净水一盛，祛邪避蛊不说，但凡有阴物临宅，必然就直接到碗里去，不得出来。

仅此两件，就足以诱惑得我流下哈喇子，激动得不知所云了。

我问他你懂这些？他傲然回话，说然也。你这个屌毛有健忘症不成，我老萧冒着巨大危险、辛辛苦苦给你弄来的藏阴纳神槐木牌，虽离"法器"二字有点远，但总算是摸到一点儿门道。炼器的方法，整个茅山黄金一代，老萧的师叔公就传给他和……只是一直以来，没有好材料罢了。

他对我小心翼翼地交待一番是非因果，说等他去天上人间见识一番，定来找我，妥妥的。正说着，旁边插来一句突兀的声音："小毒物，你等着，大人我已然巡游至北京，不日便到南方蛮夷之地，与你见面。好好照顾我家小萝莉，不得怠慢；还有，代我向小肥肥问好，让它等着，迟早有一天，它会成为本大人腹中食物的，嘎嘎嘎……"

我一脸瀑布汗，杂毛小道拐带虎皮猫大人也就算了，做儿童不宜的事情时，居然还让它在旁参观？

这……这种事情，未免也太变态了吧？

无量天尊，我失态了。

挂完电话，我已然知晓了前因后果，一切原由。翻出了"净心神咒符"，焚烧燃尽，然后让自己的心情沉淀下来。当完全进入一个"空灵无心"的境界时，我伸出右手，拇指抵住无名指，食指和中指抵住铜镜，念着“开经玄蕴咒”，静静地感受语言与空气中所有介质的碰撞和摩擦。

我感受到了镜子的世界里，有一团黑色冷雾在翻滚。

这就是其中的镜灵，也就是那个前生被辫子男用尖刀捅死的红衣女人。红色乃大吉之色，避邪招福，所以中国古代历来有用成亲冲喜，以期家中有病的长辈或者年轻男人的身体能够安康的习俗。这是为何？天道循环，大概是老天希望人类一族，能够栖息繁衍在这片大地。也由此，新婚夫妇初行人伦，也是最避邪之事，此事在佛教密宗、最原始的巫术大拿黄帝等，都是有所提倡的……

然而，若生死时辰不对者，裹红衣而亡，怨气不散，必定会有很大的机会化为厉鬼，归不得幽府。

它不去该去的地方，后果就是人鬼皆不得安宁。

时光荏苒，这铜镜不知有多少年，而这镜灵，又不知道存在了几朝几代，岁月变迁，这铜镜不知道祸害了多少的主人，吸了多少魂魄，时至如今，镜中世界繁星点点，竟然不下百盏灯火。每一盏灯火，即是一人的灵魂印记。那冷雾翻滚，在镜中世界、方尺之间，如太阳，主导着一切的灯火，围着它旋转。

倘若把这镜灵比作太阳，那尚、宋两人的精魄则是月亮，其他印记如同黑暗天空的星光，早已消磨得几乎没有痕迹了。我发愁，这镜灵自有一套手法，将尚、宋两人的精魄一点点消磨吸收，速度虽然缓慢，但若是我不阻止，即使他们两人仍然活于世，只怕命也不长久了。

所幸开经玄蕴咒对这镜灵，也有效果，三遍经文诵读之后，那冷雾凝结，不再旋转。

“你这个大笨蛋……大大笨蛋！”

静谧夜里，身边突然冒出这么一句话，吓得我一跳，扭过头来，朵朵居然变成了小妖朵朵，叉着小蛮腰，骂我。我腾出了右手，去捏她那狐媚的精致小脸，问她今天不该她轮值，怎么就突然变换了“值日生”？小妖朵朵噘着嘴，挥手挡开我的手，大骂一句：“少吃老娘的豆腐，小心我吃你肉！”说完她地说她懂这镜子，然后跟朵朵沟通好，让她上来帮我解决麻烦，朵朵就答应了，就这么简单。

朵朵这个小笨蛋，我暗叹一声，问你懂？

小妖朵朵一把揪住想往她胸前深沟里面溜去的肥虫子，把这鬼头鬼脑的小东西“吧唧”一下，甩到了窗户的玻璃板上，吹嘘说她自然是见过的，她说这开经玄蕴咒乃是取自道家寻常经筵，宽和平缓，讲究一个水磨功夫，一两遍、三四遍，这都不得行，要像庙里的和尚喇嘛，日日诵、月月诵，方可化解戾气；而若持“缚妖咒”后半章，这是茅山术中的道家经纶，重症下猛药，立时可解。

我依言尝试，果然，那镜灵如同一只怯弱的土拨鼠，哀哀求饶。

我大喜，问小妖朵朵怎么知晓，为何又要告诉于我？她咬牙切齿地看着这镜灵，大剌剌地掐着腰，说老娘享受过的痛苦，怎么着也要让旁人受一回，好歹有个伴儿；再说了，你有了这个破镜子，好歹也能厉害一点点，哪怕是一点点，老娘的安全也多了一分保障，不用担惊受怕，担心失去靠山。

我苦着脸，说你这个小狐媚子，屈指一算才三个月大，不要自称“老娘”行不行？听着忒别扭。

她看了一下我，媚眼勾魂，抿着红唇想了下，说，小娘我……

一夜无话。

我本以为尚宋两人之事需要拖很久，没承想第二天早晨十点钟的时候，我就接到派出所电话，说在江门新会的救助站，有两个人，很像我报案失踪的尚玉琳和宋丽娜，让我去那边看看，他们已经帮我联系了。

我挂了电话，仍不敢相信……这效率，碉堡了。

第五章　生屯兰晓东

我在江门新会的收容救护站，找到了尚玉琳和宋丽娜。

这两个人，全身脏兮兮，消瘦得厉害，眼睛直愣愣地看着前方，仿佛木头人。我出现在他们旁边的时候，也不看我。唯一让我心安的是，他们两个人十指紧扣，一直没有放松。收容站的工作人员告诉我，这两个人是上个星期，从堤西路的桥下面捡来的，在此之前，他们两个人靠捡垃圾、乞讨为生。

我打量着老尚，这个将近而立之年的男人头发凌乱、脸颊消瘦，穿着一件不合体的长袖衬衫。他的眼睛往上翻，无神，白色眼球让人感到恐惧。旁边的工作人员告诉我，说他来这之后，经常胡言乱语，说什么恐怖神要来了，世界末日之类的。除此之外，沉默得很，给他洗澡剪头发也不愿意……这个女的也是，给吃的就吃，不给，就饿着，一坐就是一天，怎么劝，都不动，奇怪得很。

也没个身份证，找都找不着他们的家人。

我点点头，向他道谢，然后问他能不能找一个空房间给我，我需要办点事情。他看着我，有点不解，我笑了笑，也不解释，执意要。他答应了，带着我们来到一个房间，说是空的收容室，我看着像是学生宿舍，然后我请他先出去。他十分疑惑地看了我一会儿，嘀嘀咕咕地说了几句，把两人留着，关上了门。

老尚和宋会计呆呆地站着，也不说话，面无表情地直视前方。

他们也不吵，也不闹，就像两个没有灵魂的木偶。

我从包里面将铜镜取出来，倾斜地放在房间的桌子上，将两人的样子都收入镜中。黄灿灿的镜面，印着两人麻木的脸，扭曲，格外诡异。我点燃香烛，取出一个小铃铛（招魂铃还是特制的最好，这个是大街货，勉强用着），然后摇，踏着天罡北斗步，夸张地跳着大神舞。我并不熟悉，只是尽力模仿，然后开始唱起来：三魂丢兮哟难找回，一心游离外哟，两魄不足惜，昨天吃油茶，今天把魂丢，魄掉不止尽，下生不安宁，魄归兮哟魂归来……

唱完之后，我双手合十，结印，点燃一张“净心神咒符”。

秉于指间，然后大喝一声：“魄归兮哟魂归来——敕令！”这话说完，空间一震，两道肉眼可见的空气波纹就射进了尚宋两人的眉心，猛地一停顿，两人双双倒地，口中狂吐黑色的血痰。而在此之前，我早有准备，跨脚过去，一扶一带，将两人平放在地。

这时门被猛地打开，那个戴着黑框眼镜的工作人员一脸气愤地指着我，责问我到底对他们做了什么？原来他并不放心我们独处，就在门外偷偷观察，一见有异动，便冲了过来。

见桌子上点燃的香烛，他气不打一处来，各种责问、骂声扑面而来。不过他到底是个斯文人，骂人也不带脏字，还显得可爱，十分书生气。我看着好笑，问他到底纠结什么？看看再说。他伸手用袖子去揩两人口中涌出来的血痰，也不嫌脏，急得眼泪花都出来，问我到底是干什么的？是干……

我也不急，把镜子收了，然后坐在床上，这眼镜哥朝外面猛喊，说来人啊，来人啊……

正喊着，老尚睁开眼睛，醒了过来。

他用手撑地半坐起，疑惑地看着房间，又看着旁边昏迷的宋会计、眼镜男，最后看到了我，有点儿发懵，张了张嘴，感觉十分不习惯。最后，他朝着我，说："陆左，这怎么回事？"此言一出，旁边的眼镜男立刻傻了，嘴张得大大的，足以让人看见他的扁桃体。

几分钟没到，一个他认为是傻子的人，就变正常了？

他这算是见证奇迹的时刻吗？

由于眼镜男的呼喊，跑来了几个工作人员，挤在门口问怎么回事？眼镜男呆住了，而我则帮忙回复他们，说没事，这两个人摔倒了。几人问没事吧？眼镜男回过神来，说没事，他们便离开了。这时候，宋会计也醒了过来，爬起来问怎么回事？当她看到自己浑身脏兮兮的样子时，啊啊大叫，又惹得一阵围观。

吵闹结束后，关上房门，我、眼镜男、老尚和宋会计，我们四人开始谈话。

我将镜魇一事隐去，然后把这两天的事情讲完一遍，那个眼镜男补充，讲到两人乞讨为生时，宋丽娜忍不住地干呕，闻着自己发馊的身子，恶心。眼镜男问他们想起什么来没有，怎么从东官跑到的江门，而且身上什么东西都没带，这几个月做了些什么事情？尚玉琳一概不知。

宋会计再也忍受不了身上的肮脏和酸臭，提出要去洗个澡，老尚也是，于是眼镜男便带着两人出去。

我收拾好桌子上的香烛，走到院子里，等他们。

过了一会儿，两人换了一身旧衣服，被眼镜男送了出来。老尚说这衣服是小沈的，让我借点钱给他，还小沈。眼镜男连连推辞，说不用。我让两人上车，然后掏出五百块钱，说这是两人在这里的食宿费，眼镜男仍然推辞不收，很坚决，即使我说是捐给救助站的，也不肯。不过，他倒是提出来，让我留一个电话号码给他。

我问要干吗？

他说他知道，我是一个有本事、有能力的人，跟那些骗子有区别，他求个号码，以后遇到事情，也可以找人帮忙。我笑着把号码报给他，说可以，你这种人我其实很喜欢，谢谢你为我朋友做的一切。不过，我还是衷心希望你不要来找我。因为一旦求到我这里，就会很麻烦的，真心麻烦！

他点头记住，嘿嘿地笑。

我回到车上，启动车子返回东官，行出了繁华路段，行人渐少之后，我问起他们两个，这些天来发生的事情。老尚告诉我，说他这几个月记忆不多，隐约能记起一些事情来：今年二月末，他们工厂裁员，他不幸成了其中一员。这件事情让他无比惆怅，着急，不踏实，每天都在街上乱窜，找工作。有一天傍晚，他在莞太路天桥上看到有人摆摊，只一眼，他就看中了一个铜镜。老尚有个表哥是从事古董买卖的，他看得多，觉得很真，一问，摊主要四千五百块，少一分都不卖。

一番周旋，最后他侃到了四千一百块成交。

老尚这个人平时很节省，从不乱花钱，四千一百元对于他来说，算是数额巨大了。但是也不知道怎么地，他就是觉得这铜镜好，觉得亲切，就是想买。他的本意是想买来，然后转手倒给他表哥。结果买回来之后，爱不释手，舍不得再卖了。没想到，宋会计也喜欢得不得了，晚上拿着瞧，一看就是一晚上。

没承想，在镜子买回来的第二天，就出事了。

夜间十二点，铜镜子里面爬出一个长头发的女人，把他们拉到镜子里面的世界去，他们拼命反抗，但是徒劳。后来……他一直迷迷糊糊的，印象中有几幅画面，其中一幅是他稍微清醒的时候，发现有两个穿制服的男人站在他面前，说到江门了，就在这里待着，到六月份再说。

然后……他说着，头就痛了。

我问后排坐着发呆的宋会计，说你呢？

她的叙述基本上也一样，然而她还记得一句话，说也是两个男人，穿黑色制服，说到鹏市了，先待到四月。之后就没有印象了，一睁眼，就到这儿了。

他们的表述让我十分疑惑，难道他们这段时间的流浪，是人为操控吗？

我真心不懂。

看老尚和宋会计好像挺饿的，路过一家餐馆，我停下，带他们去吃了一顿饱饭，然后问他们现在的打算。都说不知道，宋会计说要回单位去找找领导，而老尚则借了我的电话，给家里面打了一个电话，报平安。

回到东官，我带两人去派出所销了案子，然后跟他们谈了下，说这几个月的房租可以缓交，先找到工作再说。以后凡事，都要小心，他们感激地直点头，谢我。我准备走了，宋会计小心翼翼地问，说那镜子现在在哪里？我似笑非笑，说怎么，你们还要再流浪几个月？宋会计连忙摇头说不是，说那东西太邪门，把它毁了最好，省得祸害别个。我点头，说早就破了邪术，扔掉了。

为了我的第一个法器，我不得不撒这么一个谎。

权当作是我这两日奔波的辛苦费吧。

此间的事情已了，我就不再停留，给车加好油，直接驱车前往洪山，按地址，去找我的老乡兰晓东。

我们约好的见面地是洪山市古镇城中的一个广场，远远地就看到了这个长相猥琐的家伙。兰晓东，我老乡，我通常叫他阿东，他是大敦子镇生屯村人，比我大八岁，2008 年的时候正好三十岁。他之前盘下我的快餐店，闲暇炒股，赚了一笔钱——2008 年的股市各种割肉，股民朋友应该都知晓，他收手得早，所以脱了身。他通过一个偶然的机会从朋友那得知这里有家餐厅要转让，心中痒痒，但是荷包又不足，于是就拉上了我。

他穿着大裤衩，蹲在广场上，一点儿不像个老板，倒像是个瘪三。

我下车，他眼尖，立刻瞅到了，屁颠屁颠跑过来。

第六章　便宜无好货

“陆左，你终于来了……”

阿东高兴地拉着我的手，长长地舒了一口气，表情雀跃。

他个子矮，身高还不足一米六，站在我面前显得尤其矮小瘦弱。不过他虽然外表如此，人却是十分精明能干，要不然也不会把江城的那个快餐店搞得那么红火，而且还惦记着一步一步往上走，跑到洪山这边来发展。自从春节分别之后，我们差不多有三个月没见面了，好是一番寒暄。

然而几乎没有聊几句，他便提出，要不要先去店子里看看？

我疑惑，问怎么这么急？

要知道我这一天辗转江门、东官、洪山等地，车轮胎都磨薄了许多，到这里时已经是晚上九点了，这个时候去谈，是不是有点儿不合适？他说没关系，他跟那个老板很熟了，啥时候去都可以。我点头，让他领路，我开车载过去。很快就到了附近一个商业地段的附属区域，阿东路上跟我介绍，说这个地方其实还蛮不错，附近有个学校，还有工厂，办公大厦也有，做好了不愁客源。

我看着大街上人来人往，说不错，看着人流量是够了。我坦诚地跟阿东讲，说我时间有限，不可能一直盯着这个店子，具体的经营还是要落在他的头上，我只负责投资。阿东说晓得呢，莫得事，其实这样最好啦，他一个人光着膀子干，最耍得开，不过我这个股东，一定要监督到位才是。

到了地头，是一个不小的餐馆，上下两层，一楼大厅和厨房，二楼包厢，装修得古色古香，门口还竖着两个大酒坛子，我一看心中咯噔，这盘口，果然不小，我和阿东能搞得下来？我有点怀疑。阿东路上已经通知了，老板在大厅等我们。这是一个西川人，四十来岁，唇间留着一撮胡子，看一眼就知道是个标准的精明商人。

我们坐下，阿东给我和老板做介绍，我才知道他姓于，于文于老板。

于老板说与阿东已经谈了好多天了，一直因为资金不到位，所以完不成交易，今天我来了，正好，看一看这个店子，若觉得合适，明天就去工商局办理转让手续。我说好，然后他起身带我大致走了一圈，谈了谈餐馆的经营状况，又将最近的账目翻给我看。这地方整体还不错，设施也齐全，我觉得有发展空间。坐下来时，感觉好像人比较少，问服务员和厨师呢，怎么就这几个了？

于老板说他家里有点事情，所以准备把店子盘出去，所以便先把大部分人给遣散了。

我看向阿东，他点点头，表明他知道这个情况。

之后便是谈价格，就这地段和整个餐厅的经营情况而言，我觉得肯定是一个让人难以接受的价格，没承想于老板报出了一个数字，让我很吃惊。这数字不是太高了，而是太低了，比我预计的心理价位，还低上半成多。阿东得意地看着我，而于老板则拍着阿东的肩膀对我说，这个小老弟很会做生意，这些天把嘴皮子都说破了，他觉得就阿东最有心，所以才决定如此的。

事情差不多谈妥了，于老板便提出来，要不然明天早上就把合同给签了吧？

阿东看着我，我点点头，同意了。

出了店子，阿东邀我去他租的房子先凑合一晚上，明天再找房子，我摇头，没同意。我身边带着两个小东西，自然不好跟阿东混在一起。于是在附近找了一个商务酒店。进了酒店房间，我将心中的疑问提起，说为什么会这么便宜？

反常必为妖，阿东你是明眼人，老实讲。

阿东告诉我，说那家餐馆往日里的生意很火爆的，于老板也大赚了一笔。之所以卖掉，一是他父亲重病，家中需要人照料，二是因为最近他的大厨出了一点事情，住了院，厨房的二把手厨艺不精，所以生意才逐渐淡薄，老于本就想回家发展，这两件事情一起来，索性就把店子盘出去。阿东呢，他在江城有一票人马，好几个老兄弟，都可以照料，所以正好。

我问果真如此？

他说果真如此！

我点头，说可以。然后我们谈出资额度，阿东主导整个餐馆的经营，倾尽了家产，占百分之六十五，而我也将手头的余钱全部投入，占百分之三十五。如此谈妥，我们开始规划起了餐馆后面的打算。

阿东说他想把餐馆的名字改了，那餐馆原来叫蜀香楼，主打的是川菜，这东西太普遍了，川菜湘菜，整个洪山遍地都是，没有一点特色。他想好了，叫苗疆餐房，主打少数民族风情。菜色除了延续川香辣味之外，还要突出我们那边的酸香，社饭、桐叶粑粑、启蒙酸鱼、血粑鸭子、蕨菜炒隔年腊肉、酸汤鱼、臭豆腐、油茶……这些特色小吃和菜品，都要搞起来，搞出名堂。

到时候还要弄到网上去，打名气。

这里的装饰也要变，弄得民族风情一点，服务员全部少数民族装，女式的要暴露一点，参考春节联欢晚会的造型，露肚脐……

还有，打广告这一块，要多联系学校、工厂、写字楼，积极承办聚餐、生日宴会和喜筵，还要推出经典外卖服务；我们甚至可以在午间和晚间推出流水席的吃饭模式，就是凑齐八个陌生人拼桌吃饭，AA制，这样既可以吃到很多菜品，而且花费还少；与此同时，还要推出实惠大众型的木桶饭形式，积极招揽附近的商户和行人进来解决中晚餐……

我跟阿东谈了近两个钟头，他对餐饮行业的熟悉远远超过我，只是之前的店子太小，很多经营模式受到规模限制，所以没有发挥出来。他滔滔不绝地讲，头头是道，让我觉得很放心。看来他的市场调研工作做得很不错，认识也深。

就能力而言，我不认为我会比他做得更出色。

这样便好。

谈到人事问题，他说厨房方面，他已经从我们市里面请了一个很有名气和口碑的老厨师，过两天就到。帮厨的小子他在江城有几个，大旗一招便过来。账务方面他亲自搞，服务员，原店保留一些，现招一些，实在不行回家里去招兵买马。他说得兴奋，我不得不提醒他，这店子原来的大厨，是个手艺很不错的师傅，之前的蜀香楼，名气也是他打出去的，能留下来，最好留下来。

阿东说他也去医院看了李师傅，医生说是消化道感染，腹中鼓胀，两个多月了，没见个好，是死是活都不知道呢，怎么请？当然，能请来自然是最好的，可以保留原来的一部分特色。但是，凡事总是要做两手准备的。

我说好，等明天签合同了，我去看看那个李师傅，劝一劝他。

聊完这些，阿东告辞。

我在房间里打了几通电话，给家里、给杂毛小道、给阿根，说明了我现在的情况，最后，我犹豫了一下，还是给顾老板挂了一个电话，问询麒麟胎的情况。顾老板说他问了好多珠宝商，都说不知。不过有人说缅甸那边倒是有这方面的传言。自1993年起，缅甸对玉石的出口就加大了管控，只在每年的二月、十月有两次大型的交易会，当然，每个月也会举办一次中型的拍卖会，他会托朋友盯着的，如有消息，一定会告诉我。说完这些，他又跟我说，有时间务必来一趟香岛，给他那远方亲戚看一看。

我说我正在洪山这边搞一个生意，一旦事情完成了，便打电话通知他，看不看得好另说，面子是一定要给的。顾老板很高兴，说好嘞、好嘞，到时候叫秦立过来接我。

第二天早上我们把合同签了，正式成了这家店子的老板。

杂事不谈，当我们问起餐馆里面原来的工作人员是否愿意留下来时，竟然没有一个同意。这一点倒也蹊跷，问为什么，都说准备另谋出路，不想再在这里干了。阿东无所谓，没人留下来最好，他本身就是做这个的，认识的人也多，随时可以找来一票人马。盘点好餐馆的财务，阿东就开始组织装修，他是个有能力的人，也精干，从江城又找来了几个弟兄，实在不用我操劳，我闲来无事，便去医院探望那个李师傅。

说实话，若是能够把他留下来，工钱再高，我都乐意。

带我去医院的是餐馆的一个领班小张，他还没有离开古镇，与李师傅又是熟人。去的路上，我问他到底为什么不肯留在这里，是因为不熟悉新老板脾气，还是嫌工钱太低？他摇头说都不是。他欲言又止，我便让他直说，他犹豫了半天，说最主要的原因，是由于餐馆闹鬼。

我眉头一跳，怎么我走哪儿都有这破事？

他说这餐馆一直都很红火的，在这一带算是NO.1，可是自从翻年过后，就开始各种倒霉了，菜里面出现了虫子、锅灰、苍蝇，食材莫名减少，饭菜没味道，匾牌掉下来差点砸到客人，在餐馆里守夜的同事晚上睡觉的时候听到鬼抓门，并且醒来时莫名其妙睡到了门口……后来李师傅生了莫名其妙的病，大家就开始人心惶惶起来。

这才是于扒皮卖店的真正原因！

我撇了下嘴，果然，便宜无好货。

第七章　枯骨孕妇降

我开始有些嗝应，不过转念一想，咦，这不是正好撞到了我的枪口上来了吗？

哥们搞的就是灵异事件课题，还怕这个？

我点头，拍着他的肩膀说没事的，我们要是能够解决这个问题，你愿不愿意回来上班？他说当然想了，在这里都待了两年，有感情了，外面的工作又难找，自然不想离开。不过……他顿了一下，没有再说什么。我知道他对我的信心不够，也不想多费唇舌，到时候自有铁一样的事实摆在他面前。

到了医院，我们看到了李师傅。

这是一个富态的中年人，肥头大耳，长得有点像范伟。不过他此时却并不好过，脸色蜡黄，不时地发出哀痛的呻吟，肚子痛得厉害，无一处停歇。小张跟我说，李师傅这痛，一阵一阵的，跟痔疮一样，在医院里治呢，说是慢性肠胃炎，早先是回家疗养的，前两天痛得不行，这才又住了院。

他帮我跟李师傅做了介绍，李师傅跟我讲，说他在这里也拖了这么久，想着稍微好一点，就回家去。回家治，至少钱少一点。

我说先不急，让我看看你的病情吧。

他们都惊异，说你还会看病？我也不答，掀开了李师傅的病号服，看着他鼓胀的大肚子，浑圆，如同怀有小孩五六个月，周遭有暗黑色的垢纹，像几个月没洗澡，用手一戳，与皮肉相连。我将双掌托于肚子上，静下心来感应，感觉好像有两个心脏在跳动，每一跳，都牵扯着李师傅的神经。

李师傅一脸期盼地看着我，说怎么样？

我说最开始痛的时候，是不是很想吃肉，但是一吃肉，就吐，像吃了变质肉食般，嘴里面感觉又酸又腥，直犯恶心，忍不住把胃中的酸液都吐出来才罢休？他点头说是。我又问他，是不是腹腔里面有一坨肉，不大，总是游动，咬肉，又痛又痒，然后做噩梦，仿佛自己被人分尸蚕食一番？

他的眼泪顿时就下来了，哭着拉住我，说真是个明白人，求我救救他。

小张在一旁诧异地看着我。

我掏出十块钱给小张，让他去医院外面的小店子里买一包槟榔，要烟熏的那种，能够给李师傅先止疼。

他走了之后，我诚恳地对李师傅讲，他中了邪。这是什么东西呢？就其症状而言，是蛊降。而且是蛊降里面比较邪性的孕妇降。这种降法常见于印度地区，通过蜈蚣、蜘蛛和蟑螂培育出来的病菌，用怨咒下降，附在受害人的身上，这种孕妇降的邪性在于，让受害者经受到和孕妇生产一样的痛苦。同样是十月怀胎，孕妇生下来的是可爱的宝宝，而受害者则在生下来一个蠕动肉团的同时，谷道撑裂，痛苦死去。

受害者怀有孕妇降期间，腹痛，想吃肉，要补充大量的能量，肚中仿佛有生命。其实，那只是一种降头。而且恐怖的是，这种降头下给女人，没有半分作用，只针对男人。

这降头术最早，据说是印度布拉马普特拉河流域的妇女用来惩罚出轨的丈夫所用。学也好学，其中原理一讲就透，并不难——窃以为，降头术之所以秘而不宣，大概也是因为有的太容易，学的人多了，社会秩序就难以维持。

讲完这一些，李师傅紧紧拉着我的手，死也不肯放，求我救他。他翻来覆去地念叨这句，然后又说如果我救了他，他一定在饭店里好好做事，报答我。我摇摇手说无妨，这种事情，碰见了，就做，本就是情理之中的事情，只是你最近，有没有碰到一些奇怪之事？又或者有人来找你跳槽。

李师傅犹豫了一下，说前门倒是有一家饭店过来找他，说让他去做主厨，但是他没答应……

我问哪家？他说是“八大碗”酒楼。

我点点头，表示知道。这时小张买回了槟榔，我解开，让李师傅嚼一个，他说他不敢吃，这东西吃一个，面红耳赤，会醉，而且还会破坏味觉。我说嚼一个，可以止疼。至于解降的事情，我需要准备一番。他将信将疑，揭开包装嚼，过一会儿，呼吸都急促了，脸涨得通红。

我从随身的背包中拿出了香灰、红线和蜡烛，将红线围绕着病床打绳结，这绳结有讲究，打的是三十六天罡避尘结，能够锁住与外界的一切联系。我将香灰合水，在他肚皮上涂匀，然后用红蜡烛，沿着他整个下腹滴蜡，覆满整个的肚皮，只留有肚脐眼儿。

这叫做锁气。

完成好这一切，我出去采购了黑狗下宫血、柴胡、朱砂、全蝎、胆南星、益母草等物，托人熬了一碗黑汤。此汤为小功德汤，了断一切因果。

李师傅喝下，大叫一声“苦啊”，跳下床来，鞋都不曾穿，直奔洗手间。

他待在厕所很久，其间不时有雷鸣之声传出，我和小张在外面面面相觑。足足大半个钟头之后，他在里面呼喊，说好渴，我让小张进去给他送水，小张进去几乎被熏晕，栽倒在地。出来时脸无人色，说太恐怖了，那屎之中，有好多血块，正中间有一个鸡蛋大的肉团，还在蠕动呢……

那肉团便是李师傅所中的降物，我嘱咐里面的李师傅，让他不要把这东西给扔了，要将其焚烧殆尽之后，降头方能够化解。其实我还有一句话没有讲，一定要把下降头的肮脏物给除掉，才行。

一个多小时之后，李师傅这才晃晃悠悠地出来。

我跟小张交待，李师傅这一回，伤气失血，需要调养，尽量让他的家人做些营养高的东西来吃，乳鸽枸杞汤、荔枝大枣汤……这些均可，要像坐月子、流产一样伺候着，不可大意，不然以后会留下病根，腰痛虚弱。

金蚕蛊对那个肉团子十分的馋，几次都想跳出来去吃，我觉得心中犯恶，匆忙离开。

回去的路上，我想，看今天这个情况，十有八九，是行业竞争所致，虽然倒霉的是于老板，我们捡了便宜，但是我不认为于老板一点也不知道缘由。而且，竞争手段如此血腥残酷，能针对于老板，未必不能够冲着我们来。如果我不出手解决，阿东一个人，未必能够操持下去。

首先要找出下蛊降的物件。

我来到了苗疆餐房，阿东正领着几个手下和装修人员在忙碌着，见我进来，问李师傅怎么样？我把他单独拉到一边，跟他说起此事，他十分惊讶。我的手段，他在家乡也有听闻，知道些情况，便问我如何是好？我说无妨，先装修，等到夜里再看一看，此事需隐秘，不能让太多人知晓，弄得人心惶惶，可不好。

此事按下不提，我陪着一起忙店中装修一事，到了夜间人走之后，我把金蚕蛊放了出来。

这小东西在空中绕了一圈，然后直奔后厨的杂物间，在员工更衣室的某个柜子前，停了下来。它吱吱叫，然后头朝着门锁。我反复地瞧，感觉到有些不对劲。阿东从我后面递过一串钥匙来，指了指编号，让我开启。我打开柜门，里面是些旧衣服和毛巾，肥虫子兴奋了，哧溜一下子钻进了衣服里。我肩头一紧，是阿东，他的手在颤抖，我这才想起来，阿东并没有见过肥虫子，所以心中有些忐忑。

他问：“这是蛊啊？”我点头。

他问：“这就是传说中的金蚕蛊啊？”我依然点头。

他问：“这是……”我回过头来瞪他，说有完没完啊，刘姥姥进大观园，也不带这么问的，一条肥虫子而已，还老是不听话，小破孩子，有什么可稀奇的？我说着这话，肥虫子再笨都听出来我在骂它，一副不乐意的样子，飞出来，拱进了阿东的怀里，像一个乖巧的小小猫咪。

阿东这个三十岁的男人不由得一阵怜意大起，伸出食指小心抚摸着，一边还担心地说：“它不咬我吧？”

我头也不回，说不咬，它乖着呢……

余光处，看见阿东也亲上了肥虫子如玉石一般的胖身子——好吧，这家伙看起来似乎真的很可口的样子。

我将柜子里面的东西稍做清理，除了上面的旧衣服和臭毛巾之外，最下面，有一块刻着符号的砖头。这砖头是工地随处可见的那种，红色的，下面还压着一个布包。

我把砖头拿起来，死沉死沉的，手心冰凉，透着一股子阴气。我把砖头放一边，然后把布包打开看，里面有好几样东西：两根灰白色的枯骨，一根是长长的腿骨，一根是脊椎的关节骨，还有烧成灰的黑色粉末、蜷曲的毛发（有顺直的长发和一根九转的弯发），以及一个小人偶……

我拿着布包的手，开始变淡蓝色，发烫发红，血液迅速聚集在手掌上。

我知道，这布包上，定然有毒。

这个东西，应该就是导致这个餐馆逐渐倒霉、各种灵异现象产生的根源了。我后退一步，阿东看着我，说怎么了，问题大不？我摇摇头，说施降的人倒不是什么厉害人物，只是这法子有点儿恶毒，这布包和砖上面都有符文，是什么不知道，但是效果是聚阴，引各路邪物过来捣乱——这也无妨，我们烧了便是。

正说着话，突然厨房里传来了滴水的声音。平静的夜里，这声音是如此的突兀，我和阿东面面相觑。

不会真是说什么来什么吧？

第八章　超度贪食鬼

阿东看着我，眼睛瞪得大大的。

我们两个都知道，这件事情大有蹊跷：店子里面除了我和他，一个人都没有，厨房里面的水龙头突然滴下水来，滴答滴答作响，这是什么情况？

我已经有了职业性的习惯，立刻放下了手中的布，一个箭步冲到一门之隔的厨房，黑乎乎的房间里面，有一种奇怪的响动，我的黑暗视力已经增强了许多，凝神看过去，只见那洗菜的水龙头处，在滴水，有一团黑乎乎的东西，在那池子中蹲着。

那东西有兔子那么大，一团，毛茸茸的，一见我进来，立刻往柜子处躲。

我哪里能够让它逃走？随手拿起桌子上的一只盘子，猛地一掷，那瓷盘便化作一道白光，嗖地一下，射到那在空中跳跃的黑团上去。然而让我吃惊的是，那瓷盘子居然透体而过，砸在了灶台上面，哐啷一声响，摔成粉碎。

我心中一阵狂叫，真见了鬼——居然是灵体。

也就是鬼咯？

是鬼我就更不怕，作为一个见惯了世面的人，作为一个有身份证的人，我前跨一步，左手扶着下丹田蓄力，右手扣成剑指，只指那空中逃窜之物，大喝一声："齐！"——诸位，莫瞧我逢妖遇鬼，来来去去就只有"灵镖统洽解心裂齐禅"此九字真言，惯常的套路，似乎没有一点儿长进，果真如此乎？其实不然，我前面也说过，此九字，每一个字都有着独特的含义，代表着人世间一切之规则，《抱朴子》也曾言："祝曰：'临兵斗者，皆数组前行'。凡九字，常当密祝之，无所不辟。"

此九字真言练到至简至道之境，可辟除一切邪恶，无往而不利。

这便是十二法门禁咒一章中最精粹之所在。

"齐"，五元素之控制，代表着自由自在地使用超出本体范围的能力，这是借助天地的力量。随着我这一声顿喝，导引集中场域于这鬼物身上，它浑身顿时一震，从空中跌落下来。我身形如箭，跨步，然后抄手将其捉在双掌之间，因为诅咒手掌的缘故，一下子紧紧抓牢。这时，灯光亮起，阿东一声"啊"，倒把我吓了一大跳。

我看着手中这鬼物，暗道一声："呃……"

这厮长得真算是鬼界中的无盐，只见它一身癞蛤蟆皮，像被泼了硫酸，翻滚着水疱，黑乎乎一团，没有眼睛，周身都是毛，像公仔，然而这毛滑滑腻腻，十分恶心；它拥有了一张超乎寻常的大嘴，占了这个肉球身子的一半以上……

我想起来这厮是什么了！

贪食鬼。

此鬼名列三十七鬼类之中，因为饥饿而亡。死后对于食物的执拗怨念，使得它不肯离开人世，魂归幽府，便终日在人间漂泊。一般这种鬼，它没有家人，也无人供奉，食不得香火，便饿。有的鬼饿便饿着，日日受苦，有的却不是。人鬼殊途，鬼留于人间本来不易，而且每逢初一十五都有阴风洗涤，心志便受磨砺，混沌了，有食气的，有食水的，有食血、食吐、食粪、食发、食肉、食婴儿便……各种都有，但这贪食鬼都不肯将就，执念很深，它只吃人类的食物。

但凡是鸡鸭鱼肉、果子米饭，它都吃。

它吃过的物品并不消失，但是食品却会少了很多味道。味同嚼蜡，这成语便是用来形容被贪食鬼吃过的东西。贪食鬼哪里都有，但是成型如此的，却是不多见。我手里这只在挣扎，力道大得出奇，而且还张嘴来咬我。我哪里会让它得“嘴”，使劲捉住它，我这双被矮骡子蓝血诅咒过的手，对于灵体来说有奇效，但凡是我思虑调动的，都有腐蚀灵体的力量，没过一会儿，它呜呜地哀鸣起来。

我扭头看着阿东，他浑身发抖，扶着墙，额头上似乎有冷汗冒出来。

见他这么害怕，我对他说出去吧，这里我来应付。他不肯，还朝我靠来，说一起有安全感。我一脚踹开他，笑着说走吧，外面大街上都是行人，我现在做的事情不能够给外人看到，你回避一下，我搞掂了过来叫你。他犹豫了一会儿，点头说好，让我小心一点儿，转身便跑了出去。

阿东刚走，早已不耐烦了的小妖朵朵便跳了出来。

一出来，她便飘在空中，看着我手中的这个大嘴鬼怪，使劲地吸了一下鼻子，说好香啊。我奇怪，放在鼻子边闻了一下，无色无味，跟空气几乎没有什么区别啊？小妖朵朵对我嗤之以鼻，笑我傻，懂不懂啊？人分七魄，气魄在喉轮，享一切味道香闻，想要闻到这超脱人世之美味，需修喉轮。

她得意地说这贪食鬼，是灵体中一道美物，为何？

因为这等样子的贪食鬼，一般都存在于这个世界五十年以上的光景，浑浑噩噩，逐食而居，有吃的便吃，无吃的，便躲在橱柜的碗筷中休眠。它尝尽了世间酸甜苦辣的一切味道，使得本身的灵魂都尤其鲜美，每一点儿，都是堪比人参。

我不理她，让她翻译一下这贪食鬼哇哇叫个啥？

小妖朵朵竖起耳朵听了一会儿，然后也唧唧地跟这鬼怪说了起来，两者用奇怪的音频开始进行了一种沟通。过了一分钟，小妖朵朵苦着脸对我说，它说它饿了，这个地方好多天没有开火了，它饿得不行，只有喝水……我说哦，还有呢？小妖朵朵说这贪食鬼死在二十世纪六十年代，饿死的。那个时候，讲政治不讲肚皮，它还是个小孩子，一连好多天没有吃饭，然后就死了。

我说就这么简单？

她点了点头，说这贪食鬼本来不在这里的，后来被旁边的邪物给吸引过来了。

那布包中的东西，对人类晦气遭灾，但是对鬼物却是有着无比的吸引力，能够躲避大部分的阴风洗涤。它在这里待了三个多月，没有害人，只是偶尔吓一吓值班的店员而已。我点了点头，让小妖朵朵告诉它，我要将它给超度了，归于幽府，免得在此停留太久，最后磨灭了人性，化作厉鬼。

它其实听懂了我的话，又开始奋力挣扎起来，大嘴四处乱咬。

我心里有一点儿不忍，因为它除了将食材变得寡淡无味之外，并没有祸害过任何人。但是人鬼殊途，它的存在已经完全干扰到了这里的正常生产生活秩序，还不如将它超度入幽府，尘归尘、土归土，去其该去的地方，又或者自有一番境遇，这也说不定。

我意已决，便不再犹豫，当下就拿出最后一张“回度往生咒符”点燃，然后念起了超度的咒法，那贪食鬼挣扎了一阵，被我诅咒之手灼烧无力，符纸燃完之后，悄无声息。我手中的灵体渐渐变透明，浊的往下落，而清的则往上飘，空气里传来了一声淡淡的哀叹。

这声音似有似无，过了一会儿，我的眼前出现了一个肮脏的小男孩，眼珠子黑得发亮，朝我鞠了躬，然后往楼顶升去。

空中留着一团五色光，萦绕在小妖朵朵的手上面。

她拿在手上端详了一会儿，张开嘴巴，大啃了一口，眼睛都眯了起来，好像在品尝着人间美味。肥虫子一阵嫉妒，又怕被小妖朵朵弹屁股，于是飞到旁边，小心翼翼地吃一点儿遗漏的光团，一边吃，一边吧唧嘴巴。一刹那，它的黑豆子眼中绽放出了骇人的神采，仿佛打了鸡血，朝着小妖朵朵摇尾乞怜。

为了吃的，它向来就是这么没有骨气。

两个小家伙你一口，我一口把这五色光团给吃完，我问小妖朵朵，说这到底是什么玩意儿？她用灵活的舌头舔了舔红润的嘴唇，然后回味无穷地说这是贪食鬼遗留下来的天魂。这天魂是自它化身为鬼之后，几十年来所吃过美味的浓缩精华，哪怕只是一点点，都能够让灵体感觉到食物所带来的最大的快乐。

说完，她舔了一下手掌，说以后只怕再也没得吃咯。

肥虫子也是一阵伤悲。

原因既然已经找到，一切都开始往好的方向发展。我买来了制符的道具，为苗疆餐房的四处都画了镇宅的符箓。因为已经有了无数次的失败，所以成功的几率便大了很多，也不用再靠着金蚕蛊这小东西的血来加持，自有法力。除此之外，我将十二法门中的道门法子发挥，弄了很多风水驱邪的布置，散放各处，并且很好地融入装饰之中，并不突出醒目。

筹谋了大概半个多月，苗疆餐房终于于五月末开张了，因为阿东宣传到位，头几天的生意出奇的火爆。

除了宣传之外，这个餐厅的主题应该也是图新鲜的顾客们所选择的一个重要因素吧。

厨房有李师傅和阿东从家乡里挖来的蒋师傅坐镇，口味地道正宗不说，而且还具有独特的风味，一时间多了不少的回头客，引来了无数老饕追捧。直到后来阿东他婆娘也过来，生意开始步入了稳定期。

而我，则在闲暇之余，发现了一件奇怪的事情，这件事情，说起来跟被我超度了的贪食鬼有关。

第九章　虎皮猫大人归来

其实这件事情还是与金蚕蛊有关。

我在苗疆餐房附近租了一套房子，两室一厅，价格倒也合适，因为一直在忙开业的事情，所以没有太多时间来照顾朵朵和金蚕蛊。朵朵倒还好，她是个自觉的小孩子，听话，让她晚上修鬼道，她便修，也不闹事；金蚕蛊却不行，来到洪山，就像从天堂掉进了地狱，总是饿得不行，而我却感觉此处颇不平静，不准它在外面觅食，所以还是买来了二锅头与内脏，让它吃。

金蚕蛊自然不愿，但是晓得我的严厉，不敢出去，就饿着。反正它是大鲵的胃，可吃得，也饿得，一两年都饿不死。

朵朵看不过去，便帮自己的小伙伴做饭，弄吃的。

也不是什么好材料，猪肝、鸡胗、牛肚……她“鬼道真解”修炼得略有小成，不怕火，于是就处理了一下。金蚕蛊素来爱吃生腥的东西，然而对于朵朵弄的东西，却极喜欢，总是把盘子都舔光。我觉得奇怪，便厚着脸皮尝了一口，果不其然，美味极了。

小妖朵朵吸收了贪食鬼的天魂，因为是同一个灵体，所以朵朵对于味觉的把握，一下子也到了大师级水平。

于是朵朵的家务事，又多了一份差事，就是做饭。

小丫头对此展现了令人瞠目的天赋，照着菜谱，居然能够做得青出于蓝而胜于蓝，味道让人难以忘怀。

那个时候正值苗疆餐房开张不久，为了给店子里招揽生意，我便使了一个法子，让朵朵附了我的身，每天炒十道菜，给餐房的食客品尝。我把菜价提高两倍，然后晚上六点过后，亲自动手炒，每天只十道，完了就没有。刚开始阿东还不明所以，后来吃过朵朵做的菜后，大呼厉害，太好吃了，说这法子可行。

结果苗疆厨房十道菜的名声，没多久就传出去了，引来许多人争相预约。

很多当天没有尝到的人纷纷要求来吃，莫说加两倍，提高十倍价钱都可以，但是我都婉言谢绝。虽然是朵朵，但是被灵体上身，终究是一件消磨身子的事情，若不是我可以持咒恢复，哪里敢玩这些？

而且做生意，讲究的就是一个规矩和诚信。

当然，朵朵对于上我的身也十分感兴趣，用我的手，时而摸摸我的鼻子，时而摸摸我的疤，开心不已。

看得出来，她是多么地想要一个人类的躯体，去做她喜欢做的事情。

日子一天一天过，苗疆餐房的火爆程度超乎我们的想象，宾客盈门的后果，是我们都忙得累弯了腰，招聘人手又迫在眉睫。于是我们又招聘了四个人，将餐房分成了两班倒，早班一批、晚班一批。自有人做培训，我也将我负责的原料采购、管理和培训这一块，交予手下的小张来搞，刻意让他成为我的代言人。

这小子也争气，事情做得有板有眼，让阿东也很满意——虽然跟阿东是老乡，但是他和他婆娘在这里，若无人监督，开成夫妻店，抛下我，也是有可能的。当然，我也只是遏制一下，防患于未然。毕竟我跟阿东是经年的老兄弟，相信他不会坑我的。

之前一直怀疑暗中捣乱下降头的竞争对手八大碗，从开业至今都没有动静，我让手下的人留心看了一下，说那里的生意并不好，很多食客都慕名而来我们这，使得他们的生意相对地冷清许多。这生意人的思想，通常有两种，一种是努力把市场做大，增加客源；另外一种，却是把别人手中的蛋糕抢过来。我们是凭着实力和口碑吸引顾客，但是他们，有着前车之鉴，我实在有些担心。

果然，六月初的一天中午，事情发生了。

这是一行八人，个个一脸不善、肌肉发达，一进来就要了一大桌子的菜，喝酒划拳，十分喧闹。

按理说五人以上便可去包厢，但是他们不肯，说大厅里敞亮。因为我们推出了实惠午餐的服务，大厅里面的顾客其实非常多，而且不断有电话进来定外卖，我接电话，忙得不可开交，也没注意。没想到过了一会儿，听到大厅里面一阵喧闹，男人的喝骂声，女人的尖叫声、哭声，陆续地传到了我的耳朵里。

我站起来，看见小张正在那桌处理。为首的一个男人骂骂咧咧，对着大厅里面的人高喊，说这什么破饭店，菜里面不但有蟑螂、有虫子，还有头发……喏，你们看看这是什么毛，弯弯曲曲的？我脸一沉，我们的厨房是经过严格管理的，我甚至为厨房画了一张驱疫符，哪里会出现这些东西？

这伙人，分明就是过来捣乱的。

他们神情不善，大厅里面吃饭的人有的信了，跟着嚷嚷，有的不信，但是也瞧出了名堂，赶紧付钱离开。开餐厅的，最怕一个闹字，人家来外面吃饭图的就是一个舒心，这么一闹，下次就未必来了。我走到这桌前面，问小张怎么回事？小张说这伙人讲菜里面吃出蟑螂和头发，便叫来服务员，先吵闹，然后出手扇了小离一巴掌。就是这样……

我看了一下我们的女服务员小离，她的脸红肿，看来下手不轻。

为首的那个黑汉子一米八，他拉着我的衣领，酒气熏熏地问你就是老板？我说是，他指着桌子上大碟小碟的菜，然后又指着同伴手中的弯曲毛发，说你就是让我们吃这玩意儿的？我平静地说对不起，这里面可能有误会吧？他的手往桌子上猛地一拍，盘盘盏盏都跳起来，汤汁四溅。他盯着我，眼神似刀，说事情就是这么个事情，你说说怎么办吧？

我伸出手，把他揪住我脖子的手给拿开，整理了一下衣领，平淡地笑着，问他想怎么样？

他没说话，他同伴说赔钱，要赔偿他们的精神损失费，多少钱呢？至少三万块！

此言一出，他旁边其余的汉子都纷纷起哄，有的说五万，有的说八万，闹哄哄的。

周围的顾客都围了上来，看热闹。

黑汉子盯着我，而我则摇了摇头，叹气，说都多少年过去了，来餐馆捣乱敲诈吃霸王餐的招数，居然没有一丁点儿创新？有意思没意思？都二十一世纪了，同志们，你们这一套，跟中奖瓶盖一样，都已经风靡全世界了，会有人相信吗？

黑汉子没想到我会说出这么一番话来，旁边围观的群众都哄笑。他气恼，说爱信不信，老子有病吗？没事吃虫子？你们开饭店，一盘菜里面搞出这么多事情来，还好意思开？信不信我砸了你这个店？

他这话一说出口，周围七个伴当都散开来，撸起袖子，架势展开。

我摇了摇头，感觉这应该不是潜伏在暗处的那个对手惯用的套路，太拙劣了，反而落入了下乘。不过也许是他们看出了我在这里的布置，又或者捣了几次鬼而不得，才出此下招。我跟旁边的小张说报警吧，让派出所的同志来处理。毕竟，每个月我们交的那些“卫生管理费”，也不能白交。

黑汉子哈哈大笑，淡定地说你们报警吧，看看到时候治的是你们还是我。

他是一副无赖相，旁边的人起哄说对啊，咱们都耗得起，天天来闹一回，什么事嘛！我眉头皱了起来，看来今天这件事情不得善了了。这些人都是些老油条了，他们的办法多得很，即使不闹事，拉一大堆人进来一坐，一人占一桌，点个凉菜，我们也真不好赶。所以，今天若不能够镇住他们的嚣张气焰，只怕以后都难以为继了。

这便是阳谋，无赖招数，但是却能够让人无奈。说句不好听的话，警察都管不了。

我突然发现这个黑大汉像极了《大宅门》里的那个贝勒儿子，看着就想抽他。

这里总共有八个人，说实话，我还真的不怯他们。若真的打起来，我或许会挨几下拳脚，但是最后倒下的还是他们——我有这个自信。但是我跟他们打起来，打胜了又如何？我需要赔医药费，说不定店子还要被整顿，而且这些家伙依然像牛皮癣一样，除之不尽，粘着你，赖着你。

我这个窝火，恨不得给这群家伙每人下一个二十四日子午断肠蛊。

可是，这些家伙刚刚在我这里吃饭，结果就中毒了，我这不是明摆着砸自己招牌吗？一个养蛊人，开了一家餐馆，诸位，听到这么一件事情，谁敢上门来光顾？

我牙齿咬得“咯嘣”响，但是却也只有等派出所过来处理，也发作不得。我暗自打量着这八个人，旁人都在，也不好威胁，只待人散之后，我定然会找回场子，让这伙人为惹到我后悔一辈子。还有，打我手下的服务员，这事我若没有一个交待，下面的人心不就都散了？

这一番闹，生意也做不成了，店员们都围拢起来，连后厨的几个师傅，都提着菜刀跑出来。

气氛为之一僵。

这时从门外扑腾进一道黑影来，嘎嘎叫，说这是要闹哪样儿？本大人一路奔波劳累，饿死了。小毒物，速速备上酒菜，招待俺们！

第十章　旁门与“左道”

那黑影飞进大厅，旋转一周，然后停在我肩头。

我肩膀一沉，方知道是虎皮猫大人这肥鸟儿，数月不见，它的身材越发的肥硕，重了许多。我扭头看，只见门口走进来一个男子，穿着青衣旧道袍，大袖大襟，裹腿黑布鞋，挽着一发髻，背着一破烂百宝囊，仿佛古装剧中跑出来的一道士。我心中一喜，这不正是杂毛小道萧克明。

他一进门，只扫一眼，便明白了所有的情况，也不理我，冲着在场的诸位观众作了一个道揖，然后朗声说道：“诸位，贫道乃上清派茅山宗第七十八代掌门的亲传弟子，茅克明。今日路过此地，观此餐馆祥瑞阵阵，风云齐涌，必是兴旺之相。贫道一路风尘，厚着脸皮讨口水喝，还请店家方便则个！”

杂毛小道这一口半白半文的唱腔，倒是让场面给镇静下来。

我头一偏，服务员立刻端了一杯茶给他。杂毛小道一口饮尽，大叫一声爽快，目光投向了来闹事的黑汉子一伙，悠然说道：“滴水之恩，当涌泉报之，贫道见你店家有难处，出手帮你解决了便是。”说完，他脚踏禹步，两下就走到近前来，指着黑汉子，说出去吧。他一抓，便把那黑汉子给捉起来，往门口甩去。

他天生一牛之力，力道合适，出手迅捷，那黑汉子便腾云驾雾一般，没反应过来，就趴在了七八米外的门口迎宾毯上。他也没有摔着身子，只是发愣，不知道怎么回事。

杂毛小道这一出手，果然是厉害，也吓人，黑汉子的伙伴们一时呆住，犹豫不决。两个面相凶恶的家伙腾身而起，抄着椅子扑上来，被杂毛小道用小擒拿手一下子制住，松了膀子，哎哟哎哟地叫唤，生疼。这一下子，所有的混子都不敢往前了——他们也不是傻子，自然知道面前这个猥琐道人，是个厉害角色。

黑汉子扶着玻璃门站起来，指着杂毛小道，大喊，哪里来的妖道，管什么闲事，找死啊？

所有的混子都从旁边走，聚拢在门口，只有那两个被杂毛小道卸了胳膊的，在一旁喊痛。

杂毛小道转身，指着黑汉子笑，说你还有心情说狠话？我看你大祸临头了，不出三日，必定额焦、口腥、神昏、性躁，目见邪鬼形，耳闻邪鬼声，自尽而亡。你若不信，第二日便知。他说得言之凿凿，背在后面的手指却朝我下暗号。黑汉子脸色变了又变，手一挥，说走。那两个胳膊被卸的家伙苦着脸喊老大，这里还耷拉着呢？

黑汉子走上前来，问杂毛小道到底想怎么样？

杂毛小道笑吟吟，说吃了饭抹嘴就走？这样太不地道了吧，把饭钱结了，再道歉。那黑汉子倒也忍得，一一照办。围观的群众都欢呼，跟打败了日本鬼子时的老百姓一样。杂毛小道朝走到门口的那黑汉子喊，说你真的要有祸事临头，这都是因为做了太多恶事，明日你看看情况，若不舒服，可来此地找贫道。

说完话，他拱手说叨扰了，于是也出了门去。

我叫来小张，让他去盯着那伙人，看看到哪里去了。

虎皮猫大人自个跑到收银台，那里有一杯茶，它便啄那里面的茶叶吃。人都散去，跟预料中的一样，警察姗姗来迟，了解了一下情况，也没有多说，只是叫我们跟本地人处理好关系，要不然，麻烦死。我默然，看样子，所谓的处理好关系，是不是需要上一笔保护费？——算我心思龌龊，事实是怎么样的，至今我都不知晓。

应付完这边，我跟着虎皮猫大人走到后门，只见刚才一副高人模样的杂毛小道，正蹲在墙角看蚂蚁。

见我过来，他站起来，问我怎么没给那小子下蛊？

我说“害蛊”我还真的不会下，再说了，刚从我这里吃饭出去就病倒了，这算他的还是算我的？到时候卫生局的大爷们下来，又是一阵伺候，我可折腾不起。我请他到餐房的休息间坐下，问他的近况如何。他说他在北京玩得欢畅，然而虎皮猫大人十分想念朵朵和金蚕蛊，撺掇他南下过来找我，于是就跑过来了。

说完这些，他又问我今天这是怎么回事，什么小猫小狗都欺负到头上来了，这还得了？

我无奈，开门做生意，进来都是客，图的就是个和气生财，我若将这事闹大了，吃亏的最后还是自己。我倒是无所谓，阿东可是把全部身家都贴进来了，我不能随着性子来。杂毛小道笑，说小毒物，那你就这样忍了？我说哪能呢，人活一口气，佛争一炷香，老是被人这么压着，我心中不畅快，赚个狗屎钱？

杂毛小道哈哈一笑，说要得，他帮我查一查，到底是谁在搞鬼。

先不说，弄点吃的先。

虎皮猫大人在一边帮腔，说饿死老子了。

我便把他们带到了楼上的一个包厢，叫后厨炒了几个菜来，然后摆了茶点，虎皮猫大人爱吃葵花子，也叫人去街上买来一大包。一边吃着饭，一边聊这几个月的事情。杂毛小道在北方的这几个月，其实也没有什么特别值得提的地方，翻来覆去跟我讲他的艳遇史，并且用极长的篇幅，给我描述天上人间的奢侈豪华。

虎皮猫大人一边嗑着瓜子，一边做补充。

谈到我来南方遇见的这两件事情，杂毛小道眉头皱了起来，他说镜魇一事纯属运气，遇到这种好东西的几率不大，那两个房客也算是前世修了福，至于他们的记忆，类似的事情他也听说过，当不得真；这个饭店的竞争对手，手段确实是恶毒了一点，按常理，开个小酒楼，用不着这么大费周章的，这个隐患一定要拔除掉；不除，如鲠在喉，时刻提防，以后都难受。

我说也是哦，餐房既然已经步入正轨了，那么就把这潜在的隐患给掐灭了吧。不然我过段时间去香岛，肯定是不得安宁的。杂毛小道听我说去香岛，顿时来了精神，问干吗去？我没好气地说还不是顾老板亲戚那破事，你也不肯去，他老缠着我，没办法呗。杂毛小道嘿嘿笑，说他也要一同去。

我奇怪，说你不是不接么，怎么又要去了？

他说一起去才有意思啊！我一阵胆寒，说真的是赖上我了，我去哪里你就跟着去哪里，声明一下啊，我不搞基的！杂毛小道哈哈大笑，笑完，肃容说小毒物你发现一个问题没有，我这人，但凡跟我在一起的，都倒霉，你也是；但是当我们两个凑在一起，诸事都顺利，逢凶化吉。所以，我们两个在一起，这是上天注定的，这是命运安排的。以后，我们两个人携手共闯江湖，号曰"左道"哼哈组合，岂不畅哉？

我苦着脸，说你小子就是讹上我，混饭吃罢了。

杂毛小道又是一阵笑，，说谁叫你开饭馆呢？虎皮猫大人突然嘎嘎大笑，说好基友，一辈子。

聊了一阵，门被敲响，是小张，他和中午出去办事的阿东一起进来，问我现在有没有空？我唤他们进来，介绍萧克明给他们认识。坐下来讲了几句，阿东说他听小张说了，那几个混子是前门街上的无赖，整日在酒吧、溜冰场混迹，算是这附近的地头蛇。他刚刚打电话给拜码头的大哥问了下，那个大哥说我们得罪人了，管不了。小张在旁边补充，说那伙人骑摩托车走了，他跟到一半就丢了，后来找熟人打听到的。

阿东一脸的愁容，说这可怎么是好，天天这么闹，生意就没法子做了。

我摆手说无妨，那帮混子，老萧已经出手解决了，不出两天，必定会求上门来。这东西，杀鸡给猴看，总是会消停一阵子的。现在主要的问题就是，到底是哪个混蛋在暗中搞我们？下降头啊有没有！我听李师傅说过，八大碗曾经在他生病期间来找过他，不过给他拒绝了。我有理由怀疑，做出这种恶毒手法的人，便是八大碗的那伙人，当然，老萧会暗中调查的。

如是，定叫这些家伙，只有哭，没有笑。

我们谈了一阵子，定好了计策，由杂毛小道和我来调查，餐房这边的经营，阿东多操点心。

吃完中饭，我带杂毛小道和虎皮猫大人去我租的房子，也就是我在洪山的家中落下脚。因为没有床上的一应物件，便也需要采购，所以不得不忙碌了一番。

杂毛小道也不管这些小事，他把东西一放，在客厅沙发上睡了个午觉，太阳偏西，便拿着他算命走江湖的家当出了门。虎皮猫大人懒得跟去吹风淋雨，白天朵朵和肥虫子又不爱出来，两个小东西跟老朋友见了个面，又回去了。它便宅在了家中，窝在沙发的一角打盹，没一会儿就睡着了，像只死去的肥母鸡。

我像一个管家，跑东跑西，忙着采办，好在回家有朵朵这个丫鬟指使，倒也不是很累。

杂毛小道的办事效率简直高得出奇，到了晚上十一点，虎皮猫大人追着肥虫子满屋子乱窜的时候，他回来了，告诉了我一个不好的消息。

第十一章　约见八大碗

杂毛小道告诉我，那个八大碗，可能很难缠。

为什么？

他说他去打探了一下，这八大碗的老板是个云省人，这倒是没有什么，但是那老板有个婆娘，看着好像是懂一些的，玩的确实也是降头术。萧家传有一门望气术，看山看宅也看人，对练有邪术者，持术一观，便能够知晓八九不离十。那娘们，枯黄脸蒲柳腰，眉间和下巴都有黑气萦绕，显然不是个良善之人。

我问怎么办？去知会一声，大家井水不犯河水，睦邻友好行不行？

他点头说可以是可以，能这样办最好，要不然大家折腾起来，不知道会起多少干戈。她练便练，我们茅山一派和你这苗蛊一派，也不是什么名门正道，不能说州官放火，百姓不能点灯，随她去。但是坏消息并不是这个，而是他发现了一件事情，就是在八大碗附近的街角，有邪灵教的印记。

我奇怪，说什么是邪灵教？

他给我解释了一番，大概就是某些个能力强大的神经病，纠集在一起的组织，也叫做厄勒德、邪灵士。这些人久久不出世，潜伏在暗地里，跟我们这类人不是一条路的。他们都是疯子，但是据说有部分龙虎山道士、密宗喇嘛和东南亚降头师在里面，端的厉害。不要打听，这东西忒邪恶，不是我们这些人能够惹的，操心也由他大师兄这些领工资的人去操心，轮不到我们。

我心中一沉，也不好说什么，问这个劳什子邪灵教跟八大碗有没有瓜葛？

他说不知道，没有关系的话，大家相安无事，和平共处；若是跟邪灵教挂钩，也无妨，一分钟三毛钱的电话，立刻交给他大师兄来处理便是。

我问他大师兄到底是干什么的？

杂毛小道也不再掩饰。他说这个世界上，总是有一些科学解释不了的东西，对不对？但是这些东西都隐秘不宣，其实都是有缘由的。至于是什么，你别问，我也不说，自己体会。那么碰到这些事情怎么办？总是需要专业人士来处理的，他大师兄，便是这么一种专业人士，属于公职的。若说他们世俗的权力有多大？那真不大，不过在某些领域，还是有着一定的影响力。

他问我明白了吗？

我点头，说我懂了，不就是小说里面的龙组、A队什么的吗？他翻了一对白眼给我，说真的是对牛弹琴了。这么理解吧，就把他大师兄当成是国安这种秘密战线吧。

我点点头，说哦，《落地请开手机》里面的国安嘛，我知道，而且很喜欢孙红雷的演技，简直就是碉堡了。

他再次给我一对白眼，然后去招呼虎皮猫大人，而那肥鸟儿理都不理他，给了他一个背影。

杂毛小道的情绪瞬间无比低落。

次日清晨，为了杂毛小道的金字招牌，我按照他提供的地址，给那个黑汉子下了“二十四日子午断肠蛊”，将他死去活来地折磨了一回，然后出现，问询幕后指使。这汉子的骨头看起来没有想象的硬，当时就跪在地上，一把鼻涕一把泪地说明了事情的缘由，果然是八大碗的老板娘指使的。

我问清楚了情况，要来那个老板娘的电话号码，约其见面，她先是愣了一下，然后果断答应了。

果真是女中豪杰。

我叫上了杂毛小道，一番嘱咐之后，在附近的一家茶餐厅与她见面。这个老板娘叫做程五妹，同来的还有八大碗的老板，李守庸。两人的年纪都是四十多岁，这程五妹腰身颇粗，乍一看很像是《功夫》里面的包租婆，再一看，果然像，只是更加胖一点儿。双方落座，寒暄一阵，说了几句久仰之类的屁话，那程五妹便直说我约她过来，到底所为何事？

我一脸笑容，说老板娘倒是贵人多忘事，昨天在我们餐厅闹了一出，竟然像个没事人一样？

她眉头皱起，站起身来，指责我说：“你讲这话是怎么个意思？难道是想说，是我撺掇的人，去你们那里闹事咯？好没有道理！”我淡淡地饮着杯中的清茶，看着她笑，说你说你真的没有？她叉着腰，说没有就是没有咯。我懒得跟她兜圈圈，径直说，那龚二毛却是亲口承认受了你的指使，我还有录音，要不要听一下？

龚二毛便是那个黑汉子。

听我这样说着，程五妹反倒是坐下了，她冷笑，说一个混混讲的话，你都信？好没有道理哟，他说什么就是什么，他说是外星人让他干的，你是不是也信了这个邪？我呵呵地笑，然后说你倒是也认识这个龚二毛啊，而且还知道他是个混混？果然！

她也发觉到了自己的语病，于是不说话了，抿着如刀的薄嘴唇，看着我。

从始至终，那个李守庸都没有说话，也不插半句嘴。

我又抿了一口茶，然后抬起头来，指着旁边含笑不语、仙风道骨的杂毛小道，说你看看我朋友的打扮，就知道我们是同道中人了。所谓在家靠父母，出外靠朋友，同蹚江湖路，大家多照应一点，也是应该的。我们在苗疆餐房的更衣间中，找出一块符砖和下降之物，想必是您二位的杰作。之前的于老板，倒霉，这是上一篇，我们翻过去了，也不想通过官家来处理，平添麻烦；现在的苗疆餐房，是我和我朋友在搞，辛苦得很，所以希望程大姐你念及同道情谊，高抬贵手！

被我们这般点出，程五妹本来就不是个淡定的娘们，此刻的脸也是红一阵、白一阵。

她看着像是个惯来强横的主，也颇硬气，说要是我们不答应呢？

我眉毛一挑，看了杂毛小道一眼，回过头来问她：果真不肯善了？

李守庸暗地拉了一下程五妹，程五妹只当作不知，梗着脖子看我，说是啊，你能拿老娘怎么办？

杂毛小道换了个姿势坐，倒把程五妹夫妇两人吓到，眼皮子跳动着。我知道他们心里也虚，心中安定，说这人啊，总是瞧不起比自己差劲的家伙。别说是你们，我也是。不过呢，我的习惯是，如果碰到一个很厉害而且值得尊重的对手，我唯一的想法，就是让他变成我的朋友，而不是我的敌人。所以呢，我才能够开开心心地一直活下去。程大姐，李大哥，我略懂一些医术，不妨帮你们看看病？

我的话语转折太过突兀，两人有些反应不及，看着我，一脸疑问。

我笑，就在刚才的时候，茶水之中我已经下了蛊毒，两人喝下，已然中了蛊。因为外婆的教诲，不到万不得已，我向来不主动下蛊害人，所以即使是这两人，我也只是教训为主。便一边跟两人聊起中蛊的迹象，一边用看病的形式，说与两人听。程五妹一按自己堆积着脂肪的腹部，眉头一皱，便感觉疼得不行，过一会儿，肥脸上全是褶子，如同包子一般。那李守庸更是不堪，哎哟哎哟地叫了起来。

这剧痛就像抽筋，一阵疼，一阵好。

程五妹疼痛稍缓，脸立刻笑成了菊花，说果然不愧是叫做苗疆餐房，陆老弟真人不露相，居然是个来自苗疆的医道高手。恕我这当姐姐的眼拙，冲撞了你。来来来，姐姐我以茶代酒，先敬你一杯。

她变脸倒是快速，拉着仍在哼哼的丈夫，一起向我和杂毛小道敬茶。我本是为了和解而来，自然不会推托她的善意，举杯润了一口，说程大姐你看如何，我们还是交一个朋友吧？小弟我略懂医术，二位的病症，开个方子，也只是手到擒来之事。

程五妹拱手说是，有劳陆左陆师傅了。

我便给两人解毒，然后嘱咐用泡发的黑木耳与银耳合水服用，持续三日即可消除。两人千恩万谢离去，临走时还把账结了，约我们改日去他们八大碗，给我们摆一桌答谢宴。我也点头说好。待他们二人走后，杂毛小道冲我笑，说这两口子出门是不是在骂我们呢？他刚刚连打了几个喷嚏。

我笑了笑，说也许是吧。

这程五妹看着其实道行并不高——要真厉害，也不会在这里开一个小酒楼了——她或许是在家中，学到过一些粗浅的术法，见原来的蜀香楼生意兴隆，便起了妒意，弄来这聚灵降头一术，招得些如同贪食鬼一般的邪物，叨扰店家。而这降头，也邪门，偏偏将李师傅给祸害上了。

这种事情，报警不济事，杀了他们吧，又太过于暴戾，徒留因果，只有将自己的爪牙露出来，像老虎一样围着山尿一圈，以显示自己的地盘，让这些宵小自行离去便是。大家开门做生意，不为搏命，只为求财，而且都是成年人，警告过了，自然懂得我的意思，该退去，自然就退去了。

当天下午，黑汉子龚二毛带着头天来闹事的七个人买了花篮和鲜花，过来道歉，并且在那个被打的女服务员面前下跪，自扇耳光，祈求原谅。

一时间员工的自信心暴涨，苗疆餐房的凝聚力空前强大。

第十二章　全真与符咒

八大碗来邀我、杂毛小道和阿东去赴宴，喝了几杯酒，这过节就算是解开了。

上卫生间时，路过一楼大厅，看到过道的一桌酒菜，鼻子颇为灵敏的我立刻感觉到异样来：难怪八大碗的生意不景气，用的这油，竟然是潲水、劣质猪肉、猪内脏、猪皮加工提炼后产出的那种地沟油。

做餐馆做得这么没良心，难怪门可罗雀。

还好我们吃的不是。

事情既然了结，我们也没必要再牵扯其中，静心下来做生意。杂毛小道第二天依然摆摊算命，讨生活，龚二毛那几个混子没事去他摊子上晃，居然拉来了不少生意，还真是让人惊奇。在杂毛小道来洪山的第三天，他终于耐不住性子，问我要起那铜镜，观瞻一番。

我警告他，说这镜子我得来不易，可不能够依他的性子，给我顺走了。

说实话，我被这小子占便宜占怕了。

他吹胡子瞪眼，十分生气，说贫道是贪你这破玩意儿的人吗？只不过是一时心喜，拿来帮你炼一炼，尽一份朋友之间的情谊罢了，你爱给不给，不然搁你抽屉里面，发霉算球。见他一副委屈样，我连忙放低姿态，求他，他装腔作势，拿捏一番之后，欣然接受，然而按照惯例，又敲诈了我一万元人民币整。

瞧瞧这家伙，就是这副德性，狗是改不了吃屎了。

杂毛小道把铜镜拿在手上观察，不时发出一阵又一阵的叹息声。观摩一番之后，告诉我这铜镜乃是宋辽金铜镜，窄边小钮铭文，端的是古董了。那个老尚居然能够在地摊上以四千元淘到这么个玩意儿，不知道是有福还是有祸。铜镜古已有之，直至明清时式微，到了清乾隆年间基本都被玻璃镜替代，不知道你捉的这个镜灵，为何还在。不过，一般来说，制镜需要镜范、浇铸、刮削、研磨、抛光、开光六个步骤，这铜镜应该是当时的高档货色……嗯，不错，要拿去卖，就其艺术和历史价值，百万不止。

我说少扯这些鬼话，直接讲怎么制成法器。

他持了一个咒语，然后双手捧起铜镜，默默地念着经文，过了一会儿，偏头问我，你怎么知道用缚妖咒来制住这镜中的魔灵的？我指着胸口的槐木牌，说是小妖朵朵告诉我的。

杂毛小道哈哈大笑，说你倒是找了一个女诸葛。

他告诉我，这镜中有灵，便好办了。他看了一下这镜身和背面，可篆刻一个符咒灵阵，他的炼器法子，传承自他师叔公、茅山一代符王李道子，他大致会十二种符咒灵阵，适合此镜的，有五个。

这符咒分别是“甘露咒”“斗母玄灵秘咒”“荐拔往生神咒”“解冤结咒”“破地狱咒”。甘露咒驱除邪恶、恢复精力；斗母玄灵秘咒沟通灵体、养神休性；荐拔往生神咒、解冤结咒皆为超度恶鬼、劝解往生；而这破地狱咒，则有定格邪物，镇压鬼魂之功效。

他抬头看我，问我到底选择哪一个？

我问啰啰嗦嗦一大堆，到底想讲个什么东西？我只想问，哪个可以用来攻击？我现在废材得很，强烈需要一种攻击性的法器，让我有自保之力。杂毛小道点了点头，说晓得了，那就用破地狱咒便是，这符咒一旦篆刻到镜身之上，便能够驱使里面的镜灵，转动法阵，与你的术法作共鸣，用来破邪物、定鬼身都可。

我兴奋得浑身抖如筛糠，说这不是碉堡了？

杂毛小道撇着嘴巴，一脸的不屑，说屁啦，这玩意儿说厉害也厉害，但要说有多厉害，不就跟一个不用充电的防狼电棍一样？道与器，道是精神性的本体，是脱离物质实体而独自存在的最高原理，是永恒的、不朽的存在；而器，只是修行途中的工具而已。只有自身的强大，才是万物之根本。

事实上，史上对于这两者之间的争论，由来已久。

所谓道教，分为全真道与正一道两大系统，全真派的道士出家，以修真养性为正道；而正一派道士可娶妻，不忌荤，行符箓。若论真正在道术上有所建树的得道之士，大部分都是全真派的道士。而修符咒的道门，因为简单易行，于是鱼龙混杂，多有心志不坚者混迹其中，譬如正一道符箓派中的上清茅山宗。

茅山宗传承了《上清大洞真经》，修持方法以思神、诵经为主，也炼丹，然而最有名者，莫过于由古之黑巫术改良而来的茅山道术。茅山宗闻名天下，然而在道教中的地位却并不高，一饮一啄，莫过于如此。

追求力量强大的同时，却没有保持心性。

这些都是茅山宗的伤痛，杂毛小道粗略一提，便不再言。他随身带了很多工具，花样繁多，最醒目的是一把由废白钢车刀改制的刻刀。说实话，他篆刻手工的技艺，远远比算命的勾当要厉害千百倍，但是却有一个怪癖，便是不能够让人在旁围观，不能分神，不但是我，连窝在床头打盹的虎皮猫大人也被赶了出来，气得这个瞌睡虫破口大骂，好一阵喧闹。

杂毛小道在房间里一待就是三天，除了吃饭和上洗手间外，基本不露面。

真是不疯魔，不成活。

苗疆餐房这边基本上进入了正轨，管理方面阿东和他婆娘，加上我一手提拔起来的小张以及阿东的一个兄弟都足以胜任，我除了每天晚上六点钟去做十道菜之外，基本上不用做太多的事情，更多的时间是在家里研究《镇压山峦十二法门》中艰涩的部分。

这本书是部奇书，全书分为坛蘸、布道、巫医、育蛊、符箓、禁咒、占卜、祈雨、圆梦、躯疫、祀神、固体十二个部分，每一部分都足以让人穷尽一生的心血去研究。这本书跟了我近一年，虽然我日夜潜心苦读，但是目前最为精通的也仅仅只在育蛊一节，符箓、禁咒、祀神几部分，都只是粗通一二。

这是为何？因为没有师傅。

在道门中有一句话，叫做“师不为师，以天地、万物、众人为师”，此之谓自学成材者。然而天下间这般的大拿能有几个？所谓道术、道德、道心有成者，哪个不是有师傅在旁边指点、费心培养、历练，终于成材？人非生而知之者，孰能无惑？有了前人的指引，可以少走一万条弯路，而无人引导者则前路坎坷。便如我，一个没有师傅、只有一本破书的菜鸟，跌跌撞撞，时至如今，不也还只是个“小毒物”而已？

所以说，师傅是修炼成就的根本，没有师傅，什么成就都不会有。

这句话是实话，杂毛小道一身本事微弱，除了因为一场不知晓的变故之外，还是因为没有师傅在身边，修行不得进步；又有，他之所以能够明了这么多，且懂炼器篆阵的法门，也多亏有一个师叔公来教辅。

我的野心并不大，只是想把朵朵恢复人身，然后把黄菲给娶了，安安稳稳地过幸福生活。

但是前路多坎坷，我若不强大，必然就会泯灭于这凶险的路途中，哪里能够得享安宁？麻烦便是这样，你不找它，它便找你。生活于这世间，若说一点因果不沾，这简直就是笑话。所有的一切都是假的，唯有力量永恒——这是极端符咒派的说法，有的时候，其实很有道理。

第四天的早上，我一如往常般去楼下附近的小公园里练了一趟拳，松完筋骨之后，买了早餐回家。叫杂毛小道的时候，敲门，发现里面鼾声如雷，轰隆隆。我问虎皮猫大人怎么回事？它不屑地撇嘴，说多大的事情，三天没有睡觉了，这会儿补觉呢，没事，没事。说完，依旧啄着它的瓜子仁。

我心中狂喜，就我对杂毛小道的了解而言，他平素洒脱不羁，然而对于承诺，却是极为遵守的。

此刻睡觉了，说明——铜镜已然篆刻完成了。

我仰天长笑三声，哈哈哈！

果然在入夜的时候，杂毛小道走出房门，把铜镜递给我，说搞定了。我接过来一看，这铜镜跟以前几乎没什么区别，只是棱角被小心打磨圆，铜锈未除，但是被处理得浑然天成，在铜镜的背面，篆刻着清晰娟狂的符文，上书曰：九幽诸罪魂，身随香云旛，定慧青浮花，上生神永安……

我翻来覆去地看，爱不释手，杂毛小道告诉我方法：这镜中有镜灵，法阵自然驱转，用时只需将心与这镜灵沟通一番，然后将这铜镜往邪物上一照，喊一声“无量天尊”，歌颂我道祖，便可有功效，薄弱者，直接将其魂魄收入镜中，供着镜灵吸食；若遇到强敌，也能够起到阻碍滞缓的功效。

这便是我所获得的法器，我欢呼雀跃一番，然后兴致勃勃地去楼下找了一条狗来试验。

结果我被这条恶狗追得满街跑，还是朵朵出面将这条土狗撵走。

我信心全无。

平淡的日子便这样过去，六月中旬，再次接到顾老板电话催促的我，于是我终于决定前往东方明珠，去见识一番花花世界。

第十一卷　明珠叙事

第一章　顾老板的亲戚

我有一段时间总是在怀疑自己，觉得我是一个不祥之人。

在我那便宜师叔王洛和从东南亚袭来，小美身死之后，我曾经沮丧得一度想要离开自己拼搏和奋斗的东官，想要到一个陌生的地方去隐姓埋名，不沾因果。然而我终于发现了一个问题，无论如何，我都逃脱不了人群的包围，总是会沾惹到祸事，即使我逃到了天边，那又如何？还不是一样，该来的总是会来的，逃避无用，唯有反抗，积极乐观地生活，方能够让自己成为一个真正强大的人。

所以我重返了南方，来到了洪山，与老乡阿东开了一家餐馆。

他需要我的投资，我需要一份稳定的收入，不让自己为了几斗米而奔波忙碌。我的时间太珍贵了，我终于明白，我不是在为我一个人而活，我肩头有了太多的责任：朵朵、肥虫子、对黄菲的承诺……以及，好吧，小妖朵朵这狐媚子，也算是吧。

这么多张嘴，我压力山大。

顾老板打电话过来的时候，我正好完成了苗疆餐房的交接。阿东在经营上是一个有着自己主见和想法的人，太多的干扰反而会让他失去方向，于是我决定先离开一阵子。顾老板跟我抱怨，说我再不来，他亲戚估计就要崩溃了。

我苦笑，说香岛那么多著作等身的玄学大师，为毛偏偏就等我一个人？

他说屁，名气大的请不来，小的，毛都没有用，一个个都是嘴皮子上的功夫。

于是我便收拾好行囊，与黏上来的杂毛小道、虎皮猫大人一同经鹏市罗湖关口，前往香岛。顾老板的助理秦立早已经在鹏市等候，一应手续均有他办理。我之前跟顾老板一起做过事，到过香岛，有港澳通行证，杂毛小道居然也有，于是过关很顺利。顾老板亲自在关口这边等待，一番寒暄之后，上了一辆黑色的豪华商务车，一路穿行，过高楼大厦、拥挤车流，来到九龙的一条繁华街道。

目的地是香岛伊丽莎白医院，据说李小龙就在这家医院去世的。顾老板轻车熟路，带着我们直接前往病房。乘电梯上楼，或许是巧合，居然是五楼。

这个数字让我顿时菊花一紧，自从那次“五楼回魂梯”事件之后，我对于“五楼”这个字眼，一直都存在着莫名的不适感，或许因为那是我第一次吓尿裤子吧？这是一段惨痛的回忆，让我无颜以对。

心有警兆，此行不祥。

在医院五楼的走廊中，我见到了顾老板这个远房亲戚家中的大部分成员，包括他太太、一个二十多岁的儿子和十八岁的女儿（他还有一个三十岁的大女儿，现在在加拿大）。顾老板的远房亲戚是一家小贸易公司的董事，姓章，姑且称之为章董吧。听顾老板跟我介绍，章董现年五十有六，常年奔波于两岸，各地风情见得也多，在东官、江城和鹏市也都置有家产，包着情人。

香岛是个比较重视风俗和国学的地方，历来对各种学问都抱着宽容的态度，所以，顾老板的太太、儿子和女儿见到我和杂毛小道，都十分的尊重——当然，这里面多少也包含了顾老板给我的夸张吹嘘的功效。相比之下，杂毛小道受到的欢迎重视程度，简直是国宾级的待遇，盖因为他道袍发髻的缘故，将其猥琐的本质给掩盖住，又多了一些仙风道骨，越发的像“尹志平”了。

章董住的是独立病房，隔着门口的玻璃看去，很难从病床上那个白发苍苍的老人家身上，想象出他一年前还风流倜傥、洒脱花丛的身姿。

顾老板在旁边跟我说，老章这个人，对家人是极好的，自从知道自己染病之后，交接了公司的业务，便住进了这里来，经过药物治疗，病情已经得到了控制，陆续好转，都已经出院疗养。然而自从被那鬼缠身之后，人就完全消沉下去，住院后几乎疯了，前两天还试图自杀，所幸有人看着，没有成功——所以他才心急火燎地找我过来。

艾滋病全称为获得性免疫缺陷综合征，它主要是通过血液、体液和分泌物传染，日常的握手、拥抱和正常交往都不会传染的，所以我们放心地走进去，找椅子坐了下来。章董躺在床上，静静地看着我和杂毛小道，两眼无神，脸庞消瘦，一脸的老人斑，伸出被子的手臂，犹如冢中枯骨，皮连着骨头，呈现一种不健康的颜色。

顾老板将我和杂毛小道介绍给章董时，本来出气多过进气的他，眼睛突然多了许多神采，哆嗦着乌黑的嘴唇，发出了艰涩的声音：“两位大师，你们可要救救我啊？”杂毛小道大喇喇地挥手，说无妨，贫道此次来，定然还居士一个周全。他左右地看了一下，说要清场。

大师的话是不容置疑的，一时间，章董的家人、顾老板和秦立都被赶了出去。

人都走了，杂毛小道取出一瓶净水，点两滴到章董的额头和眼窝中，念甘露咒：“悲夫长夜苦……猛火出咽喉，常思饥渴念，一洒甘露水，如热得清凉……”他持咒有一个特点，就是既急又准，长达几百字的咒文，他不用一分钟就持完，而且均有效果，不像是我，磕磕巴巴地念完，还不一定能够奏效。

这便是名门子弟和半路出家的野鸡路子，最大的区别——基本功。

咒罢，章董的精神便高了很多，半坐起来。既然杂毛小道出了风头，我便乐得清闲，在旁边看。杂毛小道问，章董答，事无巨细，不敢隐瞒。

从他们的谈话中，我大概理清楚了轮廓：原来这章董果真是那个跳楼身亡女子的主顾，那女子既然已死，不便提其名讳，便说为小A。小A本来已经怀有了章董的骨肉，准备着生下子嗣，分得财产。然而小A前男友突然介入，小A空虚寂寞，居然就从了，花费钱财无数，而且还被感染了艾滋病，不得不把腹中三个月大的胎儿打掉。章董本来是个花花老头，除了生意忙碌之外，在珠三角也有几处巢穴，养着笼中金丝雀，而且频繁出入欢场。

结果这病便如击鼓传花，染了十几人，唯一庆幸的是老妻容貌衰老，很久没有进行过夫妻生活了，所以并没有传染。他自然恼怒，再追问缘由，更是一点儿情分不讲，便想着把这个害得自己染病的死女子给扫地出门，任其自生自灭。

结果，小A跳楼而死，此事便一直耽搁下来。

章董一直在香岛进行积极治疗，并没有太多功夫去了解小A这个让他咬牙切齿的女人。然而某天夜里，迷迷蒙蒙之间，发现床边有一重物，推，发现阴冷潮湿，半坐起来，发现居然是小A，她穿着情趣内衣，极尽挑逗之能事，章董并未明了所处的境况，笑眯眯，依着好色的天性，抱着身边这尤物颠龙倒凤了一回。

关键时刻，他才记忆起来，身下这女人早已死去，脑袋都摔成了烂西瓜，哪里能与他缠绵。这一想起，画面立转，怀中这女子果然浑身湿淋淋，全是血，再看小A的脸，哎呀，这哪是脸，分明就是将各种碎肉拼凑在一起的恐怖怪物……

惊悸仓皇之下，章董居然把持不住，元阳顿失。

他这一下，浑身的魂儿都丢了……

待他醒转过来，发现自己依然躺在自己家中的大床上，窗外灯影摇曳，浑身湿淋淋，竟然流了一身的汗。他本来身体就不好，此番一惊吓便发烧了，本以为只是偶然现象，然而此后，多则一个星期，少则三两天，这小A便入了他的梦中，要么缠绵悱恻，要么惊吓威胁，要么就无尽的哭诉，将他折磨得不堪其扰，想死而不得。

这段时间，他也请过了好几个大师——港岛湾仔的黄大师、九龙观塘的铁板张、新界离岛的葛天师……都说沾惹到了不祥之物，有缠红线的，有画镇宅符的，有结恶灵咒的，没一个有用，该来的照样来，而且还变本加厉，更加频繁，让人疯狂。

杂毛小道从百宝囊乾坤袋中拿出了一个红铜做的罗盘。

这罗盘与他三叔那个一般无二，上面有五十四层同心圆，密密麻麻的繁体字在各空格间点缀。平托着，念开光请神咒，接着罗盘正中天池的黑色磁针，开始左右摇摆起来，不住地旋动。看到这幅度，我和杂毛小道的眉头都皱了起来。要知道，小A的恶灵早就被杂毛小道的符箓给消灭了，这么强的磁场反应，显然不是仅仅一个恶魄所能够导致的。

杂毛小道问我什么看法，我摇了摇头，白天阳气太盛，那鬼东西不知道躲在哪里，只有到夜间，它出来害人，我们才能够确定是什么。杂毛小道又念了一下安静心灵的咒法，章董闭上眼睛，开始进入了安静的睡眠。看他长长地舒了一口气，我和老萧对视，摇头。

这可能是他这么久来，睡得最安稳的一觉。

我看着窗外夕阳的余晖，知道我们要在这个医院过夜了。说实话，我讨厌消毒水的味道。

第二章　舶来品，聚邪纹

章董沉沉睡去，我们则退出了病房。

顾老板迎上来，问情况怎么样？我们摇头，说这个事情估计要等到晚上，才能够见分晓。

他说好，舟车劳顿一整天，也辛苦了，便带我们去附近的富豪九龙酒店吃晚饭。章家人憔悴无力，也就派了章董的二儿子章家田过来陪我们。秦立早已安排好一切，于是我们乘车前往。到了饭店，果然比我在国内见的要豪华许多，我和阿东合开的那家苗疆餐房，与之相比，就仿佛村姑与公主。

当然，这等繁华，都是用港币堆出来的，羡慕不来。

吃饭的时候，我跟杂毛小道谈起一件事情，我曾经在湘东郴州，给一个武警朋友看过病，也是恶鬼缠身，怨念不止，后来我捉住了那个鬼魂，将其超度。我把过程讲与众人知晓，杂毛小道表示可能有所出入，吴刚身边那鬼，只是执念，而章董身上这肮脏玩意儿，有可能是中了邪。

他甚至有理由怀疑，章董是被人动了手脚。

若是如此，问题就严重了很多。

此言一出，所有人都吃惊，章董的二儿子章家田忍不住问，说难道是有人在背后，蓄意谋害他老头的性命，这是为何？由于我们语焉不详，他一直表示不信任、不理解，此刻更是出言讽刺，说道："敢情两位还是个破案高手，一眼就看出了背后的故事？那我真的还要洗耳恭听一番，看看我老头都一个废人了，到底是谁，有什么动机，还要来害他？"

杂毛小道没有回答他的问话，而是转头看向了我，问小毒物你看出什么来没？

我想了一想，问莫非是"聚邪纹"？

杂毛小道点点头，说你也看出来了。旁人纷纷问，什么是聚邪纹。我解释，这是一种被人诅咒之后，病发时在脖子后面出现的一种类似于大理石一样的浅显云纹，不仔细看，就看不清，会与久未洗澡而出现的垢纹相似。通常，只有恶毒的灵力诅咒，才会产生聚邪纹，而这灵力诅咒只有那些有法力、有门道的积年老巫，才能够发出。

那恶魄，其实是被放大镜照了一遍，才会显得尤其恐怖。

章家田听我们说得真切，便问他父亲这诅咒，有没有得治？他满怀希望，语气都谦卑了几分。而我和杂毛小道都摇头，说这个难办。聚邪纹的产生不是道术、不是降头、不是楚巫，而是来自西方巫术的舶来品，最早来自于古吉卜赛人的原始教义，是吉卜赛占星师“塔罗牌、水晶球、猫灵诅咒”中的之一。

这是异教徒的伎俩，我和杂毛小道都只是听三叔摆龙门的时候有所提及，却不知道解法。不仅是我俩，即使是告诉我们的三叔，恐怕也不知晓。

不过，全世界的邪法，最简单的解法，就是找到下降之人。

我们问章家田，说他父亲到底得罪了什么人。章家田眉头皱起，他老爹这几十年，大半辈子，在各地来来去去，要说没有仇家，简直是天方夜谭；但仇家太多了，一时之间说是谁，这个却又要好好寻摸一二。

见章家田说不出个所以然来，我们也不着急，这件事情，还是问问章董，最清楚。

因为要忙晚上的事情，我们没有喝酒，匆匆吃完。顾老板贵人事忙，席间不断有电话进来，自然不能一直跟着我们，便派了秦立陪同。跟顾老板一起走的是虎皮猫大人，这肥鸟儿吃干抹净，扑腾着翅膀，自寻快活去了。

说实话，这肥鸟儿，比杂毛小道还神秘。

返回医院，我和杂毛小道便坐在医院楼道的长廊座椅上，静静等待子时的来临。

旁边一群人围观。

夜渐深，我和杂毛小道闭目养着神，而章太太则一直用疑虑的目光扫量着我。我自混世界以来，经常感受到这样不信任的目光，早已淡定自若——杂毛小道的扮相，倒是还有些哗众取宠的效果；而我，就外貌而言，哪里像一个有道之士？简直就是一个青皮小年轻。这也无妨，包子有肉不在褶上。

十二点，我睁开眼睛，看到杂毛小道也看着我。

我们相视而笑，然后起身，走进病房内。

章董昏昏沉沉地躺在床上，露出灰白的头发，合眼而睡。我们没开灯，把跟进来的众人全部赶了出去，杂毛小道摆起了简易醮台，燃香烛，上摆三祭品、三果盘，净手焚香，舞动着随身携带的桃木剑，在袅袅青烟香烛气中念起了《登真隐诀》，浑身抖如筛糠，剑尖吞吐不定，我一看他这剑就想笑——这家伙的桃木剑是新做的，没有一点符文加持，根本就是一个样子货。

呼——

杂毛小道燃起一张黄色符箓，剑尖舞动。

自来到东方明珠之后，一直都是杂毛小道在唱主角。他瞎积极，我便袖手旁观，打壶酱油。当然我也没有真闲着，而是用朵朵的“鬼眼”，仔细打量病房周围一切：时值六月中旬，香岛气候炎热，室内有空调，恒温，然而身处其间，却感到有莫名的寒意。这寒冷不是源自生理上的，而是直接作用于心中。

可是，除了这阴冷之外，我并没有看到有别的邪异之物来。

这是最纯粹的聚邪纹效果。

杂毛小道唱诵着经文，居然盘腿坐下。他口中的声音渐小，若有若无，几乎无声。我知道，那恶魄并没有招过来，他这是在准备做持久战了。我走出门去，对在外等待的章董家人和秦立说，那鬼没来，今天的事情可能解决不了了。

章太太满腹的意见，便和她二儿子两个言语挤兑我。不过毕竟是顾老板介绍过来的，她也不好太过为难，我也懒得理会，说明一下，便返回病房，搬了张凳子坐，陪着到天明。

这一夜苦等，那恶魄始终不来。

杂毛小道默默念，我早上醒来的时候，居然还有喃喃的声音传出来。他念了一夜。

吓，这个半吊子也忒认真敬业了吧，人家都还没有给定金呢。

早上章董醒过来的时候，一声长叹，说从昨天中午到今天早上，好久没有睡过这么安稳的觉了，舒服。

我问章董，说最近有没有得罪什么人？

他沉默了许久，语气艰涩，无力地摇头。他说要论起他的仇家，两双手都数不过来。这人一辈子，要说没有几个仇人，简直就是太失败了。所幸，就这一点而言，他算是个成功者：商业上的对手、平日里结的仇怨、身边潜伏的不轨者……太多太多了，不好讲。

杂毛小道告诉章董，说这事情不好搞。

我们可以帮他在卧室里布一个风水局，防止外邪侵入，但是这解决不了最根本的问题——聚邪纹一旦出现，行走呼吸都能够引来阴冷邪物、霉运。这运道一事，总体而言，关乎“天、地、人”三字。天乃命盘、生辰八字，地乃时事地理环境，人则是自身的品质和努力、机遇。所谓“在天成象，在地成形，在人成命”，即是如此。聚邪纹于本身，天时地利人和，一应排斥，就像个霉运“黑洞”。

若不消除，防千防万，不过一死。

其实若想避开，也可以，找一聚福敛运的法器，随身佩戴，两者抵消，亦可。

只是，这法器可遇不可求，匆匆找寻，哪里能够得到？

章董闭上眼睛，流下了两行浊泪，说他这个人，一生商海搏击，亏心事做了很多，但是最让他后悔的，还是做了太多对不起家人的事情。他这个人好色，总是管不住自己的裤裆，这么些年，祸害了多少妇女同胞。光这病，都不知道交叉感染多少人，算他活该，报应吧。

章董也说不出个所以然来，我们无奈，退出病房。

秦立说带我们去中环逛一逛，杂毛小道为了保持高人风范，拒绝了，于是我们返回了酒店补觉。到了傍晚，顾老板打电话给我，问情况怎么样？我摇头，说此事比较难搞，并非我们所想象那么简单，若单单是做一场法事，那也就罢了，做便是。只是过不了几天，又出事，平白污了我和杂毛小道的名声。

要深究，我和杂毛小道既不是福尔摩斯，又不是狄仁杰大人，哪里能够刨根寻底，弄清楚一切？

顾老板长叹一声，说这老章，也是自讨苦吃，不管了，晚上请我们吃饭，见一位故人。

我问是哪个？

顾老板笑而不答，只说到时候就知道。

没多久秦立过来接我们，到了酒店，只见曾中过玻璃降的小女孩雪瑞的父亲李家湖和她母亲Coco女士，正和顾老板在门口等候。久未见面，自然好是一番寒暄。李家湖十分热情地拉着我的手，说那一次匆匆离开，简直是太失礼了，我浑不在意，说人之常情，再说了，还好她们及时走开，要不然伤及无辜，我就真的是后悔莫及了。回包厢吃饭，菜品都十分具有港味特色，特别是其中一味“佛跳墙”，我第一次吃，十分爽口。谈及雪瑞的现状，李家湖十分的担忧，他说他女儿如今还在美国治疗眼疾，然而病情十分复杂，一时间可能治不好。他还谈起一件事，说他女儿还真拜了一个师傅，那师傅名字叫做罗恩平，是个在唐人街开古董店的老人，白胡子一大把，九十多岁了，耳不聋眼不花，两人也是缘分，就结了这个师徒之缘。他们见过，是个有真本事的高人。

我和杂毛小道都拱手说恭喜，心里却想着，呸，天底下哪有这么多高人？

酒过三巡，菜过五味，李家湖又说起一事。

第三章　灵魂亲子鉴定

李家湖的家族，在香岛也算是豪富，以做珠宝玉石等贵重首饰闻名，旗下的珠宝公司有好几家，店面十数家，遍布本岛和珠三角地区。自他爷爷起，都是在这一行当里面混，如今家大业大，开枝散叶，人也多了起来。他上头有一个李氏珠宝的创始人李老爷子，还有两个叔伯、三个姑姑，同辈还有十几个堂表兄弟，算得上是人丁兴旺，家门安康。

他父亲、大伯都是守成之辈，继承了父业，在公司里谋了份董事职位过活。

这都不表，单说他小叔叔。这位伦敦商学院的毕业生，做生意有着天生的敏锐嗅觉，回港之后一直从事金融证券工作，短短二十年间，聚敛了不逊于李老爷子所开创的家业，在商界也是一个传奇性的人物。他小叔最让人称道的，还有一件事情，就是专情。

通常来说，类似于他小叔这般的富二代，年轻时都是些雄性荷尔蒙过剩的小子，到处泡妞、包养小明星的事情，简直不能算新闻。别说他小叔，便是他那个年逾八十的爷爷，还不时跟新出道嫩模传出绯闻，这都不稀奇。然而李家湖的小叔却是个异类，他早年成婚，妻子是在英国的同学，他那小婶婶命短，难产死了，留下了一个儿子。二十多年以来，他那小叔居然一直没有续弦，忙着工作，还得将他那堂弟照顾成人，时至如今，已经有了二十四个年头了。

这一点，莫说是旁人，便是他婶婶的娘家人，都看不过去，纷纷给他介绍对象。

他小叔一概不理，言明当初白首之约，今生必定永相伴，不离不弃。

所以孑然一身至今，不再结婚。

然而让人遗憾的是，或许太忙于工作，家中又少了一个女主人操持、管教儿子，他那个叫做李致远的堂弟，打小便不学好，到了十五六岁，便是个花花公子、混混太岁，十足的败家玩意儿，花钱如流水不说，还不断地闯祸惹事。远的不说，就去年，也就是 2007 年，那小子就弄得三个女学生堕胎，一个差点就跳了楼，各种打架斗殴，还因为醉驾，造成了一起重大的车祸，伤了两人。

多亏他小叔找人顶了缸，这才没事。

禁足了两月，又跑出去惹事，把香岛大学的一个穷学生给打了，弄得人家昏迷了三天，自己也发了高烧。最后走了很多路子，买通了原告家属，足足做了三个月义工。

李家湖这么说着，我们一边吃菜喝酒，一边听，都疑惑，杂毛小道直言不讳地说，平白无故说起这事干吗？未必我们能够布置个风水局，将那个混球的性子给转过来？命算清明性，药医不死人，都说这风水堪舆之道，一是天时命盘，二是地理走势、环境格局，第三还要靠人自身的努力，若真就能够一招扭转乾坤，那就不是玄学道藏，而是真迷信了，真正的神话。

江山易改，本性难移。人若真能够靠这些布置就什么不愁了，我们要是这么说，你直接赶我们走吧。

一招布置，时来运转，这是骗子的一贯手法，我们不是这种神棍，夸不出这样的海口。

李家湖放下筷子，拍手大笑，说道长果然是个诚恳的人，至情至性，妙极妙极。不过，我今天说的这一事，倒并不是让你们帮忙扭转我那败家堂弟的性子。事情说到这里就变得有些奇怪了，自从他那堂弟发了场高烧，苏醒过来，就变得知书达理、文质彬彬了，为人竟然有了一百八十度的大转变，也不再整日出去和那些狐朋狗友聚会泡妞了，戒了许多的不良嗜好，白天老老实实地做义工，晚上就买来许多经济文化类书籍，闭门读书……

杂毛小道一拍大腿，说浪子回头金不换，赞一个。

我则停下了筷子，认真地看着李家湖，看他愁眉苦脸的样子，知道他还有后话要讲。顾老板跟李家湖比较熟，便问难怪最近都没见到致远，原来是关在家中苦读了，不错，现在晓得道理便好……咦，这是什么时候发生的事情？

李家湖想了一想，说是年前吧。

他苦着脸，说哪里有这么简单，他这一次来找我，便是因为这事情，太奇怪了。你们知道吗？这个致远一开始表现得像是得了失魂症一般，完全没有寻常的记忆，刚开始都以为是烧坏了脑袋，见他变得老实乖巧了，也就不再担心。小叔老怀大慰，说这扑街仔但凡是懂了一点事，他这辈子就算没白活——往日小叔曾经提过，这小子一直这么胡闹下去，便把家财散尽，全部捐给福利院去。

本以为事情就是这样了，哪知道在第二个月的时候，那个被致远打伤的穷学生找上门来，告诉家中菲佣，说他才是真正的“李致远”。李家湖的小叔不在香岛，而是在美国的华尔街，处理公司的一些事物。事有凑巧，这件事情当时他和他父亲也在，问很多细节，居然一一吻合，又问起一些年幼时几乎没人知晓的往事，也是头头是道，十分的蹊跷。

而后那个穷学生大骂大闹，发疯似地与在一旁表现得懵懂无知的李致远扭打成一团，形如疯狗。

看到这疯劲，李家湖便觉得有些像他那个不靠谱的堂弟了。

这事情当时闹了一阵，李致远被打得头破血流，住进了医院，而那个穷学生则跑了，后来警察去他家中，都没有找到此人。据他的父母亲反映，说那个叫做许鸣的穷学生，自昏迷醒转后，浑浑噩噩过了两个多星期，然后就说胡话，饭也不肯吃，自称是李致远，来自于豪富之家，对住屋村的父母大肆抨击。

他这也是时好时坏，脑壳子烧得慌。他父母当初也是贪了李家的钱财，撤销了诉讼，要不然以香岛法律的严正，定然是没有李致远的好果子吃的。到了现在，也只是牙齿打碎了往肚子里吞，独自承受了这苦果，只以为儿子是受了刺激，精神出了问题。

许鸣打人之后，不见了，消失无踪。

香岛一隅之地，却有着七百万的人口，要想找到这么一个人，有些困难，罪行也不大，于是便不了了之。

这件事情最后经过李家湖父亲之口，传到了他小叔的耳朵里面。

本来看着儿子逐渐乖巧懂事，而且已经开始到公司，能够帮上忙了，他小叔是十分欣喜的，然而经过这么一闹，心中却是横了一根刺，总是觉得有一些不适，说哪里有问题，却也说不出来。这人就是莫要起疑心，一生这疑念，睁开眼睛也是想，闭上眼睛也是念，这原来的李致远再混蛋，也是自己的骨肉血脉，眼前的这个李致远再贴心懂事，却……

是非自己的一脉传承？

是的，李家湖的小叔开始怀疑起自己现在这个儿子，并不是自己的亲生儿子了。

他是个有着七窍玲珑心的生意人，脑瓜子聪明得一口气能背诵圆周率小数点后面一千个数。越是怀疑，越能够发现疑点。然而疑点终究是疑点，他也不敢将这些怀疑，摆在明面上来讲，倘若这儿子是真的，他岂不是伤了这个“金不换”的心？

他终究是一个重视亲情的人，一直笨拙地表达着自己的父爱。

患得患失。

也偷偷取过儿子的血，去做过亲子鉴定，然而化验的结果却是百分之百的亲生儿子。他本来稍微消了些疑心，然而每次回想起二哥说起的事情，那个叫做许鸣的穷小子，连小时候家里面的零食放哪儿都知道，心中又犹豫。如此这般心路折腾，心力交瘁，拖累得在公司连连做了几个错误的决策，损失了几笔大单。

时间慢慢到了今年的四月份，李致远已经开始在他小叔的公司上班了，而且业绩不错，屡屡有所建树，旁人和生意伙伴都夸奖他小叔，说养了一个好儿子，家业能够继承了。然而他小叔却是如鲠在喉，有苦说不出。后来他小叔与一个宝岛的客户聊天，说起宝岛金门的朱秀华女士一事，说这世间，莫非果然有换魂一事？

他小叔便惊异，问到底怎么回事？

那宝岛客户便将一个流传在宝岛麦寮一带的真实换魂事件，给他小叔一一叙述，听得他小叔一惊一乍，口中不说，心中却是有七分相信了。回来后找了私家侦探，暗中调查儿子与那许鸣父母是否有交往，又调查儿子的日常行为，是否与那许鸣有交集。然而遗憾的是，李致远自从脱胎换骨之后，并没有任何奇怪举动，也没有返回许鸣父母所住的屋村去过。

完全正常。

越是如此，他小叔的心却越是如同蠹虫噬咬，疑心是个魔鬼，不但吞噬了他的心理，而且还吞噬了他的健康。在今年的五月份，他小叔病倒了，是神经衰弱症。

谈完这些，我们明白了，感情李家湖找到我们，是想让我们做一回灵魂上的“亲子鉴定”。

我看着杂毛小道，他笑，低头喝了一口汤。

第四章　铜镜震黑雾

以我对杂毛小道的了解，这个家伙又要开始装神弄鬼了。

果然不出我所料，他沉吟了一番，然后依据道家藏术，对换魂之事进行了理论高度上的剖析，说其要领，言明条件。就“术”而言，茅山宗的研究确实要高出旁人一筹，理论依据一套一套，事实典例也信手拈来。我在一旁听着，也颇有收获。但是更多的，我又觉得有些胡扯。

一个灵魂侵入一个陌生的躯体里面，并且完全占据，开始正常的生活，这种事情，乍听起来，感觉像是狗血电视剧的情节，没有太多的科学依据。为何？我之前说过，我一直认为魂与人体的关系，就像电磁波与对讲机的关系。然而人生存于这一世之间，终究是有着唯一性和独我性的，身体这容器装惯了“本我”这灵魂，哪里能够再与其他灵魂完美契合，无一排斥？

血液都有一个排斥性，何况更加深奥的灵魂呢？

要是果真如此容易，我也不要再去找寻什么麒麟胎了，直接将朵朵和小妖朵朵各找一个植物人，让她们借尸还魂就行了，哪里用像现在这么没头苍蝇，奔波忙碌？

这种事情，几乎和物种的起源一样，几亿亿分之一的概率。

可是，这世界，凡事都不能讲“绝对”二字。要说没有，杂毛小道举的这些例子，也不可能是凭空而来。

所以，一切都还是要靠马哲的那句话：具体问题具体分析。

杂毛小道侃完，然后问有没有找港岛本地的大师看一看？若真是换魂，其三魂七魄凝而不聚，稍有道行者，都是很容易看得出来的，何必拖至如今？李家湖点点头，说也找过，他们家有钱，找的是名师，也不声张，看了一眼，都说生辰八字能够对得上，没有这档子事情。

不过想想，他们找的那几个师傅，都是算命堪舆的风水师，却没有几个擅长阴阳术的，想来也不是很准，若说信任，自然是找我来最好。

李家湖对我佩服不已，说他女儿，从奄奄一息到可爱活泼，可都是我过的手，信得过。

驱邪避祸一事，终究讲的是“口碑”二字。

由于有过来往，杂毛小道拿捏了一阵，便松口答应，说没问题，安排个时间，到时候去瞧一瞧。瞧不瞧得好，是一回事，大家还好歹是熟人，总是要出一把子力气的。李家湖双手合十，说我们能够出面，那就是再好不过了。不过这件事情，最终还是要找他小叔定夺才行，毕竟，这是他小叔的家务事。

我们都表示理解，说还要在香岛待上一段时间，随时找我们。

晚上的一顿饭因为有了这桩奇事做佐料，居然吃到了晚上九点多。出门时华灯初上，此刻的香岛已经展现了东方明珠十足的魅力。李家湖与他太太Coco女士告辞之后，顾老板问我们去哪里，要不要给我们安排夜生活消遣？杂毛小道素了很久，有些跃跃欲试了，然而我却推辞，说好歹来一趟，正事未了，虽然章董的聚邪纹我们解不了，却是可以将其抑制的，好歹布上一个风水局，也算了了差事。

如此一说，杂毛小道也就没有理由去风流快活了，恹恹地跟着我回医院。

此时已经是晚上十点钟。

我们上了楼，章董的太太和他二儿子章家田并不在，倒是他那个十八岁的女儿，在旁边等候着。

这女孩儿叫做章家宜，长得颇为靓丽，气质独特，用我们家里面的话来讲，叫做"长得很乖"。杂毛小道对于泡妞一事，浸淫已久，没过一会儿，便握着那个小妞儿素净软绵的小手，开始看起手相来。杂毛小道看手相习的是清代名作《八反韵决》，说得头头是道，愣是把这个女孩子给侃懵了，小手被摸来捏去，平白给占了不少便宜，仍不自知。

他这一张嘴，简直能把死人说活，旁边经过几个小护士，都伸出小手，跃跃欲试。

刚才得知章董已然睡着，我闲着无聊，便站在门口，透过门中的玻璃窗户往里面瞧。这一瞧不要紧，在我的鬼眼视觉中，入目处全是一团凝而不散的黑气，萦绕在章董头上，形成一团自动旋转的黑色气旋，而在最中心，是一点诡异的红光。

一闪，一闪。

我身体一僵直，暗道昨天那厮惧怕我们，今天却是如约而到了。

我缓慢挪步，捅了捅正摸着女孩们手掌不亦乐乎的杂毛小道，他脸上一派正气，眼中却毫无疑问地流露出了猥琐的目光，时不时地朝着人家姑娘领口的更深处探望去。见我捅他，杂毛小道警觉性倒是高，说来了？我点点头，说来了。

章家宜一愣，说什么来了？

她见我们说得神秘，站起来，踮着脚往病房里面看，然后疑惑地回过头来，说怎么了？什么都没有啊？

我笑，这么看，当然是没有的。正事面前，杂毛小道毫不犹豫，轻诵了几句，舌尖便涌起津液，用左手尾指间轻轻点了两滴，然后抹在自己的右眼上，睁开，往里面瞧。只一瞧，他便深吸了一口凉气，说哎呀妈唉，这东西果然邪门，气旋东南，顺时针走，中间自有莫大吸力，此刻章董只怕又在噩梦之中吧？照这个法子下去，不出一个月，章董只怕就一命呜呼了。

章家宜焦急万分，拉着杂毛小道的衣角，说道长请救命啊……

杂毛小道连忙捂住了章家宜嫣红的小嘴，说别乱喊，把那邪物吓跑可就不妙了。他回头问我，说小毒物，这东西你可认得？我摇摇头，说不清楚，看样子似乎还是一恶魄而已。不过若说只是一残魄，哪里能够弄出这等异象？怕这鬼东西成精了哦。

我看了旁边，明晃晃的走廊灯，还站着几个傻妞，我的肥虫子和朵朵，都不太好放出来，施展不开。

杂毛小道指了指我背包，说这驱邪开光铜镜制成之后，还没有开张过，今天也是赶巧了，拿出来，默念心诀，往那邪物照上一分，我们便知道其来历了。我心道也是，便祭起了这铜镜子，深呼吸，让自己的心沉静下来，感受空气在自己旁边的流动形成的“炁”之场域。

杂毛小道驱散众人，静静地看着我。

气场积蓄到某一个临界值，我已然与铜镜子沟通完毕，将门锁轻轻拧开。转动的声音惊醒了那团旋转的黑气，倏然集中成一个点。我猛然推门，跨入其中，将铜镜祭起，朝向鬼眼模拟的区域，大喊一声“无量天尊”。语音刚落，那缩成一点的黑气猛然一定，竟然动弹不得。我心中大喜，扬着铜镜就朝那黑气兜去，哪知那黑气一动，像春天的冰雪消融，顿时泯然不见，扩散在空间中。

杂毛小道的桃木剑后发先至，剑尖便停顿在黑气消失的地方。

他的力道尤其大，停顿后，剑尖仍然嗡嗡发出声响。

桃木剑的声响消失，他才长叹一声，说跑了，失之交臂，惜哉痛哉。章董已然醒来，一脸的油汗，喉咙里有痰，被堵住了，难受得咳不出来，一双眼珠子里，白的多过于黑的，里面装满了惶恐和错愕。立刻有护士上前，全副武装，帮助章董把痰弄出来，章家宜在旁边嘤嘤地哭。大概有五分钟，章董才回过神来，哆嗦着，说又梦见鬼了，她来了，想要了结他的性命，差一点儿，就差一点儿……

他早晨表现得很豁达，仿佛看透了人间世事，然而此刻却是鼻涕口水一起流，不住地咳嗽。

死亡远远比他想象得要可怕，而且，他远远没有自己所想象的那般坚强。

世事总是难如人意。

我站在病房的窗边，看着大楼下面的车流和行人，看着这座钢筋和混凝土构建的森林，心中生凉，感觉下面仿佛有一头猛兽，正在暗处，像猎人，提矛引弓，等待着我和杂毛小道这样两个菜鸟上前，去送死。

这是我莫名的第六感，希望它不要太准确。

杂毛小道搬来一个板凳坐下，将我们的打算讲与章董听。章董犹豫，说布一个风水局便可以防止外邪侵入了？便可以不再做噩梦了？

杂毛小道点点头，又摇摇头。他用手指在空中画出了几道框框，说风水总体为堪舆风水地理，核心思想是人与自然的和谐，天人合一。就单体而言，我们布的这一风水局，名为“三合寅火纳甲局”，源自于九星法，以破军、武曲、廉贞、文曲、禄存、巨门、贪狼此北斗七星与洞明、隐光两星演绎而成，关气穴闭浊气，画地为牢，若不出此局，万事无忧，一出，则什么恶事都袭来。

章董喃喃自语，说这个样子，算是被软禁了吧？

杂毛小道说是，差不多，不过总算是可以睡个好觉，自己决定吧，要与不要？章董连忙点头，说要的，明日便去他的宅院中，布置妥当。至于报酬，定然参照香岛一流的大师，是少不得的。我们连忙推辞，说顾老板的亲戚，哪敢要报酬，帮帮忙而已。推辞一番，料想那鬼东西被我一震，不会再出现，我们便出了门，准备返回宾馆，明日再说。

走出医院门口的时候，我怀中的铜镜一抖，拿出来一看，里面突然有流光溢出来。

小道大喜。

第五章 恶斗诅咒猫灵

我这柄“驱邪开光铜镜”，据杂毛小道所言是宋金时期的古镜，已有近千载的岁月，留存至今不易。

它边框满是绿色铜锈，经过镜灵夺魄历练，又被杂毛小道刻下了“破地狱咒”的一干符文，已然是旧貌换了新颜。我当日得到，心中欢喜得像烧沸了的油锅，兴高采烈拿去照狗儿，却被狗追得满地跑，一盆冷水泼下，心中都凉了几分，也就没怎么在意这东西了。

然而此刻，这东西却出人意料地抖动起来。

震一下……又震一下……震得我手心发麻。

这铜镜子黄灿灿的镜面中，有萦绕的光线出来，很淡，像夏夜里的萤火虫。杂毛小道在一旁提醒我，说对了对了，这铜镜子中的镜灵，可是个一等一的恶魄大拿，刚才那一照，定是记住了空气中的那一丝联系。如果能够沟通它，说不定就能够找到那个施术之人，从根源上把那个家伙给制住。

我大喜，说果真如此？

杂毛小道一副看乡下穷巴子的脸孔，鼻子朝上，说那是，也不看看是谁炮制的，赶紧，要是让那个施术者跑了，后悔都来不及。我赶紧双手握着铜镜，心神沉浸进去。冥冥之中有一根线，牵向了我的前方。一直没什么存在感的秦立问我们要不要坐车回去，杂毛小道一摆手，问我怎么样？

我闭着眼睛，指着左手边的方向，感受着那一根看不见的线，说不远，就在那边。

杂毛小道毫不犹豫，果断地说追上去，拔腿便跑。我跟着追，脚步不曾慢上几分。秦立发愣了一会儿，在后面跑，说到底怎么回事，不是要回宾馆吗？这是要闹哪样？他这两天跟着我们，定是十分的郁闷，总是丈二和尚摸不着头脑。

他这种小跟班，往日与我也是有些仇怨的，我也懒得去给他解释什么，反正他向来都是自我感觉良好，那便让他用阿 Q 大法自我战胜烦苦吧。

我和杂毛小道全力冲刺，自然是极快的，没一分钟，便把久坐办公室的秦立，给甩开了。杂毛小道在我前面疾走，时不时地回头看我，问往哪里跑？我双手抚着铜镜，睁着眼睛，然而却将视力给自我屏蔽掉，采用意念中的线索，引导前进的方向（其实就是忽略掉无关紧要的外物，将注意力集中到别处去。大家有空，可以试试“看而非看”的感觉），大步前进。

很快，我们绕过了大楼背面，又穿过了几条喧闹的街道。

越走越快，周围的人逐渐稀少了，而狭窄的建筑物却逐渐地多了起来。走到静处，周围是林立的高楼，而这里则是一处低矮的棚子，不远处有小公园，苍翠的树木在远远的路灯照耀下，变得有些稀疏，树影摇曳，炎热的气温莫明地浮动起一丝冷意。

做我们这行的人都知道，莫名浮动起一丝冷意，代表着你被“人”关注了，是心怀叵测的关注。

我在一块狭窄的平地边停了下来，看着前方黑乎乎的巷道，表情凝重。

在我左边是一个石桌，四个石凳，很寻常的休息地，旁边一棵树，是老槐树，枝丫参差，一大蓬树冠，夜间有风吹来，呜呜呀呀地乱响。而在我右边，是一堵围墙，围墙上覆着青苔。后面十几米是一个大拐弯，仅仅只是一拐，便将街上的繁华闹市，给屏蔽住。

二四为肩抖坎命，坐山为龙立卦辛。

杂毛小道吸了一口凉气，一把拉住了我，说不可再走了。我回头看他，他指着这四周的环境，说这里的环境，果真是邪了门。这么热闹的一个地方，居然有这僻静的风水置地，你有没有感觉到，从天灵盖到脚板底都嗖嗖冒凉气？这是蓄阴、藏尸的绝妙之所，阴秽肮脏物的聚集所在啊，前方似有淡淡龙蛇翻滚，杀机弥现……

有高人布置啊！

我点点头，说就是这里了，我也没打算再走。

闹中取静，比远在深山，更加难得。看着玄机四伏的闹市静地，我明白了，并不是我镜中之灵给力，而是有人在刻意引导我们来到这里。是啦是啦，定然是我们帮章董做了趟法事，害了人家的局势，扰乱了计划，都说同行是冤家，能不遇见就不遇见，何况这一害一破，天生便是对头，人家自然要找上门来咯。

他要对付我们，我们却也有这个想法。

若要让那章董得以解脱，“三合寅火纳甲局”只是最无力的抵抗而已，唯有将这施术之人拿住，才是上策。

天生的对头，一触，即是凶险。

不过看他的布置，倒是用了心机的，我们可不能在此处栽了跟斗。心念及此，我立刻将手上的两个杀手锏，金蚕蛊和小妖朵朵一同祭出来，严阵以待。肥虫子久未露面，十分懈怠，被我唤醒，疲懒地攀爬上了小妖朵朵高耸的胸脯，一拱一拱。浮空的小妖朵朵十分的无奈，她已经习惯了这条肥虫子别样的亲昵，也知晓这肥虫子之所以会这般，并不是因为好色，而是出于对食物的热爱。

只是……在视觉上，很不好看。

小妖朵朵甫一出现，四下一打量，便长笑了一番，洒下一片银铃，说好一个阴气森森的宝地，在此地休养生息，倒是个不错的所在。不过陆左，怎么我们每次出现，都会在这种杀机暗藏的地方？我感受到了熟悉的气味，是妖气，赤裸裸的妖气！啊……多少年了，还是这个味道！

她深吸了一口气，表情无比的享受，像是一个染上毒瘾的失足少女。

我一边打量着四周，一边用余光看了一下她。小妖朵朵虽然说得轻松，但是表情却无疑是凝重的。这个小狐媚子虽然不怎么着调，然而见识却是极高的——至少比我高。我仍然记得在江城高速公路上面对来自泰国的降头师巴颂时，这小丫头的惊艳出场……

杂毛小道瞅着我，问铜镜里的镜灵，果真就指向了此处？我看着昏暗的空地，四下无人，连寻常的虫子唧唧声，都消失无踪，我点点头，说是的，别的我不敢肯定，那个人，定然没有离开多久，一定还在附近，或者，在暗处，注视着我们呢。

他眉毛一挑，笑了，说这鬼地方，汇阴之地，确实凶险，但是咱们往后一退，它不是也没有办法？

我将手中的铜镜放回了怀中，指着左边的石桌，说那里，应该是个施术的醮台吧。

杂毛小道说然也，我们是去瞧瞧，还是退回街道上去，作壁上观？见他说得轻巧，我心中顿生豪气，说屁，怕个球，看看去。我们一起走上前，离那石桌没有五步的时候，空中的小妖朵朵突然作声，说慢着！我一愣，只见那石桌的阴影中，隐有一坨黑乎乎的东西，似乎凭空生出来。

在这坨黑影子中，有两缕碧绿色的光芒绽放出来，油亮亮，格外的瘆人。

我心中咯噔一下，只见这黑影子从石桌的侧面迈着优雅的脚步，走了出来——是只黑猫。

这黑猫一身都是纯黑色的油亮毛发，头部圆，额头有甲虫纹路，尖耳，胡须坚硬，身形颀长，说是猫，然而它这么徐徐走出来，却像是一头小豹子。我们看着它，它也看着我们，碧绿色的眼睛里冰冷、淡然，阴森森的，没有一丝感情流露。

我们静静地对峙了三秒钟，这时间是如此的漫长，我仿佛沉浸到那片纯粹的绿色里面去了，以至于它突然腾空朝我扑来时，我都没有反应。

意识，仍然还停留在之前的时候。

耳边传来了小妖朵朵的声音："猫灵，这是猫灵……"这声音刚刚进入我的心中，未来得及思索，便看见一道黑色的闪电跃入我的怀中，"喵"的一声，我挡在胸前的右手胳膊便一阵剧痛，长袖衬衫裂开，四道开裂的爪印出现，鲜血溢出来……

是黑色，这鲜血如同墨汁。

意识在一瞬间回归，只见那只黑猫肥硕的身体被一把木剑给高高挑飞，摔在了青苔围墙上面。老萧与我擦肩而过，大喊这爪子有毒，小心啦……我幡然醒转，抬手一看，胳膊上冒起了黑色脓浆。

诅咒猫灵！

这便是那身上背负着诅咒恶名的生物，猫生六胎只存其一，整日用罂粟花和鬼藤草、亡者祭食来喂养的家伙，吉卜赛占星师三板斧中，唯一最具有直观攻击性的手段。

我看着汩汩流出的黑血，脚顿时一软，眼前发黑。

第六章　会轻功的女人

关键时刻，一道金色的影子从空中射到了我的右臂上。

肉呼呼，是金蚕蛊。

这小家伙带着久违的欢畅，一下子就扑到了黑色的脓浆里面，恣意地吮吸着。我感觉这手臂上似乎装了一台抽水机泵，将我的鲜血源源不断地吸走。我手足冰凉，这是失血过多的副作用，然而之前中毒的那种昏迷感，却已经消失不见了。

金蚕蛊趴在我的右臂上，尽力舒张，身体变得扁而平，横跨着四道伤口，整个身子都融进了肌肉中。

我毒性稍解，抬头看，只见那只诅咒猫灵被摔到了墙上，并没有滑下来，浮在空中的小妖朵朵开始发威了。这小丫头片子双手一扬，粉嫩红唇念念有词，而那墙上的青苔则开始疯狂生长，绿色竟然在一瞬间，将诅咒猫灵黑色的身子给完全覆盖。

这小狐媚子露的一手果真是厉害，要知道，六月天的香岛，天气干燥，那墙上即使有青苔，也都是干的，是死物。她这拉风地一挥手，竟然将黑猫紧紧裹住，果真不愧是鬼妖之体。

难怪杂毛小道他爷爷曾经说过，这鬼妖珍稀，世间少有呢。

然而让我惊异的是，那诅咒猫灵身子左抖右挪，尾巴一竖，周身的毛发炸起来，居然将所有的墨绿色通通抖落开去。它一下子蹿上了墙头，足上有肉垫，悄无声息地隐入了黑暗之中。杂毛小道刚好冲到墙根上，他轻咤一声，足尖抠墙，腾身而起，三米高的围墙被他一下子腾上一半，伸手去抓墙头，还没触及便收回了手。

因为没有了受力，他跌了下来。

我举目看去，那墙头上糊有许多细碎玻璃，手若贸然往上一探，必然是无数口子，鲜血淋淋。

杂毛小道一击不中，从地上爬起来，跑到我旁边，问怎么样了？我举起手，感觉胳膊上寒涔涔，虽然余毒消散，但是酸软无力。他眉头紧锁，对我说这诅咒猫灵，总是吃祭拜亡者之后的食物，爪子上不但有剧毒，还有怨力，这怨毒深入骨髓，常人若沾染分毫，必然受尽痛苦，日夜不得安眠。我还好，但是少不了要阴冷刺骨，难受几天，唯有靠咒法消磨去。

我的左臂上又有源源不断的热力涌现出来，那是金蚕蛊给我循环传递的力量，让我抵御右臂的伤痛。

说完话，杂毛小道四处瞧，小心防备。

对手既然把我们引入这个局中，必然不会只有“诅咒猫灵”这一招。

我心中也恼恨，要不是中了那猫眼的迷惑，愣了一下神，哪里会吃这般的亏？我越想心中越气，也没有抽身离开的心思，那个躲在幕后的狗东西，猥琐的抠脚大汉，我定然要将他找寻出来，好好羞辱他一番！我右手自然下垂，左手持铜镜，平复着心情，静静观察着周围的变化。

昏黄的路灯依旧，风吹动，摇曳着树影，远处传来车子的喇叭声，也有音乐声。

我们只要狂奔十几米，就能够返回闹市区。

我看见杂毛小道的脸色狰狞，想来我的脸色也定然如此。一个真正的男人，在受到羞辱和压力之后，最先想到的当然不是逃避，而是迎难而上，破之！这不是执拗，而是道心。

时间缓慢流逝，而紧张的情绪则在积蓄，在蔓延。

小妖朵朵也感受到了压力，她这般的鬼物，最怕黑猫，也不是说这黑猫有多么厉害，而是天性如此，一物降一物。她没有再浮在空中，而是停在了石桌上面，一双璀璨若星辰的明亮眸子，淡淡地瞧着，也不说话。过了一会儿，她跳下来，指着这石桌和旁边的槐树，说这两样东西，是阴阳阵眼，先毁去，这里便不会再邪性了。

她话音刚落，杂毛小道大喊一声贫道也正有此意，飞起一脚，将那水泥铸就的桌台，一下踹飞，滚落在那棵老槐树旁边，来回摇晃。

而就在杂毛小道出脚的一瞬间，一片此起彼伏的“喵”声，在四周连绵响起，仿佛教堂唱诗班的音乐，靡靡之中，又有着诡异的魔力，让人心血翻腾。我们听得诡异，都往石桌靠拢，朝声音响起的黑暗看去。在树影中、在房影中、在墙影中，在巷道尽头的黑暗中，陆续拱出了许多黑影，大大小小，或高或矮，都不一样，在昏暗灯光的映照下，蜜黄、酒黄、棕绿、黄绿、黄褐、灰绿色、宝石蓝色……几乎能够想象到的猫眼颜色，都在这里聚齐。

猫眼反光，尤其明亮。

黑暗中竟然冒出了三四十只猫，波斯猫、喜马拉雅猫、土耳其梵猫、美国短毛猫……好多品种，难以一一描述。然而每一只，都表情凶悍，张开嘴，露出惨白的牙齿。

你们无法想象，平素乖巧得像玩具的猫猫们，露出这么一副模样来，是个怎么样的景象……是老虎、猎豹一般的捕食吗？不是，而是一种异类的、冰冷的意识，在黑暗的阴影中链接在一起，有着漠视生命的疯狂。

石桌台面在地上滚动，最后停止住，没了声响。

这边一停歇，仿佛是下了命令一般，所有的猫发狂一般朝我们狂奔而来，空间里充斥着凄厉的猫叫声“喵……”这声音瘆人得很，我顿时耳朵发麻。没几秒，一只棕白条纹的肥猫已经扑到了我的面前，尖锐的爪子就要朝我的脸上划来。

这是一只宠物猫，在市场上能够卖上不错的价钱，平素也是躺在女主人的怀里，慵懒度日。然而此刻，它的凶狠却让我没有一点儿留手的心思，左手持着铜镜，兜头盖脸就是一拍，便将这猫儿“砰”地一下，砸在了地上，直哼哼。杂毛小道练得一手好剑法，劈、砍、刺、拍，舞弄得水泼不进，吸引了大部分火力。

乱斗了一阵，这些平素可爱的猫咪到底让我们心软，唯有且战且退，不敢硬碰硬。

这攻势虽然凌厉，但是我却总感觉有些蹊跷。

相比刚才那诅咒猫灵的剧毒攻击，这些毛毛雨，未免也太小儿科了吧？我念头刚一起，从老槐树上立刻蹿下来一道黑影，如箭一般，直奔大出风头的杂毛小道。我手拿着铜镜，大喊一声“无量天尊”，有黄色光耀，那黑影顿时一滞，速度也慢了几分，杂毛小道剑尖一卷，将那黑影给缠住，摔落到地上来。

这在地上翻滚的黑猫，正是那只诅咒猫灵。

我脚快，一脚就踏中了这只死猫，说是猫灵，其实只是一只毒猫，我脚下立刻回馈来踏实的肉感，狠下心来，使劲一碾，将它的头颅顿时踏碎。这猫一死，小巷深处传来一道凄厉的嘶喊声，所有的猫咪都停缓了下来，杂毛小道立刻点燃一黄符，高声念咒，并且刺于老槐树的腰眼处，符箓烧完，群猫离散。

我拔腿便朝小巷子里面追去，如同狗撵兔子。

在黑暗中，一个瘦弱的身子咳着血，朝里边跑去。我神经紧绷，力道全部掼在了双足之上，一时间竟然爆发出了巨大的力量，后发先至，只差一线，便将抓住那个裹着袍子的家伙。然而那人竟然没有再朝平地里跑，而是转身，攀附在了围墙之上，一顿足，三米高的围墙居然也翻了上去。

慌乱中，我抓到了一块布，是从那个家伙的身上取下来的。

杂毛小道赶到我旁边，而我则看着墙头上的玻璃渣子，暗自感叹。这得有多大的狠心，才顾不得十指连心的痛啊！杂毛小道拿过我手中的布块，放到鼻子下面闻，笑了，说一看玩猫的，就是个小娘皮，果真，嗯，好香啊……他十分陶醉，看我一脸严肃，问咋了？跑了就跑了呗，那诅咒猫灵死了，章董的聚邪纹想来也应该解了吧？得饶人处且饶人，怎么说，都是一个体香悠远的小娘子呢！

我伸出右手，对着三米的墙头，问他怎么能够一下子就蹿得那么高？

他撇嘴说练呗，打小就开始练，打熬筋骨，练习发力——一开始也不要蹿墙，找一口大缸抹油，每日在缸口趟上几圈，几年后练习梅花桩……如此等等，时间久了，飞檐走壁不在话下——这不是话本演义，轻功便如同现在的跑酷，是可以练习的。他见我仍然举着右手，问干吗，摆造型？

这时肥虫子悠悠飞回来，吱吱叫了两声，重新附在了我的手臂上。小妖朵朵则在一旁给杂毛小道翻译，说下蛊成功，那女孩蹦跶不了几天了。说完这话，她嘟哝着嘴，说这猫味，真臭，不容我分说，直接钻进了槐木牌中。

虽是鬼妖，但她终究不喜欢猫。

我看着有些愣神的杂毛小道，说你是个怜香惜玉的爷们，我也是。但是对于一个拥有着诅咒猫灵、并且想要置我们于死地的女人，我是生不出半分怜意的。宽容对于朋友是美德，对于敌人，是愚蠢。

杂毛小道无所谓地点点头，说小毒物，你说得对，做得也很好。

他往回走，说猫有九条命，那只死猫如果不把它焚烧掉，指不定又要出什么幺蛾子呢。我们返回空地上，拐角处这才传来了秦立隐约的呼喊声——陆左、萧克明，你们到哪里去了，为毛没有带手机？

我拎着那只黑猫的尾巴，说得嘞，看来我们还是要返回医院了，这焚尸灭迹的活计，只有劳烦秦大助理了。杂毛小道微微一笑，说理当如此。

我们往街道上走去，头顶上，是一弦弯月，隐约浮现于云端。

又起风了。

第七章　请听我解释……

我们重新返回了伊丽莎白医院的病房，给章董检查，发现他脖子后面那大理石云层状的聚邪纹，已经消散了很多。

果然，聚邪纹当真就是那个瘦小身影的女人给弄出来的，而媒介物，便是诅咒猫灵。猫其实是一种十分乖巧可爱的动物，素来都是我们的朋友。人类养宠物，最习见的一为狗，二为猫，可见其惹人喜爱。然而恶毒者，却最擅长把善良淳和的东西，给扭曲成让人害怕的存在，比如这“诅咒猫灵”，比如我们刚才在老槐树下面遇见的藏阴地。

吉卜赛人是发源于印度北部的高加索人种，与犹太人一样，是著名的流浪民族。

然而与犹太人聪明的头脑、单一的宗教不同的是，吉卜赛人早先是以浪荡而闻名（当然，从另外一个角度来说叫做洒脱、热情、奔放）。在不断迁徙和流浪的过程中，吉卜赛人逐渐发现了一些神奇的规律，譬如塔罗牌、譬如诅咒猫灵……掌握这些规律的人聚集在一起，被称为占星师。

章董告诉我们，一直缠在他身上的那丝阴冷，消失不见了。

我们将刚刚发生的事情告知了章董，并把那只死去的黑猫拎给他看。这下他回忆起来了，说他在病发前的一段时间里见过这只猫。当时这只猫在路边的花坛上晒太阳，他手贱，摸了这猫一下。谈及缘由，章董千恩万谢，并让我们明天早上，务必去一趟他的家中，帮忙布置一下家居风水，以防此类事情的再次发生。

我们点头答应，吩咐旁人照看好他，转身离开。

秦立送我们返回酒店，而这黑猫的尸体，杂毛小道借我的铜镜照了几遍，念经超度完毕后，一再吩咐秦立，要焚化干净，妥善处理，不然后患无穷。秦立连连点头，说晓得了，便提着猫身离去。

我见他浑不在意，放心不下，追到门口又多说了几句。

要不是在香岛一头摸黑，我还真的不会让秦立去处理。

忙了一晚上，我的造型惨不忍睹，胳膊上的爪痕已经结痂，但是却痒痒麻麻的，在长新肉，难受得紧。顾不了这么多，我径直跑到浴室，美美地泡了一个热水澡。出来时，发现杂毛小道正坐在沙发上研究手中的布条。那是一块灰黑色的绸布，吸光、黯淡、针脚细密，看着质量上乘，也可想而知我当时力道之大。见我出来，杂毛小道问胳膊没事吧？我扬起右手，转了一圈，说外伤有金蚕蛊，里面的阴毒怨气，一会睡觉之前打坐，念几段“净心咒”便是。

我坐下来，接过他手中的布条，问有什么发现吗？

他点头，说这布条不是普通的衣服布料，是手工纺制的，看看上面的暗纹，交叠缠绕，形似叉形闪电，似乎有些来历呢。说不定，我们惹到不该惹的东西了呢！他说着这话，眼中却有笑意，往旁边的房间走去。我便知道这小子在满嘴跑火车、放大炮，不理他，而是拿起了怀中的铜镜子，仔细打量起来。

杂毛小道在上面篆刻的是“破地狱咒”，但凡妖邪之物，都能够被这镜所镇。

奈何这镜灵本身是个野路子，虽有力量，输出的功率却并不大。若要加强这镜子的威能，有两条途径：一是增加我和它的默契程度，完全地掌握它；二则是让这镜子不断地吞噬亡魂，壮大这镜灵。

要面对现实，我只有努力把握这破镜子才是。

这时小妖朵朵从我的怀中蹦出来，对我一脸坏笑，说洗完澡了？我点头，说咋了？她指着我的右臂，说她饿了，里面的怨气，她正好可以吃。我摆手，说不行，还是吃香火吧，你属狗的，要是又咬掉我一坨肉，我到时候找谁哭去？

她嘟着嘴，说我小气，好是一阵胡搅蛮缠。

我无奈，想着这似乎是双赢之事，便松口答应了，小妖朵朵一声欢呼，立刻扑到了我的手上，张开嘴，就朝着伤口处吸去。

她这一吸，附在伤口上的肥虫子不乐意了，飞出来，吱吱叫，抗议。

自从朵朵的灵体被妖化之后，便有了一些副作用，比如灵体有了重量，成为实体，比如虽然依旧可以穿墙过户，但是却丧失了隐身的功能，要是不施展幻术，连最寻常的人，都可以看得见。

这一点，在小妖朵朵身上尤其明显。

我坐在沙发上，她则趴在扶手上，双脚踩着我的腿，红润的小嘴轻轻吸着我所看不见的气息，有柔软的触感传来，让我感觉怪怪的。

好在肥虫子在旁边捣乱，气氛才没有这么尴尬。

没一会儿，我僵直的右臂渐渐地回暖过来，握紧拳头，有充足的力量集中在上面，之前那种像得了风湿一般的寒冷阴湿，全都不见。小妖朵朵的侧脸像电视剧里的妖精，妩媚美丽，看着一脸认真吸食怨气的小东西，我心中有些暖：她虽然自诞生起，就一直给我找麻烦，时至如今，我最大的难题也是解决她和朵朵的分离，然而有时候，这小狐媚子，着实让人恨不起来。

她是妖，但也是我的一个伙伴——尽管很多时候，我不这么认为。

我心中不禁犯难，如果真找到麒麟胎，将小妖朵朵分离到上面后，我还要不要带着她呢？

正思索着，杂毛小道出现在我面前，脸上写满了鄙视。我不解，问他干吗了，像个神经儿童一样。他悲愤地指着我和小妖朵朵，嘴唇哆嗦，说小毒物，我本以为你是个正正经经的汉子，没想到你居然这么畜生？

我顺着杂毛小道的目光打量，果然，小妖朵朵趴在我身上吸气的样子，真的很暧昧。

这哪里像是在帮我吸食手臂上的怨气，简直就是一对情侣在调情——如果将她放大一倍的话。

杂毛小道一脸悲愤，又仿佛夹杂着羡慕嫉妒恨，猛然一指，转身回房。

而我只有无力地辩解："请听我解释……"

第二天我们来到了章董位于九龙西的家中，这是一栋带小花园的别墅，在寸土寸金的香岛，算得上是富豪阶级了。

接待我们的是章董的二儿子章家田。香岛是个现代和传统并存的大都市，也有不少风水师傅，章董的家宅一看也是有过布置的，但是简单，太广泛，没有针对性，所以需要重新布置。风水二字，囊括了太多学问，我懂得不多，过来也只是给杂毛小道打打下手。

杂毛小道在房子周围和里面绕了几周，观察妥当后，用罗盘、梅花卦推算，然后将房间的家具稍微摆置妥当，并将我们采购的一应避邪之物，譬如桃木卦镜、神像画幡……分类布置，又在院中墙头的八个方向，分别立柱子，用天罡三十六结绳法，捆好红绳。

忙活了一上午，杂毛小道又找来章家田，去附近的花草市场买来了竹兰等风水之物，按方位放置妥当。

章家田一直陪着我们，杂毛小道有意卖弄，便将青囊之术，娓娓道来，何为吉利、何为忌害，引经据典，将这小子侃得不断点头，佩服不已。到了中午的时候，整个"三合寅火纳甲局"，便已然成型。

我站在门口，看着这宅院中，触目都是莫名的和谐，内中又有一股淡淡的气感。

不得不说，杂毛小道果真是有两把刷子。

也许是从他口中的那半部《金篆玉函》所学到的本事吧，话说回来，这半部书，还是虎皮猫大人所授。

想到这里，我不由地问杂毛小道，虎皮猫大人自我们到港的头一天晚上离开，就再也不见了，莫不是有些龌龊之人，误把这扁毛畜生当作肥母鸡，给猎杀以满足口腹之欲了？杂毛小道毫不担心，说我们全死了，这肥鸟儿都不会挂，丫命硬着呢。它离开，据说是去拜访几个老友了。

这肥鸟的老友，是什么鸟人？

我一想，就头疼。

章董是早上办的出院手续，我们布完风水局，他也在旁边，立刻让他太太奉上一个大红包，递给杂毛小道。老萧也不推托，安然收下。章家人留饭，我们却不肯停留，十分坚决，只说来了香岛数日，没正经逛过，这边事了，正好抽空去玩玩，见识一下明珠风情和繁华。

说是如此，其实我们终究还是怕章董身上的艾滋病，传染开来。

肥虫子不惧毒素，但是却未必是百试百灵的万金油。

临走时，章董遣开家人，偷偷问我们，说能不能帮他找出在背后算计他的那个人？如果能，他愿意出双倍的酬金。我和杂毛小道对视一下，知道这老家伙终究还是放心不下身边的人。想到那个会吉卜赛占星术的女人，已然中了蛊毒，必然会上门来求我，我点点头，说尽量吧，有消息会转告他。

离开章家，杂毛小道掏出那个大红包，拆开，里面是二十万港币的支票。

这个是港岛一流风水师两倍的例钱。

当然，这包括了我们帮忙给他破邪和布风水局这两件事情的酬劳，不算多，也不算少，很公平的买卖。我和杂毛小道自然是对半分，看着这张支票，我心中感叹，这个行当果然是“半年不开张，开张吃半年”，而且还是无本买卖。杂毛小道拿着支票，高兴得很，说今天晚上，我们去兰桂坊，风流快活一番。

然而我的电话突然响了起来，一接听，晚上的行程又泡汤了。

第八章　小紫叶檀香木

打电话给我的是李家湖，他告诉我，他小叔今天晚上在香岛半岛酒店请我们吃饭。

这是一笔大生意，而且之前也答应过人家了，我和杂毛小道自然没有推辞的道理，连忙答应。如此一来，杂毛小道的计划也就落空了，不过香岛也不是什么猎艳的好去处，他并没有太放在心上。昨夜诅咒猫灵一事让我们心中忌惮，于是老老实实返回酒店，不再外出。

闲着无事，杂毛小道便躲回房间里，去给手上的几个家伙什篆刻上符文咒法，好赖总是有些效用，免得到时候抓瞎，我则打电话给顾老板，说章董的事情已经了结。他自然是连声感谢，说到晚上的饭局，顾老板一再叮嘱，说李家湖的小叔，是个有名的收藏家，商界里的人脉也多，若能让他欠一份人情，到时候帮忙找寻麒麟胎的事情，也可以拜托于他。

我说那便好，多一个人，便多一分力量，像李家湖小叔这样的强有力人士，自然越多越好。

下午五点钟，李家湖派来司机，接我们到半岛酒店。

预约的餐厅是半岛酒店的嘉麟楼，自有人将我们带入其中。因为涉及某些不想为人知晓的秘密，这一次李太太没有陪同，李家湖则已早早在包厢里等待我们。李家湖的小叔名叫做李隆春，大他不过十三岁，正值盛年，是个日理万机的人物，故而没有早到。

不过我们也不急，落座后，闲聊着这家有着近百年历史的六星级酒店所发生的趣事逸闻。

大概二十分钟，包厢的门被推开，一个长相与李家湖有着几分相似的中年男子走了进来。他便是李隆春，李家湖的小叔。我们站起来，还是一阵寒暄，说了一阵久仰的话语。或许接受的是西式教育，菜还没有上桌，李隆春便直截了当地进入了今天谈话的主题，说明了事由，问我们对这事情到底怎么看？

他这般说，我们也不回避，直接说这种可能是有的，而且也常有例子，但是具体的，却需要见过他的儿子李致远再说。他点头，说理当如此，请我们帮他这个忙，必有重谢，不过他有一个请求，就是整件事情，需要暗中调查，不能够让他的儿子知晓。

杂毛小道拍着胸脯说没问题，是不是，贫道只需要一眼，便能够看清。

李隆春将信将疑，草草用过餐，便唤来了一个穿西装的年轻人，说是他的助理，这几天但凡有什么事情，都可以找他去办。说完话，他便起身，与我们告辞离开。我们面面相觑，而李家湖则在一旁解释，说最近国际金融形势风云变幻，他小叔忙得焦头烂额，一直没有时间。

即使今天这吃饭的几十分钟，也是好不容易挤出来的，这也体现了他对自己儿子的重视。

我低下头，笑了笑，真的忙成了如此，难怪没时间管教一下以前的那个纨绔子弟。

人这一辈子，若生活得不安宁，挣再多的钱，又有何用呢？

李家湖也很忙，他只是一个介绍人，既然大家谈妥了，饭后便离开了。李隆春的助理姓钟，是个近三十岁的男人，看着模样很沉稳。他应该是李隆春的心腹，已经知道了老板布置的任务，问我们现在准备去哪里？我并不想在香岛待太久，急着回去，便说择日不如撞日，要不然，就今天吧。

钟助理配有一辆黑色商务车，便载着我们前往李隆春的家里。

路上的时候，钟助理给我们介绍李致远现在的情况："李少现在在公司的投资部做项目经理，平日里正常上班，下班后就去健身房和游泳馆，偶尔会参加同事聚会，但是总会在晚上十一点回家，生活十分规律；李少没有女友，但是最近在追求一个女老师，他没有表明自己真实的家庭背景，只是以一个公司职员的身份在跟那个女孩子谈恋爱……这跟他以前一掷千金、夜店泡妞的习性相差甚远。"

我和杂毛小道静静听着，感觉这小子有点像在演偶像剧。

贫穷贵公子吗？

钟助理很坦然地跟我们说，他是李总的老部下了，李致远以前的一干表现，着实让人不齿。说实话，他在感情上来说，更喜欢现在这个开朗阳光、有上进心，也懂得关心别人感受的李家少爷。所谓丢魂一事，纯属子虚乌有，李总完全可以不用放在心上的。

我们都点头，说希望如此。说着话，我们翻看着钟助理给我们准备的资料，包括双方当事人的照片。

到了李宅，钟助理问我们如何去见李致远呢？我们面面相觑，都没有个好办法，特别是杂毛小道一身青衫，走到路上都很扎眼了，再让那李家少爷看到，摆明是过来看相的，必然心生警惕。虽然很理解李隆春患得患失的心态，但是他给我们出的难题，倒是让我们一阵头疼。

最后没了办法，与李隆春沟通之后，决定装扮成是上门找李隆春谈生意的客户。

由于衣着问题，钟助理捏着鼻子带我们去附近的品牌店，置办了两身行头，我和杂毛小道西装革履地走进李家的时候，自觉形象都高大了许多。进门之前，杂毛小道依然唱诵了一段清睛明目咒，在眼皮上涂了舌苔涌出的津液。

在钟助理的带领下，我和杂毛小道来到了李宅一楼的客厅中。这家里空荡荡，除了菲佣，没看到其他人，冷清得很。沏茶稍歇，没一会儿，才从二楼走下来一个高大而消瘦的年轻人，跟钟助理打招呼。

他便是李致远，我们需要鉴定的对象。

这个年轻人有着一头浓密的黑发，眼睛炯炯有神，打量着我们，然后疑问说公司的事情，怎么不在办公室解决，还往家里带？钟助理说这是来自洪山的重要客人，比较急，明天就要走，李总今天晚上在和银行方面谈事情，完了就往回赶，让他把客人带回家中，这样显得比较重视一点。

这解释虽然牵强，但钟助理终究是他老爸的心腹，李致远听完，热忱地与我们一一握手，好是一阵寒暄。

我们有一搭没一搭地应付着，然后仔细打量眼前的这个年轻人。

跟照片上一样，他生得一副好面相：额头宽而平，鼻梁高挺，脸颊消瘦，眼睛亮，精神抖擞。他并不是很健谈，但是待人接物，文质彬彬，有礼数，大家风范。杂毛小道夸口说夺舍的魂魄，凝而不稳，一眼就能够瞧出来，然而我平心静气，用鬼眼望气，却没有发现出这年轻人有丝毫的异样。

李致远陪我们聊了几句，因为我们语焉不详，只是应付他，他以为我们工作上的事情不好讲，便称抱歉，离开客厅，返回了楼上去，留下钟助理陪着我们等候李隆春李总的到来。

见他上去，回到自己的房间，我问杂毛小道看出了什么没有？

他摇摇头，说没有。这位李少爷，身体健康得很，神情语态都很正常，也没有出现魂魄不契合躯体的现象，和正常人一般无二。除了……咦，你家少爷有用什么香水吗？

听杂毛小道这么说起，我也一闻，感觉空气中果真有一股淡淡的香味，是檀香。

钟助理听闻，说李致远自高烧退了之后，开始敬佛，去内地求来一尊佛像，祭拜于内室；一串小紫叶檀的手链，戴在手上；并且每日清晨晚间都焚香，初一十五都食斋饭，说是为故去的母亲祈福。李总是个天主教徒，拜上帝，但是李少爷有这份孝心，他却是很感动的，也不干涉他的宗教信仰。

我和杂毛小道面面相觑，心中有些生疑起来。

小紫叶檀香木，佛家谓之“栴檀”，是“与乐”“给人愉悦”的意思，历来都是安镇心神、凝神静气的天然瑰宝、不二选择；而每日的焚香礼佛，食斋饭，也是居士在家中修行的功课。这个李致远平素是个花花公子，就算是有高人指点，也不会有耐心，做出如这般的举动来。

有了他这些举动，反而更加显得可疑。

若不是神魂不稳，哪里要做这些？

不过当着钟助理的面，我和杂毛小道也不言语，心中记下便是。杂毛小道问钟助理，说李少爷请的这佛，是什么个样子的？钟助理回忆了一下，说是弥勒佛，就是那个袒胸露腹、喜笑颜开、手携布袋席地而坐的胖菩萨，是寻常瓷制的，若说贵重，也值不了几个钱，顶多几百块。

我点点头，没有说话。

那个“大肚能容，容天下难容之事；开口便笑，笑世间可笑之人”的弥勒佛，是佛家贤劫第五尊佛，又名未来佛，在民间的名气不比如来、观音低，无论天南海北，在香火旺盛的寺院里，总能够看到这胖子憨态可掬的形象，民间的许多古董物件，也经常有他的造型，算得上是寻常。

该看的我们都看到了，有正常，也有疑点，知道这事情需要从长计议，我们便起身告辞。

在车里换回衣服，前行不久，李隆春打电话到钟助理手机上，问起结果。我们只说见过了，表面无恙，用望气术看确实也没有可疑的地方。不过这件事情，还是有值得商榷之处，需要仔细推敲。正说着话，车路过闹市，我突然看到一个人，眼皮一跳。

咦，怎么是他？

第九章　和合石荒山岭

这个人，就是曾经闹上李家，自称是李致远的那个穷学生，消失了很久的许鸣，这事情果真是凑巧到了极点，我们刚刚准备返回住处，他就出现了。

经我的提醒，钟助理和杂毛小道全部都瞧见了，钟助理很肯定地点头，说就是许鸣，不会错的。这里是九龙城区的繁华街道，行人穿行如织，那个叫做许鸣的年轻人正捧着一个汉堡，朝一个人流密集的出口走去。时不待我，只要找到许鸣，便能够从侧面知晓事情的大概，杂毛小道和我立刻让钟助理把车子靠边停下来，然后推开车门，追了过去。钟助理在我们后面大喊，说开手机，保持联络。

时间已经有所耽搁了，出了车，我们只知道许鸣的大概方向，往前跑，急追过去。下到地下入口，看见远远的有一个穿着黑色T恤的男子，在拥挤的人潮中，正是许鸣，我和杂毛小道便往前挤去。似乎感应到我们的注意力，许鸣回头看了一下，正好撞上我和杂毛小道的眼神。

看我们焦急地奔跑，许鸣立刻反应过来，知道我们的目标是他，便条件反射地朝着前面狂奔。

这家伙，居然这么机警？

我心中有些焦急，碰上这样的对手，可真的不是一件好事，说不定又要大费周折。我们健步如飞地往许鸣的方向奔跑，旁人纷纷侧目看过来，不明所以。许鸣也跑，他跑得没我们快，但是油滑得很，尽往人多的地方钻。这小子是本地人，地形自然比我和杂毛小道两个人熟悉多了，三下两下，我们没过一会儿，就失去了他的踪影。

这一追足足跑了十几分钟，我累得气喘吁吁，蹲在街头的花坛边歇息。

杂毛小道在旁边笑，说看看，好久没有锻炼了吧，跑几步路就喘得跟刚刚洞房完一样，真丢脸。我没好气地呸了他一口，说人都跟丢了，还在这里得意地笑个屁？他倒也不生气，一口道出其中的本质，说找到许鸣又怎么样？且不管两人是不是换魂了，你自己想，同样两个儿子，作为父亲，李隆春想要现在这个，还是以前那个败家子？

我耸了耸肩膀，以前那个纨绔子弟，一提起他所做的那些烂事，就让人恨得牙齿痒痒，若真有得选择，自然是这个要好许多。杂毛小道点了点头，说既然如此，李隆春想要的，只是一个结果，一个让他心安的结果而已。如果他的猜测是正确的，想必最终接受不了的，反而是他本人吧。

我没话了。

按理说，我们要做的，仅仅只是还原事情的真相而已。但倘若这真相真就如同我们猜测的那样，想必会有很多人不满意，包括当事人。这里面的纠葛，还真就说不清楚了。事情的关键就在于，这里面的苦主，自称是“李致远”的许鸣，躲藏起来，不知所踪了。

当然，整个事情里面最受伤害的，莫过于许鸣的父母。

杂毛小道说得对，往深了说，这件事情确实复杂至极，但往浅了说，也只是点头、摇头的区别而已。

或许之前被请过来看的算命师傅们，正是琢磨到这个道理，所以才随便糊弄过去的。

我点了点头，说那现在怎么办？

杂毛小道一笑，说我们也未必跟丢了啊，让你看看我老萧“大六壬”的本事，并非虚言！说完这话，他从随身的袋子里翻出六根黄色的木签子，用最长的一根刺破左手手指，然后将流出的鲜血，润湿了这六根木签子的尖口，相互搭着，双手摆出了一个奇怪的形状，口中念念有词，然后踏着禹步，行走北宫斗门之数，停下，将竹签全数抛于地上。

我抱着手，在一旁看着杂毛小道蹲地默算。

计算了一番，杂毛小道抬起头来，说他已经算出了那个许鸣准备前往的地方，要不要跟着去？我不相信，说怎么可能这么神？杂毛小道一边用嘴吸吮指头上的血，一边捡起地上的竹签子，说他看了许鸣一眼，就足够了——这世间万物，都是紧密联系在一起的，只要有联系，都可以算，只是你愿不愿、得不得法门而已。亏得你也身负着一脉传承，竟然问出这么小白的问题，我都替你脸红。

我说去，早点搞完了事，结识了李隆春，说不定麒麟胎就在眼前了。看着这条街道陌生，不知道是跑到了哪里，连忙找出手机，打电话给钟助理，让他过来接我们。

费了好大的劲解释，将周围显著点的建筑描述了一个遍，钟助理才找了过来，问找到人没有？我们上了车，杂毛小道坐在副驾驶位上，指着前方，说我们这就去找。钟助理奇怪，说知道那小子在哪里吗？杂毛小道笑而不语，装高人模样，我则与钟助理说只管听这位道爷吩咐，凡事他兜着便是。

钟助理一肚子疑惑，然而却也没有反驳，把握着方向盘，听杂毛小道指挥而行。

一路北行，杂毛小道也不说在哪里，只是指着前面的路，说直行、左拐、右拐……每一个指令都随意无比，哪里像是指路，简直是在消遣钟助理。我坐在车后面，也不说话，看着窗外的街道和景物，只当是坐了观光巴士。如此大概行了一个多小时，我们愣是从九龙一直跑到了新界北区的粉岭一带。

相较于繁华喧闹的九龙港岛，新界粉岭这一带就有些冷清了，许多建筑看过去都有些暮气沉沉的感觉，很像是南方城市的郊区。杂毛小道似乎自有主意，也不喊停，让钟助理继续开，一直到了一处僻静的山丘附近，才停下来。我望着暗夜里黛青色的山峦，感觉有些冷，问这是哪里了？

钟助理苦笑着，说这里……这里就是著名的和合石，萧大师，你莫不是开玩笑吧？

著名？我挠了挠头，说我还真的没有听过，和合石是什么东西？

钟助理指着远处的山峰，说和合石就是个大坟场，大部分的香岛人死了，都埋在这里。我顿时无语，这闹来闹去，是坟山啊？为什么杂毛小道要把我们带到这里来呢？从车前的后视镜中，我看见杂毛小道在闭目喃喃自语，旁若无人，依然测算着什么。

终于，他睁开眼睛，对我们说道："下车。"说着，他推开车门，走了下来。

我跟着下了车，问到底怎么回事？我们不是要找许鸣么，跑到这荒郊野岭的坟山来干吗？虽然咱们经常跟鬼物打交道，不怯，但是没事来这里玩儿的，都是脑壳进水了的，有意思没意思？钟助理也是十分的郁闷，他是证券公司的精英，公司里外都是一把好手，沉稳，所以李老板才叫他过来的，然而没事跑到这儿，还是大晚上，果真有些瘆得慌。

杂毛小道很自信，说陆左你信不信，我们过一下会看到一出好戏，到时候，你就不会后悔来此了。

我说滚球吧，我打小就怕黑又怕鬼，没承想长大了，还得天天跟些鬼玩意儿打交道，这也就算了，大晚上你还带我们来坟山上玩儿……这么说着，我还是跟着杂毛小道的屁股后面走去。钟助理却不愿意下车，说他是个普通人，没事才懒得进去。杂毛小道笑，说你不进来，怎么完成你老板交代的任务呢？

钟助理无奈，把车熄了火，磨磨蹭蹭地跟着上来。

我们沿着公路走，不一会儿出现一条上山的岔路，不是正规的水泥路，而是山路，羊肠小道那种。其实这里离陵园还很远，并不是坟山，不过夜里光线暗淡，只能顺着月光，看见前路，山中又有清风吹，所以格外的清冷。

杂毛小道走在前面，说不管你们信不信，他算到此间必有答案，所以便前来一观，如是而已。

我问老萧，说你这算法，可灵验？

他傲然说当然，回回都准。

见他说得信心满满，我放下心来，紧紧跟随。谁知这贱人又飘出一句话，说这"大六壬"与太乙、奇门遁甲，并称为周易三式绝学，属最高层次的预测学，也是帝王之学。他自学会，平生就算过一次，那次准了，不知道这一次准不准。

我不说话了，和钟助理默默地走着。

有乌鸦飞过，嘎嘎地叫着，在远处的树林子里扑腾着翅膀，我心里突然涌起了一种不祥的预感。

月挂枝头，我们走到了一片空地上面，杂毛小道停住了脚步，让我们退下道边，来到几棵树后面，静静等待着。他不言语，我也便只有耐心等待，好在夏夜里有风，丝丝清凉，倒也还算是舒服，并不难耐。这时候已经是晚上十一点钟，山道中有鸟叫，也有虫鸣。这虫子的吟唱，让在我体内沉眠的金蚕蛊一下子就苏醒了，撅着屁股就跑了出来，自顾着去寻摸吃食去了。

好在钟助理没有看见。

我突然回忆起了在山林间蹲守矮骡子的那天夜里，似乎也是这么一个情况。不过那个时候的我，初出茅庐，一身的胆。现在，见得越多，心里越是怀着敬畏之心。缅怀了一会儿往事，我发现附近的虫子鸣叫声开始渐渐地淡去，再无声息。

肥虫子今天肯定又要吃多了。

这时杂毛小道捅了捅我，我经提醒，往来路瞧去，竟然出现一个消瘦的人影。他走近了，月光照在了他的脸上，我旁边的钟助理浑身一震，险些发出声音来。

第十章　子夜活尸逞凶

这人额头宽而平，鼻梁高耸，脸颊消瘦，双眼炯炯有神，走路时身姿矫健，从黑暗中出来，携着风和露。

他便是我们刚刚在李宅中见过的李致远。

这个家伙的突然出现，莫说是钟助理，便是我，也是觉得十分意外。此刻的他，不是应该乖乖地待在九龙城的别墅中睡大觉吗？此时出现在这里，定然是有蹊跷的。我没有再说话，但是心中却已然将他归到有问题的一类里。

这世界的事情，就怕“概率”二字，要是有个玄之又玄的巧合，真就将两人的魂魄全部给替换了，说不定也有可能。

杂毛小道的“大六壬”算得果然准确，李致远走到了我们前方的坡间平地处，便没有再往前行，而是停了下来，谨慎地望着四周，低声地喊：“韩月，韩月……”这附近除了他，便只有小路下面的我们三人，自然没有人回应。沉默了一阵，李致远掏出了手机，开始拨打起电话来。

他拨打了几次，都没有通，第四次，从山路的上方，传来了一阵清灵的和弦铃声。

又有一个人从黑暗中走了出来，身形瘦小。

是个女人。

那夜的月光清冷，朦胧地洒落在地上，让我们看清了这个女人：她并不高，只有一米五几，黑暗中只能够看清楚脸的轮廓，精致，有着立体的美感；她结着一条又粗又长的大辫子，在夜里，油亮油亮的，有着诡异的光华；披着一件吸光的灰黑色袍子，身体若隐若现，如同全息投影。

她便是昨天在暗处，谋害我们的那个有着吉卜赛占星师传承的女人。

我乐了，杂毛小道刚刚说的话果然没有骗我，这几天碰见的熟人，居然一个一个地跑到了这个荒山野岭来聚拢。不知道这里到底有什么样的魅力，以至于如此。

“韩月，你这么急找我到这里来，到底怎么了？”

李致远迎上前去，出言问道。

那个叫做韩月的女人走到了李致远跟前一米处，停住，说道：“李……我最近接了一个活，结果遇见高人，失手了，身中剧毒，子午两时便疼痛难当，疼得半死不活，谁都看不好。秦伯说有两个方法，一是去找那人帮我解开，如若不成，便需要去马来西亚，找班布上师拔毒。无论哪个，都凶险，所以找你出来，提前与你告一个别。”

她的声音软糯，有一种异样的腔调，像是外国人在说话。

李致远问是怎么回事，到底是什么人，能够伤到她？

韩月说是她下手对象请来的高人，好像是大陆表哥，一个青衣道士，一个疤脸小子，都有些真本事。尤其是那个疤脸小子，跟班布上师一样，是个能够驱虫的家伙，她这毒，便是给那虫子咬的。她说完这话，守在路埂下面的钟助理便用目光，来回在我和杂毛小道的脸上巡视，说不出是敬佩、惊奇还是恐惧。

不过窝在这里，他便是有天大的疑问，也只有回头再说。

李致远没有继续问，而是长叹一声，说："韩月，害人之心不可有，常走夜路，难免不碰到鬼呢。你听我一句劝，不要再待在秦伯的手下了。跟着他，终究不是个事。"韩月冷哼，说："你现在倒是一身轻松了，但是你想过没有，那个家伙到现在还没有再来找你，多少还是忌惮我在。他痛恨你夺去了他的一切，但是一直隐忍至今，不就是因为有我，罩在你上面？"

李致远依旧长叹，摇着头，说："事情闹成这样子，你以为我想吗？唉……韩月，不管怎么说，我还是要谢谢你的。"他说着，伸手过去，揽着韩月瘦小的身子，紧紧抱住。那个叫做韩月的女人浑身一震，终究没有挣扎，静静地依偎在李致远的怀中。

杂毛小道眼眸子晶亮，忍不住流出了口水，等待着接下来的激情画面。

他就好这一口。

然而没有，这两人似乎在演绎"情深深雨蒙蒙"的现实版，只是纯纯地搂着，没有任何后续的动作，这让重口味的杂毛小道不住摇头。而我已然从两人的只言片语中，发现了端倪，果然，这个李致远，还真的就是原来住在屋村中的穷学生许鸣，而那个真正的李家公子，却是因为这个韩月说的某种原因，没有再出现。

事实便是如此，果真是一件奇事。

然而证据在哪里，难道要把两人找来当面对质不成？而且，那个叫做秦伯的家伙，到底是谁，好像整件事情，都跟他扯到了一起。

两人抱了一会儿，空地里突然出现了几朵亮光。

这些光是由一种冉冉上升的幽蓝色火焰发出来的。这火焰的模样，我记忆深刻——是鬼火。曾几何时，那幽蓝的鬼火侵入到我的身体中，焚烧着我的身体，席卷了我的灵魂，让我曾经误以为这个世界都依然在梦中。这记忆深邃得已经融入到了骨子里，让我铭记，每每回想，都是心中发麻，感同身受。

半空中平白无故冒出这几朵鬼火，虽然在坟山附近，但也未免太奇怪了。

李致远和韩月也看见了，倏然分开，警惕地看着这突兀出现的鬼物。四周寂静下来，在山下的路上，传来了沙沙的声音。这声音在静夜里传出来，融入黑暗中，由远及近，就变得格外瘆人。终于，在所有人的注视中，路的尽头出现了一个人，他行动有些僵直，像是个机械人，一步一步地走过这边来。

——是许鸣。

此时的他，与我们刚刚追的许鸣，除了衣服一样外，外表又出现了一些区别：行动僵硬，脸青冷。

半分钟之后，许鸣终于走到了空地边，眼中有淡淡红光，站着，朝向李致远和韩月。

他沉默了一下，然后“桀桀”地怪笑，像夜枭。

韩月往前踏一步，对着他说道：“李致远，你怎么躲开的秦伯，你怎么能够跑到这里来的？”许鸣，不，披着许鸣外表的李致远停住了笑声，往前走一步，脚在地上拖出一道痕迹来，他说：“韩月，我早已经猜到你住在和合石村了。整个香岛，就这个地方阴气最浓，也唯有在此，你们才能够吸纳修行。至于秦鲁海这个混蛋……一年之期就要到了，生辰之日，便是我的死期，早死晚死，这对于一个活死人来说，有那么重要吗？你们太高估了自己的掌控力，也低估了我对你们和这个幸运小子的恨意。”

他又跨前一步，举起双手：“我这恨意，可滔天！”

李致远的声音有如低沉的雷声，在这空间里轰鸣着，那四五朵幽蓝鬼火一阵摇晃。韩月双手结印，默念了一阵，又从怀里掏出一把沉香灰，往前一撒。然而这香灰纷纷落地，月光之下，自称是活死人的许鸣如标枪一般站立着，没受到一丝影响。韩月跺脚，说怎么回事？没说完，脸色一变，捂着肚子，冷汗滚滚地冒出来，说糟了，到子时了。

话音刚落，她便栽倒在地，蜷缩着抽搐，大声地呻吟起来，痛苦不已。

杂毛小道朝我伸了一个大拇指，表示赞扬。

二十四日断肠蛊，自中蛊之后，每逢子时和午时，便会随机性发作，让人痛不欲生。

站在韩月旁边的西贝李致远，俯身下来安慰一阵，抬起头，怒气冲冲地质问正主，说你早知道了对不对？你是算好时间，知道韩月这时候对你没有一丁点儿制约能力，所以才找上门来的，对不对？你到底跟害韩月的那两人，是什么关系？——等等，疤脸小子，青衣道士，这两个人，是不是……

活死人李致远仰头哈哈大笑，眼角居然流出了两行血泪来。

他指着地上翻滚的那个女人，声音颤抖地说：“想以前，我李公子鲜衣怒马，看尽人间繁华，没承想与你莫名其妙发生这种鬼事之后，先是被当作通缉犯藏来躲去，然后又因为灵魂不稳，被秦鲁海这个畜生看上，当作上好的鼎炉，炼制成了活尸。每到了夜间凌晨时分，就变成这恐怖古怪的生物，饱受阴风洗涤的煎熬。我上半辈子是造了孽，但是也不至于如此遭罪吧？最可气的便是这女人，若不是她介绍，我也未必会变得如此……”

西贝李致远忍不住辩解：“要不是韩月，只怕你早就死了！”

啊——

活死人李致远发出一声凄厉的嘶吼，眼睛越发地红了，月光照在他的脸上，尤其苍白，上面一道一道的皱纹浮现。他含着恨意说道：“许鸣，你这个得了便宜还卖乖的家伙，最是可恶。我要灰飞烟灭了，但是我不甘心。凭什么你变成了我，继承偌大的家业，还得到那死和尚的戒律，一声棒喝定心魂，而我，则需要悲凄地死去呢？我不服啊，要死，一起死吧！”

说完这话，他身体仿佛就像装了一根弹簧般，一下子就蹿到了西贝李致远的面前，当胸便是一抓。

他的指尖，又黑又长，在月光下，仿佛五把尖锐的匕首。

上面似乎还有淡淡的青烟萦绕。

风向变了，他身上的味道传到了我们的鼻子里，在浓浓的香料味中，夹杂着死人陈腐的味道。

第十一章　看过爱过恨过

我本以为许鸣（也就是冒牌的李致远）是个样子货，定然会被已经成为活死人的李致远一爪拍中，吐血受伤。

然而出乎我意料的是，许鸣陡然间往后连退了两步，在停稳之后，居然结出了标准的“不动明王印”，行金刚萨埵心咒，在一瞬之间，双手如风雷，重重地杵在李致远的胸口处。一杵即中，“砰”的一声暗响，竟然将奔疾而来的李致远给一下子击飞开去。

这便是以强攻强的金刚萨埵，我用来从来就没有如此刚猛过。

想不到，这个夺了李致远肉身的许鸣，竟然是如此厉害的角色。只见他宝相庄严，平推双手之后再次结回不动明王印，也不乘胜追击，高喝一声“阿弥陀佛”，然后盯着跌落在地上又垂直弹起的李致远，慢慢地说道：“李致远，当日你骂我、打我、辱我，甚至欲置我于死地，我无力反抗，唯有祈祷上苍救我。所幸这举头之上，真有神明，怜我来这世间，看过、爱过、恨过、妄想过、抗争过、失败过……如此，才有我们的神魂互换，扭转人生。这是老天给我的机会，也是给你改过自新的机会，虽然你不在意，但是我却很珍惜。天可怜见，予我新生，我必以我之能力，造福世人——至少，给爱我和我爱的人，带来幸福和快乐！”

念完这段自白，许鸣脚往前踏一步，右脚半提，左脚弯曲，双手结成古怪的印法状。这样子，像是古瑜伽。

他的脸容肃穆，说道：“李致远，不管你以前有多么浑蛋，但是我终究是插足了你的人生，而且这事情无可挽回，没有法子。之前我一直回避与你见面，就是不敢面对。怨恨积蓄到现在，总归是要有个了结的。来吧，我们来一战吧，杀了我，或者，我灭了你——将你超度，永归极乐！”

李致远的脸色铁青，黑色毛发一丛一丛地从衣服的间隙冒出来，眼睛红得像灯泡，荧荧发光。

他面目越发狰狞，果真是变成了一个恐怖怪物。

两人对峙几秒钟，倏然前冲，交起手来。李致远占尽了身体的优势，指甲如匕首，每一次挥舞都带着阵阵的腥风，力道大，有破空之声。但是他的缺点是动作僵直，虽不似普通僵尸一般需要跳动，但是却完全没有之前我们追赶他时的那种灵活。相比之下，许鸣就敏捷许多，他出手并不多，大部分时间都是绕着李致远在旁边游走，然而一旦瞅准机会，便双手结印，如出膛的炮弹，猛然捶在李致远的身上。

一旦印上，必然有“砰”的响声，而李致远则被击飞，哇哇大叫。

不过化身为活死人的他，皮糙肉厚，也经得住摔打，一时之间，两人竟然形成胶着状态。

我看到许鸣左手手腕上，有一条圆木珠子的手链，有雾霭，每次挥舞时都有紫黑色的气息流动到他的手上，这气息，才是李致远痛叫的元凶。那就是小紫叶檀的手链，想来也是那个李致远口中“死和尚”的赠物吧——果真是个好东西。

然而，虽然有些道行，但许鸣终究入行太浅，气力有尽时。两人打斗一阵，他的动作渐渐迟缓下来。这一迟缓不要紧，李致远顿时加紧了攻势，一时间，许鸣脚步错乱，几次都险些被那尖锐的指甲划中。我不了解这鼎炉活死人，与僵尸有什么分别，但是也能想象得到，那黑色指甲一旦划中许鸣，他定然会中尸毒，行动迟缓，然后被李致远杀死。

与此同时，地上的韩月还在翻滚，呜呜地哭泣着。

那蛊毒太恶，直入骨髓和灵魂，连昏迷都不行。

杂毛小道看向了我，张了张嘴，却没说话。我明白他的意思，不论这件事情的对与错，此时的许鸣是人类，而李致远则是不明来由的活死人。抛开其他的立场，站在同为生物的天然角度来说，我们都不能够让一个活生生的人，被这僵尸鬼物给咬死。

我举起了手，用心去沟通金蚕蛊，让它将附着于韩月身上发作的蛊毒，给消除掉——至少，把那痛感先停歇。

从许鸣来到这里，到真正的李致远展露了活死人的本相，整个过程，钟助理都一直看在了眼里。这个来自于中环商圈的金融精英，他那饱受国际金融局势震荡的粗大神经，此刻也经不住这般惊吓，蹲在他旁边的我，能够清晰听到有牙齿打颤的声音，嗒嗒嗒嗒地传来，像摩斯密码。

由于贪吃，金蚕蛊飞得有些远，此刻听闻我的召唤，正悠悠而来。而空地上的战况，却发生了陡然的变化——鬼火加入了战斗。

只见李致远双手一招，一直在旁边飘浮、充当路灯的鬼火，瞬间泯灭，然后出现在许鸣的身边。一灭一起，仿佛景象出现了错觉，如同梦境。

许鸣也机警，就地一滚，避开了身边燃起的幽蓝鬼火，双手一鼓动，竟然有气旋从他挥舞的指间出现，将追击而去的鬼火给徐徐吹开，消散。他像奔跑的麋鹿，三两脚就蹿到了空地的另一边，从怀里掏出几粒明黄色砂子，朝跟上来的李致远甩去，缠住他，不让他有机会去祸害在地上翻滚的韩月。

这两人的手段，倒也是旗鼓相当，都不容小觑啊！

这时，一直在嘶喊的韩月终于停止了哭喊。她的这骤然停顿，实在有些突兀，惹得李致远忍不住回头往地上看。这地上，哪里还有韩月的身影，只见这娘们矫捷得如山里的狸猫，刚一好转，立刻躲入了阴影之中，下一刻，挥舞着一把匕首就从侧面杀出，朝李致远的喉间抹去。

真是个狠心的女人，果决，但凡有下手的机会，绝不留情面。

这匕首狠狠地扎在了李致远前伸的右臂上，看来这个活死人的身体，并不如僵尸坚硬，居然还有红黑色的鲜血溅出来。受了些皮肉伤，李致远心中狂怒，一个错步，矮身想去抱住韩月。这女人浑身像是抹了一层油，哪里能够让他抓住，一扭身，便又远远离开。

韩月一站稳，立刻高声念起一种古怪的咒语，这咒语像是东南亚那边的话，很有可能是泰国话。她念得急促，而李致远一听到起头的咒语，便立刻炸了，发疯似地向前扑来。韩月躲开，而一旁的许鸣则立刻从旁杀出，重施故技，又一个“不动明王印”，扎扎实实地印在了李致远身上。

有了韩月分担压力，他这一印蓄谋已久，打上去，如同敲到了铜钟之上。

轰——铛……

居然有回音传来。

韩月已然念至了最后一个音节，话音刚落，她又从怀中掏出一把沉香灰，朝前一撒，全部沾染到李致远的身上。这些普通的沉香灰一临身，空气中仿佛有一种沉闷的震动传来，而在我们这些有气感的人心中，却能够清晰地感受到，那蓬勃扩散的尸气，被这沉香灰所溶解抑制住，不再蔓延。

李致远的身体突然出现了停顿，很缓慢地僵直。

韩月箭步前冲，一张半圆形的符纸条，贴在了李致远的额头之上。这一贴，仿佛定身符，将李致远的行动完全限制，定住不动。不过他的意识并没有停止，两只眼睛虽然有些暗淡，但是依旧血红，凶狠恶毒。许鸣迎上来，关切地对韩月说：“你好点儿了没有，刚刚怎么回事？”

韩月摇摇头，说不知道，突然就不痛了。

她盯着一脸怨毒的李致远，对许鸣讲，秦伯貌似要拿这个家伙来炼尸丹，但是要等到七月十五，鬼开门那日，方能成。这个家伙既然已经知道了，必然会奋力反抗，他在这世间，第一恨你，第二恨我，然后才是将他炮制成活死人的秦伯，自知必死无疑，肯定要拉你我抵命的。秦伯这人，天生冷血，到时候说不定要牺牲你我，平息这家伙的怒气，顺利结丹……不如，今天便除去这鬼东西，以免后患？

许鸣有些犹豫，说不好吧，他便有千般不是，现如今也仍有可挽留的余地，是一条鲜活的生命啊……

韩月突然笑了，说你是手干净，没杀过人，杀多了，也就无所谓了。

她笑完又哭，说她养了五年的猫猫，丢了，被那两个大陆表哥给留下来了，不知道现在如何。那可是喝着她从初潮一直到现今的下宫血长大的宝贝，血脉相连啊！那两个土贼，下次见到，定要活剐了他们，剜目剪舌，抽筋扒皮，以解她心头之恨。

她说得畅意，手中的匕首高高扬起，斩向了李致远的脖子。

我旁边的钟助理再也忍不住了，连滚带爬，上了土路，大声地喊着“住手”。他语气激昂，但是韩月哪里会听他这个半路杀出来的程咬金吩咐，匕首已经就要捅进李致远的脖子。就在此时，这个活死人的怀里，突然喷出一大股黑气，将韩月一下子推开，远远跌在一旁。那浓浓的黑气凝成一团，一个沉闷的声音从里面传出来："韩月，你这个扑街女，你要敢动李致远，我就让你死！你信不信？"

韩月滚落在地上，听到这一句话，大惊，结结巴巴地说道："秦……秦伯？"

黑雾顿时扩散，萦绕着李致远，空气突然变得寒冷起来。钟助理站在路埂旁，进也不是，退也不是，一时间竟然没有了主意。而令我不寒而栗的是，在我们旁边几棵树后面的草丛中，传来了窸窸窣窣的声音。

图书在版编目（CIP）数据

金蚕往事. 2 / 南无袈裟理科佛著. — 上海 : 上海社会科学院出版社, 2020

ISBN 978-7-5520-3013-6

Ⅰ. ①金… Ⅱ. ①南… Ⅲ. ①长篇小说－中国－当代 Ⅳ. ① I247.5

中国版本图书馆CIP数据核字(2020)第001249号

金蚕往事. 2

著　　者：南无袈裟理科佛
责任编辑：王　勤
封面设计：人马设计
出版发行：上海社会科学院出版社
　　　　　上海市顺昌路 622 号　　邮编 200025
　　　　　电话总机 021-63315947　销售热线 021-53063735
　　　　　http://www.sassp.cn　　E-mail:sassp@sassp.cn
印　　刷：上海盛通时代印刷有限公司
开　　本：890 毫米 ×1240 毫米　1/32
印　　张：9.625
字　　数：363 千字
版　　次：2020 年 10 月第 1 版　2020 年 10 月第 1 次印刷

ISBN 978-7-5520-3013-6/I·377　　定价：49.80 元